伊玲作品集

辛卯恩

伊玲文集

美利坚的白昼与黑夜

Dream

伊 玲／著

ZHEJIANG UNIVERSITY PRESS
浙江大学出版社 | 全国百佳图书出版单位

白昼与黑夜，也许一睁眼一闭眼，就是两个世界。

目　录

扼 杀

得到与失去

如梦初醒

天堂般的城市，充满了浮华和诱惑。光鲜亮丽的外表下，却掩藏着贫穷和破败。看看上层人有多么高贵，那都是因为有我们这些下层的流浪儿在垫底！上一步是天堂，下一步就是地狱！

天堂和地狱

我叫珍妮芙

21 世纪，美国，纽约。

我叫珍妮芙·史密斯，出生在名门望族，俗称美国上流社会。我的祖父遗留下的家产由父亲掌管。我的父亲阿尔瓦·史密斯，是位企业总裁，旗下拥有大型玩具集团和制造工厂，还拥有私人直升飞机和游艇、庄园和豪宅、牧场和球场等。我的母亲朱丽亚·斯威，曾经是位优秀的育幼师，自从嫁给我父亲后，她就把工作辞了，成了名副其实的史密斯富太太。

我们住在纽约市的第五大道，曼哈顿中央大街，美国最富裕的贵族社区。平日，为了出行方便，我们就住在热闹的市区。顶级别墅里，花园、泳池，高墙环绕，电动大门，摄像头和红外线等高科技保安系统，应有尽有，既安全又安静。

那里聚集了纽约上流社会的名人和明星，进门出门时常可以看到一些熟悉的面孔。位于曼哈顿的另一顶级公寓，也是我们的住所，从楼上的落地玻璃窗往外眺望，可以看到东南西北的四面景观。皇后大桥、自由女神像、新泽西州、曼哈顿岛北端的美丽景色尽收眼底。

周末，我们会去郊区的绿色庄园度假。庄园里有厨师、贴身女佣、清洁工、园艺师等。他们分工不同，当然，拿的工钱也不同。当司机将车开到庄园门口时，那些下人会非常自觉地排成两队，男和女各一队，鞠躬迎接我们到来。除此之外，我们在别处还拥有很多房产，分布在芝加哥、洛杉矶、温哥华等地。只有到我的学期结束时，家人才会带我坐直升机去那里度假。

在家中，我喜欢称我的父亲"玩具大亨"，这也是外界给他的称号。我从小到大的玩具，都是由父亲一手打造的。在我六岁之前，没有在商店买过一件玩具，都是属于家族型的"自产自销"。等到大一些了，那些在别的小孩眼中眼花缭乱的高级玩具已不能满足我的需求时，父亲会一掷千金买下我中意的玩具。读小学时，我的玩具加起来已可以堆成一整个房间那么多，这还不包括我送给别人的。

所以，从小到大，我没有遇过任何难题，更没有为钱犯过愁。只要能用钱办到的，都不算问题。我根本不知道什么是饥饿，什么是痛苦，什么是困难和伤害。从我出生那刻起，还没等我喊饿时，所有可口美味的食物都已摆在我的面前；还没等我喊疼痛时，私人医护师和佣人都已围在了我的跟前；还没等我为那些恼人的题目犯难时，家教已为我解决了一切学习困惑；还没等我感觉到伤害时，私人保镖们早已为我铲除了一切有可能威胁到我、伤害到我的因素。

所以，我不必担心天上会掉下什么，地上会突然出现什么。我的身边，总有那么一群人在跟随我、服侍我、保护我。我，被所有人称为"珍妮芙公主"，就像中世纪的皇宫里骄傲的公主那样，无忧无虑地生活着。

直到十岁生日那天……

12月18日，我十岁的生日，圣诞前夕。家人为我在庄园内举办了一场盛大、别致的宴会。到场出席的嘉宾有我贵族学校的伙伴，大部分都是父亲、母亲的朋友，共数百人。他们和我父母一样，都是上层社会的名流，有企业家、政府官员、投资人、银行家、律师、艺术家、教授等。普通的白领和工薪阶层，是根本进入不了庄园的。所有出席宴会的嘉宾都必须佩戴统一发放的礼花，还要在红本上签下自己的名字。

毫不夸张地说，今天的庄园就像一个富丽的皇宫，屋内一片金碧辉煌。当然，平时也是相当漂亮的。嘉宾们身穿各式华丽的礼服进入大厅，从侍应生的盘里接过香槟。庄园还配备了专业的管弦乐队，在现场进行演奏。我则在二楼的化妆间里，在佣人们的伺候下，准备化妆、换装。

母亲装扮一新，身穿米色露肩晚礼服。她边给我打点，边吩咐下人："你们动作快一点！七点钟，宴会正式开始，可别耽误了时辰！"贴身女佣朱蒂帮我拉衣服的拉链："是的，太太，我们马上完工。"

我身穿白色的蕾丝花边公主裙、白色长袜、锃亮的皮鞋，满头的金色卷发。母亲撩拨了两下我的长发，站在镜子前，从身后吻了我的脸："宝贝，你是世界上最漂亮的！没有人可以和你相比，天使也不行！"另一个女佣玛莎帮我完成了最后一道工序，赞叹道："珍妮芙小姐，您是世界上独一无二的！今天，所有人都会被您深深吸引。宴会开始了，请吧！"

我将嘴角上翘，在女佣的搀扶下，高傲地出了门。对于下人们的赞美，我会照单全收。从我出生到现在，每天至少要听到几十遍夸赞声。虽然每次说的都一样，可我照样听得乐此不疲。这世上没有比我更美的女孩了，没有了。我拥有天底下所有的东西，我是世界上最富有的人。难道还有比我更胜一筹的美人吗？

我站在楼梯口，仰望一楼的金色大厅。忽然，一切安静下来。父亲身穿黑色礼服，转头看了一眼，微笑着说："现在，我们用最热烈的掌声有请今天的小寿星，我的千金珍妮芙公主登场！"

宾客们纷纷鼓掌抬头，微笑而恭敬地站在两旁等候。母亲牵着我的手，伴随隆重的音乐声迈出优雅的步伐。

我觉得自己像是好莱坞的超级童星，在羡慕的目光中高傲地走着红地毯。对一个才满十岁的小女孩来说，这种大场面我丝毫不畏惧，显得驾轻就熟。从三岁开始，我便已经接受大场面的洗礼。而每年前来参加宴会的宾客人数，也随之在不断增加。

看着大片大片的宾客，我的头仰得更高了，别提有多骄傲和自豪了。那是家族的象征、地位的象征、权力的象征、金钱的象征。虽然我才十岁，只是在校的学生，可似乎已经懂得了利益与权位的关系。只要有钱、有地位，没有什么是做不到的，就连白宫里的政府高官，都得对我们表示尊重。

父亲的嘴咧得大大的，每年的这一时刻，他总是显得特别激动。表面上是给他的爱女过生日，实际上，也正好彰显了他的尊贵地位。

特殊的生日礼物

父亲伸出大手上前拥抱我，并给了我一个吻。而后，我们一家三口站立一排，让摄影师摄影留念。我们倒香槟，举杯同庆。而后，父亲当着所有人的面，大声地对我说："我亲爱的珍妮芙公主，今天是你十周岁的生日，你想要什么生日礼物？"

我眨巴眨巴眼睛，想了好长时间。我知道，宾客送的那些名贵礼物，都堆在门口的接待处。说实话，不拆开也大致能猜到是什么。对我来说，已经没有什么新奇感和兴趣了。父亲总会赠送给我很贵重的礼物。三岁时的高级钢琴，六岁时的名表，七岁时的珠宝首饰，整整一大堆。我还在读书，不能成天带着这些名贵的东西，只能将它们放置在我的私人用品间。前年的顶级跑车、去年的私人别墅，等到我十八岁后，它们会自动转到我个人的名下。

去年的那匹白马，是父亲额外赠送给我的。我给它取了一个好听的名字——"亚当"。他从其他的农场里看中了这匹白马，并以三十万美元的价格买下了它。周末，我会来庄园和我的亚当见面。我会和它说话，和它玩耍，和它在空旷的草坪上奔跑，当然，是它载着我。某种意义上说，亚当就是我的白马王子。

我已经拥有了天下一切所想要的东西，拥有了普通人需要用一辈子甚至几辈子的努力都得不来的东西。那么现在，我还缺什么呢？

我站在台阶上，俯视下面的宾客。在最后几排中，一个年龄比我稍长一些的男孩，穿着一身黑色的小燕尾服，脖子上系了个小领结，梳了个油亮的分头，精神、利落、干净。眉宇间透露着特殊的贵族气质，他深深将我吸引住了！

我笑了笑，对着异常安静的大厅说："我知道自己要什么礼物了！"父亲问："是什么？"我仰起头，顿了顿："我想要的礼物，就在这座庄园内。"所有人睁大眼睛，好奇地盯着台上的我。父亲问："宝贝，你想要庄园里的什么？告诉父亲。"

我嘴角上扬，笑笑，盯着台下脱口而出："我想要……一个爱我的丈夫。"话一出口，大家都低下头抿嘴，有些人，还用手捂住了嘴巴。他们一定在心里哈哈大笑了，只是不能当面不尊重我。

我高傲地说："我知道你们一定在笑我，笑我一个十岁的小女孩，怎么会说出这样奇怪的话。可我要告诉你们，我说的都是真的。我想在十年后，拥有自己合法的丈夫，并且，是非常非常爱我的。那么现在，我就应该开始挑选心目中的白马王子了。难道，这不能成为我十岁的生日礼物吗？"

嘉宾们相互看看，而后响起了雷鸣般的掌声。台下的那个男孩，用手搓搓挺直的鼻梁，看了我一眼，然后望向落地窗户。我猜想，他一定是不好意思了。

父亲笑了，他当即明白我话里的含义："我现在宣布，在场的十至二十岁男孩，请站在这边！"马上，那些穿着礼服、高低不齐的男孩们很自觉地站成一排。

我下了阶梯，向那一排男生走过去。总共二十五人，其中有两位是我贵族学校的铁三角成员，班森·伍德和艾瑞克·罗伯逊。班森是黑人，比我大两岁。他的父亲是金融家，母亲是好莱坞的二线黑人灵魂歌星。他并没有像炭一样黑到骨子里，而是那种很均匀的浅咖啡肤色。一双圆亮的大眼睛，一口洁白的牙齿是他的标志和象征。班森很喜欢笑，更喜欢像街头黑人那样做手势唱 Hip-hop。为此，常遭到我的白眼。明明是个上流社会的人，却总要和那些贫民区的人一样。也许，是受了他母亲的影响，喜欢黑人文化也并不奇怪。

艾瑞克是混血儿，比我大四岁。他的父亲是工程师，美国人；母亲是室内设计师，中国人。棕黄的头发，白皙的脸孔，一双褐色的眼睛总是出神地望着你。如果不是铁三角，我想我也会爱上艾瑞克的深情的。也许是受家庭环境的影响，艾瑞克和班森最大的区别在于，他稳重、内敛、不骄不躁，更为他人着想。艾瑞克像个大哥哥一样保护和疼爱我，让人感到温暖和安全。

我们三个家庭都住在第五大道，家长彼此熟识，且都在同一所学校，所以彼此的关系也就最好。

说实话，我在班里的同性缘并不好。那些女生虽都是有钱人的千金，却总是对我敬而远之。因为她们的家族没有我的家族名望大，所以，她们表面装得很客气，其实心底并不喜欢同我交往。反正我在校内从不缺乏追捧者和朋友，所以，我不必拉下脸来缓和我与她们之间的关系。

相反，我的异性缘总是要比同性来得好。男生们都喜欢和我一起学习、玩耍。一来是因为我显赫的家族，二来是因为我的美貌，再者就是我那傲慢的气质中还掺杂着爽朗的男孩个性。所以，男生总爱和我扎堆，这也是组成铁三角最主要的原因之一。从我三岁开始，他俩就和我腻在一块了。一直以来，班森和艾瑞克就是我的护花使者，也是我不折不扣的心腹。

我一一检阅，其中有一部分是我的朋友，一部分是我父母朋友的孩子，当然，也包括那个我心仪的男孩。除去铁三角，还有二十三位男生待我挑选。

我走到第一个男孩面前，看两眼；然后走到第二个男孩面前……第三个……第四个……当走到第十九个男孩面前时，我定住了。就是他！就是这个男孩让我的心怦怦直跳。他有一双明亮的蓝色大眼睛，注视我时，像要看穿我的心事。我下意识地往后退了退，有些惊慌失措。

我承认，自己对他动心了。

所有人站在一旁默默地看着我们，不出声，只有乐队轻柔的伴奏声。虽然心底存在着小小的胆怯和害羞，可我的头必须向上仰着，要让所有人看到我的高贵与傲气。我朝他微笑，他也朝我微笑，然后，他低下头去。我凑近他，他把脸撇到四十五度角，我笑笑，再往后退。然后，接着看下一个……

我像是皇宫里的公主，挑选着自己中意的王子。说实话，这二十三位男孩都很棒，名门出身，绝不会出现什么青蛙王子之类的人。可是，我只对第十九位男孩感兴趣。

父亲笑着轻声问我："怎么样，宝贝，有心仪的男孩吗？"我没有在大庭广众下宣布，而是凑近他的耳边，悄悄地说了句话。

父亲往下面看看，大声宣布："我们的珍妮芙公主，已经找到自己想要的礼物了！"宾客小声应允，那些男生们互相看看，不知道是不是被选中了。父亲又说："只不过，这个礼物要等到舞会结束时才能公布。现在，请珍妮芙公主许愿、吹蜡烛！"

我的白马王子

舞台上推来一个五层的大型蛋糕，如果我不是站在台阶上，会被这座"高山"活活地压在下面。许愿、吹蜡烛、分蛋糕……接着，舞会开始了。随着小约翰·施特劳斯的《春之声》响起，父亲用他的大手拉着我的小手，在大厅正中央舞了一曲华尔兹。宾客让出了位置，鼓掌欣赏我们的表演。好几次旋转时，我和那男孩擦肩而过。他在朝我看。我跳得更带劲了，被喜欢的人注视是一件多么自豪的事！

一曲完毕，父亲悄悄对我说："宝贝，去和他跳舞吧！"

我顺着舞曲的节奏，欢快地滑到男孩身旁。我朝他笑笑，他立马伸出自己的手邀请我。这样的默契，让我感到非常受用。握住他手的那一瞬，我全身的血液都沸腾了。不知是旋转还是激动，我的头开始晕眩，脚下变得轻盈起来。在他的带领下，我"飞"了起来。仿佛整个大厅中没有别人，只我俩在尽情地狂欢。所有宾客投来了羡慕的眼光，当然，那里面一定有嫉妒和不满。

我才管不了那么多，我只要抓住这美妙的一刻就够了。

舞曲还没完毕，我凑近他耳边说了句："这里太闷了，带我出去走走！"他笑了笑，拉起我的手穿过人群，来到空旷的草坪上。夜色真美，星光璀璨。我回头一看，透明的落地玻璃窗内，呈现出一片热闹沸腾的景象。宾客们在跳舞、喝酒、聊天、吹牛。

只有这里是安静的，干净得透明。

我用手在嘴上吹了记响亮的口哨，亚当便从远处向这边跑过来。我笑着拍拍它："宝贝，你真棒！"男孩盯着我问："这是您的白马？"我骄傲地搭着亚当："是啊，是我的马，它叫亚当。怎么样，漂亮吗？"他笑着摸摸它："当然，漂亮极了！"我一仰头说："还愣着干吗？快把我扶上去！"他笑着答："遵命，公主！"

男孩笨拙地将我抱上马背，抬头说："马鞍真漂亮！"我看着脚下的他："那当然了，真皮上等货，价格也不菲呢！"他微笑，继续站在一旁。我有些生气："你愣着做什么？还不赶快上来！"他低着头："这是公主的爱马，我不能冒犯。"我手拉着缰绳，盛气凌人地说："现在公主命令你，上来！我要你带着我，在漆黑的夜色中奔跑！"男孩怯怯地问："那么，亚当愿意吗？"

一句话，把我逗乐了。我将脸贴在马头上，轻轻抚摸它，然后抬起头说："我的亚当说，它很愿意让你来驾驭它！"男孩笑了，漆黑的夜里，我只看见他那一口整齐的白牙。我挥挥手："快上来！"男孩跃跃欲试："珍妮芙公主，那我就恭敬不如从命啦！"

他忽地跳上马，坐在我的身后，双手挽过我的手，握着缰绳穿梭在漆黑的庄园里。我们的身体挨得如此之近，他的前胸紧贴着我的后背。和刚才大厅里远远相望比起来，我更喜欢和他近距离的接触，这让我觉得真实。

经过寂静的湖面，一个美丽的倒影快速闪过。亚当载我们来到幽密的山林中，顺着一条平坦的石子路向前奔驰。风迎面袭来，虽然天气寒冷，我只穿了一件晚礼服，可我依然觉得温暖，像早熟的初春。我呼吸着独一无二的好空气，如同那沐浴后的芬芳，清香、滑爽。

这一刻，我感到无比欢快。

亚当渐渐放慢速度，在林中漫步。寂静的黑夜，只听见我俩的喘息声，还有那"咯哒、咯哒"铿锵有力的马蹄声。我享受这种感觉，好似这世界只有我们两人存在。

我转过脸问他："你还没告诉我，你叫什么名字？"他柔柔地回答："对不起，珍妮芙公主，我叫卡尔·威廉！""卡尔，很好听的名字。你多大了？""十五岁，比珍妮芙公主大五岁。"我自言自语道："噢，你比我们的铁三角还大一岁。"

他奇怪地问："公主您说什么？什么铁三角？""我在说我的两个朋友，我们三个人是铁三角组合。你比其中一个还大一岁。""是吗？是谁那么荣幸能成为公主的铁三角成员？""班森·伍德和艾瑞克·罗伯逊，他们也来了，一会介绍给你认识。""噢，那我太荣幸了！"

我又问："卡尔，你父母是做什么的？""我父亲是银行家，我母

亲是作家。"我点点头，马上问："你父亲叫什么？""加里·威廉。""母
亲呢？""安娜·威廉。"

安娜，这个名字听得耳熟，我忽然反应过来："你的母亲是不是
出版过小说《寂寞的鱼》和《我的告白》？"卡尔笑笑："是啊，您
看过我母亲的书？""嗯，翻阅过。我父亲的书房里有你母亲的书，
很不错的小说，我父亲很欣赏你母亲。"

"谢谢公主的赞赏！我母亲出版了很多小说，以后有机会我带给
公主看！""好啊！你母亲写的都是情爱小说吗？""嗯，应该是以爱
情小说为主，《我的告白》就是讲男生勇于向女生表白，关于初恋的
故事。""噢，那一定很有趣。""非常动人的故事！等公主成年后，我
可以亲自读给公主听。"

"还需要等到成年后吗？难道，现在不行吗？"卡尔低下头，怯
怯地回答："公主，您还是个学生。""怎么，学生就不能看爱情小说了？
谁规定的？""噢，不！公主，我的意思是，等您再过几年，就能读
懂小说里的意思了。"

我有些不服气，命令道："吁——我要下来！""公主，您怎么
了？""让我下来！"他快速地下马，从马背上抱下我。我头也不回
地往前走，嘴里嘟哝着："谁说我读不懂爱情小说？别看我年龄比你小，
可我懂的却并不比你少！"卡尔赶忙牵着亚当，跟在我身后解释道："不
是这样的。公主别生气，我并不是说您不懂。"

我并没有真的生气，而是暗自窃喜，想要耍耍小性子。我转头问
他："那你是什么意思？"卡尔拉着亚当，低头解释："我……我的意
思是……等公主再长大一点，自己有了亲身体验后再读爱情小说，那
就会有更深刻的体会了。这比读小说凭空想象来得有意思的多。您说
呢，公主？"

我嘴角一上扬，心里又一阵窃喜。我想要的，就是这个答案。

我走到大厅后门，在草地上转了个圈，得意地说："那么，我从

现在就可以开始亲身体验了！"

马丁的嘴脸

女佣朱蒂上前一步，将手里的大外套披在我身上："公主！原来您在这儿，可把我们急坏了！您穿得这么单薄，冻坏了吧？"玛莎上前："公主，大家还以为您失踪了，我们把整个庄园都找遍了，客人都在里面等您呢！"

我笑着对她们说："急什么？我又丢不了。我只不过和我的亚当出去兜风罢了。"我转过身拍拍马肚，对卡尔说："和你骑马很愉快！"他低头，害羞地说："我也很高兴，祝公主生日快乐！"朱蒂和玛莎一左一右搀扶我，我转头："一会再来找你。"卡尔将亚当交给马夫，目送我的背影。

大厅内仍旧一片热闹，父亲和一群艺术家向我这边走来，把我团团围住，我像是只笼中的小鸟。他搭着我的肩膀说："宝贝儿，你跑去哪里了？"我神秘地回答："去兜风了。我们能不能坐下说话？在你们面前，我像是小人国来的。我可不想仰着脖子和你们聊天。"父亲立马和宾客坐在大沙发上，一排人，整整齐齐。父亲开始介绍起他们的身份和名字。其中有诗人、画家、音乐家和制片人。

我和他们闲聊了几句，注意力却放在宽敞的大厅内。可是好久，都没有看见心爱的王子。我有些失落，心不在焉地听着他们说话。

一位制片人坐在身旁，在我的手背上轻轻一吻："珍妮芙公主，您真的太美了，太令我心动了！"我四处找寻着卡尔的影子，不屑地回了句："是吗？每个人都这么说。"

"我叫马丁·戈登，这是我的名片。"我拿起一看：纽约某著名影视公司制片人。我将名片放在一边的桌上。马丁问："珍妮芙公主，您长得如此美貌，想过将来长大了当明星吗？""明星？不错啊，有点儿意思。"他立刻凑上前："公主，如果您愿意，我现在就可以让您成为好莱坞的一线童星，怎么样？"

我冷冷地反击道："童星？你这是在挖苦我吧？"马丁低头："不敢。"我仰着头说："秀兰·邓波儿三岁开始演电影，六岁红遍世界影坛，六岁获得奥斯卡特别金像奖，十岁称霸好莱坞票房，成为全球最有号召力的电影明星。马丁先生，你晚了一步，你应该在六年前来和我说这话。现在我都十岁了，成不了好莱坞最红的童星了。你说，你这不是在挖苦我吗？"

马丁尴尬地皱起眉，不知该如何应对我这狡黠的反问。我承认，我常会在众人面前冷冷不语，但一出口就会说出噎死人不偿命的话，尤其是在我不喜欢的人面前。马丁连连表示歉意："公主，算我没有眼光。那么，从现在起，我可以培养您成为好莱坞最红的大明星。您愿意吗？"

我喝一口葡萄汁，站起身："我还想再过几年校园生活，等到十八岁成年后再说吧。"马丁也跟着站起身，上前一步，急切地说："可是，到那时就太晚了。现在我手头有几个很不错的剧本，里面的角色非常适合您。倒不如从现在开始，我让公主一举成为好莱坞最耀眼的明星！"

我转过头，回击他："难道我现在不是明星吗？还需要靠演戏来提升我的知名度？"马丁抓抓脑袋，怯怯地："当然是明星，只不过，领域不同。我想，如果公主进军好莱坞，那您一定会成为明星中的明星！"

我冷笑一声："谢谢马丁先生的好意，可是现阶段，我对演戏还没有什么兴趣。说不定以后我会来找你的，不过不是现在。当然，前提一定是，你那时候还是制片人。"我朝他笑笑，"失陪了。"

马丁眼里闪过一抹失落。我清楚，他现在到处在找投资合伙人。这次来参加宴会，就是想让我父亲投资他的下一部电影。那副阿谀奉承的嘴脸，看了就让人讨厌。表面上，马丁极力讨好我；实际上，他就是明目张胆地在向我们家讨钱。在我眼里，他和狗没什么区别。那油亮的大鼻子"呼哧呼哧"地作响，一凑过来，我都能闻到他鼻腔里传出的异味。

我穿梭在宾客中，自言自语地骂了句："讨人厌的狗！"

"青蛙王子"与"灰姑娘"

这时，班森和艾瑞克凑上来，在背后问："你在骂什么？"我猛地转头："你们要吓死我吗？"班森皱皱眉："噢，不，小寿星，你今天可不能说不吉利的话！"艾瑞克搭着我的肩："发生什么事了，亲爱的？看你的脸色可不太好。"

我往一旁走去："本来是很好的，可惜被那个家伙搞砸了！""谁让我们的公主心情不好了？"我挽住他们的胳膊，往楼梯上走去："走，去我房里说话！"我们进了卧室，艾瑞克习惯性地关上门。我的卧室，一般只有他俩才能进入。除此之外没有我的允许，外人谁也不能擅自闯入我的闺房。

三人默契地跪在地毯上，将上身伏在松软的大床上。班森问："到底是谁惹我们的公主了？""那个大鼻子马丁，他不断地讨好我，不就是想让我父亲投资他的电影嘛！"艾瑞克点点头："噢，就是那个一直围在你父亲身边的男人。"

我点点头："对！本来很好的心情，被他弄糟了。"班森问："你刚才去哪儿了？害得我们一帮人在园里到处找你，还以为你失踪了。"我笑笑："我去骑马了。"他们指着我："噢，和亚当约会都不叫上我们。"

我神秘地抿嘴笑："没有，我是和未来的王子在约会。"班森笑笑："王子？哪个王子？"我回忆着卡尔的模样，他像个英勇的骑士，带我逃出了拥挤的人群，在黑夜中寻找那一丝光明。

我幸福地回答："二十三个男孩其中的一个。"班森不解地问："明明是二十五个。"我打了他的脑袋："笨蛋！你们是我的心腹，不算！"艾瑞克眼睛一亮："那一定是和你跳舞的那个男孩了！"

我躺在床上，窃喜着："对，就是他！卡尔·威廉！"艾瑞克回想着："这么说，你看上他了？"我笑笑，不答。班森讽刺道："只要他不是青蛙王子就好。"我反驳："不会！他不是什么青蛙王子！我们有着同样的贵族血统。"我幻想着，"十二点到来时，王子就要来找他的灰姑娘了。只不过，我是受人尊敬和爱戴的珍妮芙公主。所以，我变不成灰姑娘。"

班森又讽刺道："说不定十二点一到，他就真的变成青蛙王子了呢！"我瞪瞪他："你怎么老是和我唱反调？不喜欢你了！"班森无趣地耸耸肩，将两手一摊："事实上，你本来就不喜欢我。"

我搭住他俩的肩，郑重地说："我们是铁三角，是兄妹，我们三人之间的感情，任何人都无法超越。但是，这并不是外人所说的那种男女之情。知道吗？"班森拨弄着我的秀发，在我耳边轻轻一吻："是的，公主，我当然知道我们的感情，刚才和你开玩笑呢。我们的感情永远不会变，直到地老天荒。"艾瑞克搭着我的肩："我们永远不会变，直到地老天荒。阿门。"

我们三个拥在一起静静地祈祷，希望友谊能到我们死去的那一天。

事实上，我们在同龄人中，显得老道很多，因为终日面对的，是上流社会的复杂生活。所以，我们说的话，做的动作和行为，当然还有思想，注定是要比那些还没断奶的孩子成熟许多的。

有人敲门，我没多想就把门打开，以为是朱蒂和玛莎。我吓得倒退一步："卡尔，是你？"他静静地站在门口，嘴里露出微笑："珍妮芙公主！"我习惯性地仰起头："你怎么知道我的房间？"卡尔低头："抱歉，公主。是您的父亲找到我，让我上楼来喊您的。失礼了！"

我心里暗笑一下，表面却不动声色："我给你介绍，这是我的铁三角成员，班森和艾瑞克。这是卡尔。"卡尔看看我，又看看他俩，眼里闪过一丝疑惑。我心里暗想：他一定是在猜我们三人在房里做什么。这疑惑的眼神，让我觉得极其兴奋。

游戏开始了！越是有悬念的猜测，它就越好玩，尤其是在我喜欢的人面前。

下楼后，班森和艾瑞克找他们的父母去了。我回头问卡尔："你就不想知道，刚才我们三人在房里做什么吗？"他顿顿，想了想回答："是的，我不想知道，公主。""为什么？""因为……那是公主的私事，我无权过问和干涉。"

这句话，让我释然了。

卡尔后退一步："公主，您请便，我失陪一下。"看着他从我的视线中慢慢消失，一丝笑意留在我的嘴边游荡。我喜欢挑战，喜欢一点点征服他人的感觉。除去物质条件外，有些东西，是可以努力争取的。

消　失

接近零点，一位牧师又送来一只大蛋糕。那五层的蛋糕早被众人挖空了，这只蛋糕，是收场前的救命稻草。它的颜色出奇地漂亮，让人不忍破坏。

我拿起一块放进嘴里，不知怎么的，手臂竟起了一层厚厚的鸡皮疙瘩。眼前一阵晕眩，所有的人和景都晃动起来，而后又恢复了原貌。我想，一定是自己困了，眼皮开始打架了。

父亲搭着我的肩，对台下的宾客说："朋友们，让我们共同举杯，再次为我们可爱美丽的珍妮芙公主干杯！祝她生日快乐，健康平安，一生幸福快乐！"所有人高高地举酒，微笑地看着我。

父亲看看表："还有一分钟，就到零点了。现在，让我们的公主揭开谜底。让她告诉我们，她想要的礼物是什么。"

所有人相互看看，我站在台阶上，俯视宾客们。可是找寻了一圈，都没有看到卡尔的影子。父亲轻声问："宝贝儿，你的王子呢？"我悄悄地回答："我不知道，我看不到他。"父亲扫视了一遍，又大声说道："请卡尔·威廉出列，请到台上来！"

话音落了许久，没有人走出来。宾客开始骚动，你看看我，我看看你，都在寻找那个神秘的"礼物"。我有些尴尬，可又不想在这么多人面前丢脸，便说："大家不用找了，卡尔王子一定是在花园里等我。他刚刚和我说，宴会结束后，会在那里和我碰头。"所有人笑着点头。

我叹口气："我宣布，生日宴会到此结束，谢谢各位的光临！"

宾客们纷纷退场，父亲和母亲还有佣人们忙着送离去的客人。我跑到庄园的后门，刚才和卡尔下马后分别的地方。事实上，他并没有和我约定在这里见面。当然，我心里确实是想找到卡尔的。我在空旷的草地前，放声大喊："卡尔！卡尔！卡尔！"

周围漆黑一片，只听见我呐喊的回音。越喊越凄凉，冬夜的寒意如此逼人。如果这时卡尔能出现，我会幸福得马上死掉。我多想他能从身后悄悄地将我搂住，就像刚才在马背上带我骑马一样。那种幸福感，就像在壁炉前取暖一样。可是，无论我如何嘶喊，卡尔始终没有出现。我愣在那里，只见雾气慢慢地升向漆黑的天空。

卡尔走了，他不辞而别了。公主丢了心爱的王子，在零点十分。

朱蒂和玛莎拿着大衣过来："公主，进屋吧，您该睡觉了！"我不舍地被她们搀扶着走向屋内，回头注视漆黑的远方。我好像又看见卡尔骑着亚当载着我，在空旷的草地上奔跑。伴着一声声强劲有力的马蹄声，我躺在柔软的大床上，慢慢进入了梦乡……

若拉的生日

我叫若拉·史密斯，住在纽约的贫民窟——布朗士。今天，12月18日，是我十岁的生日。

一大早，我从睡梦中兴奋地醒来，只见床头有一个信封。我以为，这是母亲送我的生日礼物，可没想到，它像个巨大的噩梦一样侵蚀了我幼小的心灵。上面只有短短的几行字，我看着它，眼泪就这样无声地滴在白色的信纸上。

今天凌晨，趁天还没亮，我的母亲维达带着我六岁的弟弟凯文，不辞而别了……

没有想到，这就是我十周岁的生日礼物。母亲留给我最后的礼物，唯一的礼物。

我的家很贫穷，自父亲和母亲结婚以来，就居住在纽约的布朗士贫民区。我的父亲戴维是个赌徒和酒鬼，常常和那些好吃懒做的人围在一起赌博、酗酒。他把家里那微薄的存款一次次地拿去赌博、还债，害得全家每次都是吃了上顿顾不了下顿。那一点可怜的财产，都被父亲挥霍得所剩无几了。

他还是个可怕的施暴者，喝醉了回家就殴打我那可怜的母亲。当然，我也逃不过他那恶毒的魔掌。我的母亲时常被父亲抓着衣襟往墙上死命地撞去，全身上下都留下深浅不一的淤青。经常是旧伤还没痊愈，便又有了新的伤痕。

有两次，母亲被父亲打得脑震荡，在床上昏睡了两天两夜没醒过来。如果这时我吓得大哭，父亲就会对我加以拳脚。我的胳膊时常被父亲打得青一块、紫一块。父亲以虐待我们母女为乐，以虐待我们为习惯。在他的世界里，妻子和女儿不是他生命中的一部分，而是他施虐的对象。

弟弟比我们幸运，因为他是男孩，所以他受到了比我们好的待遇。

父亲仅有的那一点人性，还能在弟弟身上得以体现。对母亲来说，这算是不幸中的万幸了。

父亲先前做过门卫和搬运工，后来都因为表现不好被老板解雇了。他做起了私人司机，时常喝完酒开车，有一次还因为醉酒驾驶差点撞伤了行人。父亲也因此丢掉了薪水"丰厚"的工作。之后，他便开始打零工。好不容易在超市找到一份收银员的差事，却又因为盗窃超市的两百美元而逃之夭夭。就这样，父亲打一枪换一个地方，换了无数份工作，每份工作均不超过三个月。

母亲则在饭店做洗碗工，又在缝纫店做缝纫工，或在有钱人家里做女佣，赚取微薄的收入来维持整个家庭的生活。除去每月支付地下室的房租和水电费，母亲还存下一些钱供我读书。直到弟弟六岁，到了入学的年龄。

母亲说，如果弟弟要上学，我就必须退学，否则，家里供不起两个孩子的学费。如果我继续读书，弟弟就受不到一点教育，那他将来就无法在社会上生存。为了大局考虑，我最终同意了母亲的意见。

记得那天我点头答应时，母亲在微弱的灯光下抚摸着我的小脸，饱含泪水地说："若拉，我的好孩子！你长大懂事了，妈妈为你感到骄傲！原谅妈妈的做法，我也是迫不得已，妈妈对不起你。如果将来有机会，妈妈一定会让你读完小学和中学，还要供你上大学，让你成为一个优秀的人。相信妈妈，好吗？"

我含着眼泪，看着被岁月蹉跎的母亲的脸，努力地点了点头。我一度相信，母亲说的都是真的，只要有一天家里条件变好了，我还可以牵着弟弟的手一起去上学。可是，就在我心心念念等着奇迹到来的这一天，就在这话说了不到半个月，母亲就离家出走了。

她带走了我的弟弟，却没有带走我！

信里的内容很明白，母亲再也无法忍受散漫、懒惰和残暴的父亲。在这个家里，她看不到头，无望了。母亲说，她只有带走弟弟，因为他还小。虽然母亲也非常舍不得我，但是比起年幼的弟弟，我已是一个基本具备生活自理能力的大姑娘了。母亲没有能力带走我们两个，她只能忍痛割爱留下我。她说等她将来安顿好了，就会回来找我，将我带出万恶的深渊。到那个时候，母亲、弟弟和我，就可以一家团圆了。

我双手不停地颤抖，握着泛黄的信纸，泪水一次次涌出滴在上面，几乎湿透了大半边纸。第一次的幻想破灭了，第二次被彻底终结了。这一刻，我不再相信自己的母亲！

可我并不恨她。母亲是走投无路才会这么做的。如果可以，她绝不会抛下我远走高飞。从那次父亲殴打我，母亲用她那娇小的身躯挡在我面前，并死死抱住我，我就清楚，母亲是爱我的，捍卫我的安全，甚至胜过她自己的生命。如果现在她带走我们两个，也许大家都会饿死街头。至少，我目前还有一间地下室可以住，可是母亲和弟弟，已是无家可归了。

信件的最后一句，是母亲那句无声的"对不起，对不起，对不起"。我看着熟悉的字迹，泪流满面地折好信件，塞进口袋里。我不再幻想母亲有一天会回到这间阴暗、潮湿的地下室来带走我，只希望她和弟弟能找到一个落脚点，能不饿肚子。这么看来，我还是幸运的。

噩 耗

我将自己的床铺和书包收拾好，准备做点早饭吃。有人敲门，是房东安东尼太太。她阴沉着脸，郑重地对我说："若拉，我要告诉你一个非常不幸的消息。你的父亲因为盗窃车行的保险箱，今天早上被警方逮捕了。很抱歉，我要收回房子。如果可以的话，你们今天就要从地下室搬出去。三天后，新房客会来看房。"

我的眼泪快速地掉下来："房东太太，这是真的吗？我爸爸真的被逮捕了？"她红着眼点点头："是真的，我亲眼看见他被警察带走的，你最好马上把这个消息告诉你母亲。说真的，你们已经拖欠了两个月的房租了，我真的不能再让你们住下去了。请见谅！"

我委屈地低头，泪水再一次宣泄而出："太太，实话告诉您吧。今天凌晨，我的母亲带着弟弟离开了家。"她惊讶地张大嘴巴："噢，天哪，这太不幸了！估计你母亲早就知道你父亲的罪行，所以做好了离开的准备。可是，她为什么没有带走你？"

我身体颤抖着哭泣："她带不走我们两个，她养不活三口人！"太太蹲下身，抚摸我的小脸，心疼地说："可怜的孩子，你该怎么办？"我摇着头，哭着喃喃道："我不知道，我不知道……"太太看着我的眼睛："我们家有六口人，就靠着收些房租过日子。如果可以的话，我会收养你。可是现在，我们连自己的生活都很难维持。所以，若拉，很抱歉。"

我努力点点头，哽咽地说："没关系，谢谢您！太太。您放心，我会在天黑之前收拾好东西，从这里搬走。请相信我！"太太流泪吻了我的脸："善良的孩子，你会有好报的。你还有别的亲人吗？"

我下意识地点点头。事实上，我在纽约并没有其他亲人，除了我的父亲、母亲还有弟弟。现在，连我唯一的亲人都不在身边了。我只是不愿给太太添麻烦，我知道，她过得也很不容易。

太太摸摸我的头，站起身说："好吧，去找你的亲人，去投靠他们，让他们照顾你。拖欠的那两个月房租六百美元，不让你付了。"我擦擦眼泪，忽然想起什么："太太，您稍等。"

我跑到屋里，趴在地上，拿出放在床底下的那个铁盒子，里面放着母亲平时积攒的零钱。想象着里头还会有多少钱，一百美元还是五十美元？哪怕只有十美元也好。又或许，一分钱都没有。

我慢慢将盒子打开，看见里头并不是空的，眼泪立马滴在了盒子上。我感谢母亲，她没有把我最后的路堵死，她是善良的。尽管母亲只留下了四十五美元，但我仍然感激她！

我拿出其中的四十二美元来到门口，将褶皱的纸币递给她："太太，这是我家里仅剩的最后一点积蓄，您先拿去吧。等我以后筹到钱了，就把房租还给您。谢谢您了！"

太太看着我手里的四十二美元，再一次热泪盈眶："哎，可怜的孩子！这点钱，你自己留着用吧。"我将钱塞进太太手里："不，到亲戚家我就有钱了。我们拖了您两个月的房租，已经很抱歉了。所以，请太太收下吧，求您了！"

太太流着泪收下了那微薄的四十二美元，感叹道："哎，谁让我们都是生活在最底层的人。住在布朗士，注定是摆脱不了穷困的。孩子，希望你的亲人好好善待你，带你彻底远离贫民窟！你那么善良可爱，上帝会保佑你的！"

我流泪和安东尼太太挥手："再见，太太！祝您好运！"她回过头，不舍地看了我一眼："再见，小若拉！保重！"

看着她孤独的背影，我感到一阵绝望。太太最后的那番话，深深地震撼了我的心灵。

流落街头

我开始整理唯一的一点行李。那破旧得看得出衬里的书包，我要带走它。至少可以证明，我是读过书的，读到小学五年级！

我找来一个破旧的行李箱，上面积了厚厚的一层灰。擦干净后，往里面放上冬衣和鞋子。还要带走我的小棉被，我从小怕冷，身体容易受冻，一到夜晚手和脚总是冰凉冰凉的。十二月的天很冷，快过圣诞节了，我却要拖着沉重的行李去流浪街头。

我又把屋子好好收拾了一番。虽然贫穷，潮湿又阴暗，夏天有老鼠，冬天又寒冷。可那起码是一个家，记载了无数个日日夜夜。不论是泪水还是欢笑，不论是痛苦还是快乐，有着我们太多的回忆。

临走前，我从床头拿走了那张全家福，上面有父亲、母亲、弟弟和我。现在，我什么都没有了，只有这张照片陪伴左右，我将独自带着这些破碎的记忆去流浪街头。

我拖着重重的行李走出地下室，天暗下来，街上一片灯火通明。我忽然又折回去，从书桌上端起透明的小鱼缸，里面装着母亲为我买的小金鱼，它正在水里自由地游来游去。我必须带着它走，即使再艰难，我依然要养活它！

我一手捧着金鱼缸，一手拉着行李箱，口袋里装着仅有的三美元，和地下室作别。下一秒，我将成为无家可归的孩子。

天刮起大风，布朗士的上空弥漫着飘散的雪花，安静而唯美。脚下的步伐变得沉重起来，眼前一片模糊，仿佛看到了温柔的母亲和可爱的弟弟，还有，可恶的父亲。耳边又响起他的叫骂声，令人心惊胆战。尤其是想到母亲在父亲面前不敢出声，直到他外出彻夜不归时，母亲才会躲在被子里放声大哭的情景。我和弟弟吓得全身颤抖，蜷缩在被窝里不敢动弹。整间屋子里，弥漫着哽咽的痛哭声，哀怨而凄凉，让人害怕和无助。

现在，一切都平静了。十年来，我从未像现在这一刻那么"安宁"。听不到母亲凄楚的哭声，也看不见父亲凶恶的嘴脸，我"自由"了。

我的耳边传来脚下的步子和行李的拖拉声，小鱼儿安详地在水中游走。它大概不知道我的家已是四分五裂了，失去亲人和住所有多么痛苦。它感受不到，所以它比我幸运。

脚下的路是如此漫长，好像永远没有尽头。街上的路人时而朝我看来，我只有低着头，才看不见他们脸上那诧异的表情。沿途望过去，我幻想着母亲和弟弟会在哪个角落里。他们是否找到了住所？是否有晚饭吃？是否寒冷？或者，会去哪个教堂避难？又或者，他们会不会想起我？

我又想到了父亲，他此时正被扣押在警察局里，等待法院的宣判。曾几何时，我是多么痛恨他，当他殴打我和母亲而不手下留情，我真巴不得他马上死掉。可是这一刻，我却开始心疼起他，担心他，怜悯他。被关押在牢里的滋味一定不好受，不知他在那里会不会受到严厉的惩罚。父亲失去了自由，失去了所有。

母亲曾说过，凡是做错事、犯过罪都会受到应有的惩罚，法律的惩罚、老天的惩罚、上帝的惩罚。那么父亲，这辈子做过的错事那么多，他一定逃脱不了严惩。想到父亲现在那落魄的样子，我的眼泪又忍不住了。哪怕他对我再不好、再凶狠，可他终归还是我的父亲！因为，他是我的亲人，唯一的亲人。我没有理由断绝这一层关系，在我的内心深处，我还是爱他的。尽管，我也真的恨他。

我决定，在我安顿下来后，便去警察局见父亲。可是，我又能去哪里安家呢？

路边，有个满头白发的乞丐睡在角落里，地上铺着一层报纸，面前摆着一个破碗。我看着有些心疼，从口袋里拿出一个银白色的硬币，投进他的碗里。随着一声清脆的响声，乞丐弯下头来向我表示谢意。他没有睁开眼看看，眼前的这个人，比他小了起码四十岁！

我又向前走去，想找到可以度过今晚的住所。街边不时有流浪者和乞丐伸手向路人乞讨、要饭。还有残疾的人睡在冰冷的水泥地上，向路人磕头。一个只有两岁大的黑人小孩，他的左胳膊没了，母亲正在给他喂奶。我走上去，从口袋里掏出一美元，放在面前的纸杯里。这位母亲抬起头，红着眼说："感谢你的仁慈！上帝会保佑你的！谢谢！"

我摇摇头，红着眼继续向前走。回想身后那可怜的母子，他们的艰难我能体会。我虽然四肢健全，能走能跳，但和他们的境遇相比，也已是一步之遥了。

那些店铺口的破垃圾箱旁，围着一些流浪儿，在臭气熏天的垃圾堆里找寻着能够填补饥饿的残羹。再往前走，那里几乎变成了一条乞丐街，到处是各种肤色的社会底层人。

他们有的将报纸铺在地上，薄薄一张便是家当；有些身上盖着奇脏无比的破旧棉被，只看见里衬的黑棉花屑。更好些的，则是用简易的塑料帐篷搭起一个小窝。刮风下雨时，至少还可以用来躲避。看这样子，都是些无家可归、没有生活来源的人。他们常年居住在这片脏乱不堪、垃圾成堆的地方。

我感到饥饿，胃开始疼痛起来。一天没进食，已是疲惫不堪。扑鼻而来的是一阵阵难以忍受的恶臭，各种奇怪的味道夹杂在一起，令人作呕。我赶紧走到靠河边的地方，虽然是条堵死的臭水沟，但这里的空气至少比那里好一丁点儿。

我将行李和鱼缸放在一边，从垃圾堆中找来一张过期的废报纸，将它垫在湿漉漉的石凳上。书包里除了课本，还有母亲留下来的一个热狗。虽然放了好几天，早已不是什么新鲜的食物了。但比起那些没有东西吃的人，我算是幸运的。

我刚想将冰冷的热狗放进嘴里，身边立马围上来三四个乞丐，面目狰狞地死盯着我手里的热狗。他们满脸黑乎乎的，披头散发地将自己的脏手伸向我这里。我吓得浑身哆嗦，泪水在眼眶里转动，嘤嘤地恳求道："不——不要——不要抢走我的热狗——不要抢走我唯一的食物！"

可他们似乎并不怜悯我，依旧朝这里步步逼近。我的眼泪终于掉下来，再次哽咽地恳求："求求你们了，放过我吧！我已经无家可归了，这是我的晚饭，我已经一天没有吃东西了！"

其中一个乞丐说："可是我们已经好几天没有东西吃了，看在上帝的份上，把你的热狗让给我们吧！上帝会保佑你的！"我摇着头，喃喃道："不——不要——不要——"

他们不理会我，一齐朝我围上来。我吓得大声嘶喊着："救命——救命啊——"

饥饿如牛

我猛地睁开眼，发现自己正躺在松软的大床上，面前站着朱蒂和玛莎。原来我做噩梦了！原来这一切不是真的，我只是在做梦！我不是什么可怜的若拉，我是珍妮芙公主！感谢上帝！

朱蒂拉开落地大窗帘，走上前擦擦我额上的汗珠，关切地问："公主，您是不是做噩梦了？"我回想一番，点点头说："大概是的！你怎么知道？"朱蒂帮我递上衣服："公主在梦里又喊又叫，估计是做噩梦了。"

我猛地坐起身，大叫道："呀，上学该迟到了！朱蒂、玛莎，快帮我准备！"玛莎递上温热的毛巾给我擦脸："亲爱的公主，今天是休息日，明天才是上学的日子。"我恍然大悟："吓我一跳，我以为今天要上学呢！"

玛莎问："公主，什么噩梦让您这么惊慌？"我撇撇嘴："一个很不可思议的梦。"玛莎问："能告诉我们吗？"我下床穿鞋："算了吧，都是些乱七八糟的事，没什么好说的。我饿了，要去吃早餐。"朱蒂开门："早餐已经准备好了，公主请下楼用餐。"

来到餐厅，父亲、母亲正在餐桌前等候我。我盯着他俩看，无法想象在梦里我们都是一无所有的人，父亲是个残忍的暴君，母亲是个懦弱的妇人。我问："爸爸妈妈，如果到头来发现我们现在所拥有的一切都只是个梦怎么办？"父亲笑着说："怎么可能？宝贝！想什么呢？""没什么，用餐吧，我快饿死了！"

桌上摆满了各式可口的食物：薄饼、煎蛋、乳酪蛋糕、酸奶、咖啡、椰香吐司、牛肉、薯条，还有我钟爱的梅子酱。看着丰富的食物，觉得自己已经好几天没有吃东西了。我拿起一块烤土司蘸上酱狠狠地啃起来，又用叉子叉起两片牛肉和煎蛋，往嘴里大块地送去。

父母看着我的吃相惊呆了，母亲问："宝贝儿，你这是怎么了？

有那么饿吗？”父亲问："昨晚你吃的可不少，光奶油蛋糕就吃了好多块。看你这架势，像是几天没吃过东西了？”

我边喝奶，边往嘴里塞薄饼和薯条，点头说："没错！我终于体会到什么是饥饿了。"母亲盯着父亲问道："我们的心肝儿这是怎么了？十年来，她头一次说自己饿了！"父亲耸耸肩，往嘴里放了一块火腿："宝贝在发育阶段，胃口是会猛涨的。"母亲怀疑地说："可她从前不是这样的，对于早餐，她向来很挑剔。"父亲摇摇头："看来，我们的公主开始改变口味了。"

我嘟着嘴巴说："没错，现在一小块乳酪蛋糕对我来说都是极品。虽然，吃了那么多年早已经腻味了。"早餐结束时，餐桌上一半的食物几乎都被我消灭光了。他们不明白这是怎么了，我的胃口一夜间大得像头牛。

中午之前，我们要从庄园赶回市区。虽然我喜欢这儿，有我的亚当和美丽的风景，可是，这里没有我可以聊天的朋友。坐在房车里，天空阴暗下来，似乎马上要下雨的样子。我没有说话，脑海里一直回想着那荒唐、可怕的梦魇。我无论如何也想不到，自己怎么会在一夜间从富裕的珍妮芙变成贫穷的若拉，又怎么会在一瞬间从掌上明珠变成无家可归的流浪儿。我怎么也想不到，纽约竟然还有那样的贫困区。那落魄的街道和可怜的流浪儿，估计打我生下来就没看见过，除了在电视和新闻中。在梦里，我竟然穷得连个睡觉的地方都没有！

一想到那些脏乱的街道，还有那些像鬼一样的乞丐，我的浑身就起鸡皮疙瘩。一时间，好像又闻到了那股令人作呕、浑浊的恶臭味。我一阵恶心，胃开始不由自主地翻滚起来。我忙叫司机停车，在路边狂吐起来。

朱蒂和玛莎跟在后面，手里拿着保温杯，不停地拍我的后背。母亲吓坏了："宝贝儿，这是怎么了，好好的怎么突然吐了呢？"父亲跟上前："亲爱的，早上胃口那么好，怎么突然难受了？"

我喝了温水漱口："没事，就是胃难受，可能吃多了吧。"母亲责怪道："我说嘛，你怎么一口气能吃下那么多东西？"我摆摆手上了车："没事，妈妈，吐出来就好了。"父亲说："回市区后，让朱蒂、玛莎给你熬点玉米粥。"我一听到食物，赶忙摆手："别了，爸爸，我真的吃撑了，想禁食半天。"父亲点点头："让肠胃休息会也好。"

到了市区，我感觉从地狱回到了天堂。跑进别墅的卧室，我拿出手机拨打了班森的电话："班森，我刚回到曼哈顿。你现在和艾瑞克马上来我家！"

公主变灰姑娘

不久，班森和艾瑞克按响了门铃，我在窗口召唤他们。班森手拿一把红色玫瑰上前："献给最美丽可爱的珍妮芙公主！"我看了眼，没好气地说："我现在一点也不美丽！"

班森将花放在桌上："我们的公主是怎么了，这么没精打采？"艾瑞克摸了摸我的额头："不会是病了吧？"我说："我没病，只是早上吃得太撑，把食物全吐光了。"

艾瑞克扶住我："那现在呢，感觉好一些了吗？"我点点头："好一些了。"班森凑上来："别吓我们，大小姐，昨天你才过了十周岁生日。"

我跪在地毯上，身子靠在床边，神秘地说："告诉你们一个秘密。"两人凑上脑袋问："什么秘密？"班森问："该不会是宴会结束后，你和卡尔王子逃到荒郊野外约会去了吧？"我重重地敲了他的脑袋："瞎说什么！我根本就没和卡尔约会，他不见了。"

艾瑞克皱着眉问："这么说，他不辞而别了？"我丧气地答："是的。"班森一头扎在床上，得意地说："我说吧，卡尔就是个青蛙王子。零点一到，他就原形毕露了。为了掩饰自己的真实身份，他在众人的眼皮底下逃之夭夭了。"

我立即解释："卡尔不是青蛙王子，他一定有急事先离开了。倒是有人，一夜间变成了灰姑娘。"班森和艾瑞克一笑："谁？谁变成了灰姑娘？"我镇定地回答："我。"

他们不屑一顾地说："别逗了，开什么玩笑！"我郑重地说："我没有开玩笑，我说的都是真的！"见我的口气强硬，他们不笑了："请问珍妮芙公主，你到底在说什么？"

我悄悄地说："我昨晚做了一个梦。"班森问："什么梦？梦里好玩吗？有趣吗？""一点也不好玩，糟透了。"艾瑞克问："告诉我们，你都梦见了什么？"我回忆着："梦里，我叫若拉，住在布朗士的贫民区。一夜之间，珍妮芙变成了无家可归的流浪儿。"

班森和艾瑞克变得认真起来："真的？你做了这样一个梦？"我点点头："没错！梦里，我们一家成了社会最底层的人，我还鬼使神差地多了个弟弟。今天凌晨，母亲带着他离家出走了。"他俩不吭声，仔细听着我的梦境。

我继续说："不可思议的是，我的父亲是个赌徒和酒鬼，还有盗窃行为。今天早晨，他被警察抓走了。"艾瑞克低下头思索："噢，原来你做了个噩梦，真不幸。"我继续："我从地下室搬了出来，流浪街头。可怜的是，手上唯一的热狗，却也被乞丐们抢走了。"说着说着，我红了眼眶。班森眼也不眨地望向我："然后呢？怎么样？""然后，我就被自己的尖叫声给惊醒了。"艾瑞克低头感叹："没想到，珍妮芙公主，也会做这样的怪梦。"

我望向窗外，法国梧桐树的叶片上挂满了晶莹的露珠。

我回过头来："很奇怪吧，我也觉得奇怪。在梦里，我第一次感到了什么是贫穷和饥饿、什么是无助和害怕、什么是寒冷和孤独。这在往常，是从来没有发生过的事。"

艾瑞克思索着："所以，你感觉格外的饥饿。因为你在梦里，已经很久没有吃过一顿像样的饭了。没错吧？"我点点头："对，就是这样，我从未感到这么饿过。你们知道,从小到大,我都不知道饥饿是什么感觉。在梦里,我感受到了。"

班森跳起身来,笑着说:"这真是个有意思的梦!太有趣了!"我不解地问:"为什么?这明明很荒唐!"班森两手一摊:"你可以在梦里扮演穷人,体验不同的生活,难道这不有趣吗?"

我跳了起来,生气地冲他大喊道:"一点儿都不有趣!我在梦里吃尽了苦头!若拉从小生活在贫民区,从小被父亲暴打。直到十岁生日这天,她被母亲抛弃,还要拖着重重的行李去流浪街头!就连唯一的食物,都被乞丐们抢走了!"

艾瑞克连忙扶住我,安慰道:"别在意,珍妮芙,这只是个梦而已,没事的!"班森有些不服气:"不就是个噩梦吗?至于这么动气?"我点点头:"是!我很生气!你不但没有同情我在梦里的遭遇,反而还觉得这很好笑!"

班森笑着摇摇头:"不,我只是觉得很有趣罢了。我以为你会梦到什么怪物和野兽之类的,没想到,你居然梦到了贫民窟。""是的,所以我觉得不有趣,而且非常糟糕。"班森凑上来,咧着一口白牙问:"我很想知道,乞丐抢走你的热狗之后,会发生什么?"

我生气地骂道:"你这个疯子!你要是想知道,自己做梦去吧,我再也不想梦到这么无聊、荒唐的事了!梦里又冷又脏又乱,我恨不得马上死掉。那样,我还不至于饿肚子!"

班森无趣地耸耸肩,甩着黑人惯有的 Hip-hop 手势,唱起了R&B 的轻快旋律:"呦、呦、切克闹……"艾瑞克安慰我:"没事了,珍妮芙,别把它放在心上。记住,它只是一个噩梦,成不了什么的。"

我叹口气,轻声说:"但愿它再也不会纠缠我!我恨透了噩梦!"

这天晚上,我没有再进食,只是喝了些白水。我怕自己又会像上午那样将食物全部吐出来。我的胃需要休息,工作十年了,它也该得到安宁和自由。

　　十点，我躺在大床上。母亲吻了我的脸蛋后，帮我关掉台灯。我闭上眼，慢慢地进入梦乡……

友情岁月

梦中解救

　　乞丐们冲上来抢我的食物，我死命保护着唯一的救命稻草。他们有的抓我的胳膊，有的按住我的身体，有的抢我手里的热狗。我无力挣脱他们，吓得大哭起来："救命！救命！不要——不要——"

　　突然，一个声音直冲我的耳朵："放开她！放开她！你们给我走开！"另一个声音也冲了过来："你们只会仗着人多人多势重欺负弱小，放开她！"我一抬头，只见两个年龄稍大的男孩冲进了包围圈，三下五除二，就替我赶走了那几个可恶的乞丐。

　　他们虽然穿着单薄、落魄，但是脸很干净，可以看清眼里的光芒。我含着泪说："谢谢你们救了我。"其中一个黑人男孩摸摸手背，一歪头笑着说："不客气，保护弱小是我的责任！"另一个白人男孩笑着说："别怕，他们都是生活在这里很久的流浪者，只是为了获取能够活下去的能量，并不会伤害你。可他们或许会吓到你，所以，我们要阻止。"

　　我点点头："谢谢，感谢你们不但救了我，还保住了我的晚饭。请问，你们叫什么？"黑人一歪头说："我叫班森·伍德。"白人微笑着说："我叫艾瑞克·罗伯逊。"两人齐问:"你呢,小妹妹?"

我眨巴下眼说:"我叫若拉·史密斯。"班森说:"我十二岁,艾瑞克十四岁。若拉多大了?"我低下头,喃喃地说:"我,我今天刚满十岁。"他们睁大眼睛,诧异地望着我:"什么?今天是你的生日?"我红着眼点点头。班森叹了口气:"今天,应该是你有史以来过的最不开心的一个生日。"我望着前方,感慨地说:"没错,这是十年来最特殊的一个生日,让我终生难忘。"

艾瑞克说:"我们都是无家可归的人,班森从布鲁克林来,我从皇后区来。若拉你呢?"我看着一旁的小金鱼:"我就是布朗士的,我从布朗士来,却不知要到哪里去。"班森笑着说:"那不如我们一起吧,三个人好有个照应。"我勉强笑了一下,问:"你们来布朗士多久了?"

班森答:"我来了两个月了,每天靠捡垃圾为生。"我问:"你的家人呢?"班森望向远处,伤感地说:"我父亲吸毒,家里的积蓄都被他败光了。母亲被迫做了妓女,来偿还高额的债务。后来父亲被抓去戒毒所了,母亲再也没有回过家。所以,我成了流浪儿。"

我红着眼,对班森的遭遇感同身受:"那他们,也抛弃你了吗?"班森点点头:"可以这么说。"我问:"你现在见过你的父亲和母亲了吗?"班森无奈地摇摇头:"还没有。不过,等我攒够了路费,就去戒毒所看我的父亲。然后,再去找我的母亲。"

我问:"你的母亲去哪儿了?"班森望向远方,若有所思地说:"如果没错的话,她应该在纽约的红灯区。"我茫然地问:"红灯区,那是什么地方?"班森低下头:"就是……妓女工作的地方。"我不再发问,将头埋得深深的。

班森红着眼说:"那是见不得人的工作,是男人和女人交易的地方。妈妈不会告诉我具体在哪里,我只知道,她就在曼哈顿一带。我想,总有一天我会找到她的。"

我又问艾瑞克:"那么,艾瑞克,你呢?"艾瑞克耸耸肩,红着眼说："我就更惨了。一个月前，我父母亲打工的那家餐馆起大火了。他们没能逃出来，活活地被火给烧死了。我从学校赶到餐馆时，那儿已经烧焦了，面目全非。"艾瑞克的眼泪掉下来，哽咽道："爸爸妈妈被抬出来时，我甚至认不出他们，我无法看清他们的脸……"

班森挽住他的胳膊，红着眼安慰着。这一刻，我也哭了。

艾瑞克问："若拉，你呢？"我边哭边说："我的父亲因为盗窃，今天早上被警察抓走了。我的母亲，凌晨带着我的弟弟离家出走了。"班森和艾瑞克问："那你母亲为什么没有带走你？"我哭得更带劲了："妈妈养不活我们三口人！"

他们扶住我，安慰道："别怕，我们团结在一起，一定可以活下去的！"艾瑞克补充一句："若拉，你和班森比我幸运，你们至少还有家人。而我，成了一个真正的孤儿。"

这一刻，我觉得世上没有比这更悲惨的了。

若拉不孤独

天上的雪花继续散落在我们身上，手里的热狗已经被风吹得冻住了，变成"冷狗"了。

我说："不如，我把它一分为三，我们一起吃。"班森和艾瑞克连连摇头："不了，你自己吃吧，我们再去想想别的办法。"我拿着"冷狗"愣愣地看着他们的背影。艾瑞克转过身回到我身边，嘱咐道："若拉，你别走，一会我们就在这儿碰头。还有，赶快把它吃了，要不，他们还会来抢的。"

我点点头："知道了，我就坐在这儿等你们回来！"艾瑞克笑笑，摸摸我的脑袋，转身和班森离开了。我坐在石凳上等候着，怎么也舍不得动口。万一没找到食物，我还可以分给他俩吃。我闻了闻"冷狗"的味道，把它放进书包里。

半小时后，班森和艾瑞克回来了。看他们的表情，似乎不太顺利。我站起身问："怎么样？"艾瑞克摇摇头："那些老道的乞丐比我们抢先一步找到了食物。"班森叹了口气："这两天形势不好，垃圾都被一伙人抢先捡去了，我们晚了一步。没有卖掉垃圾，我们就没有钱吃饭。"

艾瑞克丧气地说："若拉，对不起，本来我还想多弄点食物给你当明天的早饭。这么看来，只有天亮再去觅食了。"我的眼眶红了，感动至极，连忙从书包里拿出"冷狗"摇摇说："别担心，我们有'冷狗'吃。怕你们找不到食物，就先留着。看来，我的决定是对的。"

班森和艾瑞克诧异地看着我，不说话。我把稍大的两块分别递给班森和艾瑞克："快吃吧。虽然早已不是什么新鲜的食物了，但总比饿着肚子强。"班森和艾瑞克顿时眼眶泛红了，低头不语。我催促道："快吃吧，我的安全还要靠你们负责呢！""谢谢若拉。上帝会保佑你，阿门！"

我们三个人一字排开坐在冰冷的石凳上，咬着坚硬的"冷狗"，六条腿不断地来回晃动。虽然艰难、虽然落魄、虽然冰寒，虽然眼里还饱含委屈的泪水，可我们依旧觉得幸福。因为，我们有食物吃，还有，互相的陪伴。小金鱼在水里快速地来回穿梭，我知道，它也饿了。

夜深，班森和艾瑞克带我来到了他们的"住所"。这是一间被废弃的水泥房子，有屋檐却没有大门。内墙上五花八门，涂着各种水彩画和英文，说实话，我不太看得懂。里面大致住了十多户流浪儿，三三两两地睡在各个角落里。我愣在那儿一动不动。

班森放下我的行李："这就是我们的住处了。"我问："你们睡哪儿？"

他笑着指指脚下："就睡这儿！"我诧异地问："这儿是外面了？""是啊，我们来得晚，好位子都被别人占去了，只能睡在门口了。"艾瑞克耸耸肩："总比睡在大马路上强，这里至少还算一个窝。下雨的时候往里挪一挪，就不会被淋湿了。能找到这个地方，已经偷笑了。"

我点点头，将金鱼缸放在地上。班森问："这是你养的小金鱼？"我点点头："是的，这是我唯一的伙伴了。"艾瑞克搭着我的肩："现在，有我们给你做伴。所以，你不会孤单。"

我笑笑，打开行李拿出棉被，放在最外边的空地上。艾瑞克见了，蹲下身帮我把被子放到了两床被子的中间。他笑笑："我们有义务保护你的安全。""没关系，都到这份上了，还有什么不安全的吗？"

班森蹲下身说："不，不，就算是落魄街头的地方，也一样会有危险和犯罪。而且，会更严重。"我不安地望着他，不语。艾瑞克拍拍我的肩："别怕，若拉。有我们在，你不会受到伤害的。只要我们不主动招惹和攻击那些群体，他们一般不会来伤害我们。因为在我们身上，无利可图。"

我点点头，将他俩的话牢记心中。我想起什么，从口袋里掏出那剩下的一块九毛钱，笑着说："你们看，我手头上有钱，够我们明天吃一天的饭了。"班森警觉地转头看了看，艾瑞克立马将手伸过来，盖在我的手掌心上。他凑上来，盯着我的双眼轻声说："把它收好！记住，在这里，你的每一分钱都会成为他们的'盘中美食'。如果不想饿死，就乖乖收起你的钱，别拿出来让人看到！"班森严肃地说："在这里，不是你死就是我活。同样是乞丐，同样都有竞争。就像你刚才那样，一个'冷狗'被很多人抢是同一个道理。"

我使劲地点点头，将钱塞进口袋。只见那些流浪儿三三两两地躺在地上，有的在睡觉，有的在观望我们。我将金鱼缸放在一旁，转头对金鱼说："宝贝，晚安了。"

我躺下去，睡在两人的中间。我变得紧张和害羞起来，使劲闭上自己的眼睛。我发誓，这是除了我弟弟以外，第一次和两个男孩睡在一起。我不敢睁眼，耳里掠过一阵又一阵呼啸而过的汽车声。不频繁，却很刺耳。当车子经过时，我们都能感受到地面在不停地颤抖，像地震前的预兆。

艾瑞克轻声问我："若拉，你睡着了？"我摇摇头，眼皮在不停跳动。班森说："第一次在这里睡觉是会不习惯的，慢慢就好了。我第一次来这里时，整夜都没有睡着觉。"

艾瑞克问："若拉，今天是你的生日，许愿了吗？"我忽地睁开眼："没有。"班森说："那么，你现在许一个生日愿望吧。"我闭上眼，在心里说："希望母亲和弟弟平安无事，希望父亲能在牢里好好悔改，争取早日团圆的那一天。"

班森问："若拉，你想要什么生日礼物？"我想了想："我今年的生日礼物，是一个新书包。"艾瑞克叹了口气："你的生日，我们一定会帮你补过的。你的生日礼物，也一定会实现的。"

我红着眼转过身："谢谢你们，谢谢！如果没有你俩，我估计连个睡觉的地方都没有。"艾瑞克苦笑："从此以后，我们三个也许就要相依为命地过日子了。"我朝他笑笑，表示赞同。我透过微弱的灯光问他："艾瑞克，为什么你的眼睛是棕色的？"

他笑笑："因为我是混血儿。我父亲是美国人，我母亲是中国人。"我恍然大悟："怪不得！你的眼睛长得真漂亮！"艾瑞克盯着我的眼睛说："你的眼睛也很美，若拉。"他帮我塞了塞被角，温柔地问："现在冷吗？如果觉得冷，把我的被子给你。"

我摇摇头，不语。显然，睡在风口是极其寒冷的。我的全身不停颤抖着，冷风就这样顺着头灌进脖子里，呼呼的风声在敲打我那两只小耳朵。艾瑞克什么也不多说，把自己棉被的一部分盖在我身上，并帮我遮住半个头。接着，班森也把自己的棉被盖在了我身上。就这样，我一人有了三层被子。

感动的泪水充满了我的眼眶。班森和艾瑞克将我紧紧拥在他们之间，我能感觉到透过被子从他们身上散发出的热量在慢慢地向我传递。我闭上眼，凑近艾瑞克的脸，炽热的呼吸朝我袭来。这是一种无法用语言形容的感觉，很温暖、很安全、很放松。虽然大风还在刮着，小雪还在飘着，可我依然觉得温暖。

就这样，在班森和艾瑞克的保护下，我度过了生平第一个无家可归的夜晚。原来，若拉也可以是不孤独的。

又见噩梦

随着闹铃的响声，我猛地睁开眼。我意识到，我又做梦了！

我不是若拉，没有睡在冰冷的大街上。我是珍妮芙！

我看看时间，七点十分，大叫道："朱蒂！玛莎！"她们从外边进来，朱蒂照旧帮我拉开窗帘，玛莎帮我拿衣服。我责怪道："为什么不叫我起床？"玛莎怯怯地说："公主，您昨天没有吩咐过。"

我说："算了，时间紧迫，我要上学了！"我匆匆来到楼下，朱蒂帮我带好早餐，放在每天必备的篮子中，再用大手帕盖在上面。

来到贵族学校，我趁着课间休息的五分钟赶紧往嘴里灌牛奶，塞面包。上课时，我无法专心，脑海中不断浮现昨夜的梦境，耳边频频响起班森和艾瑞克的声音。

中午，我和同学来餐厅吃饭，班森和艾瑞克早已把位子占好等着我过去。我拿着餐盘坐下："我饿坏了，要吃你们的鸡腿和沙拉。"班森把沙拉递到我面前："公主，请慢用。"艾瑞克把鸡腿放进我的盘里："是不是昨天晚上没吃饭，饿坏了？"

我往嘴里不断地添食物和饮料："饿得我眼冒金星，都快晕过去了。"班森问："有那么夸张？"我点点头："的确。"艾瑞克问："该不会是昨晚又做梦了吧？"我猛地抬起头，诧异地望着他："你怎么知道？"艾瑞克得意地往嘴里塞牛排："那当然了，我是你肚子里的蛔虫。"我刚想开口讲话，抬头看着跟班的伙伴："嗨，我们现在要谈些重要的事情，你们去那桌吃饭！"伙伴们很自觉地拿起餐盆走到对面。

周围没人了，我神秘地说："告诉你们，昨晚，我真的又做梦了。"班森："不稀奇，我还天天有梦呢，成天梦着火箭、大炮、野兽的。"艾瑞克冷静地说："不，珍妮芙说的肯定和前夜的梦有关，听下去！"

我握住艾瑞克的手笑着说："还是你了解我。说真的，我做连续剧了。班森，你昨天不是想知道乞丐抢走我的热狗后发生了什么吗？"班森点点头："的确，我是很想知道。不过你不喜欢，就当我在说笑吧。"

我正经地说："告诉你们，我的热狗没有被他们抢走，有两个好汉救了我。你们知道是谁吗？"班森和艾瑞克摇摇头。我盯着他俩说："是你们两个。"他们抬起头，诧异地笑着问："梦到我们了？"

我点点头："没错，梦到你们了。"班森来了兴趣："说来听听，我们在你的梦里是不是王子，来了个英雄救美啊？一定是我们把你从乞丐手里解救出来，然后带你飞出了贫困的布朗士！"

我撇撇嘴："你想的真美，事实上非常凄惨。你们不但不是王子，而且和我一样，都是无家可归的流浪儿。"他们同时将刀叉放下，神情变得凝重起来。班森问："在你的梦里，我们都成了流浪儿？""没错！班森是黑人，艾瑞克是混血。只是，梦里我不是珍妮芙，而叫若拉。可你们，却和现实中的名字一样。"

艾瑞克耸耸肩，思考着逗趣："也许，你的大脑皮层不能供给你太多的元素。梦里面，你记得你叫若拉。而其他人，都只能和现实中一样。"我斜过头："虽然你的解释听起来很牵强，但是，也只好这么理解了。"

班森问："那我们是怎么变成流浪儿的？"我瞪大眼睛说："说出来吓你们一跳。你的父亲是个吸毒鬼，母亲是个黑人妓女。"班森正在喝果汁，一下子喷了出来，瞪大眼睛问道："什么？我父亲是吸毒的？我母亲是妓女，还是个黑人妓女？"

我转头看看周围，他们都把目光转向这里。我瞪起眼压低声音："你给我小声点！别人都听见了！"艾瑞克转过头向他们赔上一个尴尬的笑脸："呵呵，我们在读小说台词呢！"

班森擦擦嘴，小声问："我真有这么悲惨？碰上这样底层的父母？""没错！后来你的父亲被抓去戒毒所戒毒了，你的母亲就再也没有回过家。她以做妓女为生，过着糜烂的生活。所以你成了流浪儿，每天靠捡垃圾过活。"

班森捂住头做痛苦状："我的天！为什么在你的梦里，我会变得如此悲惨？那么艾瑞克呢？"我回头看看艾瑞克，皱着眉头说："他比起我们就更惨了，父母在中餐馆工作，在一场大火中双双身亡了，艾瑞克彻底成了孤儿。"

艾瑞克用餐布擦擦嘴巴，摇摇头说："真遗憾，在你的梦里，我们都是悲惨的孩子！"我点点头："没错！你们帮我保留下了那块热狗，我们一分为三。然后，一同睡在冰冷的水泥地上，幸运的是，我们还有被子。"

班森和艾瑞克低着头，没了食欲，谁也没有再动面前的食物。班森低沉地说："我们居然过起了乞讨的生活？太不可思议了！"艾瑞克感伤起来："我无法想象，我们变成流浪儿会是什么样子。"

我轻笑了一声："怎么样，现在，你们还会觉得这个梦有趣吗？"班森摇摇头："不有趣，非常糟糕。"艾瑞克皱皱眉："很荒唐。"我盯着班森说："可是昨天，你还笑我！"班森握住我的手，诚恳地说："对不起，珍妮芙，我不是故意的。请原谅我的无知，请接受我的道歉！"

我埋怨道："这该死的噩梦！"

班森笑笑说："不如，今晚你闹铃吧，定点把自己叫醒。""我才不要呢，万一今晚做好梦了，那你岂不是坏我的好事？"我忽然想起卡尔，想起他那迷人的眼睛和脸庞。如果能在梦里看见他，那也是一种幸福。

我站起身，拍拍双手："我吃饱了，回见吧。"他们在背后喊了声："祝你今晚做个好梦！"我朝他们挥挥手："那是一定的！"对桌的伙伴见罢，立即也起身跟在我的后面。

我得意地扬起头，一摇一摆地向前走去。在学校里，我总有一群无怨无悔的小跟班，让我在众人面前出尽风头，我喜欢这样的感觉。刹那，我又是骄傲的珍妮芙公主，刚才讨论的噩梦瞬间消失了。

水下挣扎

晚上在家吃饭，我问父亲："爸爸，你能联系到卡尔吗？"父亲点点头："当然可以，他的父母和我们关系很好。"我说："既然如此，那改日邀请卡尔一家来家里聚餐，怎么样？"父亲点点头："嗯，不错的提议！宝贝的意思，我一定会遵循。吃完饭我就给卡尔父亲电话，邀请他们到家里来玩。"

我拿起餐布擦嘴，满意地一笑："很好，这件事，就拜托爸爸了。我吃饱了，上楼了。"母亲问："今天不弹琴了？"我往楼梯口走去："不了，今天有些累，想早点休息。"母亲说："也是，心肝昨天身体状态不好。朱蒂，玛莎，你们看好公主，别让她受累了！"她们搀扶着我："遵命，太太！"

回房间后，玛莎给我全身按摩，朱蒂给我放热水澡。我问："玛莎，为什么我觉得浑身没力气，胳膊和腿都是酸疼酸疼的？"玛莎说："公主，是不是前两天办聚会太累了？""不知道，估计有些关系吧。"玛莎说："要是觉得累，明天请一天假在家休息吧。"

我忽地转身："不！明天有我喜爱的兴趣课和体育课，我要参加！"玛莎为难地说："可是公主身体欠佳，体育课会不会太累了？""没关系，我没有那么弱。我只要一站在操场上，所有的活力都迸发出来了。"

朱蒂走出浴室："公主，温水泡好了，加了精油和玫瑰，请吧。"我来到浴室，玛莎帮我脱掉衣服，朱蒂扶我进了圆形的浴缸。水面上飘洒着大红色的玫瑰花瓣，还有白色的泡沫浴液。

我嘱咐着："你们在外面等我,半小时后进来!"朱蒂、玛莎说:
"是,公主。"门关上后,随着轻柔的音乐,我慢慢闭眼。全身放松浮
在水面,身体变得轻柔,像飘了起来……

我的上帝!睁开眼的刹那,我竟然睡在冰冷的马路旁,艾瑞克就
躺在我的旁边。他那安详的脸庞,细密的长睫毛,让我看得出了神。
班森睡在一旁,鼻尖传来阵阵轻缓的打呼声。我知道,他们没有丢下我。

我回过头,一个下巴上布满胡茬的老乞丐正蹲在原地盯着我看。
我吓得坐起身:"你要干什么?"他笑了笑说:"我知道你身上有钱,
对不对?"我立马去摸口袋里的钱,幸好还在。我摇头:"没,我没
有钱!"

老乞丐嘴角闪过一丝奸笑:"小妹妹,你说谎,我知道你有钱。"
我还是摇头:"我没钱,真的没钱!"老乞丐说着便上来搜我的身:"我
知道你有钱,你一定有钱。"我吓得大叫起来,使劲推身边的班森和
艾瑞克:"班森,快醒醒!艾瑞克,醒醒啊!有人要抢我的钱!你们
快醒醒,快救我啊!"

任凭我怎么推他们,两人始终像木头一样不动声响。老乞丐在我
身上继续搜寻着,我哭着大喊道:"救命!救命啊!班森,艾瑞克!
快救我——"

我在浴缸里不断地手舞足蹈,拼命挣扎着。水漫过了我的头,我
感到窒息。

朱蒂和玛莎冲了进来:"天哪!公主,公主您怎么了?"她们帮
我拉了起来。我猛地睁开眼问:"出什么事了吗?"朱蒂说:"您刚才
在喊救命!"玛莎说:"您差点被水淹了!"

我反应过来:"噢,我刚才睡着了。"朱蒂和玛莎帮我用浴巾擦干
身体:"公主,您吓坏我们了!"朱蒂帮我吹湿漉的头发,玛莎帮我
擦身体乳液。我的心里忐忑不安,一直为刚才水中那惊人的一幕耿耿
于怀。

朱蒂和玛莎正准备出门，我叫住她们："等一下！今晚，玛莎留在房里陪我睡觉！"玛莎回过头："公主，您要我陪您一块睡觉？""对，你睡在这里！"我指指床旁边的地板。玛莎微笑着："是，公主，我很愿意陪您度过一个美好的夜晚。我这就去拿被褥。"

玛莎拿来被褥，摊在地毯上："公主，今天怎么想到让我陪您一块睡觉了？您是想聊天对吗？"我躺下："我不是想聊天，我让你睡在旁边是有任务的。"玛莎坐在地毯上："公主请说，您要我做什么？"我拿起闹钟看看："我要你看着我入睡，等我睡熟后没有异样，你才能睡着。如果半夜我在喊叫，你要马上推醒我，知道吗？"

玛莎点点头："公主，您做噩梦，我会立即叫醒您的。""你及时叫醒我，省得我一晚上做奇怪的噩梦，第二天上学该没精神了。"

玛莎笑笑说："放心吧，公主，我会照做的。现在，您可以安心入睡了。晚安。"她关掉床头的台灯，然后坐在地毯上看着我。这下，我可以安心地闭眼睡觉了……

丢　失

我睁开眼，发现班森和艾瑞克睡在我的左右。看着他俩安详的脸，霎时觉得流浪也变得安全。

幸好，小鱼儿还在，希望还在。它正自由地在水里游走，很安静。只是缸里的水有些浑浊，该为它换水了。我下意识地将手伸进裤兜，那仅剩的一块九毛钱不见了！我急了，找遍身上的每一处和周围，始终没发现钱。

我哭着摇醒了班森和艾瑞克："班森！艾瑞克！我的钱没了，我的一块九毛钱没了！"他们忽地从地上一跃而起："什么，你的钱没了？"我委屈地点点头，眼泪流下来。班森和艾瑞克将三条棉被翻了个底朝天，搜遍了周围的所有角落，还是没有发现钱。

我急得大哭起来："这是我唯一的钱，活命的钱！这是我妈临走前留给我最后的钱！"我捂住脸，绝望地蹲在地上。艾瑞克抱住我，不断地安慰着，我能感到他的身体在愤怒地颤抖着。班森冲上前，对着那些乞丐大声地嚷嚷："谁偷了若拉的钱？快交出来！"

周围没人理会，都是自顾自地坐在原地。有些往嘴里塞捡来的食物，有些靠在那里装睡，有些和我们无言地对视着。那没有表情的眼神，让我看到了世间的冷漠。我想起了母亲，为了过活将我抛弃。她离开之前，会不会存留一丝伤心和不舍？如果有，至少让我觉得，她和这些人是有区别的！

看着眼前一片悄无声息的景象，班森失望地放下了手。而后，他上前两步，眼里泛着泪光，义愤填膺地大吼道："我们同样身为流浪儿，同样要为生计奔波，向世人乞讨！但我们活得也有尊严，也有良知！我们也是人，知道什么是错、什么是对！可我们都不知道下一刻会不会饿死，会不会被恶势力暗杀！大家都是无依无靠的人，为什么还要互相伤害？难道偷取这点钱就能一辈子摆脱贫穷和饥饿了吗？看看这个可怜的小女孩，她的身世不会比你们强多少，你还忍心拿走她身上唯一的一块钱？如果你还有良知，就请把钱交出来吧！上帝会保佑你的！"

班森手舞足蹈着，像个正义青年为我竭力声讨着。我以为我的眼泪和班森的坚持，能够换回别人的良心，可惜我想错了。没有人理会我们，他们只关心自己今天能捡到多少垃圾，讨到多少钱，能不能吃得上饭。除此之外，不会再关注别的了。

对面一位老伯抽着别人丢弃的烟头，两眼微微地半张着。他用极其沙哑的声音，喃喃地感慨道："活在布朗士的贫困街，每天靠捡垃圾过活，还谈什么尊严？我们的尊严，全给了那些施舍我们的人。"

艾瑞克扶着两眼红肿的我站起身："如果你要这样认为，那你永远也摆脱不了贫困，永远也走不出布朗士！"老伯深深地吐出一口青烟，嗤笑一声："我都是快去见上帝的人了，还谈什么理想？我从没想过要离开布朗士，那是因为我根本没有机会摆脱贫困。我的愿望只有一个，生在这里，死也要在这里。除非下辈子，我当总统！"

艾瑞克盯着老伯，眼里满是失望。他轻轻地叹口气，向着周围喊道："你们现在拿走她的一块钱，将来有一天别人也会从你身上拿走一块钱，甚至是更多的钱！若拉是善良的女孩，今天的一块钱就当送给你。但是你的下一个一块钱，也许就不会那么容易得到了！"

周围一片寂静，没人理会，只有街边飞驰而过的汽车。这种安静，像要吞噬你的灵魂，让你感到窒息和绝望。我知道，哪怕再重复多少遍，这里依然还是一片寂静无声。我很喜欢安静，但这一刻，我害怕这样的平静！死寂一样的静！

班森和艾瑞克不再说话，默默地蹲下身，收拾好地上的床铺放进包里。然后扶着我，拖着行李离开了这里。

生　路

我捧着金鱼缸，边走边问："我们现在要去哪儿？不回去了吗？"班森看着前方："我们去找吃的东西，在那里，永远也别想吃到一口饭，他们早就比我们先一步占领了地盘。"我问："他们都是这么冷漠吗？"艾瑞克说："冷漠是正常的。在这里，别想别人来同情自己，他们不可能饿着肚子把食物留给你。"

我点点头："我知道了！他们没有错，只是在维护自己活下去的权利！"我们沿街走了很多路，我捧着金鱼缸，感到浑身发软。连着两天只吃了两口热狗，我的身体已担负不起更大的消耗。

我虚弱地说："我真的走不动了，实在是太饿了。我们能歇会儿吗？"班森和艾瑞克扶住我："你能接受上街乞讨吗？""乞讨？"他们点点头："是的！如果你不愿意，我们……"

正好经过一家住户，一条斑点狗正在门口伫立着。班森望着对面说："实在不行的话，我们只能去捡狗食吃。你能接受吗？"我诧异地问："狗食？"

我们望向那里，一位胖胖的大婶端着一个盆子缓缓地放在地上，斑点狗摇着尾巴向她讨好着。大婶摸摸它的头："亲爱的，多吃点，吃饱了，你才有力气帮我看家。"大婶起身进屋，将大门关上。斑点狗低下头，嗅着盆里的食物，却没有马上伸出舌头去吃。

班森凑上前悄悄地说："我去引开狗，艾瑞克，你去拿盆子！"他们正要上前，被我一把拉住："怎么，你们真的要去偷狗食？"班森回过头，严肃地对我说："若拉，如果这世上穷得什么都没了，只剩下狗食，你还吃不吃？"

我低头不语。

艾瑞克郑重地说："当人的生存受到威胁，你就不会去考虑那么多，活下去是唯一的信念。你不会想狗食有多么难吃，只要能吃到，你都会觉得非常幸福。至少这一刻，你不会被饿死。"

他们让我待在一边，班森上前逗狗玩，艾瑞克小心地将地上的盆子拿起。我看见斑点狗眼里那无助的光芒，它摇着尾巴看我们，却没有发出一声叫声。

他们将盆子递到我跟前，笑着说："若拉，虽然是狗食，但这是主人自己吃剩下的，还热着呢。"我看着盆中的食物，里面有火腿、肉骨头和米饭。闻上去，还带着阵阵香味。班森递给我："若拉，你先吃。"

我看着食物，眼泪掉了下来，滴在盆子里。我望向那只斑点狗，它的乳头耷拉着，肚子鼓鼓的。我说："这只斑点狗，好像怀孕了。"他们看看它，点点头。我盯着斑点狗："它马上要做妈妈了，更应该补充营养。如果我们偷走了食物，它今天就没饭吃了。我们比动物强，会说话，有手有脚。可是狗不行，它想说话，却不会表达，还是一只被链子拴着的狗。"

他们若有所思地点点头。班森说："若拉，你真是个善良的孩子，上帝会保佑你的！"艾瑞克说："若拉，你说得对。虽然我们过得苦，可也不能侵占动物的食物。对不起，是我们疏忽了。"

班森将盆子放回原处，并摸了摸斑点狗："你一定饿了，是不是？其实，我们也很饿。"斑点狗朝班森摇尾巴，这时，它轻轻地发出"呜呜"声，好像在说："谢谢你的仁慈。"

我们离开了那幢屋子，回过头，我看见小狗眼里流露着感谢和不舍的光芒。这是善良的动物，仁慈的动物。班森和艾瑞克也是善良的，哪怕我们的境遇再落魄，他们还是愿意放动物一条生路。

感谢上帝，阿门！

绝处逢生

饥饿让人无助和绝望，哪怕不是孤军奋战，可还是觉得孤立无援。我的脚软弱无力，每前进一步都觉得非常困难。艾瑞克和班森扶住我前行，我明显感到他们也已是体力不支了。

路过一个水果摊，上面摆着五颜六色各种新鲜诱人的水果。雇员正在叫卖，老板正在挑选其中那些样子难看的水果，如果已经发烂、干瘪了，就干脆丢进面前的垃圾桶里。班森眼睛一亮："有了！我们去捡他们扔掉的烂水果，这样就不算偷了！"艾瑞克笑笑："这主意不错，至少能解决一顿饭。"

只见班森对老板说："老板，垃圾桶里的水果您还要吗？"老板看了看他，皱着眉头说："垃圾桶里的当然是不要了。"艾瑞克笑笑："那我们把这些拿走了，可以吗？"老板斜眼看看他们，挥了挥手，示意可以。

班森和艾瑞克开心地折回来，从行李中拿出一个编织袋来，将垃圾桶里的烂水果一股脑儿地全部倒入袋子里。他们对老板说:"谢谢您,老板,十分感谢您!"他看了他们一眼,又挥挥手:"拿完就赶紧走吧,别妨碍我们做生意!"我们鞠了一躬,提着袋子离开了。

我们走到巷子口,在阶梯前一屁股坐下。一着地,两条腿便再也提不起劲来,像瘫痪了一样。班森和艾瑞克笑着说:"若拉,我们不会被饿死了,我们有东西吃了!"当他们将编织袋打开的那一刹,一股难闻的酸臭味扑鼻而来。里面有香蕉、苹果、梨子和猕猴桃。每只水果上的腐烂面积大小不一,有的烂了一块,有的烂了一大半,有的几乎烂了整只。

艾瑞克将一个苹果腐烂的部分挖掉,剩下一部分好的递到我手里:"若拉,快吃吧,虽然不是什么新鲜的水果,但总比饿着肚子强。"我点点头拿过苹果:"有东西吃就不错了,你们也快吃!"班森手里拿着腐烂的香蕉:"嗯,这些水果起码可以垫肚子。整整一大袋,够我们吃好几天的了。"

就这样,我们吃掉了二十多个腐烂的水果。有食物进入胃里,我们又有力气了。虽然味道怪异,但我们觉得幸福和满足。至少,不会饿晕过去了。如果就这样横死街头,估计也没人会来可怜我们。这个世上,除了自己拯救自己,是没有人会来拯救你的。这句话,是在我吃完最后一个烂苹果后,班森和艾瑞克告诉我的。

我们在街上转悠了一天,走走停停。一天三顿饭,就靠这一袋子的烂水果充饥。纽约冬天的夜晚,总是来得特别早。在我还没做好准备时,天色就完全暗了下来。街头霓虹闪烁,而我的心在慢慢下坠。一到夜晚,我总是感到无名的害怕。没有家,没有温暖,没有安全感。幸好,我有班森和艾瑞克这两个患难伙伴。

晚上,我们没有回昨天住的地方,而是来到了另一条街口的天桥下。这里没有昨晚那里住的人多,或许会清净和安全些。他们将塑料纸和被子铺好,艾瑞克说:"今天,我们就在这里过夜吧。原先的住处太混乱了，你不适合在那里。"班森说："现在我们身上一分钱都没了，估计别人对我们失去了兴趣。"

我们相视而笑，苦中作乐。

睡下后，我把被子半盖在脸上。耳边，除了呼呼的风声，还有汽车在头顶飞速而过的声响。空旷的天桥，传来阵阵目眩的回音。我幻想着，要是桥突然坍塌，车子从上空一跃而下，那么，我们都可以去天堂了。

在睡梦中安静地死去，应该没有疼痛和悲伤吧。

伴着汽车驶过的回声，我们渐渐进入了梦乡。

晕　厥

闹钟定在早晨七时半，我从睡梦中惊醒。看看周围，是舒适的大卧房，我是珍妮芙！

玛莎睡在地板上，鼻腔里不时发出阵阵的轻鼾声。我的怒气窜了上来，掀开被子踢了玛莎两脚："你给我起来，快给我醒来！"

玛莎慢吞吞地坐起身："公主，发生什么事了？"我两手叉腰，生气地骂道："你这个蠢猪！看看现在都几点了？"她拿起闹钟一看，猛地从地上一跃而起："天哪！七点半了！对不起公主，我忘记了时间！"

我指着玛莎呵斥道："我让你来这里是有任务的，不是让你来睡大觉的！你不但没有在我做噩梦时叫醒我，反而还比平时睡得更沉、更久！"玛莎低头，不住地道歉："对不起，对不起公主，我真的是疏忽了。一合上眼，就再也醒不过来了！我真该死，真该死！""你是死猪吗？你是该死，我要扣你一天的工钱！"玛莎边收拾衣物边说："是！是！公主，我错了，我再也不敢了！"

朱蒂进屋，赶紧帮我穿衣。我站在镜子前吩咐她："朱蒂，今晚你来我房里睡！""是，公主！"我斜着头说："那玛莎大概是活晕了，睡得像头死猪，你不会也像她那样吧？"朱蒂低头："不会，请公主放心！"

饭桌上，摆满了各式早点和水果。玛莎将新鲜的猕猴桃和苹果切好递到我面前："请慢用！"我一看面前的水果，立马捂住嘴巴，反感地大叫道："给我拿走，快给我拿走！"玛莎不解地问："公主，这是您最喜欢的水果！"我捂住嘴巴和鼻子，皱着眉头不断摆手："我命令你马上给我拿走，全拿走！"母亲看了看说："公主说拿走，就拿走吧！"

玛莎端走了桌上的水果拼盘，朱蒂递上热牛奶和果酱吐司。父亲问："心肝，一大早的心情这么不好吗？"我边喝奶边说："爸爸，我不想看到水果！""怎么了？你不是最爱水果吗？"我放下杯子，冷冷地说："从现在开始，它不是我的最爱了。"

上车前，我转身对父亲说："爸爸，今天已经是 21 号了，你什么时候请卡尔他们来家里做客？"父亲摸摸我的头，笑着说："宝贝，明晚，卡尔全家会过来。"我捂住嘴巴，上前向他拥抱，兴奋地喊道："太棒了！爸爸，我爱你！"

父亲搂着我，在我的小脸上吻了吻："心肝，我也爱你！爸爸会满足你的一切愿望，相信吗？"我使劲地点点头："当然！没有什么是爸爸做不到的！"

我坐在车里，得意地望着窗外。我一度认为，在这个世界上，没有什么是我得不到的。父亲可以满足我的一切要求和愿望，包括爱情。

中午，班森和艾瑞克拿着餐盘来到我身边。一看见盘中的水果，我立即捂住鼻子："拿走，快拿走！这是腐烂的香蕉和苹果！"班森不解地拿起那根粉黄的香蕉说："这明明是新鲜的，很香呢！"我挥挥手，又示意同桌的伙伴去对面用餐。

艾瑞克和班森凑上前，小声问："怎么了，莫非昨晚又做噩梦了？"

我点点头："没错！"班森拿着香蕉发愣："连续三天发噩梦，还讨厌水果，有点玄乎。"艾瑞克关切地问："珍妮芙，你怎么不吃东西？"

看着盘中满满的食物，我捂住鼻子和嘴巴："真是活见鬼了！我梦见身上的一块九毛钱被偷了，居然落魄到去捡别人扔掉的烂水果来吃，还差点吃了狗食。我现在一看到这些，就闻到了梦里那股发酸、发臭的腐烂味，真让人恶心！"

班森皱着眉，连连摇头："我的上帝！真难以想象，你居然吃别人的垃圾！"我反驳道："不！是梦里！"艾瑞克问："所以你连午饭都吃不下了？"我点点头，拿着杯中的饮料说："是的，我完全没食欲了。你们要不把水果拿走，要不就赶紧吃掉。否则，我会吐的。"

班森赶紧拿起香蕉塞进嘴里，整个嘴巴塞得鼓鼓囊囊的。艾瑞克握住我的手："宝贝，你的脸色看起来可不太好。"我点点头："都怪那个死玛莎没有叫醒我，害得我做了整晚的噩梦。现在我满口都是水果腐烂的怪味，只有靠喝水来减轻了。"艾瑞克拍拍我的手背："别担心，这只是种感觉，并不会真的存在。"

班森咽下最后一口香蕉，赶紧喝了几口水："上帝啊，噎死我了！"艾瑞克笑了笑："吃完香蕉喝水小心拉肚子！"班森打了个饱嗝："没办法，谁让我们的公主见不得水果呢！拉肚子是小事，做噩梦可是大事，希望今晚它不会再来烦你。"

我喝口水擦擦嘴："不会了，今晚让朱蒂陪我，她可比玛莎勤快。"我兴奋地握住他俩的手，"明晚，卡尔和他父母会来家里做客。我又可以见到他了！"艾瑞克笑着说："珍妮芙，你的愿望可以实现了！祝贺你！"班森擦擦嘴："明晚，你可以验证卡尔到底是王子还是青蛙了！"

我瞪起眼，大吼道："班森！我说过卡尔不是青蛙王子！你别再对他报有偏见！"班森举起双手："哦，我没有！我只是打趣罢了，别生气！"艾瑞克冷静地说："不管出于什么原因，他都应该给你一个合理的解释。"我笑着站起身："放心吧，卡尔会给我一个满意的答复的！"

下午，天气放晴，几日的小雪天气过去了，太阳终于露出笑脸。我喜爱的体育课开始了，今天的课程是慢跑和橄榄球。大家身穿运动服和球鞋来到操场上，准备热身运动。体育老师让我们分成两组，围绕空旷的操场排队慢跑。只跑了半圈，我便觉得有些体力不支。想着应该是连续几天的噩梦导致睡眠质量下降，今天好好运动一下，晚上一定能做个好梦。

两圈慢跑结束，老师让我们两人一组互相传球、接球。当我往前快速奔跑时，觉得脚下一阵发软，头开始眩晕，眼前的同学和操场变得模糊不清起来。全身软弱无力，一团黑色浮现在面前。眼一闭，我晕了过去。

待我醒来时，发现正躺在学校的医务室里。眼前一片黑压压的脑袋，同学们围堵在我的床边。叽叽喳喳的声音凑了过来："珍妮芙，你晕倒了！""珍妮芙，你没事吧？""珍妮芙，你现在感觉怎么样？"

我慢慢坐起身，不解地问："我晕倒了？"老师摸着我的脸："是呀，你突然晕了过去，我们把你送进了医务室。"值班医生走过来："珍妮芙同学，你是由于低血糖导致晕厥的。今天吃午饭了吗？"

我想了想回答："哦，是的，我中午没怎么吃东西。"医生点点头说："怪不得！我给你挂点葡萄糖，你吃些东西就会没事了。"老师说："别担心，你的家人马上就来接你了。"

我在医务室挂完盐水，母亲胆战心惊地将我接回了家。她把我安顿在床上，并让玛莎为我端上刚煮好的甜汤。她要看着我吃东西，生怕我再次晕倒。我拉过母亲的手："妈妈，我只是低血糖而已，别担心！"

母亲紧张地望着我："你突然晕倒在操场上，又不好好吃饭，能不让妈妈担心吗？"我躺在母亲怀里，撒娇地说："妈妈，我现在不是没事了吗？我想再睡会儿，你出去吧！"

母亲为我盖好被子，又嘱咐朱蒂和玛莎时刻注意我的动态。一切安静下来，这一刻，我终于感到累了。

不速之客

待我再次醒来，已是晚上八点，天完全黑了。朱蒂为我穿上睡袍，打开门，见父母正和客人在楼下谈事。那声音，像是在不久前听到过。

我下阶梯，仰着头咳嗽两声。父亲起身来到楼梯口，拿着烟斗问："心肝儿，你醒了？""是的，爸爸。"站在父亲身边的那个男人，正是大鼻子马丁。他凑上来，毕恭毕敬地弯腰说："晚上好，亲爱的珍妮芙公主！"我斜眼看着他，轻声应和一下。

母亲扶着我，关切地问："亲爱的，现在感觉怎么样？""睡了一觉，感觉好多了。""想吃些什么？""我只想喝奶。"父亲喊来朱蒂和玛莎："给公主煮热牛奶和点心！"

马丁站在那里，仍旧低着头，眼珠子转了转："公主，我带了些上等的燕窝和雪蛤，不如，让佣人炖了给您喝？"我瞅了眼茶几上的礼品，没好气地说："我家的补品都堆成山了，你拿回去吧！"父亲缓和了句："马丁先生带来的水果很新鲜，心肝可以尝尝。"马丁立即跟上："是啊，里面的火龙果和猕猴桃很不错的。"

三筐水果篮，分别用漂亮的竹篮、彩纸和彩带包装着。我一看那五颜六色的水果，立马想起了昨晚的梦境，顿觉一阵恶心。父亲上前一步："心肝儿，没事吧？"我摇摇头。我又对马丁说："这些水果，花了你不少心思吧？"马丁浅浅一笑："呵呵，一点水果，不成敬意。听说公主今日身体欠佳，故来府上慰问。""我身体没什么毛病，你多虑了。水果包装得很漂亮，可惜我不喜欢。"

马丁的脸色由刚才的兴奋瞬间转为了尴尬，我心里暗自窃喜。他勉强笑了笑："公主不喜欢包装，那就把它拆了，水果倒还是很新鲜的。"

我两手一摊，皱眉道："我现在很反感水果，你最好也把它们带走！"

我转身准备上楼，玛莎端着煮好的牛奶走过来："公主，您的牛奶。您是在楼下喝，还是去楼上喝？"我斜着头说："去楼上喝，在这里我喝不下！"朱蒂拿着两碟餐盆经过身旁，被我叫住："这是什么？"她定住："公主，这是给波比和米奇的食物。"米奇是白褐相间的纯种苏格兰牧羊母犬，波比是棕色的贵宾公犬。

我皱眉："怎么？它们今天没吃东西吗？"玛莎低头说："公主，今天波比和米奇在花园里玩疯了，把餐盆砸翻也不吃东西。"我问："这又是什么？""是今晚吃剩的食物，鸡肉、香肠和米饭。"

我想起了梦中的狗食，又一阵恶心上来："快拿走！"我用手指着朱蒂吩咐道，"从明天开始，狗粮从两餐减到一餐，看它们还敢放肆！你喂完那两个小贱货就来我的房里！""是，公主！"

我一阵厌恶，斜过头喊了句："讨人厌的狗！"我并不是在骂狗，波比和米奇是我的心头肉，我怎舍得真的辱骂它们！如果那大鼻子够聪明，他该听得出我话里的意思。

回房后，玛莎问："公主，看来您不爱波比和米奇了。"这玛莎嘴快，心思缜密，在佣人中，就她的心眼最多。我反驳："谁说的？我爱它们还来不及呢！我是不喜欢那个叫马丁的男人。"

玛莎为我放洗澡水："哦，原来公主是不喜欢马丁先生。"我坐进浴缸内："你没看见他一副阿谀奉承的嘴脸，讨厌极了！"玛莎为我擦身体："刚才我好像听见老爷在和他谈什么电影的事。""嗯，那大鼻子来的目的就是想让爸爸为他投资电影的，这狡猾的狐狸！""看来，马丁先生是讨不回公主的好感了。""我对他从来就没有半点好感。"

我穿着睡袍来到楼梯口，俯身看楼下已没了人影。朱蒂喂完食物走上楼梯，我问她："他们人呢？""老爷和太太去书房招待客人了。""你忙完就来我房里，今晚我要早点睡。""好的，我马上就来。"

朱蒂将被褥铺在我的大床旁："公主，这两天您精神不好，是该早些休息。"我趴在床上说："最重要的是明晚卡尔要来家里做客,我必须有个好状态面对他。明天请客的食材都准备好了么?""早上太太就吩咐下去了。""很好,明天把家里打扮得漂亮些,我的房间要摆满鲜花。""明白,我们会打理好的,请公主放心。"

私下里,我还是比较看好朱蒂的,她善良、老实、质朴,没玛莎的心眼多。虽不像玛莎那样嘴甜讨人欢心,但是我说什么,她就会照做什么,不会有半点的违抗。这么看来,朱蒂算是个贴心的好女佣。

我再次嘱咐道："今晚,我再也不能做噩梦到天明了,如果有事你一定要喊醒我!""我知道了!"合着柔和的灯光,在朱蒂轻声的哼唱中,我闭上了双眼。

重获新生

天还没完全亮,耳边呼啸而过的汽车声把我们惊醒了。雪虽然停了,但比之前显得更寒冷了。大风呼呼地吹在身上,再猛烈一些,就快将我嫩薄的小脸划出口子了。

艾瑞克和班森从附近的集市上捡了些早餐的残羹回来,虽然都是别人吃剩的食物,但只要能填饱肚子,我们就有力气存活下去,存活在这冰冷、复杂的布朗士!

街上到处是一片繁杂、热闹的景象。再过两天便是圣诞节了,大家都在匆忙地赶工、购物、布置,好不开心。上午,我们在附近的街区分工劳动,艾瑞克负责捡废旧的报纸和纸板,班森负责捡易拉罐和废旧物品,我则负责清点。

中午,我们又去了昨天的那家水果店。显然,老板早已记住了我们三张小面孔,他二话不说,就把丢弃的水果让给我们。还不忘说一句:"与其把它们白白扔掉,送给你们,我倒觉得不可惜了。"班森转身问:"老板,明天我们还能来吗?"老板摆弄着新鲜的苹果:"来吧,只要有,你们就来取。"我们感激地连连鞠躬，背着一麻袋的烂水果和老板道别。

下午，我们拖着几大袋垃圾来到废品回收站。这里有成千上万堆可回收的废品，放眼望去，如同一座彩色的大山。我们站在面前，渺小得像一粒尘埃。艾瑞克、班森和废品回收人讨价还价，一样一样地清点垃圾。看着眼前如山的废品，我红了眼眶，在心里默默地呐喊："妈妈，弟弟，你们到底在哪里？你们可知道，若拉想你们！"

当太阳在身上洒下最后一道光时，我们从别人手里得到了四美元，四美元！这四块钱对于别人来说也许只能买个汉堡、饮料或是坐一趟的士，但对我们来说，它就是救命稻草！

班森和艾瑞克抱住我，手里紧紧攥着那四美元，激动地大喊："若拉，你看，有钱了，我们终于有钱了！我们不用饿肚子了！"在这片黄昏的废墟中，我们三人抱在一起流泪。回音传向无边的上空。

我总觉得，这声音能传到很远很远的地方。如果哭泣有用的话，我希望这无奈的回音，能传到妈妈的耳中。

夜幕降临，我们拖着疲惫的身躯回到天桥下。很庆幸，那破棉被虚掩着的角落里，我们的行李还在，鱼缸也在。我弯下身，拿着手里的钱对小金鱼晃了晃："小鱼儿，你看，我们有钱了，你开不开心啊？"金鱼活络地在水里翻了个大转弯，晃动着优美的身线，仿佛在说："太棒了！我们一定能活下去，能活很久！"

艾瑞克从衣兜里拿出个矿泉水瓶，里面还剩三分之二的水。我兴奋地说："艾瑞克，你还藏了一瓶水？"他笑道："留给你们喝的，润润嗓子。"我喝了几口，虽然像冰一样直入喉咙和心脏，但内心还是十分温暖。我将它递给班森，他喝后又递回给艾瑞克。

他只喝了两口，就将水瓶放下："班森，你把小鱼儿捞出来，把脏水倒掉。"班森用手小心翼翼地将金鱼快速捞起，将缸里的水倒掉。艾瑞克拿起矿泉水瓶，往鱼缸里扑通扑通地灌水。我抬头看他，那棕色的双眸在夜色下显得格外动人。班森将小鱼儿放回鱼缸，它在水里再一次自如地来回游走。

我开心地拍双手:"太好了,小鱼儿有新鲜的水了!谢谢你,艾瑞克!"艾瑞克仔细地查看着金鱼缸,低声说:"这鱼缸好几天没换水了,它的粪便和食料早把水搞脏了。如果再不换水,它会死的。"我点点头:"其实,我可以走几条街,到公共厕所那儿去换水。"我转过头看看,"或者,到天桥旁边的那条河沟里给鱼儿换水。"

艾瑞克慢慢站起身,拍拍手中的灰尘,望着前方。他感慨地说:"你看看那条臭水沟,被布朗士的人糟蹋成什么样子!这还是条河吗?垃圾成堆,分明就是条垃圾河!如果把这样的污水放进鱼缸,小鱼马上会死。我们可以靠阳光、靠氧气、靠能量活下去,可是小鱼唯一依靠的,只有水。我们还可以熬一熬,可是小鱼儿熬不起,它比我们都脆弱。"

我红着眼点点头,对着鱼缸说:"小鱼儿,你要争气点!艾瑞克对你这么好,你一定要勇敢地活下去!"艾瑞克的眼里透露着无奈和愤慨:"这里的人不懂得爱惜自己,更不懂得爱惜身边的环境。看看这条臭水沟吧,就知道生活在这片区域的人,是多么贫穷和落魄。如果我有能力,绝不会让它变成现在这个样子!"

班森跟着说:"如果我有能力,也不会让它变成这样!总有一天,我们会走出这里,走出落后的布朗士!"我红着眼抱住他俩:"对,我们总有一天能通过自己的努力走出去,我坚信!"

同 情

一天的劳累终于让我们有了浓重的困意,正准备席地而睡时,一辆闪着大灯的轿车朝这边驶来,刺眼的灯光让我们齐刷刷地捂住了眼睛。

很快,大灯熄灭了,车子没有走,在离我们十米远的地方停了下来。车门开了,下来一位身穿运动装的大男孩,个头、年龄和艾瑞克相仿。

我们跪在地上，抬起头望向他。男孩走到跟前，定住，然后弯下身来。

班森警觉地问："你要干什么？"艾瑞克问："你有事吗？"男孩朝我们微笑，看样子，并不像是要加害我们。他问："你们三位，都是无家可归的人吗？"艾瑞克和班森低头不语，我轻轻点点头。

男孩惋惜地说："噢，真不幸！天这么冷，你们就睡在这里？"艾瑞克和班森没有理会他的话，自顾自地铺起被褥来。我轻轻点点头，算是回答他的问话。

男孩说："我叫卡尔·威廉，住在曼哈顿，今天正好和家人办事经过这里。你叫什么？"我慢慢抬起头，轻轻地回答："若拉·史密斯。"他朝我笑笑，眼神里充满了关切和真诚。说不出为什么，我竟有种害羞和心跳过速的感觉。或许是自卑作祟，住在天桥下，始终抬不起头面对世人。

卡尔说："若拉妹妹，看到你们住在这里，我心里非常难过。车子经过这儿，我就想下来看看。"班森铺着被子，回了一句："想看看我们悲惨的局面吗？看到了吧？我们就是睡在天桥底下的可怜虫，怎么样？"卡尔低下头，尴尬地说："请别这么说，我并没有其他意思。我只是，想……"

"想什么？"班森直起身，瞪着卡尔呵斥道，"想用我们落魄的样子来证明你高贵的身份对吗？不必炫耀了，我知道你有钱，不用弯下身子来刻意表明你的身份！"卡尔使劲摇摆双手，解释道："噢，不不不！我完全没有这个意思，请别误会！"

"没有误会！住在布朗士，只有现实，没有什么误会！"班森像个演说者一样站在原地，死死地盯着卡尔。他并没有恶意，只是想极力维护我们的尊严。我知道，班森的内心很自卑、很脆弱，我们是一样的。

他冲着卡尔说："你在曼哈顿，我们在布朗士，你们不喜欢我们，我们也不欢迎你。你走吧！"卡尔慢慢站起身，低头解释着："说实话，我下车过来，真的没别的意思。我只是……想帮助你们……用我的能力去帮助你们……"

班森轻笑一声："哼，帮助？别假惺惺的了，哥们，布朗士不需要同情！我们虽然是弱者，可我们也有自尊。收起你的博爱精神，回你的曼哈顿去吧！"班森越说越气，推搡着卡尔，示意他赶紧离开。

"不！"卡尔定住，大声地说，"我没有这个意思！在我眼里，你们同我一样，都是需要关爱和教育的孩子。我知道你们一定遇到了天大的困难，才会迫不得已……我只是想用自己的能力，去帮助需要帮助的人……"

卡尔边说边从口袋里掏出一个白色的信封："这里面是五十美元。别误会，这是我自己赚的钱，不是向家里要的。是我去市里参加兴趣小组比赛得的奖金，今天刚拿到的。所以，我想我有这个权力，把它给你们用来救急。虽然这很微薄，但代表了我的一点心意。希望，三位不会因为这样看我不起！"卡尔说完，礼貌地鞠了一躬。

班森红了眼，顿了两秒，抵触地用手挥挥："我们有钱，我们不是乞丐，我们会靠自己的劳力去赚取生活费！我们不需要同情和施舍！"卡尔拿着信封说："请别误会，我并没有怜悯你们的意思。我只是想帮助你们，真的！"

艾瑞克在一旁冷静地说："你的好意我们心领了，把钱拿走吧。如果你真想帮助穷人，就把钱给他们吧。"卡尔转过头，看着天桥那头还有两个正在睡觉的流浪儿。他走过去，在他们的碗里放了些零钱，又走回来。卡尔二话不说，将信封塞进我的手里，然后猛地鞠了一躬："愿上帝赐予你们平安，再见！"说完，他头也不回地转身走向车里。我傻傻地愣在那里，红了眼眶。

班森气急地从我手里抢过信封，对渐渐远去的汽车大声叫嚷着："喂！拿走你的臭钱！我们不稀罕！我们不是乞丐，不需要别人的同情！喂！"班森正想将信封内的钱扔出去，艾瑞克上前两步制止了：

"班森，别扔！别和钱过不去，金钱本身是没有罪过的。如果你这么做，那就有罪过了。"他看着远去的车影，淡定地说，"既然他一定要给，那我们就先收下吧，等以后有了钱再还给他。但我们心里清楚，我们并不是在乞讨，他只是在献爱心。"

班森讥讽地哼哧："想帮助我们，多么冠冕堂皇的话！虚伪！就因为我们是流浪儿，所以那家伙就必须帮助我们吗？全纽约有多少无家可归的人，他都能帮助吗？荒唐！"艾瑞克冷静地拍拍班森的手："别气了，在这个节骨眼上，我们还有什么气力去和钱较劲呢？卡尔是好心，我想他也知道，我们真正需要的是什么。可除此之外，他还能怎么样呢？除了用他的奖金抚慰我们，还能怎么样？"

班森的手慢慢地放了下去，他颤抖着身体抱住艾瑞克，却说不出任何话。班森伤心了，可即便再痛苦，他也不会表现出来，只能用这种抵触和反抗的情绪来捍卫内心的薄弱。自卑是他的天敌，却又深深依附着他。

其实钱对我们来说实在太重要了，想要在纽约活下去，就必须要有钱。我知道班森的话对于一个想要帮助我们的好心人来说有些重了，但是，我实在找不出能够反驳他的话。

艾瑞克和班森一把抱住我，他们将头埋在我的肩头，无声地哭起来。我也哭了，虽然眼泪是最没用的家伙，可我们还是哭了。为了卡尔的五十美元，我们撕心裂肺地抱头痛哭。圣诞前夕，我们得到了同龄人的帮助。事实上我也不知道，除了哭还有更好的方法吗？

睡前，艾瑞克用半湿不干、散发着怪味的毛巾擦拭我的脸："若拉，你的脸脏了，我帮你擦干净。"每擦一下，我的心就跟着痛一下。我们竟然落魄得连洗脸的资格都没有。班森蹲在一旁，用哽咽的声音说："天堂般的城市，充满了浮华和诱惑。光鲜亮丽的外表下，却掩藏着贫穷和破败。看看上层人有多么高贵，那都是因为有我们这些下层的流浪儿在垫底！上一步是天堂，下一步就是地狱！"

艾瑞克将那白色的信封放在枕头下，拍拍我说："睡吧，若拉，今天大家都累了。"我点点头，班森和艾瑞克将眼睛狠狠闭起。我知道，他们即便再疲累，也不会马上就睡着。我虚掩着被子，张望着眼前的天桥景象。

忽然，一辆汽车在我们十多米远的地方停下来。我眼睛一亮，那不是卡尔家的车吗？原来他没有走，他一直在附近！车窗慢慢摇下来，卡尔把目光投向这里。我的脸蒙着被子，只露出一双眼睛。它湿润了，说不出是何种感受。

卡尔默默地注视我们。我感觉得出，他想说些什么，却又无从表达。班森和艾瑞克没有睁眼，他们似乎睡着了，并没有注意到这个细节。

伴着天桥下昏黄的路灯，卡尔与我，隔着一条马路，相望了很久。从眼神中，我可以看出他在心里和我说了很多话。而我回给卡尔的，只有无尽无声的沉默……

真实和梦魇

惩　罚

　　"公主，公主！快醒醒！快醒醒啊！"迷糊中，听见有人喊我。

　　我缓缓睁开眼，朱蒂正摇晃我的胳膊："公主，您终于醒来了！您做噩梦了，您在梦里哭了！"我一摸脸上，真的有泪痕。我问："现在几点了？""凌晨四点。"

　　"我是谁？"我迷糊地问她。朱蒂诧异地看着我："您是珍妮芙公主啊。"我自言自语道："我是珍妮芙，珍妮芙？我不是若拉？"朱蒂问："公主，您在说什么？""卡尔，卡尔？"我竟然梦到了卡尔，卡尔王子！

　　我回想起梦里的情景，所有的片段都令人作呕，除了最后一幕：卡尔在车内默默注视我，他的眼神，是那样深情、清澈！白净的肌肤、水蓝色的眼睛、绅士的表情，那么温柔、和善、谦逊，全和现实中的一模一样！可我还没看够卡尔的脸，就被朱蒂喊醒了。

　　我揪起朱蒂的衣领说："你是用这张嘴吃饭的吗？真是白痴一个！"朱蒂无辜地望着我："公主，您这是怎么了？""你说我怎么了？

你知道你在做什么吗?"朱蒂胆怯地点点头:"知道,要是您做噩梦了,您让我把您喊醒。""没错,可是你知不知道,你喊醒了我的美梦!"

朱蒂张大眼睛和嘴巴,颤抖着声音:"这……怎么可能……我明明看见您在梦里哭得厉害。"我瞪着双眼:"前半部分确实是噩梦,可后来不是了!"朱蒂快哭了出来:"对不起,我不知道! 对不起……""你这个成事不足败事有余的蠢猪,真让我失望! 我以为,你会比玛莎负责。没想到,你一手搅乱了我的好梦! 我也要扣你一天的工钱!"

关灯后,听见她在小声哭泣。的确,我的做法是蛮横了点,朱蒂很无辜。可我管不了这么多,她不够聪明。前两日玛莎没有喊醒我的噩梦,让我饱受煎熬。而现在,我想多看一眼卡尔也不行。我的肺快气炸了,挠挠头皮蒙上被子狠狠入睡。

距离明晚还有十几个小时,我从没觉得时间过得这般缓慢过。见卡尔的心情像是无数只蚂蚁爬满了喉头。

清晨吃早餐,母亲问我:"宝贝,昨天有玛莎在,总没有再做噩梦了吧?"我看看正在端碗的朱蒂,她低着头,脸红红的。我骂道:"真是个笨蛋! 让我说什么好!"父母齐问:"又怎么了?""朱蒂提前喊醒了我的美梦。"朱蒂放下碗碟,站在一旁解释:"对不起,老爷太太,我看见公主半夜在流泪,所以……"父亲无奈地说了句:"公主说什么就是什么吧。"

我喝着奶,看着朱蒂弱小的背影。我知道不该这么刁难她。尽管她老实,可我还是要教训她,不然,我就不能称为珍妮芙公主。

朱蒂拿着两碟狗食走向花园,我叫住:"不是说了吗,从今天开始狗食从两顿减到一顿,你没有把我的话记住?"朱蒂问:"公主,您说什么时候喂食?"我放下餐具,擦擦嘴巴:"等我放学回来后。在我回来之前不许给它们进食,只能喝水。谁让它们昨天捣乱,这是对它们的惩罚!"朱蒂为难地看看我,点点头:"是,公主。"

母亲说:"宝贝,波比和米奇可是你的心头肉噢,怎舍得惩罚它们？"我冷冷地说："任何人犯了错都要接受惩罚，何况是动物。"我起身："玛莎，准备我上学的东西！"

到了别墅门口，发现管家正在整理废旧的纸张。我问："盖里，这是什么？"他抬起头说："公主，这是从老爷书房里整理出来的过期资料，准备卖掉。"我不屑地说："都是些垃圾，卖得了几块钱，扔了吧！"盖里直起身说："哎，公主，这些纸张是算不了几个钱，可是回收废品的人却靠它吃饭过活呢。""你敢跟我犟嘴？""盖里不敢。"

正说着，一个小伙子背着麻袋包，穿着不整地向这边走来。我捂住鼻子："盖里，他怎么可以进来？"盖里赔上笑脸，擦擦脸上的汗水："公主，是我和门卫要求让他进来的。"

小伙子站住，堆着微笑向我鞠了一躬。我没好气地说："别让陌生人进门，就让他在这里清点垃圾。只准一次，下不为例！今晚家里来贵客，一定要把屋子弄得干净、漂亮！""我会照做的！祝公主上学愉快！"

我上了车，看看门口那捡垃圾的小伙。他的脸上像被抹了油，黑一块、灰一块的。衣衫破旧得掉渣，身上不断发出一股难闻的味道。我想起昨晚的梦境，自己不也是变成捡破烂的若拉吗？我没好气地吩咐司机："快开车，快走！我讨厌看到这一幕！""是，公主！"

今天是圣诞节前最后一天上课，从明天开始，要放假半个月。我与老师、同学相互问候，送上节日的祝福，教室里到处是欢声笑语。而我的心像抹了蜜一样甜，见了谁都是微笑以待。下午三点，老师一声令下，大家互说圣诞快乐后便涌出了教室。

司机早已在门口守候着我，我急急地跳上车，吩咐道："快开车，用最快的速度回家！""是，公主！"

期　待

车子一停下，我飞速地跑进去。别墅内布置得像个皇宫，到处充满了喜庆的气息。我上楼进了房间，天哪！这简直是一个花的海洋！书桌、大床、窗台……每个角落都摆上了漂亮的花束，仔细望去，还能看见花瓣上那晶莹的露珠。

我开心地转身抱住玛莎，在她的脸上亲了一口："漂亮！我太喜欢了！鉴于你的表现良好，今天给你加工钱！"玛莎摸摸脸，嬉笑地说："是，谢谢公主的恩典！玛莎会再接再厉的！"

玛莎忙着为我换新衣，白色雪纺公主裙，裙摆上镶嵌着六朵白色的玫瑰花，面上布满了一颗颗圆润的白色珍珠。玛莎收紧我的裙带，赞叹道："公主，这是上半年老爷在时装展中为您购置的本季限量版公主裙，很不错哦。我漂亮的小公主，您是我见过最美丽的女孩！"

我将头仰起，骄傲地说："再过几年，我就会成为最美丽的女人了。"玛莎笑着点点头："那是。今晚，卡尔王子一定会败在公主的石榴裙下的，呵呵。"我嘴一斜笑："玛莎，就数你最会说话。"玛莎退后一步："不敢，玛莎说的可都是大实话。"

我回头看看默不作声的朱蒂，知道她的心情一定不好受。我问："朱蒂，波比和米奇的餐食准备好了吗？""准备好了，公主，我马上下去喂它们。"

五点差一刻，我已全副武装了。佣人们都在厨房内匆忙地准备晚餐，整个客厅被布置得像聚会一样热闹。来到花园里，见波比和米奇撒欢地跑过来，我蹲下身摸摸它们："亲爱的，今天是我的好日子，你们两个给我乖一点，听到没？"波比调皮地站起来，伸出舌头想要舔我的脸。我躲开它："不！今天你们不准吻我！我可是要把我的脸蛋留给别人看的！"

朱蒂将狗食放在地上，两个小家伙扑上去就抢。一整天没进食的它们，估计快饿晕了。我开心地站起来，拍拍手看它们，然后转身准备进屋。我的脚刚迈出两步，只听身后朱蒂一声倒吸气的尖叫："啊——"

我回头一看，小脸蛋都快气得变形了，大叫道："噢，不！我的裙子！"那调皮的波比翘起后腿和屁股，正往我那洁白的公主裙上撒尿。

朱蒂赶紧跑上前抱起它，玛莎蹲下身擦拭我的裙摆。我伸出手指对着波比大声骂道："你这个讨人厌的小贱货，坏了我的好事！我罚你从现在开始不准出笼子半步！朱蒂，把波比关进笼子里，它要再敢乱喊乱叫，我就掐断它的喉咙！"那小兔崽子歪着头眼巴巴地朝我看，得意地舔着自己的嘴巴。我双手紧紧地握拳，恨不得将这只疯狗一把撕烂。

眼看着卡尔一家快到了，而我却还在为衣着犯愁。我站在镜子前发疯似地大吼大叫："快！快！时间来不及了，我到底穿什么衣服见人？"我在如山的衣堆里寻找了半天都没看见一件称心如意的。我双手抱头，欲哭无泪地大喊道："天哪！上帝！我该怎么办？我究竟穿什么衣服见卡尔？"

玛莎拿出了一件颜色相仿的公主裙，我看了看说："就它吧，再挑下去简直会要了我的命。"玛莎为我穿好礼服和袖套，朱蒂为我戴好头花，正准备下楼，门铃响了。我拿起裙摆走出门去："来了，来了！"我的心怦怦直跳，从未有过的紧张和激动，十年的生日大宴会加在一起都没有我今天来得这般兴奋。

卡尔一家进门了，他绅士地脱下帽子，拿起我的右手轻轻地吻了下："幸会珍妮芙公主，我们又见面了，今天你真美！"我笑着回应："谢谢！见到你们很高兴！""这是送给公主的见面礼，也当是圣诞节的礼物吧。"我接过大礼袋，笑着回应："谢谢你的见面礼，这是什么？""是女孩子喜爱的东西，公主看看。""好，用完餐后我就看。"

一片狼藉

趁着父母与大人聊天，我带着卡尔四处参观。当然，我迫切想知道他在我生日那天为什么会神秘消失，这个疑问压在我的喉头已多日。可面对他的笑脸，我竟然问不出话来，只想珍惜和他单独相处的每分每秒。卡尔很绅士，主动帮我托起了几乎快要拖地的裙摆。我笑着："谢谢你！""为公主效力很开心。"

我介绍说："这是会客厅、这是立体影院、这是父亲的书房、这是母亲的健身房、这是花园……看好了，这是我的私人物品间！"当我打开房门，卡尔张大嘴巴，眼睛不转动了。他大概也想不到我一个十岁的姑娘竟然会有如此多的玩具和物品。

一圈介绍下来，我站在自己房间的门口："这是我的闺房。"卡尔抬眉一笑："公主的房间，一般是不让外人进去的。""你是例外。"想到下一秒卡尔看见满屋的花束，说不定就会深情地拉住我的手吻我的脸蛋。我一把推开房门说："怎么样，我的闺房还不错吧？"

卡尔看了眼，肌肉立刻变得僵硬起来，一副尴尬的模样。我得意地回头，脑袋忽然懵住了。屋内变成了一片狼藉：桌上、柜上、床上、窗台上的花瓶倒得乱七八糟，鲜艳的花瓣散落了满地，报纸的碎片散落在房间的各个角落。我怀疑是不是走错了房间。

我用双手捂住嘴巴，慢慢地走进去："噢，我的天哪！这……这是怎么回事……怎么会这样？"我转头尴尬地朝卡尔笑笑："那个……刚才不是这样的……你知道我很爱干净和漂亮……在你来前的一分钟这里还是非常美的……"我吞吞吐吐地说不清话，十年来第一次，在一个人面前变得结巴和紧张。我欲哭无泪。

卡尔轻拍我的胳膊以表安慰："没关系，我们把这里收拾干净又会和从前一样了。"我堆着僵硬的笑容，紧紧地握住拳头，心里暗骂：怎么会和从前一样，没有多余的鲜花摆设了。为什么，为什么要和我过不去?

我刚想大声喊来佣人,想到卡尔在身旁,就是再生气也决不能让他看见我那恼羞成怒的样子。我只有压住声音温柔地说:"我看,我们还是先下楼吧,马上可以用餐了。"卡尔看看周围:"那这里……怎么办?""没关系,我会让佣人打扫干净的。"

父母邀请客人入席,我对着正在餐桌前忙活的朱蒂小声叫唤:"跟我上楼一趟!"朱蒂抬起头,用手在身上擦了擦,跟在后面。我转身笑着对客人说:"威廉先生,威廉太太,请上座,珍妮芙随后就来。"

避开客人后,我一把拽着朱蒂的围裙拖上楼:"你给我上来!"她吓得跟在后面:"公主,发生什么事了吗?""发生了什么,你自己去看!"我一把推开房门,朱蒂一看惊呆了:"我的天!怎么会这样?"

我拽着她进了屋,关上门质问道:"我问你,前一分钟收拾得像个花园,为什么后一分钟就变成了一个草窝?"朱蒂捂着嘴哭了出来:"对不起,对不起公主,我不知道怎么会变成这样?实在是对不起……"我指着她的脑门说:"你除了会说对不起还会说些别的吗?你知不知道我今天在卡尔面前出丑了,出大洋相了!我堂堂正正一个公主的闺房竟然变成了一个草窝!"

朱蒂含泪蹲下身去拾地上的花瓣和纸屑碎片。我气得两手叉腰:"你给我一个合理的解释,否则明天我就炒掉你,让你滚回乡下放羊去!"朱蒂跪在地上求饶,边磕头边哭:"公主饶命、公主息怒!我想起来了,一定是波比捣的鬼!""我不是让你把它关起来了吗?"

朱蒂一想更害怕了,不住地磕头:"真对不起!刚才我喂完狗就忙着上楼帮您找衣服,后来就去准备晚餐了,没来得及去管波比。一定是它兴奋过了头,吃饱了就跑到公主房里来放肆。""我不要听你的解释,解释就是在为自己开脱!""朱蒂不敢,不敢!""你不知道波比这只公狗生来就爱躁动吗,有个风吹草动它就最兴奋,为什么还会掉以轻心?"

朱蒂哭着说:"再也不敢了!我现在就把它关起来!""等一下!"我从床上捡起一片报纸屑,"我的房间怎么会有旧报纸的?""大概是早上清理时落下的,被它叼走了。""这只没教养的野狗!明天罚它一天不准进食!朱蒂,我要罚你两天的工钱!现在限你用最快的速度把房间打扫干净!如果再让我看到波比胡闹,明天我就让你们俩一块滚蛋!""是,公主!"

朱蒂很委屈,可她的确是失误了,且是犯了非常荒唐和离谱的错误。大概连她也想不到,波比竟然会比我还兴奋,又是在我身上撒尿,又是在房里大肆撒泼,实在有失我们家族的身份和脸面。

我定定情绪,堆上僵硬的笑容走向客厅。餐桌上摆着丰盛的美酒、美食,可我一点心情都没了。卡尔看到了我的"丑态",我像只赤裸裸的羔羊,在他面前一览无遗了。

我的告白

晚餐后,父母请威廉夫妇去会客室聊天了,大人聚在一起就喜欢聊什么政治与时事,经济与动态,合作与发展,或是人生与宿愿。这些我都不感兴趣,我只关心卡尔王子,他就在我的眼前。

我拉着卡尔轻轻推开房门,要是还有什么状况,我会将人带狗一起从楼上丢下去。朱蒂已把房间收拾干净,回到了原来的样子,只是,不再有鲜花的簇拥。

忽然,他从背后拿出一枝白玫瑰:"公主,请笑纳!""呵呵,哪来的玫瑰?""变出来的!""太有意思了,谢谢!"我拿过花,凑近鼻子闻了闻,仿佛能从花瓣中闻到卡尔的味道。我将白玫瑰放在窗台圆桌上的花瓶里,在灯光的照射下,显得格外娇嫩。

我盯着卡尔的眼睛问:"现在你可以告诉我,生日那天,你为什么会不辞而别?"卡尔低下头,低沉地说:"实在是抱歉,本来要等宴会结束再走的。我的祖母突发心脏病进了医院，所以，我们不得不马上赶回市里。非常抱歉，没能参加完公主的生日宴会，我感到非常遗憾。"

看着他一脸的真诚与内疚，我心里的大石头瞬间消失了："原来是这样，你的祖母好些了吗？""好多了，谢谢。""今年的圣诞节，你的祖母要在医院度过了？""我们会提前接她回家，吃完晚餐再把她送回去。""你真是个孝顺的孩子。本来，我以为……"

卡尔问："以为什么？"我本想说，以为你突然消失，丢下我不管了。可我那高傲的身份容不得说出如此掉价的话，也无法直白地表明对卡尔的心意。只好将情愫埋在心底，偷偷地乐呵。

我捋捋头发说："没什么，我本以为你带着我的亚当逃出庄园了呢！"卡尔露出洁白的牙齿，笑着说："公主真幽默。如果我真这么做，估计庄园的侍卫会将我活活拿下。然后把我带到公主面前，说'公主，我们把逃犯抓回来了，请您发令吧！'"他单脚跪地，两手平摊地望着我。

我扑哧一声笑了，卡尔模仿的样子实在太令人陶醉了。我将手搭在他的掌心上，一股暖流涌上心田。我说："就算你真的带着亚当逃走了，我也不会处置你的。""为什么？""因为，你是王子。"我拉起卡尔的手转了个圈，两人默契地摆弄了几个旋转的舞姿。我哈哈大笑，一屁股坐在床上，两手搭着床沿，问："告诉我，还带了什么礼物给我？"

卡尔微微一笑，转身去翻自己的背包。他从里面拿出两本书，递到我跟前："公主，敬上！"我接过一看，是小说《寂寞的鱼》和《我的告白》。我欣喜地问："是你母亲的小说？""对，我答应过公主，要把母亲的书亲自送到您手里。"我翻开《我的告白》的扉页，上面写着一行秀丽的文字：本书献给美丽、可爱的珍妮芙，愿公主健康、快乐！安娜·威廉敬上。

我兴奋地望着卡尔："谢谢你母亲的小说，我很喜欢。能为我读两段吗？""公主想听哪一段？"我将书随意翻到第 45 页，指着上面说："就这段吧。"

卡尔倚靠在书桌前，端详我的脸，极富情感地念着：

……我生长在和平的年代，在和平的季节遇到了和平的你。从没觉得生命里什么是不可舍去和取代的，直到遇见你。你让我知道，这世上还有这样一种不可抗拒的魔力，让我深深为你吸引。再没有什么能比你的笑容更让人心动和眷顾的了，看着你的眼睛，我就仿佛看见了自己清晰的灵魂。与你一样，纯洁、真诚。你是天使，是上帝的恩宠。假如你哭泣，这世界仿佛一片灰暗，万物都萎缩了。假如你微笑，这世界会变得更加美好，一片灿烂。这一生让我遇见了你，从此，我的生命又有了新的含义。感谢上帝！现在我决定，我要把毕生的热情和爱，献给世界上，唯一的你。不论生命过去多少时间，不论我们变得多么苍老，不论世事如何改变，我都会像十七岁时一样那么爱你，永远爱你。自此，至终。如果一定要让我说些什么，这就是我最想对你说的，我的告白。

我兴奋地鼓起掌，直到把自己的手心拍痛为止。我搭着他的肩问："太棒了，告诉我你是怎么做到的？"卡尔将手插在裤袋里，微微一笑："《我的告白》我读了好多遍，特别喜欢两位主人公纯洁、凄美的爱情故事，没有什么比初恋更令人感动、更能打动人心的了。"

我没有想到，卡尔竟然可以一字不差地将小说片段朗读下来，且是那样的富有真实情感。卡尔的双眸微红，感觉得出，他把自己放进小说的角色中，和主人公融为一体了。我表示赞同："确实很美，非常动人。你的表演让我看到了主人公真挚的爱情，我太喜欢了！你的母亲真伟大，可以写出这么打动人的小说！"卡尔害羞地低下头："上一次，实在是抱歉。我本以为，公主要再大一点才适合看爱情小说，怕现在交流会给你造成不好的影响。"

我兴奋得手舞足蹈："怎么会！爱情对于任何人来说都应该没有年龄的局限，它不是成年人的专利。有些人活到八十岁，却依然搞不懂什么是爱情。"卡尔愣在那里，不发话。我问："怎么了？"他摇摇头，感叹道："我没有想到，公主小小的年纪，竟然能讲出这么深刻的道理来，真是佩服！"

我转了个身，深情地望着卡尔："你是不是觉得，只有经历过爱情的人才能讲出大道理来？告诉你，一个人在出生的时候就已经注定，这辈子，她会经历何种爱情。从她有血有肉有灵魂那一刻起，爱情就已经驻足在她的体内。她只是在等她的爱情，到了成熟的时候，爱情就来了。"

卡尔兴奋得鼓起掌来，赞叹不已："哇！公主，您太令人敬佩了！我真的无法想象，您只有十岁，却能说出成年人乃至思想家才能说的话。我敢保证，如果您长大不当作家，那真是美国文坛的一大损失，太可惜了！"我笑笑："是吗？如果真是那样，你母亲可是我的前辈了。可有些人，还想让我当电影明星呢！""不论您长大做什么，都会很出众、很优秀。"

卡尔也许并不知道，这也正是我想对他表白的话。

透过温和的灯光，我能看出卡尔眼里深情的光芒。如果我是十六岁，卡尔就可以上前吻我了！

我等待这一天的到来！

神秘礼物

卡尔觉得不好意思起来，突然问："公主，您不想看看我送的礼物吗？"我恍然大悟："哦，你送的礼物！"我赶紧拿过大礼盒，拆开礼带，展现在眼前的是一件纯白色的公主裙。我惊呆了，这不是我刚才换下的那件吗？没错！白色雪纺公主裙，裙摆上镶嵌着六朵白色的玫瑰花，面上布满了一颗颗圆润的白色珍珠！

卡尔笑着说："不知公主是否喜欢这件公主裙？我特地在时装展中挑选的，冬季限量版。"我用手抚摸裙摆，由尴尬变得异常激动："喜欢，非常喜欢，太漂亮了！爱不释手！我现在就要把它换上！""让朱蒂、玛莎帮你一块换装吧！"我拿起衣服向卫生间走去："不用，我自己可以换！"

我兴奋地关上门，心怦怦乱跳着。不管卡尔送我什么礼物，哪怕是一块手绢，我都会开心得手足无措的。何况是一件限量版的公主礼裙！虽然我已经拥有一件，虽然它已不新鲜，可我的内心依然沸腾。我脱下原来的礼服，换上新的公主裙，站在大镜子前注视。

我默默地说："珍妮芙，你是世界上最美丽的女子，王子会真心爱你的。"

我走出门，卡尔透露着爱慕的神情："太美了！珍妮芙公主，太美了！"我转过身背对着他："帮我把腰带系上！"卡尔抽紧我的腰带："这样可以吗？""再紧一点！""这样呢？""如果可以，我希望再紧一点！""我怕太紧了，公主的呼吸该不顺畅了。""没关系，这样刚刚好。"

我转过身来："怎么样，好看吗？""完美，我的公主！"简短的几个字，却像蜜糖一样俘虏了我的心。卡尔带着我，在屋子里飞舞起来。有人敲门，是朱蒂。她一看我身上的礼裙，大惊起来："公主，这是我刚洗掉的……"我立马上前捂住她的嘴："怎么样？这是卡尔送我的圣诞礼物，漂亮吗？"朱蒂尴尬地望着我，点点头："漂亮，真漂亮！公主，太太让您和卡尔少爷下楼吃夜宵。""马上就来。"

我走下楼，立马冲上去抱住父亲的胳膊："爸爸，这是卡尔送我的圣诞礼物，好看吗？"父亲愣了愣，哈哈大笑起来："漂亮，真漂亮，卡尔真是有眼光！不错！"我在他们面前转了个圈，玛莎拿来相机，"咔嚓"拍了一张。

我逗趣道："玛莎，你偷拍我！""抱歉公主，我要抓拍您每个美丽的瞬间。到了您十八岁，我要把这些相片做成美丽的相册送给您。""好，我等着那一天！"

我们两家坐在沙发上，微笑地合了影。父亲乐得合不拢嘴："让卡尔和珍妮芙单独照张相吧！"卡尔主动牵起我的手："公主，请！"这是我第一次与自己喜欢的人合影，表面高傲，内心却乐得小鹿乱撞了。

直到送走卡尔一家，我的内心还在热血沸腾。玛莎为我披上外套："走吧，公主，我们该进去休息了。"回房间后，我仍然不肯换下公主裙，站在镜子前左右欣赏。朱蒂说："公主，真巧，卡尔王子又送了一件相同的裙子。"

我摆动着裙尾，兴奋地说："我就喜欢这件，我想穿着入睡！"玛莎上前搂过我的腰："公主，这可不行，把裙子穿皱了该不好看了。"我恍然大悟："哦，那快帮我换下来吧，放在床头。哦不，挂在窗台前，要在我看得见的地方。"

当晚，我没有要求佣人陪我入睡。我既不想听到玛莎那恼人的打呼声，也不想半夜在美梦中被朱蒂喊醒。我只想一个人躺在大床上，看着白皙、圣洁的礼裙渐渐入睡。我拿着手机屏幕细细地端详，看着卡尔的名字和号码，仿佛看到了他迷人的面容。

我要在梦中与卡尔拥抱、亲吻，我要在梦中告诉他我爱他！不管今夜是否还会做那狗血的噩梦，我依然要在梦中爱他！

神奇的是，连续两晚，我真的没有再梦到自己变成可怜的若拉，没有梦到脏乱的街道和腐臭的垃圾。我梦到自己身穿卡尔送的公主礼裙，站在海的一边等待心爱的人出现。对岸很远，而我看到的始终是一个虚无缥缈的影子，他在远远地注视着我。

我希望那是卡尔、卡尔、卡尔！

你好，平安夜

12 月 24 日，平安夜，全纽约沉浸在一片热闹、欢腾的气氛中。街上张灯结彩，到处挂满了五颜六色的彩灯圣诞树。家里更是一片欢快的景象，佣人辛劳地忙活着，房前和院落摆设着漂亮的圣诞树，色彩斑斓，如同一个花的海洋。全家人聚在一起，享受美味的圣诞火鸡大餐。

这热闹的景象对我来说已不新奇，在我的世界里，这些都是次要的，我只关心自己需要的。父母送我的礼物，我已没有新鲜的欲望了。如果圣诞老人能送我一个未来的亲密爱人，我甚至可以放弃现在拥有的一切。事实上，我只想要卡尔。

面对美美的圣诞大餐，我的心早已飞了出去。只隔了一天，我便开始疯狂地想念卡尔了。想听到他的祝福和声音，想念他的笑容，想念他那深情的眼神，想念他说的那句"美丽的珍妮芙公主"……

晚餐后，卡尔打来祝福电话，我兴奋得从沙发上蹦了起来。他现在要去华盛顿广场唱圣诞歌，问我们有何安排。言下之意，就是邀请我一起参加。我当即回应他，我们也正要去华盛顿广场庆祝。卡尔最后说："晚上九点，我在华盛顿广场的大理石拱门前等您。"

我吩咐朱蒂、玛莎准备出门，恰巧班森来电："亲爱的珍妮芙，平安夜快乐！我和艾瑞克一起来接你去看灯展。""班森，我现在要去华盛顿广场和卡尔会面，你和艾瑞克去那里等我吧！"

纽约的平安夜，一片灯火阑珊。车子临近华盛顿广场，我直奔大理石拱门。那里聚集了许多行人，他们头戴红色的圣诞帽，站在挂满彩灯的圣诞树下唱着欢快的圣诞歌。我在人群中踮起脚尖，到处找寻卡尔的身影。

忽然背后有人喊我："珍妮芙公主！"我一回头，看见卡尔正戴着圣诞帽站在那里。我上前欣喜地拥抱他："卡尔，你在这里！"卡尔回给我礼貌的拥抱，然后微笑地从手上变出一顶帽子，戴在我头上。他说："美丽的珍妮芙公主，平安夜快乐！"

我摸摸头顶的帽子："我这样好看吗？"卡尔笑着摸我的脑袋："好看极了！可爱的圣诞公主！史密斯夫妇来了吗？""他们去教堂听圣歌了。""哦，真棒！不管在哪里，我们都在虔诚地庆祝圣诞的到来！"

卡尔拉起我的手穿梭在热闹的人群中。我的心，从未像这一刻那么激动。来到乐队面前，他把白色的歌本递给我，并做起示范，专心致志地和行人一起哼唱颂歌。那细密的长睫毛每抖动一下，我的心都会深深地颤抖一下。我爱这种感觉，在众人面前听着嘹亮的歌声，默默地看着心爱的人，一切都变得美好无暇。

我学着卡尔的样，端起大大的歌本哼起来。《平安夜》、《圣诞钟声》、《圣母在上》、《听啊，天使唱高声》……在一首首圣洁的颂歌中，我们庆祝圣诞的到来，审视自己的灵魂。虽然风很大，地面还结着冰，可我依然觉得温暖。

正当我沉浸在美好的感觉中，背后有人轻声喊我："珍妮芙！珍妮芙！"我转头一看，是班森和艾瑞克！他们想上前，却因人多而不能插队，只能站在后面几排仰着头和我招手。我朝他们诡秘地一笑，举起手中的歌本晃了晃，然后回过头继续唱歌。

卡尔问："有朋友找您？"我笑笑："是我的铁三角，他们也来了。"卡尔露出洁白的牙齿，眼前一亮："是吗？班森和艾瑞克也来了？"我们同时把头转过去，只见他俩也像模像样地拿着歌本哼唱起来，还时不时地耸耸肩遗憾地望着我。我凑近卡尔的耳朵，轻声说："他们两个是跟屁虫，我走到哪儿他们就跟到哪儿，尤其是班森。""那是因为，他们爱你，你们是分不开的铁三角。"

期间，我偷偷回头看他们，班森直直地盯着我的眼睛，仿佛在说："这个时刻我们应该在一起，你却把我们给遗忘了。"我挑衅地扬起头，挑挑眉头，又仿佛在说："怎么样？我就是喜欢和卡尔在一起。从这一刻开始，我不需要你们了。"

我知道班森他爱我，非常在乎我，看见我和卡尔在一起，他心里肯定不好受。可我就是喜欢这种感觉，喜欢班森和艾瑞克只能远远看着我的背影，却又无法接近我的感觉。

我凑近卡尔，悄悄地说："广场上的人太多了，我怕一会冲不出层层的包围。我们换个地方吧？""公主想去哪里？""去教堂！"说罢，我拉起他的手偷偷地穿梭在人群中。

班森看我突然离开，在背后小声叫喊："珍妮芙！珍妮芙！你们去哪里？嗨！"我捂住偷笑的嘴巴，拉着卡尔快速逃离了包围圈。我气喘吁吁地说："哇，解放了！"卡尔摸着我的鼻子："公主的鼻子都冻红了。"我害羞地低头，等着他继续说些感人的话。班森和艾瑞克紧跟上来："珍妮芙！珍妮芙！你们去哪里？等一等，等一等啊！"

我立即拉起卡尔的手往大街上跑去："卡尔，快，我们离开这里！"他有些手足无措："不等他们了吗？""不等了，我要甩掉他们两个跟屁虫！""公主，这样不太好吧？我们不和他们打招呼就走掉，有些失礼了。""失礼？在我面前谈什么失礼？永远不存在我对别人失礼这件事！"

汽车停在跟前，我拉着惶恐的卡尔："走，快开车！去圣约翰教堂！"车子在华盛顿广场前缓缓经过，透过车窗，我看见班森和艾瑞克涨红着脸向这边招手："嗨！等一等！珍妮芙！你去哪里？珍妮芙……"我眯着眼、挑着眉向外招手："明年见咯，班森、艾瑞克！"看着他们着急追赶的模样，我的心里有一种说不出的喜悦和成就。

平安夜，我终于可以牵起卡尔的手，甩掉那两个跟屁虫，去享受美妙的人生了！

午夜飞舞

圣约翰教堂内一片灯火通明,向外传来一阵阵嘹亮、优美的歌声。虔诚的信徒们坐满了每个角落,一起纪念耶稣的诞生。我们站在最后一排,静静地聆听琴师弹奏的管风琴音乐,庄严而圣洁。

我在心里默默祈祷:祈求主将卡尔王子赐给我,让我得到他的爱。让我在十八岁时与卡尔结为夫妻,成为终身的伴侣。我愿倾其所有,来换取卡尔的爱。阿门!

我偷偷观察卡尔,他正认真地哼唱颂歌。不知他的心里在想些什么,是否也会和我有相同的期许。时针走到 11 点 30 分,卡尔对我说:"公主,我送您回家吧,您该和家人度过即将到来的美妙一刻。""不,我不想回家,我只想和你度过这美妙的一刻!"

我拉着卡尔出了教堂,对他认真地说:"我已经和家人过了九年的圣诞了,这一次,我想和你度过!"卡尔为难地望着我:"我也想和你一起分享圣诞,可是这样,史密斯夫妇会伤心的。"我笑着跳了两下:"不会的,他们知道我和你在一起,只会高兴。难道,你不希望看到我家人开心吗?"

卡尔点点头:"公主还想去哪里呢?成年人的酒馆、舞厅虽然热闹,可惜我们都不能去。"我深情地望着他:"只要能和卡尔王子在一起,去哪里都行!""如果公主不介意,那就跟我走吧!"

我转身跑上前,来到车旁对朱蒂说:"一会你们回去庆祝圣诞,明天放你们一天假。我要和卡尔单独庆祝!凌晨后,他会送我回家的!"朱蒂为难地看着我:"可是公主,老爷和太太吩咐过十二点前您必须回家……"我转身向卡尔跑去,回头喊了句:"没什么可是的,在家里我最大,父母都得听我的!你就和他们说,我要过自己的圣诞节,我保证他们不会骂你的!"

卡尔带我逃离了热闹的阿姆斯特丹大道,来到了一片空旷的空地前。我裹紧外套，问："这是什么地方？""这是自由人的地方。"我向前望去，映入眼帘的是一片广阔的操场空地，昏黄的灯光照射在潮湿的地面上，四周围绕着繁茂的灌木丛林。虽然冷清没有人烟，可我并不觉得冷清和害怕。

我跳起来，伸开双臂，闻着干净的空气："哇！我喜欢这儿！曼哈顿居然还有这样寂静的圣地！你是怎么找到这里的？"卡尔将背包放在地上："呵呵，秘密。"我仰望天空："我们来这里，是要看星星吗？"卡尔神秘地说："不，我们不看星星，是星星看我们！""我喜欢你的回答，就让星星看看我们是怎么庆祝圣诞的！"

卡尔温柔地说："公主，请闭上眼睛。"我乖乖地闭上眼，心想：卡尔是要送我圣诞礼物吗？会是一个吻吗？如果是，我会幸福得晕过去的。他顿了顿："好了，公主睁眼吧。"我张开眼睛，地上摆着一双火红的花样滑冰鞋。

我惊喜地咧嘴："冰鞋！这是送给我的圣诞礼物吗？"卡尔笑笑："公主，圣诞快乐！喜欢吗？""好漂亮！上等牛皮花样滑冰鞋，我喜欢！""如果愿意，请穿上它，我会带您去旋转、去飞舞、去感受自由！"我一看，卡尔的脚上已换上了黑色的滑冰鞋。

我正准备弯下身，卡尔猛地蹲下去："公主，让我为你换冰鞋吧！"我抿着嘴，将喜悦埋藏心底。他将我的冬靴轻轻脱下，换上冰鞋。我起身，脚下一滑，卡尔一把将我抱住："公主小心！"眼看着心要跳到嗓子口，我仍做出一副坦然镇定的样子："没事！虽然不熟练，基本功还是有些的。"卡尔拉着我的手，引领我向前滑行："慢慢来，我带着您。"

午夜零点，漆黑的上空顿时闪出了绚烂的烟花。我兴奋地大喊："卡尔，快看，到点了！"他抓住我的手，深情地说："亲爱的珍妮芙公主，愿你在新的一年里健康、快乐、美丽、原想成真！""谢谢你的祝福，也祝你健康、快乐，心想事成！"

卡尔兴奋地说:"那么,让我带着公主去飞翔吧!抓紧了!"他反手拉住我,一步一步由慢变快向前滑行。我顺着他的脚步,慢慢往前挪动着。卡尔笑着说:"对,很好!就这样跟着我走!"

渐渐的,卡尔的脚步越来越快,我的头开始眩晕,周围的一切变得模糊起来。风刺在我娇嫩的脸蛋和耳朵上,透过那股钻心的冰冷,享受着寒气与身体合二为一的感觉。很奇特、很新鲜、很美妙!

我将手放在卡尔的腰部,他时不时地回头张望我。脚下变得越来越轻盈,每向前滑行一步,就觉得离天堂更近了一步。我飞了起来!我咯咯地笑着,卡尔积极地响应我。空旷的操场上,只听我们乐呵的回声飘向空中,越飘越远,越飘越远……

凌晨三点,卡尔将我安全地送回家中。与他分别的那一刻起,我便开始期待与他见面的下一刻了。难忘的平安夜,难忘的红色溜冰鞋,难忘的午夜飞舞,难忘的卡尔!

哦,我要永远保留这美妙的一刻。在梦里,与你相逢!

用心竭力

平安夜的眼泪

圣诞夜来了，全纽约沉浸在狂欢的气氛中，而我、班森和艾瑞克，只有吹着冷风在街头到处流浪。看着万家灯火、其乐融融的景象，我们只能从耳边传来的欢声笑语中，去寻求那一点点假想的快乐。

我们用赚来的四块钱，从流动便利车上买来三个廉价的汉堡和三杯奶茶。艾瑞克将食物递到我和班森面前，一脸苦笑："来吧，吃我们的平安夜大餐吧。"我们迎着刺骨冷风，站在街口看人来人往，咬着干瘪的火腿肉，喝着掺白水的奶茶，将眼泪一并吞进肚里。

班森皱着眉头说："哦不，这是我吃过史上最难吃的平安夜大餐。"艾瑞克苦笑一声："你就不要挑三拣四的了，有食物吃总比饿着肚子强。今夜，也算是我们这些天来吃得最好的一顿了。"班森说："可不是吗，每天在垃圾堆里过日子，早已忘了正常人的生活。可是，我们的心底也有欲望，也想有美味的食物吃，有温暖的房子住，有柔软的大床睡。"

艾瑞克望着街景，问："班森，你现在最想吃什么？""我现在，最想吃妈妈做的烤鸡和牛肉，只要一想到那喷香的味道就直流口水。

我已经很久没有吃过肉了，好怀念啊！"班森伸个懒腰，"哎！这一切，现在只能在梦里实现了。"

艾瑞克转头问我："若拉，你呢？最想吃什么？""我……每年的平安夜，妈妈总会做我和弟弟喜欢吃的甜煎饼，还有玉米粥。她每次都会把满满的粥省给我们吃，而自己只喝汤水。"

艾瑞克叹口气："妈妈都是伟大的。每年平安夜，中餐馆都会提前关门。然后妈妈在厨房偷偷给我做乳酪蛋糕和辣鸡翅，这是她的拿手绝活，也是我最喜欢的食物。我曾经一度认为，自己是世界上最幸福的孩子。从今以后，我再也吃不到妈妈做的食物了，再也吃不到了……"艾瑞克捂住脸，默默地蹲下身去。

我们感伤起来，静静地想念起自己的家人。

不知此时此刻，我的母亲和弟弟会在哪里过平安夜？他们是否有火鸡吃，有牛奶喝，有烛光的陪伴？假如这些都没有，至少也要过得比我好。只要还有一口热饭吃，他们就有希望。妈妈，您想念您的女儿吗？知道她的冷暖和饥饿吗？知道她的辛酸和痛苦？知道她的无助和委屈吗？不管你记不记得这一切，我只知道，若拉想念你们！

吃完最后一口汉堡，我抹抹嘴巴，将苦涩咽进肚里。心细的艾瑞克看出了我的情绪，什么话也不问，将我搂进怀中。就是这轻轻的一抱，我的心里一阵刺痛。他拍着我的背："想妈妈了，对吗？"我点点头，嘤嘤地哭泣着。

艾瑞克安慰道："别怕，若拉。你只是暂时找不到他们，我相信，他们在纽约的另一角，也正在想念你。"我哭得更起劲了："想我，为什么不带我走？我和凯文一样，都是她的亲骨肉。她怎么舍得扔下我离我而去？我不明白，不明白呀！"

艾瑞克红着眼，喃喃地说："若拉，你千万别这么想，有哪个做母亲的不心疼自己的儿女。你也说，她是万不得已才这么做的。我相信，她的内心深处一定也是很痛苦的。"班森蹲在一旁劝说道："若拉，别伤心。总有一天，你会找到妈妈。她一定会带你走的，相信我。"

艾瑞克摸着我那被风吹散的头发，说："若拉，从现在开始，我和班森就是你的家人，我们就是你的哥哥。所以，你不会孤独。"班森搭着我的肩，坚定地说："对，我们就是你的哥哥，就是你最亲的人。我们会保护好你，把你安全地交到你母亲手里。相信我们，若拉。"

我抱住班森和艾瑞克，感动地说："谢谢，谢谢哥哥。没有你俩，我早就活不下去了。"艾瑞克擦掉我的眼泪，红着眼眶，看着前方。班森红着眼说："若拉，你比艾瑞克幸福，你至少还有母亲、父亲和弟弟；而艾瑞克，已经没有一个亲人了。"我回头望向艾瑞克，他低着头，豆大的泪水从眼眶中顺着街头灯光掉下来，无声地落在地上，那么晶莹和透明。这是伤心和绝望的泪水！

我扭头，伸手去擦艾瑞克脸上的泪珠。当手指触碰到他的脸颊时，艾瑞克竟抱住我呜呜地哭起来。我愣住了。那无助、凄惨的哭声就在我的耳边，内心感到一阵撕裂。多日来强撑的坚强与勇敢，终于在这一刻卸下了防备。我只有紧紧地抱住他，除此之外，我什么也给予不了。班森一把抱住我俩，也呜呜地哭起来。

平安夜，三个人的哭声回荡在布朗士的上空，凄凉而哀怨。

但是，就算哭干了眼泪，也道不尽心中的痛楚。班森一把鼻涕一把眼泪地说："我的父亲，现在还关在戒毒所里。不知道这一次，他能不能渡过这个难关。我班森从小到大天不怕地不怕，就怕父亲毒瘾发作时的模样，还有，母亲的眼泪。"

艾瑞克拍着班森的肩，流泪说："别担心，我们现在手上还有卡尔的那五十美元，路费不愁了。明天是圣诞节，回收站也拉不到什么生意。干脆，我们一早就去戒毒所看你的父亲。然后，再去曼哈顿找你的母亲。怎么样？"

班森回过头，含着泪点点头："那么，你呢，艾瑞克？"艾瑞克摇摇头："我没有亲人可找了，那家餐馆的老板帮我父母安排了简单的葬礼，我定期去看他们就行。倒是，我们的若拉……"

我喃喃地问："我？"艾瑞克望着我："明天，我们去警察局找你的父亲。然后，再去找你的母亲。"艾瑞克的一句话，又一次让我潸然泪下。班森安慰我："若拉，别伤心。比起艾瑞克，我们比他幸福多了。我们还能在纽约找到自己的爸爸妈妈，不是吗？"我抬起头，大声地说："也许我能在警察局找到我的父亲，这家找不到，就找另一家。可是，纽约这么大，我又能上哪儿去找我的母亲？呜呜呜……"

艾瑞克和班森沉默了，他们大概也说不出什么安慰我的话了。是啊，纽约这么大，我们三个流浪儿，又能去哪里找我的母亲呢？

艾瑞克笑着说："来，若拉，我们不哭了。我们要向前看，相信希望就在前方！越是在逆境中，我们就越是要活得勇敢。明天，我们去集市给你买个新书包，就算补你的生日礼物，好不好？"

我擦擦眼泪："书包？恐怕，是没有机会再用了。"艾瑞克安慰着："谁说的？有机会用。你的旧书包里，不是还放着没读完的课本吗？等买了新书包后，我们再去买书，好不好？"我低下头说："我们连饭都吃不起了，哪还有什么钱去买书呢？"

班森兴奋地站起来："会有的，我们会有钱的！我们可以去旧货市场买，还可以去废品回收站，总可以找到别人用过的课本。我们读不起书，但可以自学，还可以通过自己的双手来养活自己！相信我们！"艾瑞克点点头："对，我们可以通过自己的努力来学习，来改变命运。就从这一刻开始吧！"

我使劲点点头，三人手拉手，站在街口，满怀信心地发誓。

平安夜不平安

班森拉着我和艾瑞克说："我们去看灯展怎么样？沿路往居民家的围墙走。"我连连拍手："好啊好啊，我们去看灯展！"艾瑞克点点头："好，我们边走边看，过属于我们的平安夜！"

我们三人手拉手，往街边走去。挨家挨户的松树上挂满了彩灯，看着里屋透出来的光亮，我能想象出他们此时正享受着丰盛的火鸡大餐，然后围坐在温暖的火炉边，弹琴唱歌。听，远处传来一阵欢声笑语。我愣愣地站在原地，望着亮灯的玻璃窗，湿了眼眶。

在这所大屋子面前，我好像看见了爸爸、妈妈、凯文，还有我，全家人正团聚在一起享受天伦之乐。那熟悉的歌声，稚嫩的音调，好像就是从凯文嘴里发出来的。再看那影子，有人正在扮演圣诞老人，手舞足蹈地给大家分发礼物。

风很大，我们依偎着向前走。忽然，我停下了脚步。班森和艾瑞克问："若拉，怎么了？"我的眼眶红了，望着对街抽泣地说："这所房子的地下室里，就是我们一家曾经住过的地方！"班森和艾瑞克抱住浑身颤抖的我，默默地站在原地。

我想起我的爸爸，他虽然凶暴，但只要在平安夜到来之际，他总是显得那么温和。一年之中，也只有这一天，他一定是在家中和我们一起度过的。爸爸穿上圣诞老人的衣服，为我和弟弟分发礼物。每当这时，我和凯文总是开心地鼓掌欢舞。我甚至忘记了他那残忍的一面，在我们眼里，他是个慈父。我多么希望天天都是平安夜，那么这样，我们全家都可以在平安中度过了。

我们来到教堂前，脚步一致停住了。阵阵优美的歌声从礼堂传出来，空旷的回声沁染了整片夜空，也感染了我们的心。刚想往里走，门口来了三三两两的行人，我们很自觉地让到了一边。他们立马用手捂住鼻子，皱着眉头斜眼看我们，并迅速地走进教堂。我们自卑地将头深深地埋下去，一副无地自容的样子。我知道我们衣衫不整，头发又凌乱，身上还带着一股难闻的异味。是啊，生活在天桥底下的流浪儿，又怎么可能像那些上层人一样衣冠楚楚，身上还带着那股高贵的香水味呢。

艾瑞克深沉地说："我们就站在教堂门口听圣歌、做祷告吧。我想，上帝也不想看到我们这落魄的样子，那是对他的不敬。不过，只要我们心诚，上帝一样能听见我们的心声。"我们点点头，站在教堂门口，双手合十闭眼祈祷。

亲爱的上帝，我祈祷能尽快找到母亲和弟弟。假使她不带我走，我也要知道他们过得如何。我的父亲，希望他能在牢里好好改过，重新做人。还希望班森能找到父母亲，一家团聚。希望我们三人都能够吃饱饭，穿暖衣，用双手养活自己。感谢上帝，阿门！

祷告完，班森笑着对我们说："我第一个愿望，就是希望咱们能洗个热水澡。"艾瑞克嘟嘟嘴："我的愿望，是希望这一切都只是个梦。"我们勉强地傻笑着，苦中作乐。

离开教堂后，我们继续往前走。不知道目的地在哪里，走到哪里算哪里。凌晨后，我们还是要回到冰冷的天桥下，在寒风中迎接新年的到来。

路过一家热闹的酒馆，米色的大墙上涂鸦着"圣诞快乐"的彩色字样和人形画。门口站立着三三两两的男女，他们拥抱着取暖、亲吻、干杯。还有两个黑人，一人蹲在酒馆门前，神情自若地拍打着手鼓；一人嘴里哼唱着，四肢舞动着，自娱自乐。我被眼前的景象迷住了，站在那里一动不动。艾瑞克拽拽我的胳膊，班森向我使了个眼色，示意我赶紧离开。我立马意识到，这不是我们未成年人所能久留的地方。

我们快步从酒馆门前经过，忽然，从旁边漆黑一片的巷口里窜出两个黑人，拦住了我们的去路。他们大概十五六岁的样子，脸上带着肆虐的笑容。我警觉地向后退了一步，紧紧抓住艾瑞克和班森的手。他俩将我推到身后，挡在我的面前。

班森上前一步："你们想干什么？"其中高个的黑人眯着双眼对我们说："把你们身上的钱给我拿出来！"班森毫不示弱："我们没有钱！让开！"另一个黑人走上来，在我们身边来回跳着街舞挑衅，两只大手不断地在眼前晃来晃去。

高个黑人一脸坏笑地说："怎么会没钱？只要你们乖乖地把钱交出来，我就放你们走！"艾瑞克大喊一声："我们是捡破烂的，哪会有什么钱？"高个黑人揉揉鼻子："我知道，你们身上一定有钱。"班森转头对我们小声说："艾瑞克，你掩护若拉先跑，我甩掉他们马上就来。"

我们仅有的那五十美元装在艾瑞克的口袋里，他回头看看我，紧紧拽住我的手，喊了声："若拉，快跑！"我们扭头往前跑，没想到被另两个人挡住了去路。我们三个，被四个街头混混包围住了。班森和艾瑞克将我夹在他们中间："若拉，别怕！"我哆嗦地点点头，心跳到了嗓子眼。

班森吼了句："我都说了我们身上没钱！没钱！放我们走！"高个黑人一把抓住班森的领口："拿钱出来，马上放你们！要是不拿出来，你们就别想走出这条巷子，别想过个太平的平安夜！"班森吐了一口口水，骂道："狗屎的！你们没本事赚钱，就有本事欺压弱小！"

高个男瞪起双眼："妈的，敢骂我狗屎？"他不由分说地上去就踢班森的肚子。班森也不示弱，和他扭打起来："艾瑞克，带着若拉快跑，快跑！"艾瑞克拉着我往回走，两个混混将我们死死扣住。艾瑞克大喊道："你们放开她，放开她！只要放开她，我就给你们钱！"

两个混混当真了，他们甩掉我，上前去搜艾瑞克的身："快把钱拿出来！"艾瑞克大喊："若拉，快跑，快跑！"在这种情景之下，我怎么能就此逃跑？我大声地哭喊着："求求你们别打了，别打了，求求你们了！"

班森红着眼，趴在地上喊："若拉，别管我们，快跑，快跑啊！"艾瑞克喊着："若拉，快走，快走啊！"我含着眼泪，使劲地摇头。看着班森和艾瑞克那无助的眼神，我哭得更起劲了。我想去搬救兵，抬头看周围，刚才停留在酒馆门口的人，早已躲得不知去向了。只有那两个黑人，还在角落里麻木地打着鼓，嘴里不断地念着、念着。他们似乎已经习惯了这种暴力场面，不害怕、不奇怪、不愤怒，也根本不想给自己招来什么麻烦。

我转过身挪开步子，脚下却变得沉重起来。我闭上眼，一咬牙，加快速度跑起来。只听身后传来一阵阵殴打声、叫喊声、挣扎声……我的心在不断下坠，撕裂。

直到确定他们没把目标转移到我身上，跑到另一条巷子口，我才停止了脚步。我将身子躲在围墙后，只探出一个脑袋来。远处的班森和艾瑞克趴在地上，用手挡住头和脸，残忍的拳脚像雨点一样落在他们身上。我捂住嘴，害怕地发出像老鼠一样小的哭泣声。

艾瑞克死命护着自己的口袋，咬着牙顶着重重的拳头和飞脚。可他哪里是几个混混的对手，没几下，他们就从艾瑞克身上搜出了那五十美元。混混兴奋地用手将钱弹了弹，塞进自己的口袋，对着艾瑞克又是一顿拳打脚踢。他捂住头，眼睛直直地看着远处的我。就是这个充满泪光的眼神，它像把尖刀直戳我的心脏。

瞬间，我感到万物俱碎。

直到那帮混混觉得打尽兴了，才从地上站起来，对着班森和艾瑞克嚣张地吐了两口唾沫。混混指着他俩说："混球，下次给我小心点！走！"他们揉揉胳膊，朝远处大摇大摆地走去。

我终于忍不住放声大哭起来，死命地朝他们奔去："班森！艾瑞克！班森！艾瑞克！"整条街上，荒凉得只听见我呐喊的回声。他们一动不动地瘫软在地上，疼得没有一点力气。我跪倒在地，小心翼翼地摇晃着他们："班森、艾瑞克！你们别死啊！班森、艾瑞克，你们怎么样了，怎么样了？救命啊，谁来救救我们！救命啊，救命啊……"

任凭我哭喊了嗓子，整条街上始终没有一个好心人走过来看一眼。大家都在室内庆祝，谁也没有多余的心思跑到冰冷的大街上管这等闲事。刚才在门口闲聊的男男女女，估计早已被浓烈的酒水冲昏了头。

他们宁可醉倒在酒馆里，也不愿在平安夜捞个不太平。那两个黑人，虽然目睹了这一切的暴力行为，哪怕班森、艾瑞克昏死在他们面前，却始终没有任何反应。他们只活在自己固有的世界里，活在黑人文化的精神里，周而复始地演绎着嘻哈人生。从早到晚，木然又机械地唱着，属于自己的那一首歌。

平安夜，酒馆的巷子口，昏黄的灯光下，只剩下无助和害怕的我们。还有，黑人的打鼓和说唱声，传向那无尽的夜空……

当钟声敲响的那一刻，全纽约人民沉浸在欢天喜地的气氛中。唱诗班挨家挨户来到教徒的家门前欢歌笑语，而我们只能相互搀扶着回到冰冷的天桥下。我流泪用毛巾轻轻擦拭他们脸上的伤痕，泪水模糊了我的双眼。一时间，我竟看不见他们脸上的伤。

艾瑞克有气无力地说："实在是抱歉。若拉，我没有用，把钱弄丢了。对不起，明天不能给你买新书包了，也不能陪你和班森去找家人了，对不起，对不起……"我抱住艾瑞克，大声哭着说："我不要新书包，我也不找爸爸妈妈了！我只要你们平安无事，只要你们不死，不死……"

艾瑞克摸着我的头，心疼地说："傻若拉，我们不会死的，我们大家都不会死！我们会活下去，并且会活很久。只要我艾瑞克还有一口气，就不会死掉！"班森一拳打在潮湿的被褥上："该死的杂种！抢了我们的钱，还这么嚣张，让他们都下地狱去吧！上帝也不会宽恕他们的！"

我擦拭着班森嘴角的血迹："可惜我不是男生，要不然，我就可以帮你们打他们了。"班森苦笑着摸摸我脸上的灰："那么，我们三个都会受伤。幸好，那帮混蛋没有对你下手。宁愿我们受伤，也决不能让我们的小若拉有事，对不对？"

我哭着说："我们又成穷光蛋了。"他们苦笑一声："我们本来就是穷光蛋。"班森说："平安夜一过，又把我们打回原形了。"艾瑞克说："那五十块钱本来就不属于我们，就当我们做好事把钱捐了出去。再不然，就当卡尔把钱给了别人。呵呵，总之，命中注定这五十美元不属于我们。"

我们相互依偎，在泪水和调侃中，等待黎明的到来。

男孩的嫉妒

我一睁眼，时间已接近中午。梦里没有再遇到卡尔，不但没有圣诞大餐吃，还被流氓抢了钱。

"见鬼！"我骂了句，从床上爬了起来。朱蒂和玛莎欣喜地说："珍妮芙公主，圣诞快乐！""哦，我不快乐。""为什么？""没事，睡多了。玛莎，昨天午夜，爸爸妈妈没说什么吧？"

玛莎笑着摇了摇头："老爷和太太什么也没多问，只是一个劲地乐。""很好。""公主，平安夜，您和卡尔王子玩得很开心吧？""没错，非常开心。今天，我放你们一天假，自由活动去吧。家里有什么安排吗？"

朱蒂回答："今天没有什么重大的事情，就是亲戚会来家中聚餐。明天，马丁先生会上门拜访。"我边穿衣服边问："什么？他又要来我们家？"朱蒂答："是的，刚才马丁先生打来电话祝节日快乐，说明天会过来拜访。""他这个跟屁虫，又要来向爸爸讨钱了。"

玛莎想了想，问："公主说的，是马丁先生来和老爷谈投资的事吧？""连你都知道了。""那个大鼻子，还想鼓动我去出演他的新电影呢。""是吗？那是好事啊！公主要当童星啦！"

"闭嘴！"我斜眼看看玛莎，坐在梳妆台前，"谁说我要当童星了，我可没那个兴趣。我只在乎能不能做他心中的明星。""公主说的，是卡尔王子吧？"我不回答，只是抿嘴笑。玛莎和朱蒂在背后小声地偷笑，我不怪她们。我想全世界都知道了我喜欢卡尔这件事，那么，就让全世界都来为我祝福吧。

午后，我躺在房间沙发上看电影，手机响了，是班森。只听他传来一口的埋怨："我的珍妮芙公主，昨晚你抛下我和艾瑞克逃走了。"我捂住嘴笑："是的，卡尔带我逃出了你们的魔掌，哈哈哈……""哦，真伤心，真失败……"

"是啊，你是很失败，失败到被街头混混打了个半死，也没人会来救你。""你说什么？我被混混打了？""可不是吗，今天凌晨，我又做那该死的噩梦了。我们三人在酒馆门口被街头混混包围，你和艾瑞克被打得满身是伤，口袋里仅有的一点钱也被抢走了。真是够悲哀的。"

班森在电话那头直叹气："天呐，我的大小姐，新年当头，您能不能说些好听的？这些天来你永远在和那个噩梦打交道，不是捡破烂，就是吃垃圾，要不就是被人打，您还让不让我和艾瑞克活了？"

我一下来气了，从沙发上跳起来："行了吧，班森，你要知道做那狗血的噩梦是我不是你！你只是听听而已，我却是真真切切地在经历！叹气的人应该是我！你在那装什么可怜！""好好好，对不起！今天是圣诞节，我打电话的目的不是来和你斗气的，是想和公主说声节日快乐。还要通知你，月底在曼哈顿第五大街的 52 号私人会所里有一场酒会，邀请社会名流前去参加。我和艾瑞克一家都收到了邀请函，我想，史密斯先生马上就会和您说的。好了，我的话说完了，再次祝公主节日快乐！"

听到班森平和的语气，我也就此打消了大战一场的念头。我说："谢谢你通知我，我一定会准时参加。""好，那么，我们什么时候再见面？""过几天不是就见面了吗？""上帝啊，到月底还有整整四天。珍妮芙公主，你预备这四天都不打算见我和艾瑞克了吗？"

我叹一口气："亲爱的班森同学，我们这么多年来都在同一所学校读书，几乎天天见面，天天在一起吃午餐。你还觉得我们见得不够多吗？难得圣诞放半个月的假，你就连这短短的几天都等不及了？""是的，我等不及。从昨夜看见卡尔从广场上带走了你，我到现在都无法平静下来。我觉得，你的心已经不在我们这儿了。"

原来班森是嫉妒了。

我耐心地说："亲爱的，你要知道，我们之间的关系，是任何人都破坏不了的。可是，卡尔不一样，你明白的。"班森不再反驳，他不想因为此事而再一次引起无端的口角："好吧，我懂。那么，酒会上见。""月底见咯。我爱你，班森，也爱艾瑞克。"

我明白，班森在吃卡尔的醋了。看到我认识卡尔不久，连多年的铁三角都无暇顾及了。班森直接、专制，不像艾瑞克那么沉稳和内敛。他若是想要表达的情感，必须在第一时间表达出来。从三岁到现在，赤裸裸的告白我已经听了七年，早就倒背如流了。一天不见到我，他就浑身难受。也难怪，班森想念我，也许就像我想念卡尔一样，每分每秒都想看到对方。

在我生日宴会的那晚，卡尔一个深情的眼神，就已经注定了，我的命运从那一刻开始有了转变。

我是小莎莉

圣诞节的第二天下午，当我还沉浸在想念卡尔的情怀中，马丁先生及时地叩响了我家的门铃。

我极不情愿地下楼和他打了招呼，便又跑回房间。我知道那个大鼻子男人先是展示他送的圣诞礼品，然后在一套阿谀奉承后，向爸爸再次提及电影投资的事。果然，在我下楼拿水果吃时，一眼瞥见茶几上摆着一本厚厚的剧本，想必那就是大鼻子来利诱父亲的秘密武器。

我拿着火龙果准备上楼，门铃又响了。一个熟悉的声音掠过我的耳根："史密斯夫妇，节日快乐！"我一回头，竟然是卡尔全家！卡尔调皮地眯起眼，向正要上楼的我笑笑："珍妮芙公主，圣诞过得好吗？"

我受宠若惊，立马走下来："威廉夫妇，卡尔，你们来了？"卡尔走到跟前，弯腰吻了我的手："珍妮芙公主，我们又见面了。"我小声地说："怎么不事先和我打个招呼？也好让家里准备准备。""我也是临时知道的，父母说要来府上拜访，所以，我就跟来了。"我捂住嘴笑了："呵呵，原来，你是个小跟班啊。"

父亲热情地招待了威廉夫妇："来来来，大家请坐。趁这个节日，我们聚在一起热闹热闹，然后讨论下威廉太太创作的新剧本。"我一扭头，指着茶几吃惊地问："什么？这个剧本是威廉太太写的？"父亲笑笑："是啊，宝贝，这就是威廉太太新完成的剧本《莎莉的秘密人生》，根据她的同名小说改编的。怎么样，有没有兴趣坐下来听一听我们讨论的方案？"

我想了想，问："那这么说，马丁先生就是来和爸爸谈威廉太太的剧本的？"父亲笑着点头："没错，如果没有意外，我会成为这部片子的投资人。"马丁插话："对，我是这部片子的制片人，威廉太太是首席编剧。"父亲摸着我的头说："心肝，如果你愿意的话，还可以出演女一号莎莉的少年时期。"

威廉太太笑着说："是呀，马丁先生可是十分看好这个角色的，一直向我推荐珍妮芙，想请你来出演莎莉的少年时期。我们今天来，也是想听听小公主的意思。"我一时半会不知如何回答，尴尬地说："这个……我不知道有这回事，还没有思想准备。"

父亲说："没关系，你好好想一想，我们给你足够的时间。"马丁先生站在那里，一脸的胜利感，好像这桩交易已经如他所愿了一样。我说："你们慢慢聊。卡尔，和我上来吧。"卡尔礼貌地向大家鞠了一躬："史密斯夫妇、马丁先生、爸妈，我和公主先失陪了。"父亲拍拍卡尔的肩膀："去吧，小伙子，和公主好好谈谈，做做她的思想工作。我们大家，可都是十分看好这件事的。哈哈哈……"

一进房门，我便怪罪起卡尔来："卡尔，你真坏！你都没和我说过，马丁先生向我父亲推荐的就是你母亲的剧本。为什么不告诉我？"卡尔两手高举头顶，一脸无辜："哦，上帝！冤枉！我真的不知道有这回事，我也是刚刚进门才知道的。母亲从头到尾都没有和我透露过一个字。"

我仰着头问："真的？你没骗我？""千真万确，我知道母亲创作了《莎莉的秘密人生》这部小说，但并不知道她又为此将它改编成了电影剧本，我向上帝保证！"

我扑哧一声笑了："好了，算我相信你了。没想到，马丁先生的下一部电影，就是你母亲创作的。""呵呵，我也没想到，我母亲写的电影剧本，原来是想请您父亲做投资人，这世界真小啊。""是啊，太巧了。'莎莉的秘密人生'，名字真好听，连他们的行动都如此保密。""呵呵，是很秘密。这好像是他们娱乐圈的行规，没有促成的事，一般是不允许向外透露的。"

我坐在书桌前，打开电脑："让我来看看莎莉的秘密人生是有多秘密。"我在搜索栏中输入"莎莉的秘密人生"，页面立马跳出小说的简介：小说讲述了莎莉的少年、成年直到晚年的故事。小时候是个孤儿，到处流浪，后来被好心人收养。长大后在舞厅当歌女，接着被星探发现，做了一名演员，之后成了好莱坞的一线明星。莎莉与几位男人发生了纠葛的爱情故事，她终生未婚，情感世界复杂又迷离。直到莎莉晚年闭眼前的一刻，那些曾经和她有过感情的男人，都不知道莎莉真正爱的人到底是谁。故事新颖又富有悬疑色彩，莎莉经历了曲折的命运和背后那些不为人知的秘密故事，所以取名叫《莎莉的秘密人生》。

我鼓起掌来："哇，好美的故事啊，小说一定很动人。"我转过头，"卡尔，你怎么都没和我说过，你母亲还写过这本书？""抱歉，公主。母亲从年轻到现在，出版了十几部文学作品。我还没来得及和您一一介绍呢。给我印象最深的，就是《我的告白》。"我将手托在腮下："你知道吗，那个晚上，我一直沉浸在两位主人公的爱情故事中，久久不能自拔，还费了我很多眼泪呢！""公主也被小说迷住了？""当然，我也是女人啊。"

一句话，让卡尔愣住了。我撒娇地说："卡尔，我现在就想看《莎莉的秘密人生》。"卡尔有些为难："公主，这是本成人小说，和《我的告白》不同，它更直接、更袒露，也更大胆。"我两眼盯着他，不发话。卡尔明白了我眼里的寓意，双手抬起："我懂，爱情小说并不是成年人的专利。公主稍等，我母亲带了小说的原著，我这就给您去拿。"

卡尔出门时，我兴奋地一头倒在大床上冥想：原来，大鼻子男人要拍的电影，就是卡尔母亲的作品！太棒了！我想我应该改变主意了，我应该接受这个角色，出演莎莉的少年时期。这样，卡尔母亲的剧本有了着落，相当于我帮了她的大忙。那么我也可以做好莱坞的一线童星，那样，卡尔就会更爱我的。

卡尔将书递到我手里，我迫不及待地翻了起来。里面不乏描写了莎莉与男人之间暧昧情感的语句，我的心不自觉地颤了一下。

我将书本一合，告诉他："我决定了。""决定什么？"我凑近卡尔，悄悄地在他耳根说了句："我决定，出演你母亲的电影，出演莎莉的少年时期。"他惊讶地望着我："您真的决定了？不再考虑一下吗？""不用考虑了，你不为我高兴吗？""我……我高兴……只是……这样会耽误您的学业的……"

我得意地说："这些都不是问题，家庭教师会替我补上落下的功课的。""可，我还是有些担心。拍戏是个苦差事，没有想象中的那样好玩。要背台词、要熬夜、要风里来雨里去、要受累受委屈，公主能吃得消吗？""我可以，我想这些都不是问题。"其实我的潜台词就是：为了你，什么苦我都能吃。

卡尔还是一脸担心地望着我，他大概也想不明白，我一个生在蜜罐里的公主，从来不知道什么是苦和累，怎么能够承受演戏带来的折磨呢？

我捂住卡尔的脸，深情地说："卡尔，相信我，相信我会做得很好。难道你不为我高兴吗？我就要成为好莱坞的小童星了，有一个明星做你的好朋友，你不感到自豪吗？"卡尔点点头，不发话。

我快速地拉着卡尔下楼，对正在讨论剧本的大人们喊了声："嗨，小莎莉驾到！"所有人都抬起头，诧异地望着我。马丁站起身，走到我面前："珍妮芙公主，您刚说什么？"我一手叉腰，高傲地说："我说，我是小莎莉。"马丁的嘴张得老大，几乎都能看见他那粉红的喉管。他双手举高，颤抖着说："公主，您是说，你喜欢小莎莉，您喜欢这个角色对不对？"

我点点头，眯着眼："没错，我喜欢她，我要演她！"马丁立马抱住头，兴奋地大喊一声："哦，上帝啊，我的祷告显灵了。我没听错吧，公主是说要演小莎莉吗？"我得意地点点头。所有人兴奋地睁大双眼，诧异地问："真的吗？公主真的要演小莎莉？"我再一次点点头。父亲问："宝贝，你刚刚看了威廉夫人的小说了？"我望一眼卡尔："不用看，我就已经爱上莎莉了。"

卡尔母亲几乎是带着泪光走到我面前，紧紧拥抱我："我的上帝啊，我的小莎莉诞生了！马丁先生，我们的剧本终于有了新鲜血液！我太激动了！谢谢你，我的小公主，谢谢你！谢谢！"马丁凑上来："感谢您，珍妮芙公主！我代表公司的全体同仁感谢公主对本剧的支持和厚爱，感谢您的加盟。万分谢谢！"

我镇定地一摆手："从现在开始，大家都不要喊我珍妮芙了，叫我莎莉，我就是小莎莉！"所有人齐声鼓掌喊道："莎莉，小莎莉！"我骄傲地站在中央，我喜欢这种被人捧着的感觉，喜欢众人把我当做明星的感觉。

赠 送

这顿晚饭，大家都吃得很开心。尤其是那个大鼻子马丁，从头到尾都合不拢那张大油嘴。多日来的努力终于在这一刻有了成果，不但说服了父亲投资他的新电影，还说服了我成为剧中的女演员。这天大的馅饼，估计马丁一整晚都会乐得睡不着觉吧。可他或许不知道，我根本不是给他面子，而是给威廉夫人和卡尔的。要不是有这一层关系，我想我这辈子都不会出演什么莎莉的人生，更不会出演马丁的电影。他太让我倒胃口了，看他那手舞足蹈的样子，我就已经饱了。

饭后，我和卡尔在花园里漫步。他意犹未尽地说："我们的小莎莉要诞生了，太不可思议了！""怎么，不相信我能胜任这个角色？"卡尔笑着摇摇头。我眯着眼："我一定会演好这个角色的，你就等着瞧吧。""好啊，我等着看您的好戏，哈哈哈……来，我们现在上楼，帮你选一件漂亮的衣服参加电影发布会，到时候一定是全场最亮的星星。"

我兴奋地拉卡尔进了卧室，没多想便打开了衣橱大门，两件白色的限量版公主裙闪亮地展现在眼前。我一惊，赶紧关上橱门转身傻笑。卡尔问："怎么了？"我喘着气："女孩子的衣橱不是男孩子随便可以参观的。"卡尔点点头："哦，我明白。"他自觉地走到门口，我打开门轻声说："等我一下，很快。"

我迅速拿出父亲送我的那件限量版公主裙，将它包了起来，心里想着：该死的朱蒂，居然把两件礼服放在一起。千万不能让卡尔知道我有两件，那样他会不高兴的。我要把这件藏起来，藏在哪里好呢？

我四处看了一圈，最后将它藏在大床底下。我又从衣柜里取出一件礼服快速换上，开门后，我堆着笑容问："怎么样，好看吗？"卡尔点点头："嗯，真漂亮。公主穿什么都好看。""谢谢。""对了，月底有一场盛大的派对，我们也去。""真的？你们也收到邀请函了？""到时候，我要请珍妮芙公主跳上一支舞。"

别说是一支舞了，就是十支、一百支，我都愿意！

我打开衣橱："那么，我要想想穿什么好。你帮我挑啊。""公主不是说，女孩子的衣橱不是男孩随便可以参观的吗？""现在可以参观了。"卡尔看着鲜艳夺目的衣服，细细挑选着："派对穿哪件好呢？"他把目光定在我的身上："不然，就穿公主身上的这件怎么样？酱紫色，很完美的色彩。""好啊，听你的，就穿这件。"

卡尔继续挑选着，他的手经过那件纯白色的限量版公主裙，又向旁边划了过去，停住，再划了回来："有了，发布会就穿这件怎么样？"卡尔指着那件白色礼服问我。我愣在那里，笑着回答："好啊，就穿你送的这件。"只要是卡尔的建议，我都会十分乐意地去听从和采纳。在我眼里，他的判断都是对的，从来没有错过。

送走了马丁和卡尔一家，我立马进了卧室，趴在地板上，将父亲赠送的那件礼服从床底下拿出来。"小东西，刚才差点让我难堪了。"我正寻思着该如何处置这棘手的礼服，玛莎敲门进来："公主，您该休息了。"我赶紧将礼服放在身后："谁让你进来的，出去！没有我的吩咐，谁都不许进我的房间！"玛莎没趣地应了声，将门轻轻关上。

我自言自语着："该把它怎么处置呢？有了！"我拿起手机翻通讯录，看到乔治亚时，我定住了。"乔治亚，我是珍妮芙。我有一件圣诞礼物要送给你，明天上午十点，你到中央公园的罗密欧与朱丽叶的雕塑前等我。"

挂了电话，我赶紧下楼，撒娇地抱住父亲："爸爸，我有一件事要请求您。""还有什么事需要心肝请求我的？说吧。""卡尔之前不是送了我一件限量版的公主裙吗，我想，就不要让他知道爸爸也送我一件了。好吗？""呵呵，心肝的意思爸爸明白了，那你预备怎么处置我送你的礼物？""这个……我会处理的。你们只要替我保密，就当从来没有发生过一样。当然，我是十分喜爱爸爸送我的礼服的。"

父亲乐呵地拍着我的手："宝贝的心思爸爸都明白。好吧，你说什么我们都会尊重你。就按你说的去办，你的衣橱里，只有一件卡尔送你的限量版公主裙，好不好？"我兴奋地上前抱住父亲，吻了他的脸："谢谢爸爸，我好爱你！"

我将朱蒂和玛莎叫进房里，把相同的话告诉她们。玛莎抢先问："那么，老爷送公主的那件怎么办？""这不是你该关心的问题，你要做的，是替我保守秘密。哦不，准确来说，应该是将它忘掉。在你们的记忆里，珍妮芙公主的衣橱里，只有一件卡尔送的限量版公主裙。记住了吗？"

朱蒂和玛莎低着头："是，记住了。""记不住也没关系，当月的工钱，你们一分也拿不到。"朱蒂和玛莎抬起头，惊讶地望着我："记住了，记住了，我们一定谨记在心。公主请放心。"

摆平这件事后，我的心落了地。我相信，没有人会出卖我，珍妮芙的命令从来就没人敢违抗。

第二天上午，我独自赶往中央公园。来到罗密欧与朱丽叶雕塑前，乔治亚已在那里等候了。我拿着礼盒，仰着头："乔治亚，这个送给你。"她兴奋地接了过去："珍妮芙公主，这是您送我的圣诞礼物吗？是什么？"我冷冷地说："礼服，这可是今年的限量版，全纽约都找不出几件，你可要给我好好收藏着。"她瞪大双眼诧异地问："公主为什么要把这么贵重的礼物送给我？"我凑近她的耳根，神秘地轻声说："因为，你是我的好朋友啊。"她连连点点头，眼眶微红："我太荣幸了，能收到珍妮芙的礼物。谢谢！我也有圣诞礼物要送给您。"

乔治亚递给我一个手袋，不用看也知道大概是什么了。哪怕再好的礼物也不会比我这件限量版的礼服贵重。我扬起头说："回家试试礼服吧，应该合你的身段。"我转身离去，不和乔治亚多说一句。只听她在背后不住地说："谢谢，谢谢珍妮芙公主，万分感谢！"

在班里，乔治亚·芬格是所有同学中条件最差的一个。她的父亲在纽约开了几家连锁鞋店，就硬是花高价把自己的女儿挤进了这所贵族学校中。比起普通的孩子来说，乔治亚的家算是富裕的了。可把她放在我们中间，那就显得十分平庸了。只有我珍妮芙，才能在众人之中显示出高贵与富足。

我把最爱的限量版礼服送给乔治亚，估计她今晚睡觉都舍不得脱下来吧。我不喜欢她，甚至还很讨厌她。乔治亚在学校老是唧唧喳喳地喊个不停，生怕别人不认识她。那公鸭嗓子一起哄，我的头就开始胀痛。她老是喜欢跟在我们身后，想以此把自己也感染成一个有身份的人。可是再怎么学，在我眼里她还是个乡巴佬。脸上那密密麻麻的褐色雀斑，就注定了她永远混不进真正的上流社会，充其量只是个冒牌的野丫头。

选择把礼物送给乔治亚，是因为这样我才觉得有成就感，有征服感。我喜欢看她接受礼物的那一刻，脸上那难以言表的兴奋样。那是我赐予她的，只有我才能拯救她这个乡巴佬！

回到家，我经过楼梯，将乔治亚的礼袋递给玛莎。"礼物，送你和朱蒂了，分去吧！"玛莎抬起头："公主，您还要送我们礼物？""本小姐今儿高兴！""太感谢了，玛莎和朱蒂感谢公主，谢谢，谢谢！"

我冷笑一声，高傲地上了楼。

威　逼

奇怪的是，这两天我都没有再做过缠人的噩梦。或许老天都知道我最近很繁忙，要参加舞会又要拍电影，估计是舍不得让我疲惫了。几个夜晚，我都睡得很香。感谢上帝的仁慈！

月底到了，我穿上卡尔为我挑选的那件酱紫色礼服，和父母一起，踏进了曼哈顿第五大街的 52 号私人会所里。伴着施特劳斯欢快的圆舞曲，我穿梭在社会各界的名流中。大家衣着光鲜亮丽的礼服，尽情地显示高贵与奢华。我也不示弱，凭样貌和这一身漂亮的礼服，足以赚取一大片宾客羡慕的眼光。在这里，珍妮芙是最瞩目的星星。我不断向远处望去，在涌动的人群中寻找着卡尔的身影。

"嗨，史密斯夫妇，你们好。珍妮芙公主，好啊。"我回头一看，是班森一家。他凑到我耳边，轻声说："亲爱的，几天没见，我好想你。"我不看他，只顾观望周围。班森急了："嗨，珍妮芙，我在和你说话呢！"

我瞥了他一眼，没好气地说："我听到了，我又不是聋子！""你在等谁？卡尔吗？""知道了还问！""哦，上帝啊，自从珍妮芙认识了卡尔，她就再也没有理会过我和艾瑞克了。""谁说的？你要是真那么想，我可就真不理你了。""好，我投降！你看！他来了！"

我猛地回过头，伸长脖子盯住门口："怎么没有呢？我怎么没有看到他？"正说着，艾瑞克走了过来："嗨，珍妮芙，班森，我来了！"我小声问班森："他人呢？你说你看到他了？"班森狡诈地一笑："是啊，他是来了，艾瑞克来了呀！""讨厌！不理你了！艾瑞克，我失陪了！"我气恼地转身离去。

只听艾瑞克说："哎，我刚来，公主就要走？"我回过头："我去和客人打招呼。"班森在后面喊了句："嗨，一会我请你跳舞啊！"我背着身子说："我才不和你跳舞呢！"艾瑞克问："那么我呢？""考虑一下吧，看我心情。"只听班森在背后无奈地说："哦，看来珍妮芙公主是真的不爱我们了。"

当我正和宾客们互相打招呼，远远看见门口有一个熟悉的身影。天哪，是乔治亚！对，是她！她怎么也来私人会所参加舞会？我疑惑地上前两步，乔治亚正挽着大人的手，微笑地和客人打招呼。上帝啊！我没眼花吧？她身上居然穿着那件限量版公主裙！她怎么可以这样？怎么可以穿着我赐给她的衣服在这里招摇过市！

我警觉地四处张望，祈祷此时此刻卡尔不会出现在这里，不会看到这尴尬的一幕。哦不，尴尬的那个人必定是我！不行，我要马上阻止她！

等乔治亚和她的家人分开后,我赶紧凑过去。她兴奋地望着我:"嗨,珍妮芙公主,看见你真开心!今天这里有好多客人,我要一一认识他们。"我阴沉着脸,看见她脸上那几颗雀斑,心里更来气了。我小声说:"你跟我过来。"乔治亚问:"珍妮芙公主,您要带我上哪儿?"

我拽着她来到洗手间,向四周张望一番,重重地关上门。乔治亚吃惊地问:"公主,您带我上这儿来干什么?我还没和他们打招呼呢!"我两手叉腰,气呼呼地质问她:"我问你,你怎么会到这里来的?"乔治亚低下头,喃喃地回答:"我父亲托人好不容易拿到了邀请函,就带我和母亲来参加了。"

我凑近乔治亚,摸着她的头发:"你父亲可真用心呐,为了装有钱人,厚着脸皮去讨门票。就像当初他厚着脸皮费尽心思让你读贵族学校一样,是不是?"她被我的举动吓到了,连连摇头:"不是这样的,公主,不是……"

我仰着头问:"你知不知道这里是什么地方?"乔治亚点点头,带着哭腔:"我知道,这里是曼哈顿第五大街的52号私人会所。""那你知不知道,来这里的都是些什么人?""我知道,都是社会上的贵族名流。""那么你呢?""我,我……"乔治亚用手捏着裙摆,紧张得浑身颤抖。

我捏住她的脸:"告诉你,你只不过是个鞋店小老板的女儿,有什么资格来这种大地方?你应该去时报广场上,穿着迪士尼的衣服扮小丑,我看那样比较适合你!""对不起,公主……"我越来越生气:"这里来的不是政府高官就是企业家和明星,你们全家到这儿来凑什么热闹?告诉你乔治亚,有钱人不是这么装的,不是靠参加一次舞会就可以变成有钱人的。你要知道自己的身份,不要没事就跑到这里来装阔气。你知不知道你这个样子很讨人厌!"

她几乎要哭了出来:"我知道,我知道!我错了,我错了公主!""我告诉你,你错的不仅仅是来错了地方,还穿错了衣服!"乔治亚抬起头，吃惊地望着我："公主，到这儿来不是都要穿正式的礼服吗？您送了我这么贵重的衣服，我只有在这种场合才能穿。我想今天穿这件公主裙，您看见会高兴的。"

我托起她的脸，凑近说："我送你一件公主裙，你还真把自己当公主了？那是因为我看得起你！你是不是想让全世界都知道我送了你一件限量版礼服，是不是？""不，不是！""那你上这儿来表现自己干什么？我问你，你都和谁说了这件事？""我，我没有，没有……""还说没有？我明明看见你刚才在门口和别人高调地炫耀这件衣服来着。""我，我不敢了，不敢了。"

"乔治亚，我平日对你怎么样？""公主对我好，对我非常好。""那我的命令，你是不是都要听从？""我听从，听从。""那好，我现在命令你，马上离开会所，立刻消失在我眼前！"乔治亚红着眼猛地抬起头："为什么？""没有为什么，这里不欢迎你。我要你马上离开！"

"公主，公主……求您别这样……""行啊，你要是不想回去也可以，那么就把你这身高贵的礼服给我脱下来。你是想光着身子被人嘲笑呢，还是乖乖地给我滚回家去？"

乔治亚没辙了，她慢慢蹲下身子："我……我回家……回家……"我蹲下去，托住她的脸："你现在就直接回家，不许再入大门一步。要是你的父母问起来，我会和他们说，你不适应这样的大场面，先回家了。这件事只有我和你知道，要是有第三个人知道，回学校后，你清楚自己会有怎样的待遇。"

乔治亚流着泪使劲点点头："我明白，我明白。珍妮芙公主，我知道该怎么做了。"我站起身，拍拍手掌心："这才像话，来，我送你出去。"我拽着失落的乔治亚出了洗手间，向四处张望一番，直接按了下楼的电梯。电梯门开了，乔治亚被我推了进去。她转身无辜地看着我，像个可怜的小丑。我向她挥挥手，笑着说："路上小心，乔治亚。"

门关了，随着电梯的声响，我的心终于落地了。

你是我的

我快速回到大厅，装作没事一样继续和宾客微笑打招呼。班森迎了过来："美丽的公主，我想请你跳支舞。""请我跳舞的人还没来呢。"我继续探头张望着。正想着，身后一个响亮的声音传了过来："珍妮芙公主，我来了！"

我转过头，看见卡尔穿着黑色燕尾礼服站在那里。我欣喜地跑上前去："卡尔，你怎么到现在才来？""很抱歉，我的祖母情况不妙，我们先去了医院再赶过来。""那现在情况怎么样？""已经没有大碍了。公主，让您久等了。"

我深情地望着他："你要是再不来，别人就要请我跳舞了。""哦，是谁要请我们美丽的公主跳舞呀？"我转过头："是班森。"卡尔很有礼貌地上前一步："嗨，班森、艾瑞克，你们好，我们又见面了。"艾瑞克礼貌地回敬了他："嗨，卡尔，好久不见。"班森没好气地耷拉着脸应了句："嗨。"

我说："好了，招呼打完了，大家可以分头跳舞了。"班森急了："哎，什么叫分头跳舞啊？不是说好一起跳舞的吗？"卡尔看了看我们，问："那，公主想要接受谁的邀请呢？"他们三人同一时间摆好了姿势，等待我的拣选。

我笑着将手放在卡尔的掌心上："我们走吧。"他笑着说："我很荣幸，能邀请珍妮芙公主跳舞。请！"他们失望地站在原地，呆呆地望着我。艾瑞克遗憾地说："公主，已经彻底远离我们了。她走出了我们的城堡，被卡尔带去了另一个世界。假如这样她能幸福，那也很好。"班森哼了一声："什么幸福不幸福，我只知道，我很嫉妒！"

大厅内再一次响起了熟悉的旋律，我兴奋地牵着卡尔的手舞动起来："卡尔，你听，那是什么音乐？""小约翰·施特劳斯的《春之声》圆舞曲。""还记得这首曲子吗？""当然记得，公主生日那天，我们跳舞时放的就是这首曲子。"卡尔带我旋转起来，如同重温我们第一次相识的情景。所有宾客自觉地站立两旁，为我们热烈地鼓掌。

我想起生日宴会上第一次见卡尔时的情景、想起他带我骑着马儿在庄园里快乐地驰骋、想起平安夜他带我在操场上溜冰飞舞、想起他深情地对我念着《我的告白》中的台词……

今生今世，我想我应该是世界上最幸福的人了。

一曲完后，卡尔拉着我的手来到一个女孩身边："我来给你介绍。这是罗丝，我的表妹。""你的表妹？""嗯，准确来说是我母亲妹妹的孩子。"我望着她："你好，罗丝，我叫珍妮芙，很高兴认识你。"罗丝长着一双凤眼，薄唇，清高、孤傲得像只丹顶鹤。

她将我从头到尾看了一遍，盯着我的脸问："你就是鼎鼎大名的珍妮芙公主？""正是。""果然和想象当中的一样美丽，就是不知道……""不知道什么？"卡尔问。罗丝换了一个笑脸："呵呵，我是说，就是不知道，珍妮芙跳的舞，是不是也像她的人一样能打动全场。"

我凑上前："难道你没有看到我刚才和你哥哥跳的舞吗？""呵呵，很抱歉，我刚才确实没看到。"罗丝盯着我的眼，"因为，我去找我的朋友了。"卡尔问："是去找你那个认识不久的朋友吗？""是啊，我是去找她了，我把整个会所都找遍了，就是没有看到她。刚才她还好好的在这儿和我说话呢，一会工夫她就突然不见了。哥哥，你说奇怪吧？"

卡尔点点头："你刚才还说，一会要介绍给我认识呢，她叫什么？"罗丝把目光盯在我身上，冷冷地说："乔治亚，乔治亚·芬格。"听到这个敏感的名字，我的全身不由地颤抖了一下。原来卡尔的妹妹竟然和那个乡巴佬是朋友，太不可思议了。这世界真小！

卡尔的手插在裤袋里，而后又拿出来。罗丝一看，问："哥，你在摸什么？"卡尔掏出一颗白色发亮的东西，将它放在掌心上："刚在楼下捡到的，一个女孩哭着飞快地冲出了电梯。这应该是从她礼服上掉下来的，一颗珍珠。"

我惊呆了，卡尔手里拿着的那颗珍珠，不正是乔治亚礼服上的吗？他们碰上了！

我赶紧问："卡尔，你看见那个女孩长什么样了吗？""没有，她跑得很快，我没有看清。"我喘了口气，点点头。卡尔拿着那颗珍珠，在光线下仔细看了看："这颗珍珠，很眼熟，像是在哪里见过。"我眯起眼问："那件礼服长什么样？"卡尔回忆着："我只看到一个背影，是一件白色的公主裙。"

罗丝似乎想起了什么："白色的公主裙？那可能就是……"我立马拉起卡尔往一边走："卡尔，你看！马丁先生来了，我们去和他打招呼吧。""好啊。罗丝，我和珍妮芙向长辈打个招呼，一会见。"

我趁机将卡尔和罗丝分离开来，不给他们兄妹俩说话的余地。幸好我把乔治亚赶回家去了，要不然大伙一见面，就真的尴尬到了极点。我绝对不能让罗丝知道卡尔在楼下撞见的那个女孩就是乔治亚，也不能让罗丝知道我和她是同学。不然，一切都会被揭穿的。但愿那乡巴佬识相点，不要当面和罗丝炫耀自己身上的那件公主裙。要是她一兴奋说了出来，那么卡尔就会知道事情的真相。他会误以为我不喜欢他送的礼物，而偷偷地将礼服转送给了别人。那这下有理也说不清了，一切都暴露了，卡尔不会再爱我了。

我立马走出大厅，来到洗手间。见一个客人正在洗手，出去后，我将门一扇扇踢开，而后拿出手机给乔治亚去电。"乔治亚，你和我说实话，到底有没有和当场的宾客透露过？"她吓得连连保证："公主，您请息怒！我乔治亚用人格担保，绝对没有！没有！我还没来得及打完招呼就被您喊出来了，我真的不会骗您的！对不起，我知道错了！"

她再是喜欢炫耀和高攀，在我面前连只苍蝇都不如。这乡巴佬也知道得罪我的下场会有多么悲惨。

挂了电话，我大口喘气，重重地向门上踹了一脚。

　　晚上回到家，我打开衣橱，那件雪白的限量版礼服正挂在最正中的位置，白得让人刺眼。我抚摸裙摆，又摸摸上面嫩滑的珍珠，自言自语道："卡尔，你是我的，你一定是我的！"

　　我躺在大床上，想象着拥有卡尔的那一刻……

恩若再生

善良的老板

新的一年到了，可带给我们的只有寒冷和害怕。班森和艾瑞克脸上的伤势严重，青紫的淤青看得直让人心疼。白天，他们拖着疼痛的身子去捡破烂，而我则是去以往的水果摊上捡烂水果。

老板看我来了便问："小妹妹，新年来咯，怎么今天只有你一个人？你那两个伙伴呢？"我小声地回答："老板，祝您新年快乐！他们去废品回收站了，我来捡水果。"老板直接上里屋拿来了两块面包递给我："拿着吧，别饿坏了身子。"

我连连摇头："不，老板，我不能收。"他硬是将面包塞进我手里："这也是放了好几天的，你就拿去吃吧，每天吃这些烂水果怎么行。""行行行，只要老板不要的水果，我们拿去都能填饱肚子。"老板的眼眶红了，蹲下身子问："小姑娘，你们有多久没好好地吃过饭了？"

是啊，我们有多久没有像样地吃过饭了？很久了。

我低头不敢看他，眼里湿湿的。老板说："快拿去吃吧，就算是流浪，也得吃饱肚子去流浪。"老板用手摸了摸我的头，站起来继续卖他的水果。我红着眼,对老板连连说了多声谢谢。我将面包小心翼翼地放在衣兜里,站在原地许久。直到离开水果摊前的那一刹,我仍然没有勇气抬起头看他。

当我迈出步子时,老板在背后说了句:"过得这么艰难,为什么不去食物救济站看看? 全纽约每天有这么多穷人都在那儿领取免费的食物,我想,多你们三个也不会有大碍。"我愣住了,眼泪在眼眶里转动。

"布朗士的食物银行就有食物发放站,你们可以在那里得到温饱。"老板和我说完最后一句话,便埋头和客人做起生意来。这是善良的老板,仁慈的老板! 愿上帝保佑他!

我和班森、艾瑞克会了面,他们垂头丧气地将一块五毛钱放在我的掌心上。艾瑞克失落地说:"对不起,若拉,我们真没用。"班森气愤地说:"我们捡来的废品明明值三块钱,那个可恶的回收商看我们是孩子好欺负,只给了一半的价钱。明天,我一定要向他讨回那一块五毛钱!"

艾瑞克拍拍他的肩:"算了,班森。如果没有他,我们恐怕连这点钱都拿不到。不要再去碰钉子了,我们还要靠他吃饭呢。""布朗士又不是只有他一个回收商,我们可以找别人去!""哎,都一样的,谁让我们是生活在底层再底层的人,我们没有多余的力气去和他们抗衡。如果想活命,就得学得聪明点。""那我们就这么被人欺负和宰割吗? 我做不到!""做不到也得忍,这就是命!"

我勉强地露出笑容:"别担心,我们的午饭有着落了,一切都会好起来的。水果摊老板又给了我这么多水果,他还惦记着你们呢。对了,他还有东西要给你们。"我从衣兜里取出那两块面包,"你们看,这是老板给你们的面包,快吃吧!"

班森和艾瑞克睁大眼睛:"若拉,这真的是水果摊老板给你的?""是啊,他是好心人,不但送我面包,还告诉我布郎士有一家食品银行的食物发放站,在那儿可以领到免费的食物。"

班森和艾瑞克惊喜地问："真的吗？可以去那儿领取免费的食物？我们怎么没有想到？"我点点头："实在凑不到钱的情况下，我们可以去那里试一试。"艾瑞克说："再赚不到钱，我们就只有去那儿了。老板是好人，愿上帝保佑他！"

我将面包分别递给班森和艾瑞克："快吃吧。"他们看看我："若拉，你呢？""我饿了，没有等到你们，就先把自己那块给吃了。"班森和艾瑞克怀疑地望着我："老板真的给了你三块面包？""是啊，你们看，我这嘴边还有面包的渣渣呢，快吃吧。"

班森拿起面包："谢谢你，那我们吃了。"看着班森将面包咬进嘴里，我咽了咽口水，从袋子里拿出水果来。艾瑞克掰了一半面包递给我："快吃吧，若拉。"我摇摇头，继续挑着水果："我吃过了，你们吃吧。"艾瑞克还是将面包递过来："你不吃，那我也不吃。""快吃吧，艾瑞克，你俩的伤还没有好，需要补充能量。我再吃点香蕉就好了。"

"你骗我们，你根本没有吃，对不对？"艾瑞克一句话，让我愣住了。我不看他："我真的吃过了，不骗你们。"艾瑞克轻轻将我的身子转过去："若拉，你肚子里发出的咕咕声出卖了你。"我默默地看着艾瑞克，红了眼眶。

"来，把它吃了。"艾瑞克将一大半面包递到我的手里，自己吃起来。班森也将面包掰了一半给我："若拉，给你。"我拿着面包放进嘴里，默默地咀嚼起来。

虽然这干面包已不新鲜，几乎吃不出什么香味，但我的内心还是十分感动。感谢仁慈的老板，感谢待我像亲人一样的班森和艾瑞克。感谢上帝！

又见安东尼

连续几天，我们都是分批行动。上午，班森和艾瑞克照旧去捡垃坂和废品，而我还是去水果摊前捡水果。老板看我又来了，关切地问："小妹妹，你们去救济站领食物了吗？"我摇摇头："老板，我们没有去。我们每天去捡垃圾还能换点钱，可以维持生计。""那你们的家人呢？""我们是流浪儿，无家可归。""哦，太可怜了，你们晚上住在哪里？"

我用手指指前方："我们就住在往前一个十字路口往左走再到下一个十字路口往右走的天桥底下。""你们就住在天桥下？""嗯，那里就是我们的住所。"老板还想询问点什么，就被正在结账的老板娘叫去了："嗨，雷纳德！你是在卖水果做生意，还是在讨好小乞丐？这些天你是怎么了，尽喜欢和流浪汉打成一片，臭死了！"

老板快速地走了进去："别这么说，他们怪可怜的，都是些无家可归的孩子。""哼，谁知道他们是不是真的流浪儿！该不会是他们的父母教唆他们出来讨饭，自己却在家里数钱吧。现在的骗子太多了，你难道都要帮助吗？这几天来我们这儿拿走的水果，够他们全家吃半个月的了。""你少说两句行不行？这些水果不给他们也是白白扔掉的。他们拿回去，还能挑上几口好的吃。你知不知道，我们每天扔掉的这些烂水果，就可以养活一个孩子的命……"

老板与老板娘还在激烈地争论着，而我则悄悄地拿着那袋子里仅有的几个烂苹果和香蕉准备离开。我想，这是最后一次来这里要水果了吧。老板娘不欢迎我们，明天不能再来这儿了。好心的老板雷纳德，若拉感谢您！

我最后望了眼水果摊，转身离开。刚迈出步子，只听后面传来一个熟悉的声音："若拉？是若拉吗？"我慢慢转过头去，是安东尼太太！她正在水果摊前挑选水果！我下意识地转身向前。她在后面喊我："若拉，是小若拉，你等等！"我红着眼拖着步子快速向前走，不愿让太太看见我的狼狈样。

"若拉，你等等，等等！"不管太太在身后怎么呼喊我、追赶我，我始终都不回头。"若拉，你就不想知道你父亲现在的状况吗？"一句话，让我猛地止住脚步。"若拉，你怎么会在这儿？你在这儿做什么？"听到太太颤抖的声音，我的心碎了。我缓缓转过身，没有勇气抬头看她，只是默默地掉泪。她走到跟前，蹲下："若拉，抬起头来，让我看看你的脸。"

我没有勇气抬起头，我那像花猫一样的脏脸会吓到太太的。她轻轻用手抬起我的下巴，红着眼惊讶地说："天哪！小若拉，你不是说去亲戚家投靠他们的吗？难道，你没有去？"我流着泪，不吭声。安东尼太太红着眼："原来这些天，你都是这样度过的吗？你在这儿捡烂水果吃，你在吃别人不要的东西？"

我颤抖着双唇，眼泪就这样一遍一遍流过脸颊。太太颤抖着声音："我以为，你去了亲戚家后，就可以远离你父亲的毒打和责骂。没想到，你居然在这儿捡垃圾……"太太捂住嘴伤心地抽泣起来。我终于忍不住放声大哭："是的，安东尼太太，我没有去亲戚家，我在纽约没有亲人了。为了不让您担心，我骗了您。对不起，对不起……"

太太将我抱在怀里："哦，我的上帝，我可怜的孩子！这些天来，你都是怎么生活的，告诉我！"我抽泣地说："我和两个伙伴在一起，每天捡破烂，相依为命。""可怜的若拉……"

安东尼太太是个善人，她要我带她去看我住的地方。当我们穿过两条街来到天桥下，她捂住嘴再一次伤心地哭起来。"上帝啊，我不愿相信这是真的！""太太，您别担心，班森和艾瑞克对我很好，我们就像一家人一样。""不行，我不能让你待在这么冰冷的天桥底下，你怎么能睡在大马路上？"

太太执意要带走我，班森和艾瑞克整理好行李，不舍地和我告别。我拿着金鱼缸，对他们说："太太要带我回她的家，很抱歉，他们家人多，不能把你们也带走。放心，我去那只是暂时的，明后天还会回来看你们。"

他们虽然很舍不得我，但看到我被好心人收养，还是表现得很开心。艾瑞克拍拍我的肩说："走吧，若拉，和安东尼太太回家，总好过在大街上流浪。去过另一种新生活吧，上帝保佑你。"我流着泪说："可是，我舍不得你们，我爱你们。"艾瑞克叹口气："我们也爱你，可是现在我们没有能力让生活变得更好。和我们在一起，只会越来越糟。比起你流浪，我们更希望你有一个温暖的家。"

听到艾瑞克说这些话，我既感动又心痛："但是，你们怎么办？"班森直起身子，对着远方说道："照旧。当太阳露出它的第一缕光，我们也会跟着它醒来。放心，我们能活下去！"我看了眼金鱼缸，将它递到班森手里："小鱼儿我就不带走了，留给你们做伴。要是想我了，就和小鱼儿说说话，它会把你们的意思转告给我的。"班森和艾瑞克红着眼点了点头。

我和他们挥手告别，班森和艾瑞克站在天桥底下流泪送我。他们的眼神和表情，我这辈子都忘不了。我拖着行李，拉着太太温暖的大手，缓缓地向前走去，脚下变得沉重起来。艾瑞克和班森在身后大声喊："若拉，要幸福，一定要过得比我们幸福！"

我狠狠地咬着嘴唇，没有勇气回头看他们。左手握着的，是要将我带入天堂的善良人；身后站着的，是无奈流浪儿的心声。

救 济

天黑之前，我来到安东尼太太的家，这个曾经为了帮妈妈交房租来过的地方，离我们的地下室只相隔了一条马路。经过那儿，太太轻轻地告诉我，这里已经租给别人了，租金比我们原来多了三分之一。

太太的家并不大，也不宽裕，平日里就靠着收些房租来维持六口人的生活。她的三个孩子，女儿刚读大学，两个儿子一个读中学，一个还在读小学。她的丈夫在一家大型企业里做部门经理，年迈的老母亲得了老年痴呆症。全家所有的劳务，都压在了太太一人身上。她每天买菜、做饭、洗衣、打扫屋子，忙活孩子和家人的日常生活，还要耐心地和那些拖欠房租的房客讲道理，催交房租。我知道，太太过得很辛苦。

我走进浴室，在镜子前看着落魄的自己，一阵强烈的自卑感猛烈袭来。能在这里洗个热水澡，对我来说是件多么奢侈的事。

太太敲开浴室的门："若拉，我帮你吧，这样洗得干净点。"我没有拒绝她，任由那粗壮的大手在我身体上来回搓动着。我想起小时候，母亲也是这样蹲在地上为我洗澡的。

有多久没有洗脸洗澡洗头了，那混沌的污水冲走了身上多少的脏东西。每天睡在马路边，吃尽了尘土和尾气；每天在垃圾堆里翻腾，闻够了臭味和肮脏。我也很讨厌这样的自己，多么狼狈和卑微！我在身上打了很多肥皂泡，我不是奢侈，是因为不多洗几遍根本无法去除身上的异味。那样，太太一家会不喜欢我的。

太太为我准备了干净的衣服，那是她大女儿小时候穿过的，太太不舍得扔掉，说要给自己将来的外孙女留着。她摸着我的脸，温和地说："我们的小若拉又回来了，看你的大眼睛，多水灵。这么可爱的孩子，怎么能在大街上过日子？今晚你要多吃点，我知道，你饿坏了。""谢谢太太，对了，我父亲怎么样了？"我急切地想知道他的下落。她拍拍我的脸，笑了下："先吃饭吧，吃完我再告诉你。"

饭桌上，摆着很多菜。土豆、牛肉、鸡腿、沙拉，还有蘑菇汤。我闻着喷香的食物，硬是把口水咽了回去。太太热情地将食物放在我碟里："来，若拉，快吃。"我低头坐在那里，没有勇气拿刀叉。太太的丈夫和她的孩子都瞪大眼睛望着我，他们一定不喜欢我这个不速之客。太太一声令下："大家快吃饭，要不凉了没人帮你热！"

几个孩子赶紧往嘴里塞食物，他们边吃边看着我碗碟里的东西。太太的丈夫叹着气，也不说话，只顾自己吃。老母亲则坐在饭桌一边，太太一口口地喂她吃饭。我默默地将食物放进嘴里，慢慢咀嚼，眼泪在眼眶中涌动。那是酸楚的温暖！这么久以来，我吃到了一顿像样的饭菜。记得距离上一顿，是在地下室里，与母亲和弟弟吃的。没想到那次，却成了我与他们的最后一顿晚餐。

饭后，孩子们回屋做功课去了，太太将我带进了大女儿的房间。伴着橘色的灯光，她摸着我的小脸，郑重地说："若拉，现在我要告诉你，你父亲的事。"我点点头，坐在椅子上静静地听着。

太太说，我的父亲被拘捕后，警察曾到地下室找过她，希望能找到他的亲人。太太打电话给我的母亲，母亲已经换了号码，不再用以前的旧号码了。太太说，父亲起先不交代实情，还企图越狱。最后，法院以盗窃罪判处父亲有期徒刑五年。

我流泪听完了太太的讲述，此时眼前浮现的，不是父亲那凶暴的嘴脸。想到他将来的五年都要在监狱中度过，我整个人都开始不寒而栗。父亲真的没了自由，没有了所有。太太说，明天就带我去监狱看望他。

这一晚，我和安东尼太太的大女儿睡在同一间房里。她睡在小床上，我睡在地板上。太太为我整理好被褥，说："若拉，姐姐的床太小，你就只能委屈一点睡在地板上了。""没关系的，太太，睡在地板上已经很好了。至少不用吹冷风了。"太太摸了摸我的头："睡吧，好好睡一觉，把这杯牛奶喝了。""谢谢太太，祝您好梦，晚安。""晚安，若拉，做个好梦。"

太太关上门，她的大女儿脱了外套上了床。我将牛奶递到她面前："姐姐，牛奶给你喝吧。"她躺下盖上被子："不必了，你自己喝吧。"说完便把被子盖过了头顶。

熄灯后，我背对着她睡下，看着窗外的月光。她忽然来了句："若拉，你真的找不到你妈妈了吗？"我愣了愣："是的，她带走了我的弟弟。""你打算以后怎么办？怎么生活？""我会想办法的，绝对不会连累太太。谢谢你，姐姐。""谢我什么？""谢谢你能够包容我，让我睡在你的房里，可以不受风吹雨淋。""呵呵，睡吧。"她翻了个身，不再理我。

此时，我想到了班森和艾瑞克。你们还好吗？现在睡了吗？若拉好想你们。

过了很久，我隐约听见屋外有说话声，是太太和她的丈夫。房子的隔音效果不太好，安静的深夜，我几乎能听见他们说的每一句话。安东尼先生在隔壁屋里来回踱步，用责怪的口吻说："家里的负担已经够重的了，你怎么又带回来一个拖油瓶？还嫌不够乱吗？"太太说："若拉竟然在大街上流浪，她几乎成了一个孤儿。""你别忘了，他的父亲可是个囚犯！""可孩子是无辜的，若拉太可怜了。她曾经是我的房客，我不能见死不救！"

先生的声音变得更大了："全纽约有多少无家可归的流浪儿，你都要救济他们吗？你又不是救世主，上帝都帮不了那些人！""我既然看到了，我就要管！""史密斯的一家都是欠债的主，若拉的父亲简直就是个疯子。自从他成了我们的房客，我们一家就没有过过安生的日子，直到现在还拖欠我们两个月的房租。平日里不是讨债的追上门来找麻烦，就是狐朋狗友来找他喝酒打牌，把屋子搞得一塌糊涂。半夜里，他们夫妇在地下室吵闹，隔着那一条马路都能听得清清楚楚。若拉母亲可没少到你这里哭诉，这些你都忘了吗？"

安东尼太太颤抖着声音说："我就是因为没忘，所以才更加心痛！我以为小若拉可以去投靠她的亲人，可以摆脱困境，没想到她竟然在大街上捡垃圾堆里的烂水果吃。她和那些乞丐一样，成了无家可归的流浪儿！"

"你可怜她可以，同情她可以，心疼她也可以，但我们家不是避难所和收容所！我们一家六口人已经过得很拮据了，哪还有能力收养一个孤儿？还是一个囚犯的女儿！你预备收养若拉到什么时候，一个月、两个月？还是一年、两年？""我现在很乱，我不知道！我只知道我不能眼睁睁地看着若拉睡在大马路上，上帝都不会宽恕我的……"

我捂住被角默默地流泪，心痛地听着屋外的吵闹声。安东尼先生没有错，太太是没有义务和责任来收养我的。他们一家过得已经很不容易了，我的出现，无疑给他们全家来了一枚重重的定时炸弹。我后悔了，后悔当时太太喊我的时候没有及时跑掉、后悔离开班森和艾瑞克跟着太太回了家、后悔享用了她家的水和电还有丰盛的晚餐，现在还心安理得地睡在她女儿的房间里。我的突然出现，给他们夫妻之间增添了麻烦和矛盾。

我是个罪人！

我起身走出去，轻轻叩开太太卧室的房门："安东尼夫妇，对不起，我给你们全家带来了不便，实在是抱歉。请放心，明天一早我就离开这里，不会给你们再增添任何麻烦。对不起！"太太连忙带我回了房间："若拉，没有你的事，回去睡觉。别担心，就在这里住下去。我们虽然不富裕，但起码还能给你一口饭吃。相信我。"

太太吻了吻我的额头，关上门回了房，继续和先生争吵起来……

再见，安东尼

第二天一早醒来，看见阳台上挂着我的被褥。太太说："今天天气好，有太阳，我把你的被子好好洗了洗。""谢谢太太，实在是麻烦您了。"她的孩子们吃了早饭去上学了，安东尼先生走的时候瞥了我一眼，重重地关上房门。

上午十点，太太带我来到了监狱。她拉着我的手安慰道："若拉，你的父亲就在里面。"我的心跳到了嗓子眼，不知道父亲现在变成什么样子了，他会不会当面再一次辱骂我。

我鼓足勇气进了见面室，眼前的一幕让我惊呆了。父亲身着橘黄色的囚服，脸上布满了深褐色的胡茬，人比原先瘦了一大圈，神情显得极为落寞。我无法想象，这就是我的父亲，这就是那个平日里对我和母亲狂吼施暴的父亲！他将要在监狱里度过整整五年！

当父亲看见我时，先是呆呆地愣住，而后低下头去，不再看我。我能感觉出，他的眼眶湿润了。我流着泪喊他："爸爸，爸爸……"父亲久久不发话。而后，他问了句："你妈妈呢？她究竟到哪里去了？""我不知道，不知道……""她应该带你走的，留下你自己该怎么办？"父亲的一句话，让我再一次泪流满面。他不是没有良心的，他还关心我的安危，这对我来说实在是太感动了。

我回答他："爸爸，我能养活自己，我也能找到妈妈。""你现在住哪儿？"我回头望望太太，她朝我点点头。我说："我住在安东尼太太家，他们对我非常好。""安东尼太太能收养你，我就放心了。"父亲终于抬起头，望着一旁的太太："谢谢你，太太，谢谢你替我照顾若拉，万分感谢。"

父亲看着我，红着眼，久久地说了一句话："若拉，等你找到妈妈后，让她带着你，从此远离我！""爸爸，爸爸……"我终于忍不住哭出声来，双手趴在透明的玻璃上，痛不欲生。

"爸爸，若拉会听话，会和妈妈还有弟弟好好生活。您放心，您就在这里好好的，我们等您出来。"父亲抹了抹眼睛，叹了口气："这儿简直不是人过的日子，进来了就不可能会好。狗屎的监狱！""爸爸，不要错上加错了，我不希望你再出什么事。""好了，你们走吧，我该进去了。""爸爸，我还有话想对您说……""走吧，走，走！"父亲起身，不再理会我。

他被人带走了，他自始至终都没有勇气直视我的眼睛！

我趴在玻璃上哭着，太太摸着我的头："若拉，改天再过来看你父亲吧。他现在有罪，心理上承受不了，不敢面对你。""他没有再开口骂我，我已经很知足了。""一个没有了自由的人，是没有资格再用言语伤害别人的，何况，你是他的女儿。"

我们走了出去，我问："监狱里很可怕吗？他们会对爸爸很残忍吗?""不清楚,总之,进了监狱就没有人身自由了。他们会约束你,控制你,命令你,不再让你为所欲为。身心上会非常痛苦,但是没办法,这是一个有罪的人必须承受的代价。"

回到太太家,我赶紧收起在阳台上晾着的被褥。太太问:"若拉,还没有干呢,怎么收了?""太太,我要走了。""你去哪儿?""离开这儿,我不能在您家待下去了,不能给您增添任何麻烦了。""若拉,你这是什么话?我说过会有你的一口饭吃,你不必担心。""不可以的,太太,我不能这么做,不能。"

太太不由分说地从我手里夺过了被子,又把它晾了起来。她坚持说:"你要走可以,等找到你的妈妈,她带你离开这儿,我同意!"我不再说话,只有尊重太太的决定。

我回到房间,从行李箱拿出未读完的书本看了起来。太太问:"你把课本带来了?"我点点头:"课本带在身边应该有用,我可以自读。""乖孩子,等哥哥回来后,让他帮你补习功课。"

晚饭后,太太让上中学的大儿子帮我复习功课。虽然他极不情愿,一脸的抵抗,但在太太的命令下,还是嘟着嘴勉强地帮我辅导了功课。这一晚,我感受到了有家的温暖。有喷香的食物吃,有热水喝,有地方睡,还有人为我辅导功课。虽然除了太太外,所有人都对我冷眼相待。但能容忍我在这个屋檐下生活,已是万分感激了。

深夜,当所有人入睡后,我看着窗外皎洁的明月,悄悄地趴在地板上写了一封信。

亲爱的安东尼太太,感谢您像母亲一样,用包容的胸怀收养了若拉。短短两天的相处,让我感到了这个世界不是我所想象的那样冰冷和残酷。您的关心和照顾,让我感受到了有家的温暖。不论将来若拉走到哪里,我都会记得,这世上有一位叫安东尼的太太,曾经那么用心地爱护着我。

太太，现在要和您说一声对不起，我要不辞而别了。我知道您是好心，但我没有理由让您来承担这一切。请放心，我的伙伴班森，他的家人就在曼哈顿，我们就快去找他们了。到了曼哈顿，我们都会有饭吃，有地方住。所以，太太不要担心我，我会把自己照顾得很好，真的。

安东尼太太，若拉爱您，并会感激您一辈子的。我会每天向上帝祈祷您的一家健康、平安。若拉。

我将信件放在枕头底下，含着眼泪入睡。

凌晨五点，天还没有亮，我悄悄地摸黑起来，将那封简短的信件塞进太太卧室的门缝里。然后拖着重重的行李，离开了她的家。对不起，太太，原谅我的不辞而别，原谅我离开了您。不管前方的路有多么难走，我都不会忘记，在这个世上，曾有一个身体丰腴的胖女人爱过我！

她不是我的母亲，她是安东尼太太，我曾经的房东。

第三个家

天渐渐亮起的时候，我拖着行李回到天桥下。班森和艾瑞克还在熟睡中，我帮他们塞紧了被子。小鱼儿还在水里欢快地游荡着，似乎也在欢迎我的归来。我将行李放在一边，拿着太太给我的零钱来到街对面。我要给班森和艾瑞克买一份像样的早餐，这样，我们才有力气去流浪。

当我拿着三人份的牛奶和热狗来到天桥下，看见他们直直地站在那里，红着眼，深情地望着我。

艾瑞克说，我走的这两天里，班森背着他去找了扣我们钱的废品回收商，但那人死活不认账，班森和他红起脸来，差一点又要挨一顿皮肉之苦。回收商将他赶走，说以后都不会再收我们的废品了。艾瑞克和班森只有找到另一个废品商，昨天一整天，也只卖了两块钱。他们说，如果再这样下去，就真的要去食物救济站看看了。

当天晚上，我们拖着疲惫的身子回到天桥下，远远地看见一个熟悉的身影站在那里吹冷风。是安东尼太太！

我的泪水夺眶而出，傻傻地站在原地不敢动弹。太太还是找来了，她手里拿着一大包食物，正站在天桥底下等我！我慢慢挪动步子走到太太面前，她红着眼说："我在这儿等了你一天，旁边的那位老伯说，你们天黑了就会回来。"我跑上去抱住她："太太，对不起……"

"孩子，你父亲嘱咐过我，我不能失信于他呀。如果我再不管你，我怎么对得起你的父亲，还有，你的母亲……"我哭着喊道："不！不！太太，您不该来的，不该管我的……我已经给你们全家增添了那么多麻烦，我不能再拖累您，不能……"太太颤抖着身子哭泣着："孩子，我可怜的孩子……"

我紧紧抱住太太那丰满的身体，狠狠地痛哭，心里像刀割般难受。这个年逾五十的妇人，手捧食物，穿街走巷地来到天桥下，在寒风里站了整整一天！就是为了等我这个毫无相干的人！我对不起她！我于心不忍！

无论太太怎么劝说，我都没有再和她回去。我告诉她，明天我们就要结束流浪生活，去曼哈顿找班森的母亲了。他的母亲是公司职员，和父亲离婚后去了那里。而父亲又娶了新的太太，班森不愿和他们一起生活，所以就逃了出来。不管太太相不相信，我都必须这么说，这是善意的欺骗。她临走前，将那包食物递给我，还塞给我三十美元。太太说，她明天这个时候还会来这儿。

望着太太远去的身影，我蹲在地上呜呜地痛哭。看！她的身材丰满肥胖，走路的时候很是费劲。两条腿迈不开大步子，左右摇摆活像个大企鹅。她已不再年轻，也不再美丽，脸上也有了皱纹，笑起来还有两个下巴。可是我爱她！

晚上，我们吃了太太给的食物，还分给一旁的老伯和其他两位流浪儿。很快，一整包的食物到第二天早上就没有了。我们没有再去那家水果摊捡水果，而是去找了另一位废品回收商，将捡来的垃圾卖给他，得到了三美元。

我对班森和艾瑞克说："我们不能住在这里了，安东尼太太还会来找我的，我们必须搬家了。"三人收拾好行李，准备离开住了多日的天桥。我们将得来的三块钱分给了一旁的老伯，平时外出的时候，他会守在那里帮我们看家、守护地盘。这段时间，我们已经习惯了有他的陪伴。他时常一动不动地坐在天桥下，抽着别人抽剩的烟蒂，看着来往的行人，说着我们不太听得懂的话。我想，我还会再来的。再见了，老伯！

当夜，我们没有用那三十元买晚餐，我们想把钱省下来，派上用场。我们来到水果摊老板推荐的食物银行的食物救济站，那里排成了一条长龙，全都是些吃不起饭的穷人，足足有一个街区那么长。在救济站的旁边还有一个长队，他们手里拿着食品救济卡，一些人甚至是开着汽车来这儿领取蔬菜、鲜肉和大米。

排了将近半个小时的队，我们终于领到了一份晚餐：鸡腿、土豆泥和蔬菜。这对于有钱人来说不算什么，可对我们来说，那就是盛宴了。如果按照市价，三人份加起来差不多就是十美元。我们坐在路边，开始狼吞虎咽起来。

一位推着购物小车的老太太和我们说，这些大多是食品店或生产厂家捐献的即将过期的食物，在超市不好卖了。老板会主动打电话给食物银行，让他们开车来拉走，或给农场喂牲口。救济站没有严格的审查制度，也不乏有经济基础的人来这里冒充，领取免费食品。

对于真正的穷人，救济站是一个开放的天地，最低标准是保证这个地方没有人饿死。

我们沿路来到了地铁站口，三人对笑着走下去。地铁站显得很破旧，满地的口香糖和深色的污迹，扶梯上尽是涂鸦的痕迹。夜晚，这儿人潮涌动，他们行动快速地赶往目的地的那班地铁。除了行人，墙角周围也不乏有残疾的流浪儿、伸手要钱的乞丐和弹吉他的卖艺人。

我们站在售票窗口，看着密密麻麻复杂的各地线路。班森的眼睛透露着微弱的光："我们可以从这里到曼哈顿去，去找我的妈妈。"艾瑞克拍拍他的肩："会有这一天的，很快。"我忙说："我们手里有钱，买一趟两美元的单程票就可以到那里。"班森回头看看我，给了我一个无奈的笑容："对，可是曼哈顿这么大，我们上哪儿去找呢。没有目的的寻找，永远都找不到的。"艾瑞克说："我们还是先安家吧。"

就这样，布朗士的地铁站成了我们流浪的第三个家。这里虽然破旧、脏乱，人群嘈杂，但最起码不用淋雨，不用饱受刺骨的寒风。我们可以蜷缩在角落里看人来人往，还可以听卖艺人歌唱。深夜来临，地铁站内一片灯火通明，我们坐在墙角，听着卖艺男孩抱着破旧的吉他自弹自唱着歌曲："You're beautiful, You're beautiful, You're beautiful, it's true……"

歌词写得很美："我的人生缤纷灿烂，我的爱如此纯真。因为我见过天使，对此我深信不疑。她在地铁上对我微笑，虽然身边伴着另一个男人……我曾在人潮拥挤之处瞥见你的脸……我想，我将再也见不到她，但我们共享了永恒的片刻。我看到了笑起来跟她一模一样的天使，当她也想到我们应该在一起时，但事实就是，我和你永远无法相依。"

听着男孩的歌声和令人震撼的歌词，伴随着列车与铁轨之间快速的摩擦声，想象着能把我的心声带到母亲的心里。我的母亲是那样美丽，她是我心中的天使。但事实就是，我和你无法相依。

男孩穿着破仔裤，站在一角深情地唱着，歌声穿梭在空旷的隧道内。在他的远处，站着一位金发女孩，在静静地聆听。他们相互对视，却没有言语，只有清爽的歌声和交集的眼神。在我眼里，这更像一幅情景画，成为地铁站内最美丽的一道风景。

连着几天，我们都和这个叫约翰的男孩在一起。白天，我们去附近捡废品，晚上回到地铁站和他聊天，听他唱歌。约翰是个好男孩，和我们成了好朋友。他今年十八岁，考上了纽约的音乐学院，却因家里贫穷交不起昂贵的学费。白天在琴行打工，晚上就到地铁站来唱歌卖艺，希望有一天能凑齐学费再考音乐学院。唱歌是约翰的梦想，也是他生命的全部。背着一把心爱的木吉他，就可以远走天涯。

闲时，约翰会撩拨琴弦教我们唱歌。他喜欢詹姆斯·布朗特的歌曲，每一首都能唱得流畅、深情。我们跟着约翰的歌声，度过了一个个难熬的夜晚。那个金色头发的美丽女孩，时常来地铁站捧他的场。他们并不认识，却又似曾相识，约翰说，女孩是他的第一个忠实歌迷。

地铁站内，除了川流不息的客流，可恶的老鼠也时常在这儿肆虐地窜动。我总是害怕地搂住班森和艾瑞克。约翰笑着继续弹吉他，说一句："这里是老鼠温暖的家。"约翰说，地铁站老鼠成灾，尤其是夏季，有时还会大胆地跳到站台上去，吓得乘客差点掉到轨道下去。

地铁车厢内时常有来回乞讨的乞丐和流浪儿，哪儿人多哪儿富裕，他们就往哪儿去。有时他们还会划分地盘，这块是我的领地，你就别想混进来。曼哈顿最富有，他们就坐上那一条通往曼哈顿的线路。一天来来回回，可以赚取不少钱。有些人为了讨钱，还假扮瞎子和瘸子，以此来获取乘客的同情和高额的赏钱。

约翰总是笑着看淡一切，他不争也不夺，就站在角落里，天天抱着吉他唱着詹姆斯·布朗特的歌，天天唱给那个金发女孩听，天天唱那首 You're Beautiful。约翰至今还不知道那女孩叫什么。他们没有说过一句话，只用歌声和眼神交流。

约翰说，这叫意境。

我们自卑地将头深深地埋下去，一副无地自容的样子。我知道我们衣衫不整，头发又凌乱，身上还带着一股难闻的异味。是啊，生活在天桥底下的流浪儿，又怎么可能像那些上层人一样衣冠楚楚，身上还带着那股高贵的香水味呢？

戏如人生

电影发布会

醒来时，朱蒂和玛莎在一旁看我。

玛莎笑着说："恭喜公主，您就要成为全纽约最耀眼的明星了。"朱蒂拿着衣服："下午两点，您要参加电影开机的发布会。""还好你提醒我，现在几点？""快十一点了。""我睡了这么久，真糟糕。快，不能迟到了！"

该死的噩梦，该死的若拉！幸好我不是。

我下楼吃午餐，看着眼前的父亲，难以想象在梦里他居然变成了一个胡子拉碴的囚犯。我拿着刀叉问他："爸爸，如果你一无所有，你还会那么爱我吗？"父亲瞪大眼睛："宝贝，这是电影剧本里的台词吗？呵呵！马上就要做明星咯，是不是很紧张，才会问出这么可爱的问题？"

我严肃地说："我是说如果，爸爸。""就算爸爸变得一无所有，哪怕穷得一毛钱也没有，我还是会一如既往地爱你。况且，爸爸不会变成一无所有的。"母亲得意地说："宝贝，成了电影明星后，你会有很多的影迷，到时候，你签名都会签到手抽筋呢。"我回答："我本来就是明星。""哈哈哈哈，对对对！"

去酒店的路上，我的心情变得有些复杂，精神恍惚起来。昨晚的噩梦太漫长，压抑得我快要喘不过气来。监狱、父亲、水果摊老板、安东尼太太一家、食物救济站、地铁站、弹吉他的约翰和金发女孩，还有，可恶的大老鼠！天哪！我都梦了些什么？上帝啊！求你放过我吧，我只要做富有的珍妮芙，不要做什么穷死都没人管的若拉！

《莎莉的秘密人生》电影发布会在纽约最豪华的酒店内隆重举行，制片人马丁、编剧安娜、导演亚历山大，还有主演……逐一到场。我作为全场最小的演员，坐在导演和制片的中间，而演成年莎莉的演员苏珊则坐在我的右边。她今年刚满十九岁，却要从莎莉的十六岁一直演到六十岁。

苏珊是马丁公司签约的新人，刚走红没多久。尽管穿着时髦，长相漂亮，可我的到来，瞬间把她的气势压了下去。在我的光辉下，苏珊显得黯然失色。马丁和亚历山大向大伙不断地介绍我、宣传我。她坐在我旁边，脸上虽带着笑容，内心却是多么的不快，我知道！

整场发布会下来，任凭灯光闪烁，记者的提问，我都能应付自如。这种场面对我来说并不陌生，只是换了形式而已。马丁拿着酒杯，蹲下身如获至宝地说："珍妮芙公主，您是今天全场最最闪亮的明星。还没开演，就已经走红全纽约了。今晚的新闻上，您美丽的倩影一定会吸引全美国的观众。我们期待着！"

我凑近他，悄悄地说："马丁先生，您别高兴得太早。我答应出演电影，并不是给你面子，而是给威廉夫妇一家的。你别以为我答应你，就是对你改变态度了。告诉你，我还是那么讨厌你，一如既往地讨厌你，所以你不必这么高兴。"

马丁的脸瞬间变得阴郁起来，尴尬地朝我笑着，不知如何回应，拿酒杯的手微微颤抖着。我继续说："要知道碰上我，不是这么好对付的。你从我父亲身上捞了那么多钱给你的电影做成本，所以，你就必须得看我们一家人的脸色。万一搞得本小姐不开心，我随时都可以让父亲撤资。到时候，看你们怎么和上帝哭诉。"

马丁连连点头："是是是，珍妮芙公主说得太对了！您的每一句话我都会谨记在心的，并且尊重您的一切要求！"宾客来来往往，我假装和他热情地干杯："马丁先生，谢谢您让我出演小莎莉一角，珍妮芙非常荣幸！"说完，我转身离开。

卡尔也来到了现场，我走过去，给他出了个难题："卡尔，你今天是来捧你母亲的场，还是来捧我的场？"卡尔提提眉头，笑了笑："哦，这的确是个不太好回答的问题。嗯……如果说捧我母亲的场，公主会说我没良心；如果说捧公主的场，您会说我太假。那么，我到底是该说捧谁的场好呢？"

我扑哧一声笑了："你真幽默。好了，不逗你了，我知道，你今天是来捧我们的场的。""呵呵，今天一大半的人可都是来捧公主的场的。要加油哦，我支持你。""真的吗？过几天开拍后，你会来现场探班吗？""如果学校没开课，我想我会来的。""那如果开课了呢，你会请假来吗？"

卡尔低下头逗趣："这个……那我只好和老师说，我肚子痛生病请假，然后偷偷跑到片场来给公主加油助威，好不好？""好，我们一言为定！如果到时你不来，我就罢演！怎么样？"我伸出小拇指和卡尔拉钩。他笑笑："看来，我必须来了，这个承诺关系到整个剧组的安危呢。""对啊，你的承诺很重要。""呵呵，好吧。"

我的铁三角也来到现场，班森当着卡尔的面说："卡尔，你看，我们的公主要当大明星了。从今往后，她更不会理我们了。"卡尔笑笑："不会的，你们是最好的朋友，她不会不理你的。"

我拍拍班森的脑袋："你要是不乖，我就不理你们了。"班森搭着我的肩："那我们来探班，你欢不欢迎呢？""我想让你们来的时候，你们就要来。我不想让你们来的时候，你们最好别来。要是我一不高兴，就罢演了。"

班森故作痛苦状："哦，天哪！这就是我们和卡尔的区别。卡尔不来你就罢演，我们要来你就罢演，不公平啊！""好啊，班森，你居然偷听我和卡尔说话，看我怎么收拾你！"我上前就去揪他的耳朵。

班森连忙握住我的手："公主，注意形象！您现在可是我们的公众人物了，不能在这么多人面前扯我的耳朵。要惩罚我，也是私下再惩罚。要是被媒体拍到了，有损您那高贵的形象啊！""算你走运，本公主不和你计较。走，卡尔，我们去跳舞！"

班森在身后喊："公主，那我和艾瑞克什么时候和你跳舞啊？"我挽着卡尔的胳膊，转头："等到电影杀青的那一刻再说吧！""哦，我的上帝啊……"

生命中的白手帕

电影《莎莉的秘密人生》正式开机了。

两天之内，我看完了整个剧本。说实话，我并不喜欢出演剧中的小莎莉。戏里的她既没有漂亮的衣服穿，也没有美貌的脸蛋！要不是因为卡尔，我根本不会去演什么穷鬼莎莉！正因为有了卡尔，所以我要克服一切困难和障碍。

准备工作一切就绪，摄影机、灯光、道具、场景、演员……第一个镜头，是我拖着行李箱，在马路上漫无目的地行走。

开拍前，导演亚历山大和我说戏："现在你的名字不叫珍妮芙，你叫莎莉。你不是富有的公主，你是一个没了父母、无家可归的流浪儿。你此时的心情很沮丧，眼睛是湿润的，表情是痛苦和无奈的，走的每一步都是迟缓的。你知道自己从哪里来，却不知道要到哪里去。"

我穿着破旧的衣服，一脸的花猫样，头发凌乱，静静地站在那里。

回忆着亚历山大的话，等待他的一声令下。在远处的人群中，除了演职人员和机器外，卡尔、铁三角、我的父母和卡尔父母，还有贴身女佣都在其中。卡尔遵守了他的诺言，感谢上帝！可在他们旁边，我竟看见了苏珊和她的经纪人，还有助理。近段时间没有她的戏，她来片场凑什么热闹？我可不想看到自己在演戏时，她还站在一边观摩。

导演命令一切就位："全场肃静！第一场开拍！5、4、3、2……"我连忙大喊一声："等一下！"亚历山大拿下耳机问："小莎莉，怎么了？"我看看周围，顿了顿："片场的人太多了，我不能静下心来。导演，我要求清场！"

亚历山大尴尬地看看我，又看看周围："小莎莉的意思是……"我抿嘴一笑："我要求片场的工作人员留下，我的家人和朋友留下，其余和今天拍戏无关的人，都可以回家休息去了。"大家你看看我，我看看你，都没有动静。

马丁看看周围，喊了句："小莎莉说了，今天和拍戏无关的人，就先回去吧。"苏珊的腰挺得笔直，站在那里一动不动。我就这么盯着她看，迟迟不动声响。亚历山大回过头："苏珊，我看，你还是先回去休息吧。这几天没有你的戏，你就在家里好好地钻研剧本。"

苏珊不乐意了："导演，凭什么？我可是女一号，为什么不能在这里？"亚历山大为难地说："你看，电影的胶片挺贵的，我们大家就不要在这里浪费时间了。""导演！""苏珊，听话！""我不走，我就要在这里看！""苏珊，今天是珍妮芙的头场戏，我想，我们还是尊重她的决定吧！""为什么？我可是电影的中心人物，是这个戏的女主角，大家应该尊重我！"

我站在原地，说了句："可是现在，我才是这个电影的女主角。""你……"一句话，让苏珊变哑巴了。她顿了顿，撒娇地说："导演，你偏心！"

我上前一步，对着父亲说："爸爸，你看，我们要不要回家呢？"话一出口，马丁和亚历山大的脸瞬间变色了，他们赶紧起身去做苏珊的工作。父亲绅士地站在原地，笑着看他们。马丁赔着笑脸："史密斯先生，珍妮芙公主，我们马上就好，马上就好！请见谅！"他拉着苏珊走到一边，小声和她解释着。终于，这难缠的女人带着她的经纪人和助理不情愿地离开了片场。我笑了，好戏正式开始！

亚历山大一声令下："开拍！"我拖着行李，眼神中带着落寞和忧郁，慢慢地往街旁走去。这个情景我并不陌生，在梦里，这些都是我曾经经历过的。我没有家，无依无靠，只有在大街上漫无目的地行走。

"停！"导演一声令下，首个镜头一次就过。他兴奋地从椅子上跳起来，走到我面前："小莎莉，哦不，珍妮芙公主，您演得太棒了，表情和动作都非常到位。您真是天生演戏的料，你不做童星，那真是好莱坞的一大损失！"这话，我听着怎么那么耳熟？马丁当初不也是这么夸我的吗？没错，他们是同一条船上的人，说的话也大致一样。我笑笑："谢谢导演的夸奖。""您先休息一下，我们换景。"

家人和朋友全都簇拥上来，朱蒂和玛莎连忙帮我披上外套，送上热水。父亲摸摸我的头："我的珍妮芙，实在是太棒了，爸爸妈妈真为你骄傲！""爸爸，我现在是小莎莉。""哦，对对，小莎莉，呵呵！"班森兴奋地说："我的公主，你真是太令人佩服了，竟然拍一条就能过！"艾瑞克赞道："这恐怕连大演员都做不到，你比他们强多了！""对我来说是小意思，好戏还在后头呢。"

我走到卡尔面前："我演得怎么样？"他望着我，赞叹道："说实话，公主真的很有灵性，我们都看得入神了。如果别人不知道，还真的以为你是流浪的小莎莉。""真的吗？你觉得我演得好？"卡尔点点头："真的，演得非常棒！在场所有的人都这么认为。""不，我只在乎你的看法。""是吗？我的看法对你来说很重要吗？""非常重要。"

他轻轻地用双手扶住我的胳膊，在我的额头上轻轻一吻。天哪！卡尔竟然吻我了，他吻我了，他竟然当着现场这么多人吻我！太让我喜出望外了！

我激动地睁开眼："卡尔，这是我从小到大，收到的最美的礼物！"
他微笑地望着我："希望公主永远都这么开心、美丽，期待电影杀青
的那一刻！"

我跳跃着经过他们身边，像个欢乐的小天使。虽然身着破旧的外
衣，脸上还涂抹着褐色的油彩，可是我很开心，无以言表的开心。只
有班森露出了失落的表情，他又吃醋了。可我管不了那么多！

我转到片场，开始下一个拍摄镜头。剧本描写了莎莉走了很多路，
疲惫地坐在马路边。一位路人经过，将自己吃剩的汉堡和饮料扔进垃
圾桶里。莎莉看见了，立即站起来走上前，从垃圾桶里翻出汉堡和饮
料。她兴奋地把食物捧在手心里，蹲在路边，大口大口地吃起来。

开机后，我按照导演的要求表演着。也许在场的人看了都觉得恶
心，虽然大家都知道那是假的，垃圾桶是剧务做的道具，汉堡和饮料
也是新的。但只要在镜头前，就会觉得以假乱真了。我甚至觉得这不
是表演，这就是现实中的梦境。我只是将做过的梦用表演的形式展现
出来，在梦里我不就是在垃圾堆里寻找可以填饱肚子的东西吗？我甚
至分不清自己到底是谁，在现实中还是在梦境中。我是珍妮芙，还是
小莎莉，又或者是若拉？

随着导演的喊停，这一条也过了。亚历山大对我赞不绝口，他说
我是他见过的演员中悟性最好的。朱蒂和玛莎将大衣和水递到我面前：
"公主，辛苦您了，委屈您了，快喝热水吧，休息一会。"我拿着水杯
坐在椅子上，不以为然地说："这有什么？我又不是没这么干过。""什
么？""哦，没什么。"

卡尔来到我身边，递上一块白色带绣花的手帕："给，公主，擦
擦脸吧。""谢谢你的手帕，我的戏还没拍完呢。""那么，就等拍完了
再擦。"我拿着洁白的手帕说："呵呵，这么干净的手帕，我可不能弄
脏了它。我要留着。"

"珍妮芙，您演得真好，感动了我们每一个人。我的母亲刚刚还

在偷偷地抹泪呢。""真的吗？你母亲真的流泪了？""是啊，演得如此逼真，小莎莉走进了我们每个人的心中。您为电影开了个好头，我们很想看下去。""谢谢你的夸奖。不过主要的，还是你母亲写的剧本好。要不是你母亲，就没有莎莉这个人物，没有莎莉，我今天也不会站在这里，被你们这么多人认同。所以，我要感谢你的母亲。"

我走到卡尔母亲身边，上前给了她一个大大的拥抱。"感谢威廉夫人，感谢您的好作品，可以让我感受人生的百态，谢谢。"卡尔母亲激动地抱住我，连连点头。

这一幕，对卡尔一家来说会非常受用。我现在所做的每一步，都是为了心爱的卡尔。他的父母，会从内心深处真正地喜欢我，并且接受我。为了将来有一天，能与卡尔相爱并且永远在一起。为了他，我可以承受所有的一切，包括痛苦和伤害。

那块白手帕，也被我当作珍宝一样保留了下来。每天回家，我会用香皂将它洗干净，然后晾在卧室的阳台上。待第二天晾干时，就把手帕放在自己的衣兜里。伴着那阵阵的幽香，陪伴我一天又一天。每当我累了、倦了的时候，只要一拿出白手帕，我的心就被幸福填补得满满的。手帕上，还存留着他的温度。看见它，就像看见了卡尔。他就在我身边，时刻陪伴着我。

白手帕，已成为我生命中不可缺少的一部分。

八个耳光

一连多日，拍摄进行得相当顺利。导演对我像贵宾一样礼让着，没有一丝一毫的严厉。马丁也不敢有半点怠慢，各方面积极地配合我的需求，精心伺候着。他们是聪明人，明白整个剧组上上下下这么多口人，都是用我父亲口袋里的钱养着的。谁要是胆敢冒犯我一丁点，那剧组就要开大天窗了。

　　卡尔很绅士，连着几天都在片场看我的演出。很快，到了开学的时间，我向学校请了假，私人家庭教师会帮我补回落下的功课。卡尔回学校了，片场显得有些冷清。没有他在场助威，我的情绪似乎没有以往那么高涨了。但只要一想到他下午放学后会赶来片场，我的精气神就又上来了。

　　下午本来是准备拍一场室外戏：高级的大酒店门口，一个残疾的流浪儿为了讨钱，被门卫狠狠地推倒在地。莎莉为了帮他讨回公道，上前和门卫理论。两人争论不休，结果莎莉被门卫白白地挨了两个耳光，又将她推倒在地。莎莉跪在地上，扬起头流下愤怒、委屈的泪水。她发誓，总有一天，她要堂堂正正地从这扇门里走进去。

　　亚历山大和演门卫的演员说戏，并强调，打人的时候采用借机位，尽量不要碰到我的脸。"门卫"走到我跟前，鞠了一躬："珍妮芙公主，一会要辛苦您了，请您多多包涵。"我想了想，说："导演，我觉得这场戏不需要借机位。"

　　亚历山大吃惊地望着我："珍妮芙公主，您的意思是，要真打？""是的，真打。""这样，对您太不尊重了，我看不行。""没什么不行的，这只是演戏，我可以承受。"马丁也凑了上来："不行，绝对不可以！要是让史密斯夫妇看到了，该有多心疼啊。我们毕竟是拍戏，尽量把伤害减到最小。我看，就用借机位吧。"

　　"马丁先生，在家里我说了算，爸爸妈妈都得听我的。""可是，公主，我还是觉得不妥。""要真打才能表现出小莎莉受欺负的真实感，这样，她流出的眼泪才能博取观众的同情。我为了角色需要都能做到真拍，你们还有什么好顾虑的，就这么定了。""可是……""没什么可是的，为了艺术，应该牺牲小我。"

　　亚历山大和马丁只好认同了我的做法，他们和摄影师小声地切磋着。我看看周围，想了想又说："不过，我有一个小小的请求。"亚历山大赶紧说："公主请讲。""我想把这场白天的戏改到天黑再拍。""为什么呢？""因为，天黑才更能说明这个世界的冷酷和无情。天黑，才能表现出人们内心深处最真实的一面。所以，我建议先拍下一场，这一场留到黄昏后再拍。"

亚历山大和马丁，还有工作人员一致鼓掌。导演赞叹道："公主实在是太聪明了，我看用不了几年，您就可以坐上我这位置了。""我看上的可不是导演的这个位置，而是马丁先生的位置。"亚历山大恍然大悟："哦，原来公主是要掌握大权呐，好！"马丁摸摸他那红润的鼻头："呵呵，听公主的，就这么定了。"

其实，我真正的目的根本不是想表达什么电影的意境，而是为了等卡尔的到来。为了让他亲眼目睹我为了艺术而挨打，让他亲眼目睹我所受的委屈，让他从内心深处更加疼爱我、怜惜我。那么这样，我在他面前所流的每一滴泪，都会变得无比真实。

黄昏，卡尔和威廉夫人匆匆赶到现场。他手里提着一个大篮子："公主，开饭了。"我惊讶地问："卡尔，你给我带晚餐来了？""是啊，我母亲亲手做的煎饼、牛肉、土司、沙拉和浓汤，还有牛奶，都热着呢。你喜欢吃哪样？"卡尔母亲走到我面前："孩子，演戏是个苦差事，累坏了吧？来，趁热吃了补身子，这样才有力气演戏。"

看着满满一篮子丰盛的食物，我竟然站在原地说不出话来。十年来，我过着衣来伸手饭来张口的日子，从没有为任何事发过愁，更别提有什么能打动我的了。在我眼里，所有一切都是应该和必须的，我要的只是别人对我的顺从和敬仰。当卡尔的母亲亲手将自己烹饪的食物递到我面前时，我竟然感动得想落泪。

我想，我是恋爱了。被心爱的人的母亲所疼爱，那是一件多么幸福的事！

刹那间，我觉得自己已经成了卡尔家中的一分子，我的每一步，都会牢牢牵动他们的心。这种感觉实在是太美妙了，这是一种被操控的幸福，我操控着他们对我的爱。我的手掌心里，拽着卡尔一家人的心和信任。心在我手里，他们就不会离开我，永远不会。

黑夜来临，重头戏即将开拍。卡尔和他的母亲就站在离片场不远的地方，他深情地望着我，用右手竖起一个大拇指鼓励我。有他在，我就拥有了整个世界。

演门卫的演员显得十分紧张，手脚不断地哆嗦着。我悄悄告诉他："别紧张，就像真打一样，把我想象成你最讨厌的人，不要手下留情。"他尴尬地望着我，勉强地点点头。

开拍了，残疾的流浪儿为了讨钱，被门卫狠狠地推倒在地。"我"看见了，立马上前扶住他。我转过头和门卫理论着："你凭什么打人？""凭什么？就凭你们是乞丐！""就因为我们是流浪儿，你就可以随便打人吗？"门卫露出凶恶的表情："你们这些要饭的，给我滚开！看清楚了，这里可是纽约最高档的酒店，你们不要影响我们的生意！"

我红着眼，大声道："是，我们是为了要一口饭吃，可我们也是人，也有尊严！你这样欺负我们，就是你的不对！"门卫推搡着我们："滚滚滚，你们快给我滚开！再不走，我可要喊警察了！""这里每个人都可以来，我们只是在门口待着，没有影响客人！""这里是酒店的地盘，你们影响我们做生意，你们就得滚开！""为什么，我们一不偷二不抢，只是想让好心人可怜可怜我们，你凭什么赶我们走？"

门卫冲上来，喊道："你这个缠人的死丫头，看我不揍你！"他不由分说地朝我脸上甩了两个耳光："啪！啪！"然后把我狠狠地推了很远，我倒在地上。我猛地转过身，眼眶里含着委屈的泪花。我对着门卫愤愤地说："总有一天，我会堂堂正正地从这扇门里走进去！"门卫拍拍双手："好啊，我看你到时候是怎么从这里爬进去的！"

"停！"我被工作人员搀扶起来。亚历山大走到我面前："珍妮芙公主，演得真好！不过，我们要拍几个机位，可能需要再重复演几次。您能接受吗？"我看看远处的卡尔，说："可以。""那好，委屈您了。"演门卫的演员立即上前连连致歉："真的很抱歉，珍妮芙公主，请您见谅。对不起，对不起，对不起……""没关系，这是工作，我们继续吧。"

我回头看卡尔，他的母亲红着眼捂住嘴巴，估计很难接受这个事实。我竟然能为了演戏忍受挨打，这在现实生活中是根本无法想象的。卡尔慢慢地摇着头，皱着眉，看着他脸上为难的表情，我的心里有一种说不出的满足和胜利感。

当我连续拍了四条，总共挨了八个耳光之后，亚历山大终于喊停了。"门卫"连连向我说着对不起，生怕我在心里责怪他。朱蒂和玛莎赶紧把大衣披在我身上，带着哭腔说："公主，公主，您没事吧？要紧吗？疼不疼？我去拿热毛巾给您敷脸。"

亚历山大走到我面前："实在是抱歉，珍妮芙公主，让您受苦了。您的演出非常完美，您的精神感染了我们每一个人。我代表全剧组的工作人员，向您表示真诚的感谢。"亚历山大将他的胖身子弯曲九十度，默默地向我鞠了一躬。忽然，身后一片齐刷刷的声音："珍妮芙公主，让您受苦了！"我一回头，只见所有演职工作人员包括马丁在内站在原地，深深地向我鞠了一躬。

我连忙说："大家别这样，这只是演戏，没关系的。我没事，我很好。谢谢大家！"卡尔母亲走上来，紧紧拥抱我："上帝啊！我的宝贝！让你受委屈了！""威廉夫人，这是我应该做的。"她红着眼抚摸我的脸："亲爱的，我无法想象，你可以做到这一切。当你摔倒在地的那一刻，我的心被紧紧地揪了起来。我要感谢你，你是个称职的好演员，是个天才，是我的宝贝！我觉得，你就是我的女儿，我爱你！"我靠在她的怀里："我也爱您，威廉夫人！"卡尔在一边看着，我斜眼望过去，他的眼眶也红了。

玛莎拿来热毛巾："公主，我来给您敷敷脸吧。"卡尔上前一步："公主的脸有些肿，不能用热敷，要用凉敷。我来吧。"他拿过一条冷毛巾，小心翼翼地敷在我脸上，并温柔地问："感觉怎么样？疼不疼？"

我轻轻地摇摇头，享受着他对我的呵护。

这一幕，感动的瞬间，发自内心的感谢，我爱卡尔！

天　才

回到家后，爸爸妈妈心疼地抱住我，不断亲吻我那还疼痛的脸蛋。我来到卫生间，对着镜子，用手轻轻抚摸受伤的脸。这一刻，我笑了。

躺在床上，我致电卡尔："卡尔，感谢你这些天来的陪伴。谢谢你支持我、谢谢你的手帕、谢谢你母亲的晚餐、谢谢你对我的关爱。谢谢……""不客气，公主是我的好朋友，好朋友就是应该互相帮助的。您很累了，早点休息，晚安，做个好梦。"听着他的声音，哪怕我整夜做噩梦也无所谓了。

这几天很奇怪，我竟然没有再梦到若拉。大概是演戏太疲惫了，刚倒头睡，不一会就天亮了。

班森的电话来了："亲爱的公主，昨天拍戏很累吧。抱歉，我们没有来现场给你加油。我要参加兴趣小组，艾瑞克要参加汇演，所以很遗憾。""班森，昨天你和艾瑞克没有来现场，确实很遗憾。""是吗？我们一定错过了好戏，对吗？""是啊，错过了好戏。说出来你们一定不信，我被人打了。"

班森一听，立马紧张起来："什么？公主被人打了？我没听错吧？""没听错，我确实被人打了！""妈的，我非杀了他不可！我现在就过来，你等我！"挂掉电话，我倒在床上乐。玛莎见我如此开心："公主，什么事这么开心？""没什么，一会班森他们要过来，准备点心和水果。""好的。"

班森和艾瑞克匆匆赶来，进了房间便问："怎么回事？居然有人敢对公主动手？"见两人着急的样子，我继续装哭腔："是，挨了八个耳光呢。"艾瑞克凑上前看我的脸："天哪，是谁这么混蛋，竟敢对公主这么不敬？"班森握紧拳头："告诉我，那个混蛋是谁？我非宰了他不可！"

我捂住脸，轻声说："是酒店的那个门卫，我和他讲道理，他就扇了我耳光，还把我推倒在地上。"班森的眼里放着红光，大喊道："我非杀了他不可，剁了他的手来给公主赔罪！"说完便气冲冲地去开门。

我忙上前拉住他："哎哎哎，我说说而已，你们当真了？"班森转过身："我的宝贝，求您别折磨我们好吗？到底有没有这回事？"我扑哧一声笑了："是这样的，昨天有一场戏，我被人打了。由于拍摄角度的关系，所以我演了四遍，挨了八个耳光。"

班森走回来："见鬼，那是什么狗血的剧组？导演是怎么回事，怎么能让演员真打呢？还有那个马丁，他怎么会同意呢？""看你急的。是我要求他们这么做的。""为什么？""因为，我想做个好演员。"班森痛苦地抱住头："哦，我的上帝，你怎么能承受这些？我无法想象。"

我笑笑："为了他，我可以承受。"两人齐问："公主为了谁？""哦，为了电影，为了艺术我可以奉献自己的脸。"班森摸着我的脸，吻吻我的额头："我太心疼了，现在脸上还疼吗？""没事了，不过昨天，还真是火辣辣地疼呢。"

两人搀扶我回到床上坐下，艾瑞克说："真后悔昨天我们没去现场，要是我们在，班森一定会阻止这荒唐的行为。"我赶紧说："幸好你们没去，要是你们去了，这戏就拍不成了。感谢你们的缺席！"班森痛苦地说："上帝啊，艾瑞克你看看，珍妮芙居然还这么开心！"

我一头倒在大床上，微笑地说："我当然开心，有卡尔在，什么困难我都能承受。"班森和艾瑞克一左一右趴在床上，问："卡尔去现场探班了？"我翻过身，趴在床上，用手托着下巴："他可比你们好，下了课就马上到现场来给我加油了。比你们用心多了。"班森不服气："我们也很用心，我来当你的私人保镖，艾瑞克来当你的经纪人，怎么样？"

我打了打他的脑袋，站起身："少臭美了，你想让我家的私人保镖下岗吗？艾瑞克还在读书，怎么做我的经纪人？估计这部电影拍完后，会有成千上万的经纪人来找我。你们呀，就给我乖乖地在学校上课吧。"班森叹了口气："哎，看来，大明星不需要我们了。"艾瑞克无奈地耸耸肩膀表示赞同。

班森顿了顿问："这些天，你没有再做噩梦吧？""前些天做了，梦到很多。我的父亲进了监狱，判了五年。我被安东尼太太收养了，可她的家人不欢迎我。我就跑了出来，和你们离开天桥来到地铁站。每晚睡在那里，有流浪儿和卖唱小子，还有大老鼠做伴。"

班森盯着我看："珍妮芙，你真是个天才，不仅会演戏，连做梦都这么富有剧情。""你这是讽刺我吧，我每晚都做狗屎的噩梦，每晚都流泪，很痛苦。你就别在这添乱了。""没有，我说的是真的，也许你天生就应该做一个电影明星。现在看来，马丁的眼光没有错，他的决定是对的。"

我将艾瑞克递给我的饼干塞进嘴里："哼，他关心的是怎么筹到资金，怎么运作他的电影。要是他向你的父亲要钱，他也会赞叹你是个演戏的天才。我，只是他盘中的一颗棋子。"艾瑞克摸我的脑袋："哦，我们的珍妮芙，思想越来越成熟了。""你是想说我失去童真了对吗？""哦，我的珍妮芙，请别这么看我们，你知道，我和班森都爱你。"

我们不再争论，我不否认，自从认识卡尔以来，我确实有些怠慢班森和艾瑞克了，对他们的态度也有所改变，但我内心还是爱他们的，这是改变不了的事实。可我目前和将来要关心的，是怎么让卡尔爱我爱到离不开我。只有那样，我才能安下心来。

上帝保佑我吧！

好心人

几天过去了，我们和约翰相处得很好。他很热情，常把家里的热狗带来给我们吃。我们没有再去雷纳德老板的水果摊，也没有回天桥下，照旧是去捡垃圾、卖废品。每天在地铁站附近的街上游走，经过路边，见几个年纪稍大的擦鞋匠在给过往的路人擦皮鞋。

我突发奇想："想要赚钱养活自己，我们必须分开行动。三个人在一起，只能赚一份钱；三个人分开，就能赚三份钱，你们说对不对？"艾瑞克皱皱眉说："我和班森不是没想过，和你分开，我们实在不放心。"我笑着说："没关系的，我就在地铁站附近，就在这儿。我和他们一样，给路人擦皮鞋。"

在我的请求下，班森和艾瑞克勉强答应了。我用安东尼太太留给我的最后一点钱置备了擦鞋的工具：小木椅，靠背椅，擦鞋箱、鞋油、毛刷和擦鞋布。就这样，小鞋匠诞生了。我们三人分工，班森和艾瑞克白天卖废品，我在街头擦皮鞋。晚上六点，三人汇合。

我学着其他几个鞋匠的样子，坐在小木椅上，让约翰当我的第一个免费客人。我将挡油片插在鞋后跟，拿着抹布将皮鞋来回擦拭一番，去掉上面的灰尘。然后再涂上鞋油，用毛刷把鞋涂一遍，两手拿着鞋刷前后上下来回擦拭，最后用擦鞋布精心地擦拭。不一会，约翰脚上那双布满灰尘的皮鞋就被我擦得锃亮锃亮的。

约翰笑笑，摸摸我的头："还不错，像那么回事。加油，若拉！"他正要准备离开地铁站，一位路人自言自语道："看呐，这人连擦鞋的钱都不付，真糟糕！"我和约翰同时笑了笑，他从口袋里掏出几个硬币递到我手里。路人看了看，说了句："这才像话。"

待路人离去，我将硬币还给约翰："真不好意思。""是我不好意思才对，哪有白擦鞋的道理。""我们是朋友，这钱我不能收。""是朋友也得付擦鞋钱。""照这么说，你每天给我们带热狗吃，我们还没付钱给你呢。"

约翰摸摸我的头:"好了,小若拉。擦鞋的钱我还付得起。等我以后有能力了,我要带着你们一起生活。"我望着他,心中充满了感激。约翰摸摸冻僵的鼻子:"小鞋匠,我不打扰你工作了。我也要去琴行上班了。晚上见。""好,晚上见。"

待约翰离去后,我学着旁边那些鞋匠,大声吆喝着:"先生,太太,擦鞋啦!"一位手拿报纸的先生走过来,看看旁边的一摊,问:"多少钱?"男鞋匠说:"不贵,一块钱。"又一个鞋匠说:"我这儿更便宜,只要八毛钱。"先生犹豫了一下,又问我:"那么你呢?"我看看他们,说:"我只要五毛钱。"路人走到我面前:"那我就在你这里擦鞋吧。"

我开心地拿起布将靠背椅擦拭一番:"先生,您请坐!"他坐下来,将一只脚搁在木箱上。我小心翼翼地将他的裤腿卷起,仔细地干起活来。不一会儿,锃亮的皮鞋诞生了。我兴奋地放下擦鞋布说:"先生,您的皮鞋擦好了!"他看看,点了点头,从口袋里摸出五毛钱递到我手上:"给你。"

我拿着钱,起身送别:"谢谢先生,谢谢您,谢谢!欢迎下次再来!"我目送路人离去,看着他穿着锃亮的皮鞋踏在柏油马路上,并发出轻微的"啪啪"声,我的心里别提多开心了。

转过身,发现一旁那几个擦鞋匠坐在原地,用气愤的眼神盯着我看。我低下头,将五毛钱放进口袋里,不声不响地坐在椅子上。他们继续撑大嗓门喊着:"先生、太太,擦鞋咯!"这一次,我不再主动吆喝,只是静静地坐在那里,看着来往的路人。我知道鞋匠们不喜欢我,我的到来给他们增添了无形的压力。随后,路人零散地坐在他们的位置上,而我这里却空无一人。

过了一会,一位身穿黑色大衣,戴着帽子的男人站在我面前。他问:"小姑娘,擦鞋吗?"我站起身,点点头:"是的,先生要擦鞋吗?"他看看自己的鞋,盯着我问:"你能擦干净吗?"我使劲点点头:"能,能擦干净。要是不干净，先生可以不付钱！"

他坐下后，我开始卖力地干起活来。完工后，我笑着仰起头说："先生，好了。"他点点头："嗯，还不错。多少钱？""五毛钱。""这么便宜，那儿可要一块钱呢。""我这里就是五毛钱。"

他从口袋里摸出一块钱递给我，我又从口袋里拿出刚赚来的那五毛钱递给他："先生，找您的钱。"他笑笑："不用找了。""那可不行，说好五毛就是五毛，给您。"他笑着起身，将两手插在裤袋里："你先留着吧，下回我再来。"我拿着手里的五毛钱，目送先生的离去。我明白，不管他以后来不来擦鞋，这五毛钱是先生奖赏给我的。

卡尔驾到

我将钱放进口袋，旁边的几个鞋匠立刻围了上来。甲说："喂，你怎么多拿了客人的五毛钱？""这是先生让我留着下回擦鞋的。"乙说："哼，你占了他的便宜！""没有，我没有占先生的便宜，是他自己留给我的。"丙说："哼，这位客人以前经常来光顾我们的生意，今天却不到我们这里来，跑你那儿去了。"他们同时说："你抢了我们的生意！如果你将那五毛钱交出来，我们就放过你。要是不交，那么……"

他们说着便卷起袖子围到我跟前来。我害怕地往后退缩："别这样！我没有抢你们的生意，那位先生是自愿到我这儿来的。"鞋匠甲说："少废话！快把钱给我拿出来！"我带着哭腔："我不拿，这是我的钱，为什么要给你们？"乙上来抱住我："伙计们，她不拿，我们就搜她的身！"丙上来搜我的身："好啊，看她还拿不拿出来！"

三个人团团把我围住，在我身上使劲地摸索着。我哭喊道："放开我，放开我！救命啊！救命啊！"就在我求救无门时，一个声音冲了上来："放开她，你们给我放开她！"我一回头，是卡尔！他推开他们，挡在我的面前："你们这算什么？自己拉不到生意，就来抢人家小姑娘的钱，太不像话了！"

鞋匠甲喊道："你又是谁？凭什么帮她？""你别管我是谁，她是我的朋友，我当然要帮！你们若是再敢欺负她，别怪我对你们不客气！"鞋匠乙不服气地说："可是她抢了我们的生意，她才刚来，就抢了我们的一位熟客！"鞋匠丙歪歪嘴："那客人还多给了她五毛钱，按这里的规矩，客人给的小费必须分给这里每个擦鞋的人。"

卡尔走上去："你们不就是要钱吗？"他从口袋里掏出钞票："这些钱，够你们吃好几天的了！"卡尔将钱扔在鞋匠身上，三个人赶紧去捡。他们附上假笑："多谢了，哥们！谢谢！小妹妹，对不住了啊！以后，你做你的生意，我们做我们的生意。只是，别再抢我们的饭碗了。"

卡尔拉住他们，大声地说道："你们给我记住，即使再穷，赚钱也要赚得有尊严、有道德！要钱也一样！否则，你们还不如去偷去抢！不要打着擦鞋匠的名义，拿着别人对你们的同情，在这里当霸王欺负弱小！不然，上帝都不会宽恕你们的！"几个鞋匠点着头："是，您说得有理，说得有理。"

卡尔扶住我，看看周围，轻声说："若拉，跟我来！"他带我来到一个无人的角落。我红着眼说："谢谢你，卡尔哥哥，谢谢你救了我。你怎么会来布朗士的？""老师让我们写一篇关于植物的文章，我去了植物园。""再次看到你，真好。"

卡尔关切地问："若拉，你怎么在这儿？你的那两个同伴呢？""我们离开天桥了，住在附近的地铁站里。他们白天卖废品，天黑了就回来。""你就在这儿给人擦鞋？""嗯，今天是我第一天工作。""天这么冷，为什么不去地铁站里呢？""去地铁站的路人，大多都是来去匆匆的。他们不会把时间花在擦鞋上。相比之下，他们更愿意买一份报纸，坐在车厢内阅读。"

他点了点头："那么，你情愿和那几个混蛋在一起擦鞋？""没办法，一个人的力量太小了，没人愿意在只有一个擦鞋摊前擦鞋。只有到集中的地方去，才可以吸引更多的客人。""可他们会抢你的钱，会欺负你。有了第一次，还会有第二次的。""我不怕，班森和艾瑞克会保护我的，还有约翰，在地铁站唱歌的那个大哥哥。所以，你不用担心。"

卡尔顿了顿，问："能告诉我，你们是怎么变得无家可归的？"我愣了愣，看了看远处："卡尔哥哥，我要回去工作了，一会天黑了，我就接不到活了。"他从口袋里掏出钱塞进我手里："这是我所有的钱，都给你。""不行，绝对不行！实在是抱歉，上次你给的那五十美元，我们没有看好，最后还是被别人抢走了。""我就知道你们会被人劫，他们有没有伤害你们？""那些混混儿把班森和艾瑞克狠狠打了一顿，我们斗不过他们。"

卡尔气愤地大喊："天哪，这些猖狂的坏人！互相残杀，世界就会变得更好了吗？"我抬起头，流着泪："这个世界，确实有很多坏人，可是也有很多好人，比如卡尔哥哥。谢谢你，我走了。"卡尔从口袋里掏出一支笔，又掏出一块手帕，靠墙写下一串号码，递到我手上。他笑笑："这是我的电话号码，有什么事你可以找我。这些钱你拿好了，别再让他们给抢走了。我还会再来的。"

卡尔转身往前走，我拿着手帕和钱问他："为什么要帮我？"他转过头，淡淡地说了句："因为你是好女孩。"卡尔走了，天空又飘起洁白的雪花来。我愣在原处，默默地看着他的背影消失在人群中。

回到擦鞋处，那几个鞋匠用怪异的口吻说："小妞，你有本事，有少爷罩着你！"我低着头，坐在位置上不动声响。

天黑后，我和班森、艾瑞克在地铁处汇合。我兴奋地将三块钱递到他们手里，并说卡尔来过了，如果不是他的及时相救，我就被那几个鞋匠欺负了。班森和艾瑞克说了句："感谢他的帮助，我们自己可以赚钱了。"

我将手伸进口袋，紧紧地拽住那块柔软的手帕。

天昏地暗

这些天来，为了防止被人再欺负，班森一直陪着我干活。那位穿风衣、戴帽子的先生又来了几次，每次都选择在我这儿擦鞋。我感谢他，发自内心的感谢。每次，他也都是趁旁人不注意，偷偷地多塞给我一些零钱。

先生告诉我，他是餐馆的老板，地点就在前面对街拐角的不远处。所以，他经常到这儿来擦鞋、买报纸，顺便，再给街边的乞丐几个铜板。先生说我手艺精细，价钱也实惠，比那几个鞋匠好多了。他们总是胡乱地擦几下，然后就要他付一块钱和多余的小费。他宁愿到最实惠的地方，接受最认真的服务，最后再多给一些小费。先生是个善良的人，他成了我的忠实顾客。他说，他叫里奇。

艾瑞克在别人家里收破烂，却捡了一个宝贝回来。那家的孩子正在学油画，将几年前学素描用的旧画板和铅笔当垃圾扔了。艾瑞克之前自学过一些素描，可惜父母在世时打工的餐馆很忙，他经常放学去那帮忙，所以中途就放弃了。这块画板对艾瑞克来说，也许正好派上用场。他向那家人要了些废旧的白纸，晚上回到地铁站就开始练习涂鸦。

而活泼的班森在约翰的带领下，已学会了詹姆斯·布朗特的好几首歌，尤其是那首经典的 *You're Beautiful*。每当夜晚来临，地铁站灯火通明，来往的行人匆匆经过。我们吃完一天中最丰盛的晚餐后，便开始新一轮的工作。班森和约翰一唱一和，弹着木吉他，演绎着动人的旋律。艾瑞克则会在一旁默默地练习人物素描，而模特就是我。路人们有些经过，有些停留，有些在面前的碗里放上一些零钱。还有那个金发女孩，她永远站在对面，默默地注视我们，很久，很久。

这天傍晚，我独自在街头擦皮鞋。坐等了好久，才迎来一位客人。正当他准备掏钱付账时，我发现对街的一辆出租车停在路边，一位女士牵着一个小男孩从车里下来。我惊呆了，两人的背影像极了妈妈和凯文。我放下手里的擦鞋布，猛地起身冲出去。客人在身后喊了声："嗨，小姑娘，我还没付钱呢！"我挥挥手："不用了，先生，您不用付钱，今天免费！"他摇摇头，从口袋里掏出几个硬币："我放在你的箱子里。""谢谢，谢谢先生！"

我迈开步子冲到对街，他们正好进了一家大饭店。我跑上前想冲进去，却被门卫拦住了："嗨，你不准进去！""为什么？""进这儿吃饭的都是衣着体面的上等人，瞧你一副流浪儿的打扮，怎么能进这么高档的饭店？"

我急着说："不，里面有我的母亲和弟弟！""哈哈哈，少来了，想讨钱也不是这么个骗法。""不不不，我真的看见我的母亲和弟弟从这里走进去。让我进去，我要找我的母亲！""哦，一位上等的女士怎么可能会有一个下等的女儿，笑话！""先生，求您让我进去看一眼。我保证不捣乱，我只是要找我的妈妈！"

门卫狠狠地推了我一把："你给我走开，不要在这儿影响我们做生意！"我将手伏在透明玻璃上，哭着喊道："我的妈妈在里面，我要进去找她！"门卫冷笑一声："如果你的妈妈在里面，我的爸爸还在里面呢，我怎么不进去找他啊？别扯淡了，快滚！要是再捣乱，我就要叫警察了！"

无奈之下，我只有离开大饭店，在对面默默地等待着。天慢慢黑了下来，我一眼不眨地望着饭店门口。终于，酷似母亲和弟弟的他们从饭店门口走出来。我冲过去，心里想着：是妈妈，是凯文！妈妈，我是若拉，我是你的小若拉！他们快速地上了一辆轿车。我在后面追赶着大喊："妈妈、凯文！妈妈、凯文……"任凭我怎么嘶喊，妈妈始终没有发觉身后有一个渺小的身影在奋力地追赶，在心痛地喊着她的名字：妈妈。

我失落地回到街对面，抬头一看，角落里空无一人。那几个擦鞋匠全不见了，连我放在一旁的擦鞋工具也没有了。

我一路哭着和班森、艾瑞克在地铁站会了面，告诉他们为了找妈妈，我弄丢了擦鞋箱和椅子，丢了吃饭的家伙。班森握紧拳头："一定是那几个人把东西拿走的，这帮混蛋，看不得别人比他们多赚一分钱。我找他们算账去！"艾瑞克拉住了他："你去哪儿找他们？""我知道他们就住在不远处！""就算找到了他们，你有什么证据认定东西就是他们拿的？""一定是那几个混蛋！我非得让他们交出若拉的东西！"

艾瑞克一把拉住班森，镇定地说："别去了，那是他们的地盘，我们去了就等于找死。""难道我们就要认命？就甘愿被欺负？凭什么？""我们要吸取上次的教训，不还手不反击不是因为软弱和怕死，而是因为伤不起。再受伤的话，我们怎么干活赚钱？再伤一次，我们就得活活地躺在冰冷的马路上等死，谁都不会可怜我们！你说，我们是活活地被人打个半死好呢，还是好好保护身体，去赚钱喂饱肚子？两者，你自己选吧。"

班森红着眼，一拳头打在墙壁上。

我哭着："对不起，我给大家添麻烦了，对不起……"艾瑞克安慰道："若拉，你没错。我理解你想要找妈妈的心情，别担心，还有我们呢。等我把素描练好了，我就去街上卖画，班森可以和约翰一起卖唱。我们会赚很多很多的钱，会给你买新书包和课本，然后找到你的妈妈和弟弟，多好啊。"

我摇着头："我不能总是依靠你们，我也要想办法赚钱。我不会画画，唱歌也没班森唱得好。现在他们把我唯一的路都堵死了，我该怎么办？怎么办？"班森和艾瑞克一把将我抱进怀里："会有办法的，一定会有办法的。卡尔给你留下的钱，还可以撑一些时候。"我将手伸进口袋，紧紧攥住那二十块钱。

第二天上午，班森和艾瑞克照旧去捡废品，他们让我待在地铁站里，哪儿也不要去。旁边几个流浪儿面前摆着碗，点头感谢路人对他们的恩惠。其中一人对我说："嗨，你也可以这么做。"我不想做一个乞讨者，每天静静地坐在这里等着别人来施舍。我至少可以通过自己的双手，来换取那微薄的零钱。

我又来到附近的街头，看见那几个鞋匠正在给客人擦鞋。他们看看我，幸灾乐祸地笑笑，又继续干活。我走上前，死死地盯着他们。鞋匠甲大声说："喂，看什么看？别影响我做生意！"鞋匠乙讽刺道："有本事呐，再去弄一套工具回来，看看还能不能赚到钱！"鞋匠丙挖苦地说："你不是有人罩着吗？再去向他讨钱啊，干吗要到这儿来和我们抢生意？"我的泪水在眼眶里涌动，任由他们冷嘲热讽。

等客人离去后，我上前问："是你们抢走了我的东西吧？"三人齐声："谁看见了？你看见了吗？""除了你们，没有人会偷那些东西！"三人齐齐地甩掉抹布，站起身走上前："喂，你说话给我小心点！什么叫偷？我们每天在这里辛辛苦苦擦鞋赚钱，你别冤枉我们！""有没有拿走我的东西，你们心里最清楚！"

鞋匠甲不由分说地抓住我的头发："喂，臭丫头，你给我再说一遍试试！""放开我，你放开我！"几个人围了过来，使得我不能动弹。鞋匠乙吼道："快向我们道歉！"我哭着说："我凭什么向你们道歉？是你们抢走了我的东西！"鞋匠甲狠狠地说："伙计们，这丫头不懂规矩，你们教教她。"说着，乙和丙便开始上下搜我的身。

我大声喊着："救命，救命啊，放开我，放开我！"他们从我的口袋里搜出了那二十块钱。鞋匠丙拿着钱大声嚷着："看哪，伙计们，她有钱，有钱！""把钱还给我，还给我！"鞋匠甲凑近我的脸："哈哈，看不出来，你还挺有钱！看看，你身上还藏着什么值钱的东西！"他们又在我身上胡乱地翻了一通，搜出了卡尔送我的白手帕。鞋匠甲把它高高举着，看见上面的那串电话号码："哦，伙计们，你们看！说不定，我们能从这个号码上捞点钱来！"

　　他们三个互相看看，正想绑架我时，警察向远处走来巡逻。鞋匠甲喊了声："警察来了，快跑！"他们推开我，拿起一旁的擦鞋箱和椅子，快速地溜走了。手帕掉在地上，被他们踩了几个脚印。我哭着蹲下身拿起手帕，拍了拍，将它塞进口袋。当警察走到我面前时，我只能低头含泪。

　　我蹲在街角，抱住膝盖呜呜地哭起来。除了无助和委屈，我再也找不出其他的感受了，觉得天昏地暗。

骄傲与落魄

俘 虏

"公主，公主，您醒醒，醒醒啊！"一阵急促的声音将我喊醒。朱蒂摸摸我的脸："您是不是又做噩梦了？"玛莎说："公主，您又在梦里哭了？"我坐起来，回想一下："没事了。快给我准备，今天有重头戏要拍。"

一整晚的噩梦，搞得我非常疲惫。一路上，我什么话都没说，只是默默地捧着剧本背台词。到了拍摄现场，我的精神一下子被激活了。卡尔、班森和艾瑞克都在现场，今天是周日，他们都来给我助威。

今天的一场戏是说小莎莉和伙伴在街头当起了擦鞋匠。这对我来说简直就是一种讽刺，梦里的场景居然搬到了现实中。我恨透了梦里的一切，为什么命苦的总是我？又是流浪、又是被人欺负、被人抢钱，看到了妈妈却又无法和她相认。难道我珍妮芙这一辈子都要和噩梦、和若拉捆绑在一起吗？我的天！

幸好梦里有卡尔，我还觉得有点儿希望。现实中，卡尔就在我身边，他和艾瑞克边聊天边朝我这边看，还对我点点头，示意让我放轻松。我又觉得这是种幸运。可以将自己精湛的演技，把我楚楚可怜的一面展现在他眼前，那不是更会赢得他的怜爱吗？

我兴奋地走到导演面前："我们可以开始了。"亚历山大手拿剧本："好，珍妮芙公主，现在我们来练习一下，对一遍戏。"我不以为然地说："还需要练习和对戏吗？直接拍不就可以了？"他无奈地笑笑："可是，我要教你怎么擦鞋，怎么做个擦鞋匠，这样才可以开拍啊。""你怎么知道我不会擦鞋？""这个……"

不仅仅是亚历山大，每个人都会这么认为：我是个公主，从没做过粗活，更别提是做什么下等人的擦鞋匠了。可是这一次，我要告诉现场所有的人，我就是可以做到。我拿起道具做的小木箱，走上前："我们开始吧。"亚历山大只有勉强地喊了一声："好，开始试拍一条。"

我坐在小椅子上，按照剧本上规定的情景开始演戏：我在街头四处吆喝着，一位路人经过，我开始为他擦皮鞋。我将梦境中的每个细节，默默地回忆出来。按照擦鞋的经过，通过肢体语言把它表演出来。当路人满意地看着脚下锃亮的皮鞋问："小姑娘，多少钱？"我抬起头笑着说："五毛钱。"

导演一声喊停，我放下手里的擦鞋布，现场响起了一片热烈的掌声，每个人的脸上都表露出惊讶和佩服之情。亚历山大兴奋地跑过来："告诉我，公主，您是怎么做到的？怎么能在完全没有排练的情况下就将这出戏演得如此到位和精湛？"我笑笑："天生的。"

他回过头问朱蒂和玛莎："该不会……是你们给公主排练过了吧？你们教她的？"她们摇摇头："我们可从来没有教公主这些。""那么，或许是你们干活的时候，公主在一旁观察的？""我们从不在公主面前干活。"亚历山大惊喜地抱住我："公主，我太激动了，我要吻你，可以吗？"他在我的额头上给了深深的一吻。

结束后，马丁悄悄走到我身边："公主，我能冒昧地问问，是谁教您擦皮鞋的？"我笑笑："秘密。""不能对我说吗？我非常好奇。

我可以向公主保证，绝对不和第二个人说。""你真的想知道？""是的，非常迫切。""好，那我告诉你，你过来。"

马丁伸长脖子，我凑在他耳后根轻轻地说了句："若拉。""什么，若拉？若拉是谁？"我笑着蹦蹦跳跳地离开了："呵呵，秘密。"他摸摸脑袋，皱皱眉，耸耸肩。

班森和艾瑞克凑过来："亲爱的，你是怎么做到的？真棒！"我看看周围，轻声说："我梦里做到的。昨晚我梦见自己成了小鞋匠，给路人擦皮鞋赚生活费。有位先生每次来光顾，还给我小费呢。"

班森点点头："怪不得，你能自如地演绎小鞋匠的生活。""我梦到了我的母亲和弟弟，却没有追到他们。我竟然被其他几个鞋匠欺负，他们抢了我的钱，还差点绑架了我。幸好，我梦到了卡尔。"

艾瑞克摇摇头："珍妮芙你这是怎么了，怎么每晚都做这么离奇的怪梦？再这样下去，我看你出不了多久就可以把梦境写成长篇小说了。""我想我会被所有人嘲笑死的，尤其是卡尔。你们不知道我有多累，整晚都是梦、梦、梦！究竟什么时候才能摆脱？"

艾瑞克摸着我的头："没事的，珍妮芙，这段时间你太累了。等这部戏拍完了，要好好调节一下，放松放松。""你们还别说，我开始喜欢拍戏了。"班森两手一摊，兴奋地说："等你回了学校，所有老师和同学会为你开庆祝会，为你打造一条星光大道。他们都会像崇拜玛丽莲·梦露那样崇拜你。""哦，班森，我可不想当什么艳星。""那么，就做奥黛丽·赫本那样的。""得了吧，我就做我自己，做珍妮芙，不行吗？""行行行，就做珍妮芙公主。"

正说着，卡尔过来了："我的公主，辛苦您了。你演得真棒，我们都不忍心了呢。""是吗？我可是全心全意为这部电影付出的，我要对得起你母亲的作品，对得起她心目中的小莎莉。""公主，您真是个称职的演员。我母亲非常感动。"

一个月时间，连续数天的表演，每个场景我几乎都能应付自如。

虽然身体上很疲惫，可精神上却异常兴奋。只要能感动卡尔，俘虏他的心，付出多少我都觉得值得。

威　逼

　　我又做梦了，梦中的艾瑞克练好了素描开始到街上画肖像。

　　一整天下来，周围冷冷清清，一个客人都没有。几天后，围观的人渐渐多起来，终于，一个年轻女孩成了艾瑞克的第一个顾客。

　　大约半小时后，艾瑞克把速成的画像递到女孩手里。她看看画，瘪瘪嘴问："多少钱？"艾瑞克说："您看着给吧。"一旁的男友掏出钱包："像这样的画，三美元差不多吧？"艾瑞克想了想说："行，三美元就三美元。"他们付了钱离去，那男友还说了句："这也叫画？水平和我中学时差不多。"女友说："就当是可怜人家吧，他也挺不容易的。"

　　一旁的看客说了句："他们拿你当傻瓜，画了那么久才赚三块钱。那摊随便描几笔就是十块钱。照你这么画一天，也赚不了几个钱。"艾瑞克笑笑："我刚来，还不熟练。第一次能赚三块钱，我已经很满足了。""呵呵，三块钱，你只能在纽约买一个最廉价的汉堡。"

　　艾瑞克不再说话，整理起自己的画板来。围观人评论着、嘲讽着、嬉笑着，他始终坐在那里，一言不发，默默地画着他的画。为了招揽生意，我、班森和约翰只有分批去充当他的顾客。渐渐的，一些路人会要求艾瑞克给自己画肖像。有些不评价，给了钱就走；有些还会夸赞两句，多给几毛零钱。也有一些，总爱挑三拣四地说个不停。为了生存，艾瑞克都忍了下来。

　　一次，有个客人刚想坐下，旁边一个人来回走动着。他说了句："看呐，这几个人都是一伙的，是托。"客人抬起头看看我们，起身便离开了。

　　艾瑞克卖画没多久就有了麻烦，另两个街口以卖画为生的小伙子经常来找茬。说艾瑞克抢了他们的生意，警告他离他们远点，别在这附近碍事，否则就没好果子吃。艾瑞克没有理会他们，继续在对街卖画。

一天傍晚，我和班森卖废品回来，在街口和地铁站都找不到艾瑞克的影子，我们意识到，他可能出事了。住在一起的流浪儿急匆匆地跑回来说，艾瑞克被两个卖画的青年抓走了，就在对街的公园里。

我和班森跑到公园，果真看见那两个卖画的人。而艾瑞克，被他们用麻绳倒挂着吊在高高的树顶上。我和班森大喊："艾瑞克，艾瑞克！"他嘶喊着："啊！班森、若拉！"班森冲着两个流氓大叫道："你们想干什么？把他放了！"他们朝我们肆虐地大笑着："你们的同伴真讨厌，老是和我们抢生意。要让他长长记性，只有用这个方法。我们来玩个游戏，怎么样？"

班森走上前："放他下来，你们快放他下来！这帮混蛋！"那人松了松绳子："你再多说一句，我就让你伙伴的人头落地！""不要，不要！""想放了他可以，吃了眼前的这堆东西。"我们一看，放在眼前的不是别的，正是一堆臭气熏天的狗屎。班森红着眼骂道："妈的，杂种！"

流氓又放了一段绳子，艾瑞克大叫道："啊——"班森上前："不要！""你吃还是不吃？"班森愣在那里，不知所措。我哭着上前："求求你们放过我们吧，大不了我们不在街口卖画就是了。"班森跪在地上："若拉，不要求他们。我吃。"我和艾瑞克同时喊："不要，不要吃！"艾瑞克喘着粗气："你们有火就朝我发，不要连累他们！干脆，你们杀了我吧，大不了就是一死！我宁可死，也不愿被你们这群混蛋侮辱！"

他们又把绳子重新拉上去，艾瑞克吊到了大树的顶端。流氓说："好啊，那就试试看吧！"他们正想放绳子，班森嘶喊一声："不！我吃，我吃，我吃还不行吗？"他流泪跪倒在地上，用嘴巴去舔狗屎。我的眼泪哗哗地流着："不，不，不！"艾瑞克喊着："班森，不要啊，不要啊！"

那两个流氓大笑道："哈哈！哈哈！好，好样的！有骨气！行了！"班森抬起头，流着泪，整张脸全是满口的污迹。他们站在原地，没有半点动静。艾瑞克喊道："还想怎么样？说话不算数，还想要我们怎么样？"

一流氓走到我边上："还有你呢！"另一流氓将一个大篮子放在我面前："快，吃了它！"我打开一看，满满一篮子的熟鸡蛋。他们笑着说："把它全部吃完，我们就放了你们的同伴。"班森挪移到他们面前："我来替她吃。""不行，你的任务已经完成了，该轮到她了。"

看着眼前满满一堆鸡蛋，我的泪无声无息地掉在光滑的蛋壳上。艾瑞克疯狂地喊道："为什么不肯放过一个小女孩？为什么？既然你们能买得起这么多鸡蛋，为什么还要为几块钱的画和我们过不去，为什么？""我们就是喜欢和你们玩，怎么样？玩得起吗？"

我镇定一下，说："我吃，我吃。"我流着委屈的泪水，默默地往嘴里塞鸡蛋。蛋黄和蛋白将我的小嘴堵得满满的，我想吐却不能吐出来，硬是把它们塞了下去。我想我一年加起来也没吃过这么多鸡蛋，怕是这一年都不想再碰鸡蛋了。当我吃完这三十五只鸡蛋后，他们把艾瑞克放了下来。

夜晚来临，我们三人在寂静的公园内抱头痛哭。

艾瑞克告诉我们，他们把他抓走后，在公园的角落里狠狠教训了一顿，还砸了他的画板、撕毁了他的画，并用脚踩住他的手。他们威胁说："你抢了我们很多生意。我警告你，再敢来这里画画，我们就废了你这只手，让你这辈子都别再想拿画笔画画！"

远离噩梦和鸡蛋

我从梦中惊醒后，忽然感觉胃里一阵恶心。

坐在餐桌前，看见碟里的鸡蛋，我猛地跑进洗手间狂呕起来。什么都没有，只是一些清水。朱蒂和玛莎吓坏了："公主这是怎么了，一大早起来怎么就难受了呢？是不是拍戏累坏了？""我没事，没事。"

我挥挥手，让她们将餐桌上的鸡蛋全部拿走。母亲心疼地望着我："心肝儿，你这是怎么了？不愿意吃鸡蛋？是不是病了？"父亲担心地说："今天是心肝儿拍戏的最后一天，一定是累坏了。我和导演说一下，改天再拍。""爸爸，我没事，只是不想吃鸡蛋而已。所有人都知道今天是我拍戏的最后一天，我必须去片场。"母亲问："你行吗，宝贝儿？""我行，没问题，妈妈。"

到了片场，亚历山大兴奋地说："公主，感谢您一个月来的敬业演出。今天是您的最后一天戏，加油！"我疲惫地望着他："行，没问题。"所有的家人和朋友都来了，包括卡尔。有了他，我的精神又来了。今天的戏是说小莎莉被好心人收养后，到家里的几场对手戏。拍完这几场戏后，小莎莉就变成苏珊扮演的青年了。

直到傍晚前，我终于拍完了一天的戏。最后一个镜头，描写我坐在餐桌前，拿着水杯和收养我的好心人说谢谢。正当我准备拿起水杯要感谢的时候，看见餐桌上放着面包和鸡蛋。一想起昨晚的噩梦，我的头忽然感到一阵猛烈的眩晕，一阵恶心袭来。我向导演喊了停，匆匆去了厕所。

当我回到拍摄现场时，所有人都担心地簇拥上来。我说了句："没事，我行。"开拍时，我继续拿起水杯，站起身笑着说："谢谢您太太，感谢您收养我。您对我的恩情，我将会用我的一生来报答您。"说完，我的眼前忽然一片漆黑，之后便没了知觉。

等我再醒来时，已是躺在家里的大床上。眼前浮现出很多人，爸爸、妈妈、马丁、亚历山大、威廉夫妇、班森、艾瑞克还有卡尔。医生说，我是由于疲劳过度晕倒了，需要好好休息。大家在慰问我之后，陆续离开了。

我虚弱地拉着卡尔的胳膊："卡尔，你留下来陪我好吗？"他点点头，坐在床头，关切地问："现在感觉好点了吗？""好多了。""刚才在片场，你把我们大伙都吓坏了。你太累了，需要卧床休息。"

看着卡尔着急的样子，我就是再累也心甘情愿。他轻轻抚摸我的额头，深情地说："想吃东西吗？"我摇摇头："我想睡会。""那好，你闭上眼休息。""别走，卡尔！我一个人害怕。"他握着我的手，点点头："我不走，我就在这里陪你。"

我是真的累了，哪怕心爱的人就在眼前，我也没有半点多余的力气再睁眼看看他。我几乎每晚都做那该死的噩梦，让人身心疲惫。它像一个恶魔时时困扰我，当黑夜来临，我只要一闭上眼，马上就会变成另一个人。这种感觉实在难以形容，内心痛苦，表面却要装作若无其事。

我真想把这个秘密告诉卡尔，可是我不能。在他眼里，我就是一个高贵、优雅的公主。至于那个可怜的若拉，就让她在我的梦里继续生存下去吧。让她和梦中的卡尔相遇，当做是我的另一种人生体验。

等我再次醒来时，发现卡尔靠在床头睡着了，他的手始终没有放开过。我轻轻用手抚摸他的头发和脸庞，那熟睡的眼帘是那么的迷人，让人有一股想要亲吻的冲动。我用手在自己的唇上吻了下，再贴近他的嘴唇。这样，就算我们亲吻过了。总有一天，我会正大光明地亲吻我爱的人！

卡尔在我的床前陪伴了一整晚，寸步未离。

第二天，他上学去了，朱蒂和玛莎将早餐端进房间。我一看碟里的鸡蛋，立马怒了起来："快拿走，快把鸡蛋给我拿走！"玛莎说："公主，医生说了您体质虚弱，要多补充蛋白质。""给我拿走，快给我拿走！以后不准在我面前放鸡蛋！""是。"

玛莎无趣地拿走了鸡蛋，和门外的朱蒂咕咕着："公主最近这是怎么了？前段时间讨厌水果，现在又讨厌鸡蛋？不出两个月，就晕倒了两次。我真担心她的身体。""是啊，公主的情绪起伏很大，有时候很开心，但转眼就会变得很暴躁。""朱蒂，你说，公主会不会是心理上有什么问题？""别瞎说，公主听到又该罚咱们了。"

我猛地开门："你们在背后说我什么？以为我是聋子吗？什么我变得脾气差，什么我心理有问题？我不就是太累了而已吗？你们是不是就希望看到我出事，然后拿着我给你们的工钱去大街上买漂亮衣裳？"朱蒂和玛莎吓坏了，连连鞠躬："没有，没有，没有，公主请息怒，我们没有这个意思。您上床休息吧，我们干活去了，有事您尽管吩咐。""再多说一句我就扣你们一周的工钱！"我转身，重重地将房门关上。这两个多嘴的下人，还真巴不得我有事呢。

班森赶到我家，冲进房门："亲爱的，你没事吧？昨天把我们吓坏了！现在好些了吗？""我没事，就是身体有点儿虚弱。你知道那天我梦到了什么。""什么？""我梦到了艾瑞克被流氓吊在树上，我和你去救他。流氓要你吃狗屎，要我吃三十五个鸡蛋，这才肯放了艾瑞克。够恶心吧。"

班森听了便作恶心状："我的天哪，你的梦里难道就不会梦点好事吗？怎么所有悲惨的事情都被我们撞上了？""我怎么知道，我还纳闷怎么尽做噩梦呢。班森，你说我该怎么办？我都快烦死了。""别急，我看，你是不是该去看看心理医生了，让他来帮你解解围。""你才要看心理医生呢，是不是连你也觉得我有问题？"

忽然觉得全世界都开始和我敌对，下人，外人，友人……

"哦不不不，亲爱的，我没那个意思。去看心理医生，不一定是你有问题，而是让你更清楚地了解自己，以防往不好的方向发展下去。""我绝对不会去看的，那样，爸爸妈妈都会知道我做的怪梦了。这件事情没有其他人知道，天知、地知、你知、我知、艾瑞克知。我绝对不会让第四个人知道，它会毁了我的一生的。"

"放轻松，宝贝儿，你会没事的。不如这样，你每天睡觉前，想些美好的事。比如想想我和艾瑞克，想想我们从小到大在一起那美好的时光。我保证你不会再做那该死的噩梦了。"

我用手捂住嘴巴:"哈哈哈,你的提议很不错,想想美好的事。看来,我是该把和卡尔认识的每一幕好好地回忆一遍了。那样,我在梦里都会笑出声来的!"班森无奈地摇摇头:"珍妮芙,你张口闭口都是卡尔、卡尔、卡尔!你眼里还有没有我和艾瑞克了?""哈哈哈哈,我现在脑子里除了卡尔,还是卡尔。睁眼闭眼都是卡尔,你让我怎么办?"

班森使劲敲打自己的胸口:"哦,上帝啊,我的心好痛,我开始有点儿恨他了。""班森,你敢恨他?你就不怕我恨你吗?""比起我恨卡尔,应该还是你恨我多一些。""为什么?""因为你喜欢他,甚至超过喜欢了我们。如果我恨他,你就会加倍地恨我,不是吗?"

我托起班森的脸:"还是班森最了解我,你懂我的心思。如果你真爱我,那么就应该支持我、帮助我,要让我和卡尔的心离得越来越近才是。而不是一味地嫉妒、吃醋、记恨,我不喜欢那样。""亲爱的,我输给你了行吗?如果想着卡尔能让你的噩梦变好梦,那么,就想吧。"

班森脾气直爽,就算把他逼急了,说到底他还是不会和我对着干。比起愤怒,应该还是他对我的爱多一些。他是个聪明人,知道该怎么做,我信任他。

心 病

拍完戏后,我又重回了学校。

所有同学都像接待好莱坞大明星那样,给我让出了一条星光大道,送上鲜花和礼物。他们簇拥在我周围,找我签名、拍照。就连老师也不例外,成了我的忠实粉丝。我一眼看见乔治亚在角落里,她不敢上前和我说话,只能躲在远处望着我。

待同学离去,我走上前悄悄问她:"乔治亚,我不在的这些天里,你没到处乱说什么吧?"她吓得连连摇头:"公主,不敢。我什么都没有说，请相信我。""我问你，你是不是和一个叫罗丝的女孩认识？"乔治亚变得结巴起来："是，是的，我们认识。""怎么认识的？""在，就在酒会前不久的一次联谊会上，我们两家一起做游戏，相处的很好。"

"从今往后，你要是敢在罗丝面前说我们认识，要是敢把我送你礼服的事说出去，那就别怪我不客气了。""不会的，不会的。公主，我什么都不会说，请您放心。那件礼服，我再也不会穿出去了。要是别人问起来，我就说是我姑妈送的。"

我甩开她的脸，拍拍双手："算你识相！乔治亚，不要以为你在贵族学校读书，就可以炫耀你有那么多有钱的同学。记住，我不是你的同伴。"她点点头："我记住了，记住了，记住了……"说完，我转身大步离去。

我实在太讨厌乔治亚了，想起她那副喜欢高攀的嘴脸，我就恨不得一把捏碎她。坐在教室里上课，只要一见她的身影，我就仿佛看见了那天在酒会上，乔治亚穿着我的限量版公主裙，在大厅里招摇过市的情景，我整个人都崩溃了。

她是个不起眼的草包，是个惹人厌的怪物，更像是一块定时炸弹。她是我的一块心病，让人坐立不安。只怪我太喜欢卡尔了，不容许有任何外界因素来干涉我们之间的感情。如果谁要从中破坏，我会做到斩草除根，不论是谁。

放学时，同学们围在我身边，一致护送我出教室，我是被拥戴的。我像往常那样走到大门口，等着下人来接我放学。等待司机给我开车门，朱蒂和玛莎搀扶我上车，然后和伙伴们挥手告别。像是女皇挥手告别民众，那神圣的一幕令人称羡。

在学校门口，我竟看见了一个熟悉的身影，卡尔！他竟然来学校接我放学，太让人意外了！卡尔绅士地走到我身边，对一旁的同伴说："下午好，同学们，现在你们可以把公主交给我了！"他们捂住嘴尖叫起来："好，好，没问题！"我又惊喜又纳闷："卡尔，你怎么会来学校的？""我来接我们的大明星放学，不欢迎吗？""欢迎，非常欢迎。"

卡尔扶我上了他家的汽车，和伙伴们挥手告别。连着几天，他下课后就赶往学校接我，看着伙伴们羡慕的表情，我的心里比抹了蜜还要甜。

周末，我又让卡尔和我去拍摄现场。他问我："公主的戏份已经全部拍完了，还要再去吗？""当然要去，我要学习观摩他人的表演，以便将来在演艺道路上能发挥得更好。""在我眼里，您已经是很出色的演员了。"

亚历山大和马丁见我来了，立刻停止拍摄，上前笑脸迎接了我。正在演成年莎莉的苏珊不高兴了："导演，有外人在，我演不好。"亚历山大尴尬地笑笑："这里哪有什么外人？都是自己人，我们开拍吧。"苏珊一踔脚："凭什么？凭什么别人演戏的时候我就不能在场？我演戏的时候就可以随便让别人观看？这戏我演不了！"

我什么都不说，只是站在那里对着苏珊笑。这种笑对苏珊那样的姑娘来说是不服气的，她的傲气可是演艺圈出了名的。亚历山大和马丁却可以治她的傲气，因为他们怕我的笑。

果然，亚历山大发话了："闭嘴，苏珊！你要是不想演，可以立马脱下你身上的这套戏服，从这里走出去！你知道外边有多少人想演莎莉的这个角色？告诉你，你能演，别人照样也能演！它并不是你一个人的专利！"

苏珊不发话了，眼里充满了委屈的泪水。她咬咬嘴唇，勉强地继续演下去。我走到导演身边，轻声说了句："我觉得我演得比她好，如果我现在十八岁，一定能把成年的莎莉演得更动人、更出色、更完美。"亚历山大转过身，连连点头："是是是，公主说的没错，您的确比苏珊演得更出色，这是大家有目共睹的。"

我又走到卡尔身边，他笑着轻声说："看来还是我们公主最敬业，就算是面对全场的人，您也能放下身段来演戏。"我不发话，只是对他微微一笑。

这一回，我又赢得了胜利，赢得了卡尔对我的好评和信任，这对我来说非常重要。傲气的苏珊，她也许不会想到，自己也在不知不觉中成了我的一个战利品。

电影首映式

又一个月过去了，电影《莎莉的秘密人生》杀青了。在酒会上，我扮演的小莎莉得到了业界人士的一致好评，并推荐我参加下一届的好莱坞电影节评奖活动。

几个月后，电影公演了。我邀请亲朋好友出席了电影的首映式·卡尔就坐在我身边，他握着我的手，不断地朝我微笑，给予我支持和鼓励。当电影里放出我演的小莎莉时，我看见身旁的母亲、威廉夫人还有那些女人们，都拿着手绢在默默地擦泪。在场所有人报以热烈的掌声和赞叹："太完美了，太棒了！"我回头看苏珊，她撇着嘴，心里妒忌到了极点。

电影结束后，大家簇拥在我身边，而苏珊的周围只有经纪人和少数几个朋友。电视台相继采访起了我："珍妮芙公主，您的首次出演，就把小莎莉演活了，这个让人同情的形象一定能走进千家万户。请问您在拍摄过程中，是怎么把握小莎莉这个角色的？"

我站在原地，微笑着回答记者的提问："在拍摄时，我把自己完全解脱出来，我不再是珍妮芙，我就是莎莉。我就是那个无家可归，需要靠捡垃圾为生的小女孩。只有把自己融入角色中，演出来的感觉才真实。"

"珍妮芙公主，您的表演太完美了！我们评价您为第二个秀兰·邓波儿，您会不会介意呢？"我笑笑："这不太妥当，秀兰·邓波儿三岁就开始演戏了，我已经远远落在她后面了。只怪马丁先生现在才来找我，要是早几年的话，说不定我会赶上她的。"

"珍妮芙公主，听说您在演最后一场戏时还因为疲劳过度而晕倒了。之前就听说您身体不适，但还是坚持拍完了最后一天的戏。别看您年纪小，却可以像成年人那样用敬业的精神去对待艺术，我们感到非常敬佩。"

我看着一旁的苏珊，自信地笑笑说："这个是最起码的，如果连对艺术都要偷懒的话，那么你演的角色就是死的，它不会活在观众的心中。"现场发出了一阵响亮的掌声："说得太棒了！"

"珍妮芙公主，出演《莎莉的秘密人生》，带给您最大的感受是什么？您回学校读书后，还会不会接拍其他的影视作品呢？""出演《莎莉的秘密人生》最大的感受，用一个字来形容，那就是'爱'。所有一切都用这个字来表现，尽在不言中，大家在电影中慢慢地感受和发掘吧。至于拍电影，现在成了我的一大爱好。如果将来有好剧本和好制作的话，我想我还会参加的。当然，前提是要有像安娜女士这样感人的好作品才行。"

"珍妮芙公主，大家都知道，这部电影是由您的父亲、纽约的第一玩具大亨史密斯先生投资拍摄的。听说当初，您并不爱演戏，后来是因为您父亲鼓励您，最后您才同意出演小莎莉一角的，是这样吗？""父亲鼓励我是其次，如果我自己不愿意，谁都主宰不了我。最重要的是安娜女士的作品打动了我，我看了小说后，便爱上了里面的主人公，我连剧本都没看就答应下来了。所以说，我和小莎莉是有缘分的。"

记者点点头："大家都说，安娜女士小说中的小莎莉其实就是为您量身定做的？""安娜女士在创作这部小说时，我刚满六岁。四年后，她将作品改编成电影剧本。如果你们要这么说，也可以，她是在等我的出现，就是等我在出演小莎莉呢。"

"说的真棒！安娜女士创作了小莎莉，珍妮芙公主演活了小莎莉，小莎莉又创造了一个童星，珍妮芙公主的演技又成就了这部电影作品，完美的结合！""呵呵，可以这么说，谢谢你们的支持！"

记者们采访完我后，才有其中的两个人采访了苏珊。待所有人离去后，我走到苏珊面前，顿了顿，耸耸肩对她说："真是不好意思，所有观众似乎更喜欢小时候的莎莉。如果时光可以倒流，你也可以来演小莎莉。"说完，我高傲地转身离去。

苏珊愤愤地望着我，却反驳不出半句话。

小鱼儿走了

时间过得飞快，一年过去了。

我参演的电影《莎莉的秘密人生》，在业界一举拿下了好几个奖项：最佳编剧奖、最佳导演奖、最佳女演员奖、最佳配乐奖等。而我，被业界评为了最佳女演员，还被授予"美国青年艺术家"的称号，成为继秀兰·邓波儿之后又一个最年轻、最有潜力的女演员。

许多导演和商家纷纷找到我，邀请我出演新剧和代言活动。珍妮芙这个名字，瞬间在美国走红起来。而我，也因此有了自己的演艺经纪人，保罗先生。可怜的苏珊，她的努力并没有为自己带来荣誉和成果，因为光环全被我夺走了。苏珊，一个刚刚升起的新星，就这样埋没在人群之中，渐渐陨落了。

为此，我深表同情。

我的白天是灿烂辉煌的，所有的光环都围绕在我的头顶。而一到夜晚，我的人生又骤然变得灰暗起来。梦里的那场悲惨大戏，还在接连不断地上演着。

我的吃饭家伙，擦鞋的工具被人偷了，身上仅有的一点钱也被抢了。艾瑞克的画板和工具被人砸了，他的手指被那两个流氓踩得发青发紫，已不能自如地拿画笔画画了。这帮街头混混，断绝了我们生存的条件，把我们逼到死角。当我走过街头擦鞋的地方，那些家伙脸上洋溢着挑衅和得意的笑。我咬紧嘴唇从他们面前经过，心里恨透了。只怪我们太贫穷、太弱势，可以任人宰割、欺负、侮辱。

更让人难过的是，我精心呵护的小鱼儿，最终也离开了我们。那天我们回到地铁站里，看见金鱼缸变成了碎片，小鱼儿躺在地上，翻着肚皮一动不动。我颤抖着双手捧起它，眼泪滴在它身上。我快速向前冲："小鱼儿，我给你水，你等一下，马上就好！"艾瑞克跟在我身后，无奈地说了句："若拉，别去了，它已经死了！""不会的，不会的，小鱼儿不会死的，它答应过我，会活下去，会一直活下去……"

我疯狂地在垃圾桶里翻找着，找到了一个速食的咖啡杯。来到附近的洗手间，往杯子里盛满水，将小鱼儿放进去。我哭着说："好了好了，你有水了，你得救了！"可是过了许久，小鱼儿还是翻着肚皮，僵硬地漂浮在水面上。我大喊着："小鱼儿，你快醒来啊，快醒来啊！我都给你找来水了，你怎么还不醒来呢？"

艾瑞克扶住我，静静地说了句："若拉，别这样。小鱼儿，它已经走了。"我痛哭着："为什么，为什么会变成这样的？小鱼儿，你还没和我说再见怎么就走了呢……我舍不得你，舍不得你……"

最后，我们来到附近的公园里，将小鱼儿埋进了土里。我们站成一排，看着眼前的土地和绿草。我哭着说："小鱼儿，你安息吧。我知道，一路和我漂泊到现在，你也累了，想休息了。你放心，我会经常来看你的，我会一直将你放在心里。"

班森安慰道："其实天堂比人间更美好，那里没有饥饿，没有烦恼，没有伤害。"艾瑞克痴痴地看着前方："那儿没有黑暗、没有纷争，更没有厮杀。我们应该庆幸，小鱼儿终于回到了最安全的地方。总有一天，我们也会去那儿，到那时我们会和小鱼儿相见的。只是人类的使命还要长久些，在没有完成一些事前，是没有资格去那里享受天堂之乐的。可是小鱼儿有，因为，它是天使。"

其实我们都清楚，小鱼儿的离开不是偶然，而是一次恶意的人为破坏。那些仗势欺人的人，用暴力来向我们挑战，破坏一切可以破坏的东西，要一点一点压垮我们的意志。最后，将我们赶出地铁站，在他们的领地上称王称霸。

我们最后看了眼小鱼儿的坟墓，不舍地转身离开。我的脚踩在草地上，心如刀绞般疼痛。我知道，小鱼儿也很痛，在闭眼前的那一刻，它一定也在等待主人的到来，等待我去拯救它。我遗憾的，是没有照顾好它的生命。小鱼儿遗憾的，是直到闭眼的那一秒，没能再看一眼它的主人。

将歌声唱到你心里

我十一岁生日那天，班森、艾瑞克从垃圾堆里捡来半只红色蜡烛，为我庆生。约翰用辛苦赚的钱给我买了个巧克力的生日蛋糕："生日怎么能用别人丢弃的东西呢？一年一次，哪怕过得再穷，这一天，我们也要过得富有和快乐。"

他带我们来到一旁的公园里，点蜡烛，弹吉他，唱生日歌。我看着闪烁的烛光，流下感动的眼泪。可口的蛋糕吃到嘴里，却尝到了酸楚的味道。此刻，我们很想念自己的家人。

后来，班森从别人那儿打听到，他的母亲应该就在曼哈顿一带的红灯区。为了去找母亲，班森天不亮就去上街捡垃圾，傍晚回到地铁站开始卖唱赚钱到深夜。约翰不在的时候，班森就背着那把木吉他，青涩地撩拨琴弦，闭眼唱起了詹姆斯·布朗特的 *You're Beautiful*（《你很美》），一遍又一遍，一遍又一遍……

深邃悠长的地铁过道里，全是班森那半成熟的回音。歌声中带着忧郁的味道，亢奋中夹杂着些许沙哑和淡淡的哀伤。如果说约翰是把这首歌唱给他的路人听，唱给他对面的女孩听；那么班森，就是把这首歌唱给他远在天边又近在眼前的母亲听。尽管她离他而去，尽管她成了妓女，但在班森心里，母亲永远是这个世界上最美丽的女人。

约翰回来后，他们又合唱 One Of The Brightest Stars（《你是我心中最亮的星星》）："One day your story will be told……"曲调轻柔、优美，歌词感人，它打动了我们那颗脆弱的心：有一天你的故事将被传开，芸芸众生中那个成名的幸运儿。有一天他们会让你灿烂于，属于你的那片光辉下……

约翰和班森将 Goodbye My Lover（《再见了，我的爱人》）作为一天中的收尾曲："Did I disappoint you or let you down……"它的歌词让我流泪，让在场的人深深地为之震撼。

约翰和班森深情地演唱着，脸上布满了泪痕。他们不仅在演唱，也在抒发沉重的情绪，在歌颂纯洁的爱情，在诉说世间的百态，更在审视自己的灵魂！

眼泪已不再是悲伤的代表作，他们在歌唱中，得到了升华，又将泪水赋予了新的含义和生命。

曼哈顿的红灯区

带着歌声，班森、艾瑞克、约翰和我四人，凑齐了路费，踏上了去曼哈顿那一班的地铁。眼前的光彩深深地刺入我们的双眼，让人晕眩。街边到处是商业小贩、游客和路人。这块遍地是金的富裕地区，承载了多少底层人的羡慕眼光！

班森伸开双手大喊道："看呐，我们到了纽约最富裕的第五大道！帝国大厦、洛克菲勒中心全在这儿！"艾瑞克说："这里有中央公园、大都会博物馆！"我说："附近还有时报广场、百老汇剧院！"约翰说："还有还有，梦之街，有钱人购物的天天，那儿全是上等的名牌！"我又举手说："还有，自由岛上的自由女神像！"

我们手拉手，往曼哈顿的四十二街走去。班森打听到，那里是纽约最著名的红灯区。来到六大道口，放眼望去，满街绚烂的彩色霓虹。成人录像厅、电影院、色情夜总会、成人用品商店，一家紧挨一家。

我们来到对街的成人电影院，被门卫拦住："喂，未成年人不准入内！"班森仰着头说："任何人都可以踏在这片土地上，既然你们能在纽约最繁华的地段做生意，就没有理由拦我们！""嗨，等你们过几年再来，我绝对不会拦你们！""别担心，我们不稀罕成人电影，只是找人而已，就一分钟！"门卫耸耸肩，不再拦我们。

我们手拉手走进漆黑一片的电影院，浑浊的空气，烟雾缭绕，耳边传来一阵阵淫荡的呻吟声。大屏幕上赤身裸体的男女在亲热，我低下头害羞地捂住双眼。座位上的一对对男女，正在拥抱着亲吻、抚摸对方的身体。看见我们过来，他们笑笑，说了句："小屁孩，没见过大人亲嘴吗？"然后又转过身继续亲热着，仿佛我们是不存在的。

我们快速走出来，大口喘粗气。里面没有班森的母亲，此刻她一定不会在这里花钱看电影、和男人亲热来消磨时间。

我们又来到一家色情夜总会门口，两旁站着几个彪形大汉。班森让艾瑞克和我在外面，他和约翰进去找人。他们对大汉说："我们进去找一下人，很快就出来。""你们要找谁？"班森想想，调皮地说："我们进去看看，我的妈妈也许正在里面看表演呢。我想给她捎个口信，告诉她今夜十二点之前不必急着赶回家，因为我爸爸也跑去酒馆喝酒了。"大汉笑了笑，嚼着口香糖想想，扭了一下头。班森赶紧和约翰进入大门："谢谢。"

我和艾瑞克就在门口等着。一个和他年纪相仿的男孩嚼着口香糖从我们身边经过："嗨，你们不进去看看吗？很刺激的。"我们低头不语。他又说："我和这小姑娘一样大的时候就偷偷来这儿了，没什么的。"正说着，门口那两个大汉走到街口给人开车门去了，旁边一下涌来了很多人，我们被人流挤了进去。

夜总会里一片乌烟瘴气，重金属音乐震耳欲聋。舞台中心，一个穿比基尼的女人妩媚地跳着钢管舞。另一个女人穿着高跟鞋跳着脱衣舞，露出丰满的双乳，只剩下一条裤衩。台下的男人们吹着口哨，大声嘶喊着，还不时有人伸手去摸她们裸露的大腿和屁股。艾瑞克赶紧用手蒙住我的眼睛。

班森找了一大圈，摇着头走出来。他又接连找了好几家类似的色情夜总会，去后台找过，也问过服务员，都没有见过班森的母亲。

街边的门洞墙角处，随处可见叼着香烟、浓妆艳抹的性感女郎，卖弄风骚地招揽生意。她们对那些穿着体面，两眼不断放光的男人尤为热情。只要看见哪个男人的目光久久地盯在她们丰满的胸部和臀部上，便会上前挽住他的胳膊："先生，进来坐坐吧。只要一百美元，保准让您满意而归。"

我们站在原地，看着性感女郎将一个个男客人从身边带走。约翰说了句："既然不会是在电影院和夜总会，那么，就应该和她们一样了。"班森的眼睛红了，嘴唇微微颤动着："我不敢相信，我的母亲会像那些女人一样，成天靠出卖肉体来活命。"班森蹲在地上，低头将脸捂住，默默地哭起来。我们垂头不语，没有一个人敢对此发表言论。

这天晚上，我们没有回布朗士的地铁站，而是在附近的中央公园里蜷缩着凑合了一夜。约翰为了陪我们，没有回家。石椅上既潮湿又寒冷，我们互相依偎取暖。

两天来，我们都混迹在曼哈顿一带。值得庆幸的是，我们还有权利做一个看客。做不了上层人，那么就做一个旁观上层人的下层人。路过特色餐馆，香味飘了出来，意大利菜、印度菜、法国菜……不能吃，至少我们能闻闻那可口的味道。还有诱人的蛋糕店，隔着透明玻璃，各式模样的甜点一应俱全地排列在橱柜里。我们咽着口水，继续朝前走去。

路过第五大道口，我忽然站住了。他们问："若拉，怎么了？"

我看着远处，回忆着："这个地方，我好像来过，很熟悉。"我忽然想起口袋里的那块白手帕，上面写着卡尔的电话号码。上次分别时他再三告诉我，让我有事打电话找他。卡尔就在曼哈顿，我此时也在曼哈顿，该不该去找他呢？望望身边的伙伴，我没有将手帕拿出来，而是紧紧地攥在手心里。

白天，我们就在附近走动；夜晚，我们就去红灯区走街串巷，寻找班森的母亲。整整三天，一点线索都没有。艾瑞克说："会不会他们告诉你的地点不准确？不在曼哈顿呢？"班森摇摇头："不会的，他们说，我的母亲就在曼哈顿这一带，他们亲眼见过。"约翰想起什么："在这里做事，应该不会用本名，而是用化名。红灯区有这么多女人，有几个会用自己的真名？"

约翰的这句话点醒了我们，班森的母亲也许真的用了化名。班森将母亲的样貌、体征大致描述出来，托付给一位妈妈桑。他说，母亲的歌唱得很好。她有一副浑厚的嗓音，可以飙惠特尼·休斯顿的高音。她唱歌的时候，总是喜欢闭着眼、点头、用左手打响指。走之前，班森将这些天卖唱所积攒的钱全掏出来给了妈妈桑，总计八美元。希望她能尽量提供一些母亲的线索，妈妈桑拿着钱，笑着点了点头。

找不到班森的母亲，那么就去找他的父亲。我们用几天积攒的零钱，来到班森父亲所在的戒毒所。他的样子看上去很瘦弱，高耸的颧骨、深陷的眼窝、惨白的嘴唇、空洞的眼神。听说戒毒所的管理制度很严格，半监狱、半军事化，不能吃香喝辣、不能为所欲为，没有毅力的人是很难熬过那艰苦的几个月的。

班森的父亲见到自己的儿子，两眼湿润地望着他。当得知班森的母亲因为付不起高额的房租和生活费而被迫做了妓女，班森的父亲捂住脸狠狠地痛哭起来。望着他，我想起了自己那正在服刑的父亲。上次去监狱看他，不也是这个绝望的表情吗？早知有今日，为什么当初就不能好好地做人做事？非要弄得家破人亡、妻离子散！看着班森的父亲那痛苦的模样，我的心像刀割般疼痛。

　　班森说，人的毒瘾发作起来相当可怕，所有意志在那一刻全部摧毁。哪怕亲人站在面前，都会不顾一切做出伤害他人的事。班森只要一想起父亲毒瘾发作的样子，就会吓得浑身哆嗦。他恨自己有这样一个父亲，视毒品为命的男人。不仅花光了家里仅有的钱，还逼得母亲做了妓女。听那个妈妈桑说，只要当了妓女的女人，一般很难从那个圈子里再走出来。想要洗干净身上的尘土，怕是难了。

　　一路回来，班森始终没有说话。眼睛微红，脸上却没有任何表情。我们明白，他的内心在流血流泪，他一定绝望极了。

重　生

永远的歌神

这天，卡尔邀请我们全家上他们家吃饭。从某种意义上来说，所有人都默认了我和卡尔之间那微妙的关系，认为我们是一对金童玉女。我也自信地认为，将来能和卡尔走到一起，并且真正地相爱。

用完晚餐，我在卡尔房里聊天。墙角摆着一把蓝色的吉他，我上前一步，兴奋地问："卡尔，原来你会弹吉他？""是的，您想听什么曲子？""你会弹什么曲子？""只要公主点的曲子，我都能弹。不能弹，我就学。"

我忽然想起梦里的那首歌，那动人的歌声和曲调，此刻就在我的耳边环绕。我笑着问："你听过詹姆斯·布朗特的歌吗？"卡尔拿起吉他坐在床边，笑笑："当然，他的歌非常美。"卡尔动动手指，在琴弦上撩拨两下，弹奏出熟悉的旋律。

我呆住了，惊奇地问："卡尔，你弹的是？"卡尔边弹边唱了起来："My life is brilliant, My love is pure……"我的心跳加快，他弹奏的不是别的，正是那首 *You're Beautiful*（《你很美》）。卡尔深情地望着我，低吟浅唱："You're beautiful，You're beautiful，You're beautiful，it's true……"

我想起梦中的情景，约翰抱着吉他在地铁站一角，饱含深情地唱着 *You're Beautiful*，唱给来往的路人听，唱给那个金发女孩听。在现实中，卡尔居然也会唱这首歌，他就坐在我的面前，抱着吉他自弹自唱，唱给他眼前的这个金发公主听。我回给他深情的目光，浅浅地跟唱。

歌词是那么美，那么让人心醉：我的人生缤纷灿烂，我的爱如此纯真。因为我见过天使，对此我深信不疑。她在地铁上对我微笑，虽然身边伴着另一个男人……你就是这么美，千真万确。我曾在人潮拥挤之处瞥见你的脸……我想，我将再也见不到她，但我们共享了永恒的片刻。我看到了笑起来跟她一模一样的天使，当她也想到我们应该在一起时，但事实就是，我和你永远无法相依。

我的泪水在眼眶中涌动，一时间，竟无法分辨在梦里还是在现实中。既真实又梦幻，多么奇妙的感觉！当卡尔弹奏完最后一个音符时，我鼓起了响亮的掌声。他深情地望着我，温柔地说："You're Beautiful，献给美丽的珍妮芙公主！"我点点头，激动地抱住他："这是我听到过最美妙的歌声！谢谢你，卡尔，谢谢你为我演奏出如此动人的旋律！""真的吗？真的能打动珍妮芙公主的心？""嗯，你已经完完全全地打动了我的心！"

我抚摸卡尔的脸颊，深情地望他。如果此时我十六岁，我一定会上前亲吻他！我要向他表达我的爱！我想，我离这天已经不远了，不远了。

我盯着卡尔问："告诉我，你怎么知道我喜欢听这首歌？"他笑笑，放下吉他："因为我懂公主。我要把最美的歌，献给最美的你。""那你知道，我还喜欢听詹姆斯·布朗特的什么歌吗？""他的歌我几乎都会唱，公主想听什么？"

我激动地捂住嘴巴："什么，他的歌你都会唱？太棒了！"卡尔又拿起吉他，低下头弹奏起一曲："One day your story will be told……"我的眼泪几乎要掉出来，卡尔唱的是 One Of The Brightest Stars（《你是我心中最亮的星星》），是梦里约翰唱的另一首歌！

那动人的歌词，仿佛就是卡尔想要对我说，却又无从说出口的话：有一天你的故事将被传开，芸芸众生中那个成名的幸运儿。有一天他们会让你灿烂于，属于你的那片光辉下。一切的到来如此自然，在人生中的某一刻悄然而至。所有人都爱着你，因为你抓住了你的机遇，转瞬即逝。他们这样告诉你，我们是最初看到你的人们，一直以来我们都清楚地明白你是那些最明亮的星星中的一颗。有一天他们将告诉你，你变了。尽管他们似乎已停下凝视，有一天你渴望着为你而立的坟墓。在那些闲言碎语把你带到进入那片昏暗之前，一切的到来如此自然。在人生中的某一刻悄然而至，再也没有人爱你。因为你牢牢地抓住了你的机遇，却转瞬即逝。

卡尔虽不是歌者，却能把歌词的意境表达得贴切真实；虽没有詹姆斯·布朗特那沧桑的歌喉，但却能唱出人的眼泪！卡尔，你在我心里，就是一个歌神！你唱出了我的感情与爱，唱出了我想对你说的话！我感动得落下泪来，从来没有像这一时刻，能让我如此感动！

卡尔放下吉他，上前抱住我："珍妮芙公主，我想告诉您，您就是我们心中那颗最亮的星星。"我的泪滴在他的衣领上："不管别人怎么看我，我只想知道，我是不是你心中那颗最亮的星星？"卡尔点点头："当然，公主是我心中最亮的星星。除了你，再也没有第二颗了。""那么，永远不会坠落吗？""永远不会。"

我摸着卡尔的头，感慨地说："谢谢，谢谢你把我放在心里！谢谢你唱出了我的心声！你的歌声，我会珍藏一辈子的！""谢谢公主对我的肯定，我感到很荣幸。告诉我，还想听什么歌？"我想起在梦里，约翰还有一首拿手歌："我想听 Goodbye My Lover（《再见了，我的爱人》）。"

卡尔点点头，抱起吉他缓缓地唱起来："Did I disappoint you or let you down……"歌词让我再一次流泪：我是否让你失望让你悲伤，我是否该背负罪恶感，接受审判？因为我们开始时我就看到了结局，是的，我看到了你的盲目，我知道我是赢家。因此我坚持我自己是永恒的真理，把你的灵魂丢进黑夜，也许会有结束，但永不会停止……再见我的爱，再见我的朋友。你是唯一，你是我今生的唯一。我爱做梦，但总有醒来的时候。你摧毁不了我的精神，你带走我的梦。当你再次上路时，请记住我，记住我们在一起的时光……我爱你，我发誓。我的生活不能没有你。我仍然将你的手紧握我手中，即使在我熟睡的时候。我将及时承上我的灵魂，我的心已被你完全地掏空。

我想起梦中的情景，约翰红着眼对金发女孩唱 Goodbye My Lover，那么撕心裂肺，让人心疼。他努力地抒发着、传送着，将难以言表的感情用曲调和歌词表达，告诉她他爱她！虽然约翰明知与女孩并不是一个世界的人，他或许这辈子都无法真正得到她的爱。他希望用自己的歌声，唱到女孩的心里，能在她的心里唱一辈子。用这样的方式远远地相爱，对约翰来说，也是一种特殊的美。如果可以，就这么相爱一辈子吧！

现在，我从卡尔清透的眼里看见了自己。我爱的男孩，他对我唱 Goodbye My Lover，如此动人和心碎："Goodbye my lover，Goodbye my friend……"我的眼泪流过脸颊，在心里和卡尔对话。如果有一天你离我而去，我想我会活不下去。

卡尔撩拨两下吉他："Goodbye My Lover，送给珍妮芙公主！"我上前再一次紧紧抱住他，哽咽地说："卡尔，你唱得非常棒，我非常喜欢！但我想告诉你，如果可以，这辈子都不要对我唱这首歌，好吗？"卡尔问："您在担心什么？"我摸着他的头，流泪说："答应我，答应我，卡尔！永远不要，永远不要，好吗？"他摸摸我的头："好，我答应您，答应您永远也不唱这首歌。好吗？""我永远不要和你分开！""我们不会分开的，永远不会。"

我用力抱着卡尔，如果可以，我真想永远这么抱着不分开。真害怕有一天，卡尔会从我身边离开，再也见不到他。如果真有那一天，我想我会结束自己的生命，用死来陪伴卡尔的消失。

驱逐出境

卡尔心疼地为我擦泪，用他送我的那块白手帕："公主，在片场给您的手帕，您都带在身边？""当然，我到哪儿手帕就到哪儿。我发誓，它会跟随我一辈子。""谢谢公主对我的厚爱。您坐，我去给你拿水果吃。"

我坐在书桌前，看着电脑屏幕亮起。用鼠标一点击，跳出来一个页面，是别人发给卡尔的邮件。标题上写着表妹罗丝的名字，内容为照片。我新奇地继续按鼠标，照片一一跳了出来。我一张张翻看着，全是罗丝和朋友聚会的照片。在学校和同学的合影、圣诞节和家人的合影、外出游玩和朋友的合影……

当看见其中一张照片时，我的脸瞬间变得阴郁。上面，除了有罗丝和她的朋友，居然还有乔治亚！她正坐在罗丝身边对着我笑！她的笑像把锋利的尖刀，深深地刺在我敏感的心上。我用最快的速度查看了所有照片，竟然有好几张都是乔治亚！这可恶的乡巴佬是个定时炸弹，到哪里都躲不过她。

我心想：如果卡尔看到罗丝和乔治亚的合影后，哪天他来学校接我放学，万一看到乔治亚，一切都穿帮了。绝不能让卡尔看见乔治亚和罗丝的合影，绝不能让他知道乔治亚和罗丝是朋友，更不能让他知道我和乔治亚是同学！对我来说，那简直就是一种耻辱！我为有这样惹人厌的同学而感到羞愧！

我拿起鼠标，心跳加快，将有乔治亚和罗丝的合影通通删除。我喘了一口气，心上的石头终于落下了。卡尔拿着水果进了房，我快速地离开书桌。"公主，快来吃新鲜的水果！""卡尔，你的电脑好像有新邮件。""是吗？我看看。"

卡尔点击电脑，查看起邮件来："哦，是表妹罗丝发来的邮件，全是她和朋友的合影。你看。"我微笑地附和着，庆幸自己的果断行为。

我盘算着，到了该为自己铲除后患的时候了。

第二天上学，趁午休时间，我悄悄在乔治亚的书包里塞进了巧克力礼盒和零钱包。然后哭着跑到办公室，对老师说："我早上带来的巧克力和钱包都不见了。"老师立马带我回到教室，查了一番。她摸着我的头心疼地说："别担心，珍妮芙，老师一定替你做主，找回你所丢失的东西。"

下午上课时，老师要求每人将自己的书包翻出来查看。当轮到乔治亚时，从她的书包里搜出了巧克力礼盒和零钱包。老师问："乔治亚，请问这是什么？"乔治亚无辜地低下头，轻声说："老师，我不知道，我不知道这是怎么回事……"

看见她脸上委屈的泪水，我笑了。

在办公室，老师不断地问："乔治亚，珍妮芙同学的巧克力和钱包，怎么会在你的书包里？"她没有说话，不解释、不反驳、不辩护，只是哽咽地哭泣。我就站在她的身边，暗自偷乐着。乡巴佬不敢抬头看我，更不敢说一句："这东西不是我偷的。"

老师无奈地摇摇头："好吧，乔治亚，我会把这件事转告你的父母，你先回教室去。"她害怕地抬起头，哭得更厉害了。回头的一刹那，眼神中充满了委屈和哀怨。我悄悄地告诉老师，乔治亚经常喜欢和我在一起，看见我穿的带的用的都比自己好，心里很不平衡，很眼红。以前也发现自己的书包里少了东西，没有告诉老师，想想算了。后来发现好几次都少了东西，这才告诉了老师。老师点点头，说一定会处理好这个问题。

而后，我又主动找到校长，把这件事报告后，要求他开除乔治亚。校长起初皱皱眉，显得有些为难。我冷冷地转过身："校长，那我先去上课了。不过，下半年我父亲投资建设学校新大楼的事，也许会夭折了。很抱歉。"他立马摆手："等一下，珍妮芙，我们还可以再谈谈吗？"

我笑笑。

终于，在我离开校长办公室前，得到了满意的答案。

一周后，乔治亚办理了退学手续，转入其他的普通学校。临走前，老师无奈地对全班同学说："同学们，由于一些私人原因，乔治亚要离开我们、离开学校，到另一所学校去读书了。我感到非常遗憾。虽然不能在一起学习，可我们还是朋友。乔治亚，和大家说再见吧。"

乔治亚流着泪，不舍地和同学一一握手，拥抱告别。我走到乔治亚面前，假装红着眼，紧紧抱住她。我嘴里闪过一丝邪笑："乔治亚，很遗憾，我们不能做同学了，我会想念你的。再会了！祝你好运！"她含泪看着我，微微地颤抖着下巴，眼神中写满了委屈和惶恐。我和同学们一起，将乔治亚送出教室。当乡巴佬离开走廊，踏出学校大门的那一刻，我终于深深地舒了一口气。

乔治亚转学了，我的心落地了。我的目的达成了，再也没有人会来破坏我的好事了。感谢上帝！

当卡尔来学校接我放学时，我再也不用担心他会和乔治亚照面，再也不用提心吊胆地拽着他快速离开学校了。我可以大摇大摆地挽着卡尔的胳膊走上车去，而不用回头看看乔治亚有没有从学校门前经过。

对于乔治亚突然退学这件事，在全校引起了不小的轰动。面对班森和艾瑞克的疑问，我的回答是：乔治亚不是个乖孩子，她太不懂事了。我忍了她很久，以为她能承认错误。可是没想到，乔治亚一而再再而三地犯错而不知悔改，所以没办法，她只能离开。现在终于结束了，也许，乔治亚不适合在贵族学校，她本不该来的。

我对铁三角隐瞒了这一切，虽然我们是无话不说的朋友。为了卡尔，为了我们的将来，有很多事，永远无法和他们说出口。它只能成为一个秘密，藏在我的心里，一辈子。

白天，我的心病算是解决了。但只要黑夜一来临，我便开始恐惧不安起来。乔治亚，我能想办法弄走她；可我的噩梦，却像苍蝇一样赶都赶不走，折磨着我一夜又一夜，一月又一月……

重　生

我的噩梦继续上演着，梦里的若拉依旧很贫困、很无助。

一转眼，我十二岁了。我和班森、艾瑞克还是在地铁站生活，白天捡垃圾，晚上卖唱。微薄的收入解决不了我们的温饱，每当夜晚来临，我们总是拥抱着给彼此温暖、苦中作乐，感叹绝望的人生。

那天，正当我独自疲惫地低头向前走，一个身影挡住了我的去路。"嗨，小姑娘！"我抬头一看，是里奇先生！他低下身问："还认得我吗？"我点点头："认得，您是里奇先生。您来过我这儿擦鞋，还给过我小费。"他说："没错，我是里奇·罗伯逊。最近怎么都没看见你在那儿擦鞋？他们说，你搬走了？"

我的眼泪不由自主地掉下来。里奇先生拉我到一边："发生什么事了？告诉我！"我使劲摇头，紧闭嘴巴。他着急地问："到底出了什么事？如果你信任叔叔，就告诉我！"我的话到了嘴边，却开不了口。我不敢将那几个擦鞋匠欺负我的事告诉他，怕他们借机再次报复。看里奇先生那满脸的着急样，我知道，他想帮我。

情急之下，我竟抓着他的衣襟脱口而出："里奇先生，求求您，给我一口饭吃吧！您的餐馆需要帮手吗？我可以为您打杂、洗碗、切菜、打扫卫生。我不怕苦，别看我年纪小，可我什么活都能干。我还可以上您家给你洗衣、做家务什么的。求您让我干活、让我工作、让我活下去！求您，求您！"

我哭着趴在他的身上。

里奇先生红着眼扶起我："小姑娘，我知道你遇到了困难。别害怕，我会帮助你的。告诉我，你叫什么？"我抬起头，感激地望着他："若拉·史密斯。"

里奇先生是个好心的老板，他把我安排在他的意大利西餐馆工作，并愿意支付我每周四十美元的薪酬！我不断地说着谢谢，谢谢，谢谢……

坐在餐桌前，我吃到了流浪以来的第二顿正餐。那是多么怀念和熟悉的味道啊，我曾深深地回味它。距离上一次，是在安东尼太太家。她和里奇同样是好人，我的救命恩人！我庆幸自己终于不用饿肚子了，终于不用吃烂水果了。

在餐馆工作的日子里，我每天五点半天不亮就起床，积极地帮助服务员进货、打扫店里的卫生、在厨房间洗碗洗菜、跑腿等。一直到晚上九点半后，等客人走光，我们才开始吃晚饭。虽然在餐馆做事很辛苦，每天要连续工作十六个小时，可我依然觉得庆幸。我不用风吹雨淋，不用捡垃圾，能保证一日三餐。我还可以得到一个睡觉的地方，里奇先生让我睡在餐馆后面的工作间里。我终于不用流落街头睡在马路上了，感谢上帝！最值得兴奋的是，我可以通过自己的劳动赚钱了！

可是我的伙伴班森和艾瑞克，他们依旧要在地铁站里度日，每天以捡垃圾为生。我曾试图请求里奇老板，让我的两个伙伴也来餐馆干活。里奇先生摸着我的小脸为难地说："若拉，不是我不肯让你的伙伴来，美国的法律有规定，应该全世界都一样。任何单位不允许雇用未成年人工作，那叫童工，是非法的。要是被警局查到了，我的餐馆是要被查处的。而对你，是个例外。如果别人问起来，我就说你是我的远房亲戚，暂时在我的餐馆过渡。如果你们三个都在餐馆做事，那就太明显了，很容易被人抓到把柄的。"

我终于明白，里奇先生是冒着风险，额外地帮助我。他的餐馆根本不缺工人，而是想给我一口饭吃，一个窝住。我知道，如果没有那一项成文的规定，他也会让班森和艾瑞克来餐馆的。当我要回厨房时，里奇先生在背后说了句："虽然他们不能来餐馆干活，可是晚上，他们可以来我这儿睡觉。"

我猛地转过身，欣喜地问："老板，您的意思是，可以让我的伙伴来餐馆住？"他笑着点点头："没错。白天，他们在外边找活干；晚上，可以和你在工作间团聚。就当，是在帮忙照看我的餐馆吧。"我红着眼连连点头："感谢里奇老板，感谢您的慈悲，若拉感谢您！"

这下，我和班森、艾瑞克终于可以再次团聚了。那天晚上，在餐馆的工作间里，我们三人抱头痛哭。上帝是仁慈的，让我们遇见了好心的里奇老板。如果没有他，我想我们还会在地铁站一直待下去，一个月，两个月，一年，两年……

我按照那块白手帕上的号码给卡尔去了电话，告诉他我们有着落了，地点就在上次见面不远的街口处。卡尔和家人当天便来餐馆就餐，我在厨房门口，悄悄地看着大厅内的卡尔。我们相互点头微笑，他向我做了手势：记得给他打电话。我点点头。

打烊后，里奇老板告诉我，今天餐馆的营业额大增，其中一位客人点了这里最昂贵的食物和红酒，他们支付的小费是平常客人的三倍。我笑笑，继续低头扫地。老板又问："我看到那家客人的少爷在和你打招呼，你们认识？"我点点头，没有避讳。老板扭扭头："那么说，他是来光顾你的生意的？"我笑笑，不回答。

里奇老板爽快地递给我五美元高额的小费，并告诉我不要对外声张。他摸着我的头说："好样的！若拉，希望你以后能招揽更多的顾客。说不定几年下来，你就可以成为餐馆的经理了，呵呵呵！"

晚上休息时间，我会拿出自己的课本阅读。艾瑞克帮我辅导功课，班森则去地铁站和约翰一起卖唱。渐渐的，艾瑞克的身体有了好转，当可以用右手自如地握画笔时，他又回街上卖画去了。当然，他再也不会去那个该死的街口了，而是在餐馆的附近。那是里奇先生的地盘，要是有人再敢来袭扰，警察会在第一时间赶到这里。

终于，我们三人都有了着落，不仅有活干，还有地方住，有饭吃。我们的生命里多了那些需要用一辈子去感恩的人：餐馆的里奇老板、卡尔一家、地铁站卖唱的约翰、曾经的房东安东尼太太、卖水果的雷纳德老板，还有天桥下那位不知名的老伯……每当夜深人静时，我除了想念母亲和弟弟，想念在牢里的父亲外，还要一一感谢那些曾经帮助过我的人，并为他们虔诚地祷告。

从这时起，我们的命运发生了巨大的转变。艾瑞克说，这叫"重生"。

感　恩

我以为，我们有活干、有地方住，这样世界就太平了。可是没想到，麻烦还是一件接一件地袭来。

艾瑞克在卖画中认识了几个客人，他们利用他，在业余时间帮自己售卖冒牌的手表和打火机，十到三十美元不等。两人三七开，艾瑞克拿三成。艾瑞克想着平时卖画不多，能找到赚外快的途径也是好事，就答应了下来。

艾瑞克按照他们的要求，将冒牌的手表和打火机放在怀中，遇到路人便上前轻轻地说："先生，要买打火机吗？先生，这里有上等的手表。"连着几天，艾瑞克蹲守在地铁站附近，赚到了一点小钱。当他再次拿着手表向路人兜售时，警察出动了。其他商贩夹起货物赶紧逃跑，艾瑞克还是慢了一步，他被警察逮了个正着，捕进了警局。

我和班森急得团团转，又不敢把这事告诉里奇老板。无奈之下，我只有拨通卡尔的电话，请求他的帮助。班森也不再那么抵触卡尔了，看着他一次又一次无私地帮助我们，班森也为自己曾经的言行感到十分内疚。

最后，卡尔请求父亲将艾瑞克保释出来。卡尔父亲问他，为什么要帮助这几个流浪儿？他的回答是，他们三个本来和我一样，都是在学校读书的孩子。因为家庭原因成了孤儿，不得不流落街头。卡尔父亲问他为什么我们不选择去避难所或是孤儿院，卡尔说我们不想依靠任何人，只想通过自己的劳动和能力来赚取活命的钱。卡尔父亲很是感动，说我们应该被人关注和同情，称他是个懂事有爱心的孩子，并支持他帮助我们。我们感谢卡尔的父亲，答应将来赚足了钱，一定会还给他们。卡尔父亲摸着我们的头，说只要我们能够好好地活下去，就是对他们最好的回报。

艾瑞克算是脱离险境了，可班森又出事了，真是一波未平一波又起。街头混混把班森骗到酒馆里，让他和对家接头，并把一个大包转交给对方，说里面装的是啤酒罐，一次可以获得二十美元的小费。班森起初没在意，拿着大包才发觉情形不对。正想快速脱手时，被埋伏在酒馆的警察抓了个正着。一到警局才发现，那些混混原来是将毒品放在包内，通过班森转手给对家。

这下，我和艾瑞克又傻眼了。

班森在警察局待了一天一夜，也说不出个所以然来，他强调自己不知道包里藏的是什么东西，只是别人让他转手一下。无奈之下，我们只有把此事告诉了里奇老板，他通过关系将班森保释了出来。

回到餐馆，里奇老板再一次语重心长地告诫我们，不能听信社会上的混混，不能一时想多赚几个钱而被他们牵着鼻子走。他让班森和艾瑞克继续卖唱和卖画，等时机一成熟，他就会想办法托人给他们安排其他的正经事做。

我又来到曾经住过的天桥下，看望那位老伯，给他带点食物和零钱。老伯连连道谢，并把一捆用报纸包的东西交到我手里。他告诉我，这是上次那位胖太太送来的，如果有一天我来了，请他无论如何要把东西交到我手里。老伯每天在天桥底下等，等着我去那里。

我慢慢拆开报纸，里面是厚厚的一叠中学课本。里面还夹着一张纸条："亲爱的若拉，太太知道你是个懂事的乖孩子。由于你父母的原因，让你承受了巨大的伤害，这不是你的错。不论将来你到哪里，都请记得我在想念你、关心你、担心你。如果有一天你看到了字条，请给我回个电话。念。永远爱你的安东尼太太。"

我的眼泪滴在字条上，很快湿了一大片。简短的几句话，说得我心里一阵阵刺痛。善良的安东尼太太，我的不辞而别一定对您造成了很大的伤害。真的对不起！

夜晚，当餐馆打烊后，我拨通了安东尼太太家的电话。我请她万万不用担心，我已经不再流浪了，我们有饭吃，有地方住，还有钱赚。感谢太太送来的书本，我答应她一定会读完它。太太耐心地听我说完，然后流泪告诉我，前段时间，房客告诉她，母亲曾到地下室找过我。她也去了太太家，不巧的是，家里当时没有人。很可惜，母亲没有留下任何联系方式。

挂掉电话后，我兴奋地抱住班森和艾瑞克，激动地说："我妈妈来找过我，她来找过我！我就知道，她还是要我的对不对？对不对？"班森抱住我："对对，你母亲一定在惦记你，我就说她会来找你的。"

我立刻变得忧郁起来："只可惜，妈妈没有留下电话。不然，我就可以找到她了。或许，妈妈根本不想我去打扰她，只是想打听我的下落而已。"艾瑞克摸着我的头："不会的。若拉，你多虑了。我想，你母亲一定还会去安东尼太太家的，她一定会想方设法找到你，相信我！"

里奇老板很热心，为班森和艾瑞克介绍了一份披萨外卖店送货员的工作。白天，他俩骑着自行车穿梭在布朗士的大街小巷，为顾客送外卖披萨。晚上，班森回到地铁站和约翰一起弹吉他卖唱，而艾瑞克则在里奇老板的餐馆附近卖画。晚上十点后，他们再回到餐馆。

有好几次，我在后台干活，在走出厨房的一刹那，总能看见一位身穿深色风衣，头戴帽子的女士匆匆离开餐馆，神秘的背影快速消失在视野中。我问一旁的服务员："这位女士是谁？是来餐馆的常客吗？"她笑着回答："她不是餐馆的客人，她是老板的太太。"我点点头："原来如此。太太时常来这里吗？""有时候会来，不过经常是转一圈就离开。"

我想起她的背影，感觉如此熟悉，像是……

我忙问："那么，太太叫什么？"服务员摇摇头："这个……我们也不知道。这是老板的隐私，我们不能多问的。""那她经常一个人来吗？""有时会带着她的两个孩子一起过来。"我点点头，拿起手上的抹布继续干活。

当夜晚来临，我躺在床上，眼前总能浮现那位太太的背影。她推门而出的一刹那、她脚下利索的步伐、她低头将脸裹在风衣里的模样，都很像一个人，那就是我的母亲！

午夜探班

在餐馆干活的日子，虽辛苦，但也是快乐的。虽然步入了夏季，闷热的环境常常让人满头大汗，可我还是觉得非常值得。因为我不仅能获得高额的工钱和小费，还能学习做西点。一有空余时间，我就站在厨房的一角，默默地看师傅做奶油蛋糕、西饼还有烤面包等，有时还会帮忙搭把手，做做蔬菜色拉、炸薯条什么的。用不了多久，我便学会了简单的蔬菜浓汤和意大利通心粉。

当我亲手把做好的食物放在里奇老板和大厨的面前，所有人都不敢相信那是我做的。他们将食物放进嘴里，慢慢地咀嚼着。我瞪大眼睛看二位的表情，生怕有什么做得不好的地方。而后，他们举着大拇指连连夸赞我的手艺。

老板更是乐呵呵地摸着我的脑袋说："若拉，你真是了不得。我看用不了几年，你就能掌握这儿所有的烹饪手艺。我的餐馆有希望了，后继有人了，呵呵呵。"对于里奇老板的赞赏，我微笑地接受了。我想用自己勤劳和智慧的双手，制作出美味的食物给大家吃。

在工作的日子里，我不仅能接待不同的客人，每周末，卡尔一家也会来这里吃饭。每次，都是同样的时间，同样的位置。当然，我知道卡尔是因为我的缘故才来的。每次配菜时，我总是给他们那桌的餐碟里多放一些。想着卡尔能亲口吃到我准备的食物，心里别提多激动了，干起活来也特别带劲。

一个周末的夜里，班森和艾瑞克已经熟睡了。而我，却为想念母亲和弟弟不能入眠。我的眼前不断浮现餐馆门口的那个背影，里奇老板的太太。可为何看上去，那体形、身高、感觉都酷似妈妈？我从没见过她的正面，只记得那孤傲、冷峻和神秘的背影！

正想着，房间的窗户忽然有动静，像是在轻轻地敲打。我起身拉开窗帘，一个熟悉的脸庞在窗户那头对我微笑，是卡尔！我欣喜地向他做手势，示意他去餐馆的后门。

我将后门打开，轻声说："卡尔，现在都半夜了，你怎么来了？"他低头笑笑："本来明天来店里吃饭的，可我好像等不及，躺在床上怎么也睡不着，现在就想来看你了。平时你都在忙，也不能单独和你说上话。"

我拉着他的胳膊："快进来！这么晚不睡觉，偷偷跑到这里，就是为了和我说几句话吗？""嗯，没错，就是想和你说说话。如果你睡着了，我就在门外站一会再回去。"一番话，让我冰凉的心顿时温暖了许多。他又问："你怎么那么晚还没睡？""我睡不着。""想亲人了，是吗？"

我点点头，让卡尔坐在椅子上。他关切地望着我："既然睡不着，那不如我们聊会天。现在，可以告诉我你的身世了吗？"我低下头，咬住自己的嘴唇。我是个不幸的孩子，父亲是个犯人，母亲离家出走。

我羞于将这些说出口，它并不光彩。

我简单地回答他："我是个孤儿，仅此而已。"卡尔冷静地看着我："我理解你的心情，但不要拒绝别人对你的帮助，好吗？"

我望着他，欲言又止。卡尔的肚子发出一阵阵叽叽咕咕的叫声，我忙问："你饿了是吗？""呵呵，有点。""这样吧，你坐会，我去给你煮东西吃。""这是个不错的提议，你学会做食物了？""呵呵，只是简单的烹饪，你别笑我就行。哦对了，你在门口给我把风，要是被人发现了就不好了。""遵命！"

我来到厨房，点开灯，悄悄地做起食物来。不一会，我将一碗热气腾腾的土豆浓汤和意大利番茄肉酱面端到卡尔面前。他睁大眼睛赞叹着："哇！我简直不敢相信，这喷香的食物居然出自一个十二岁的小女孩之手！太不可思议了！""尝尝味道怎么样？"

卡尔兴奋地拿起勺子和叉子："一定非常美味，我期待极了！"他喝了一口浓汤，皱起眉摇摇头。我紧张地问："味道不好是吗？"卡尔笑着说："很美味，棒极了！""真的吗？""嗯，不信你尝尝。"卡尔将汤勺放到我嘴边，我不好意思地抿了一口，然后点点头。卡尔吃了一大口意大利面，竖起大拇指："味道好极了！请问若拉大厨，你是怎么做到的？都用了些什么材料，居然会这么好吃？"

我看着他，慢慢讲解着："用的原材料有番茄、肉末、洋葱、西芹和大蒜。调料用上等的白葡萄酒、橄榄油、番茄沙司和黑胡椒粉。意面出锅后要加少许的橄榄油拌一下，再浇上炒好的番茄酱和芝士粉。"

卡尔大口大口地咀嚼着："是谁教你的？餐馆的大厨吗？""是我在空余时间，向大厨偷学的。""若拉，你真是个天才！不仅要干活，居然还学习烹饪，真不简单！以后，我还能尝到你的手艺吗？""当然可以，我还要学习更多的烹饪方法。只是，像这样在大半夜偷偷借用老板的厨房给你做东西吃，还是有些冒险的。"

卡尔耸了耸肩："下不为例哦。"他将食物递到我面前："若拉，你也吃。"我摇摇头，把餐碟挪移过去："不用了，这是做给你吃的。""一起吃！""真的不用，你快吃吧。"卡尔把餐碟又移到我面前："你不吃，我也不吃。""那好吧，我吃。"

卡尔开心地拿起叉子，将食物喂到我嘴里。一刹那，我的心跳加速，不知被什么东西牵引着，竟开始紧张起来。那是一种幸福的感觉，安定的感觉。他温柔地问："自己吃自己做的食物，感觉怎么样？""很棒，很满足。""那就多吃点，来，喝口汤。"

凌晨的意大利餐馆，两人偷偷吃着夜宵，那是一种多么奇妙的感觉啊。又欢喜，又惊险，又兴奋。我们小声地品尝着、议论着，生怕盘子和桌椅的触碰声会惊醒里屋的班森和艾瑞克，又得时刻注意外边的动静。虽然是一个不眠的夜晚，却是一个令人难忘的夜晚！

我想卡尔是懂我的，即使我什么都不透露，他也能理解。

午夜"探班"

很快，盆中的食物被席卷一空了。

正当我准备收拾碗碟时，房门开了，是艾瑞克，他站在门口看着我和卡尔！

我忙起身，收拾起笑脸，低头说："艾瑞克，把你吵醒了？"他摇摇头："卡尔，是你？"卡尔站起来，吞吞吐吐地回答："哦，艾瑞克，你好。我……来和若拉……聊会天。""现在已经是夜里一点了。"

卡尔低下头，吸一口气回答："是这样的，家人正好在布朗士办事。太晚了就没回去，住在附近的旅馆里。这不，我想离餐馆近，所以……就过来看看。见若拉还没睡，就……进来找她了。"

艾瑞克点点头，又看了看桌上的碗碟，问："你们在吃东西？"我忙抢着回答："那个……我肚子有些饿了，弄了点吃的。"艾瑞克没有直接看我，而是盯着卡尔的脸看。他拍了拍大腿，笑笑："看你们，

好像聊得很开心？"卡尔忙说："哦,对不起,打搅到你休息了？""不,
没有,我只是渴了,出来喝口水。没关系,你们聊你们的。"

　　我们尴尬地站在原地不动,也不出声。艾瑞克来到厨房,打开冰
箱拿出冰水来喝,这是他的惯例。我忙喊了声："艾瑞克！"他探出
脑袋看我："怎么了,若拉？"我小声地说了句："半夜喝冰水,对身
体不好。这里有温水,来喝吧！"

　　艾瑞克关上冰箱门,缓缓地朝这边走来。我从桌上拿过一个杯子,
倒上温水,递到他面前："给你。"艾瑞克接过杯子,拍拍我的胳膊,
笑笑："谢谢,若拉。我进去了,你们聊。"走到房门口,他又回头看
了我们一眼："不过别太晚了,明天一早你还要干活呢,抓紧时间休
息。""我知道了,卡尔就回去了,我马上就来。"

　　关上门的一刹那,我和卡尔互相对望着舒了口气。他皱着眉："若
拉,真抱歉,我打搅你们休息了。""没关系,你半夜从曼哈顿这么老
远跑来看我,我觉得不好意思才对。"正说着,窗外有一个影子飘了
过来。我警觉地快速关上大厅的灯,拉着卡尔的胳膊往下拽："快,
蹲下！"

　　我们躲在桌底下,抬起两个脑袋往窗外看去。那个黑影经过餐馆
的门口顿了顿,又向前走去。我们对望着捂嘴偷笑,透过窗外折射进
来的微弱光线,它打在卡尔脸上,那么轻柔唯美。我默默地注视着,
从他深情的双眸中看见了一个清晰的自己。

　　卡尔的嘴角残留着一抹暗红色的番茄酱。我赶紧从口袋中拿出白
手帕,轻轻地擦拭他的嘴角。卡尔睁大眼睛问："我的脸上有脏东西
吗？""你是想把番茄酱留到明天当早餐吗？"卡尔反应过来："的确,
这味道太棒了,我想把它带回家！""你要是想吃,就经常过来呀。明天,
你不是就和父母来用餐了吗？""是的,你让我尝到了不一样的味道,
特殊的味道。"

　　他望了望我手中的白手帕,问："是我送给你的那块手帕吗？"

我点点头，不说话。卡尔笑了："你还一直留着它。""当然，我会一直保留着的。卡尔，谢谢你送我的手帕。""若拉，我也要谢谢你。""谢我什么？"卡尔摸着我的脸："谢谢你的纯真和善良，让我学到了很多。"我低下头，变得不好意思起来，空气顿时安静得凝固了。

我忽地起身："走，这儿太冒险啦，我们去外边说话！"我拉着卡尔来到餐馆后门的巷子里，在阶梯上席地而坐，两人喘着粗气放声大笑起来。有多久没有这么放肆地笑了，这是卡尔赐予我的，感谢你。

他露出洁白的牙齿："若拉，见你一面可真不容易，不仅要在半夜里，还要在餐馆内的桌椅下。呵呵，太有趣了！""如果你白天来，就可以大大方方地坐在椅子上见我了。""见你是可以，要和你说上话可不容易。除非……""除非什么？""除非，若拉变成经理，那样你就可以自如地和客人说话啦！""呵呵呵，如果将来有那一天的话，我倒是很希望这样呢！"

卡尔变得沉静下来，缓缓地说："刚才，只顾得品尝可口的食物，都忘了听你的故事了。如果你不困的话，我愿意当你午夜的倾听对象。""明天不需要去学校吗？""你忘了，明天可是礼拜天。"

"真抱歉。"我陷入回忆中，缓缓地说着，"对于现在的我来说，已经没有周末的概念了，每天都一样。以前在学校读书时，总盼着放假，因为妈妈可以带着我和弟弟去公园玩。那时候，我们是快乐的。"我失落地低下头，"现在，我再也不用去学校上学了，没有了期盼，也不用再期盼了，因为每天都是礼拜天。所以，我就把这些礼拜天全部凑起来，拿来拼命地赚钱、活命。我知道这世上没有救世主，如果自己都不救自己，那没有人会来可怜你……"

伴着微弱的路灯，我们坐在石阶上，卡尔托着下巴，默默地，听我一字一句地诉说。如果这时我的眼泪流下来，卡尔不会马上替我擦去，而是让我哭个够。他知道，我需要宣泄。如果眼泪可以回收的话，那么这个世界也不会有这么多悲伤和哀怨了。我从没有像这一刻这么需要倾诉和哭泣，谢谢你卡尔，谢谢你成全了我的宿愿。

直到凌晨四点钟，我才起身催促他回去。卡尔擦干我的眼泪，表示会一直在我身边帮助我、支持我。他说，善良的人终归会得到好报的，不是在今天，就是在明天。如果明天还未到，那就是在后天。

回到房间，我悄悄地躺下。艾瑞克轻轻地叹了口气，我知道，他没睡着。

我背对着他，轻轻地问："艾瑞克，还没有睡吗？""我在等你。""对不起，打搅你休息了。""快睡吧，距离你起床的时间，不到两小时了。我真担心，漫长的一天，你该怎么熬过去。"我感激地说："谢谢你，艾瑞克。""谢我什么？""谢谢你的宽容。"艾瑞克不说话，淡淡地笑了笑。

我感慨地说："有了你们这些像家人一样的朋友，若拉再累也不会倒下的。我会好好地活下去，活出一个人样来，你们也是。"艾瑞克温柔地拍拍我的背，给我拉了拉被子。他不再像往常那样给我拥抱以作安慰，只是淡淡地说了句："快睡吧，若拉，太阳快出来了。"

我知道他在想什么，可我无法说出口。对于那些成年人的思想和情感，我虽然不是很明白，但我能隐约地感觉出些什么。也许等我再大一点时，就能将自己的想法说出口了。

再见父亲

我又去监狱看父亲了，告诉他我已有了一份能赚钱养活自己的工作，请他放心。

父亲红着眼问："你才十二岁，怎么能去餐馆干体力活？像你这样的年纪，本该在学校读书的……都是被我害的……"父亲捂住头呜呜地哭起来。我轻轻地说："爸爸，我学会做菜了。"他慢慢抬起头，惊讶地望着我："真的，我们的若拉都已经会做食物了？"

我使劲点点头："是的，爸爸，我在餐馆边干活，边看大厨做菜，就这么偷偷地学会了。我做的意大利面可好吃了，他们都很喜欢。等您出狱后，我亲手做给您吃，好不好？"

父亲看着我，红着眼，颤抖着双唇，感慨地说："我们的若拉长大了，懂事了。爸爸真为你高兴，同时也为自己的错误给你们带来了莫大的痛苦而深深地感到自责。这辈子，我欠你们的太多，还都还不清了。"父亲痛苦地捂住头，"有你母亲的消息了吗？"我摇摇头，又点点头："妈妈去了原来的住所，去了安东尼太太家，可惜没有人在。她没有留下联系方式和一句话。"

父亲摸摸脸："哎，要是她还爱你，她会再去太太家的。也难怪她会这么做，你别恨她。以前我对你妈妈不好，她选择离开我，离开这个家是对的。只是，她没有带走你。"

我再也控制不住自己的情绪，痛哭起来："爸爸，妈妈是因为怕养不活我和弟弟，才没有带走我的！要是她有能力，肯定也会带我走的！""希望有这一天，你妈妈能找到你，让你重回她的怀抱。""我会努力的，相信我，爸爸。如果我找到妈妈，一定让她先来看您。"

父亲讥笑了一声，反问道："呵呵，看我做什么？看我的丑态吗？这是什么地方？这是监狱，不是人待的地方！每天，我们要在监狱的工厂里做活，做得不好还要被狱警殴打！他手上的枪就指着我的脑袋，如果我有任何违抗和不从，只要一扣扳机，枪里的子弹就会瞬间穿过我的脑袋。"他看着前方，感慨万千，"我们每天关押在这里，只有通过那扇小小的窗户，透过一线微弱的光，去想象外面那精彩的世界。监狱里到处都是监视器，我们的一举一动都掌握在他们的眼皮底下。这里没有烟也没有酒，更别提会有什么可口的火鸡和煎饼了。什么都没有，只有黑暗！我没有了自由，只剩下一条贱命，想死又死不了，活着又看不见天日。只要进了监狱的人，就再也看不见希望了。"

我哭着喊道："不！不！爸爸，我们还有希望，还有希望！我会等您出来，我一定会等您出来的！"父亲抹抹脸上的泪痕，舒了一口气：

"好了，你回去吧，记得好好照顾自己，别太累了。还有，告诉你的餐馆老板，说我从心底里感激他。感谢他善待你，让你有饭吃、有地方住，还给你工钱。好好活着吧，即使你去上街要饭，也比我一个囚犯活得有尊严。"

父亲慢慢站起身，想了想又说："我在这里还要待上好几年，日子长着呢，不用经常来看我。哦对了，要是真的碰到你妈妈，请转告她，就说我对不起她，让她找个好人改嫁吧。""爸爸……爸爸……"

父亲转身而去，我忽然想起什么，说了句："爸爸，我在工作的餐馆里，看见一位太太的背影，长得很像妈妈！"父亲停住脚步，背着身问："是客人吧？"我流着泪回答："不！是餐馆老板的太太。""你是太想念妈妈了，我明白。""不，爸爸。我见不到那位太太，她不常来，来了也只能看见一个背影。老板不让员工打听他的隐私，所以我不知道太太的名字。我总觉得，她跟妈妈长得很像。"

他转过半个头说："如果真的是你母亲，就让她留下你吧。"他顿了顿，缓缓地仰起头，叹了口气，"你妈妈的右手背接近手腕的地方，有个明显的疤痕。那是我喝醉酒后不小心用玻璃碎片扎伤她的，那个疤痕应该还在。"

"我记得，妈妈的右手背上确实有一个疤痕，她说是干活时不小心划伤的。"父亲拍打自己的胸脯，激动地大喊："是我干的！是我这个混蛋干的！如果那位太太的手背上有这个伤痕，那么她就是你的母亲！"

我捂住嘴哭着说："我希望看见妈妈，可不希望她就是老板的太太！""她要嫁人那是对的，嫁给我这种混蛋，她一辈子见不到希望。现在，她终于可以脱离苦海了，你也一样。希望她和凯文过得好，也希望你过得好，希望你们都过得比我好！"

父亲说完这番话，头也不回地离开了。

回想他那痛苦的模样，我心里有一股说不出的难受。是的，今天，我看到了一个和以往不一样的父亲。他变了，变得学会流泪，学会道歉。他不仅在痛哭、在遗憾，也在忏悔。如果监狱的生活能使父亲真的悔改并且重新做人，那么我愿意承受这个代价，承受失去一切来换得父亲的重生！虽然我失去了家庭的温暖，失去了童年的纯真与欢乐。但是，这更能让人快速地成长。反之，我也得到了很多。

也许人类，只有怀着一颗感恩的心，才能活得更有意义吧。

感恩的心

在餐馆工作的日子里，我跟着厨房大师私下学习了其他食物的做法。披萨、咖喱饭、五香牛肉、咸鱼、甜煎饼，还有美国人最爱吃的圣诞火鸡。虽然只是初学而已，但我已基本掌握了每道菜的烹饪方法。只要在空闲时，我会一边待在厨房看大厨做菜，一边不断地揣摩方法，在心里强化食物的制作工序和材料。

我想，我是爱上了烹饪。也许，是母亲的勤劳和贤惠影响了我。又或许，我是将烹饪当成一种寄托。从前流浪的苦日子，让我饱受了饥饿的痛苦。美味的食物对我来说，是可望而不可即的。我不曾幻想有一天能吃上丰盛的大餐，只要能填饱肚子，对我来说已是万幸。如今我有了填饱肚子的资本，每天还能和众多的美食打交道。所以，我更想将它亲手记录下来，作为我人生中非常珍贵的一份礼物。

那天晚上，当餐馆打烊后，班森、艾瑞克给我送来了一份特殊的礼物。班森用自己赚的钱为我买了一双新皮鞋，艾瑞克为我买了一个新书包。我惊喜地问：“今天不是我生日，为何要送我礼物？”班森和艾瑞克齐声说：“我们早就答应过你，等赚够了钱，就给你买礼物的，你忘了？”

我捧着新皮鞋和新书包感激地说：“你们的心意我都领了，礼物也很喜欢。可我不希望你们辛苦赚来的钱，就这样给我买礼物而浪费掉了。这是你们的血汗钱啊，我过意不去。"

艾瑞克摸着我的头："若拉，我们不再是流浪儿了，我们和从前不一样了。我们有活干，不仅能养活自己，还能帮助身边的人。餐馆门口的那些流浪儿，让我看到了从前的我们。""把剩余的零钱给那些吃不饱饭的人们吧，他们比我更需要。礼物和温饱比起来，还是活命比较重要。"

班森笑着对我说："放心，这个道理我们懂。我和艾瑞克已经给过他们钱了。可这和送你礼物是两码事，这是我们答应过你的。收下吧，若拉。""班森，你应该多存一些钱，再去曼哈顿找你的妈妈。""你不用操心，我和艾瑞克还有约翰会去做的。看你每天在餐馆这么辛苦，我们应该为你做些什么。"

"不，班森，艾瑞克，你们为我做得够多的了，若拉这辈子都会感激你们的。在我心里，你们就是我至亲的兄长和家人。今年生日，我要为你们做一顿美食大餐，来回报你们对我的爱。"

我们又像从前那样拥抱在一起，给予彼此温暖和鼓励。艾瑞克的手是那样柔软，就像当初第一次见面时那样。他拥着我，用自己的体温传达着仅有的一点暖意。我知道他是爱我的，我也爱他，像亲哥哥般的感情。

没过多久，卡尔也送来了他的礼物，一个非常精美的随身听。不仅能收听广播，还能听音乐。卡尔下载了几百首好听的歌曲，让我在闲暇时拿来欣赏。他说我平时干活太辛苦，有音乐的陪伴可以减轻疲劳。

我们还像上次那样，坐在餐馆后门的巷子里。他将耳机塞进我耳里："来，若拉，听听。"抒情、迷人的乐曲在我的耳鼓里盘旋开来，我的血液快速地流动着。我听到的不仅是音乐，更是关怀和帮助，还有，那伟大的友爱！

当我将随身听小心地收起放进盒子时，艾瑞克的眼里闪过一丝失落。我忙喊了一句："艾瑞克！"他低下头，勉强地笑了笑："音乐很好听吧？随身听很漂亮。看来还是卡尔最了解你，最懂我们若拉的心思。"我忙解释："艾瑞克，随身听确实很棒，但我更喜欢你送的书包。因为那是用你的辛苦钱换来的，是我日思夜想的礼物。还因为，那是你最初承诺过我的。所以我觉得，这个礼物来得格外珍贵，谢谢你完成了我的心愿。"

艾瑞克注视我的双眼，轻轻地问："会吗？我送你的礼物，对你来说真的这么重要吗？""当然，非常重要。我想我会把这个书包，包括你们的情谊，保留在心里一辈子的。不管以后我们到哪里，艾瑞克、班森，永远都是若拉生命中最重要的朋友。""那么卡尔呢，他对你来说也很重要吧？"

我明白艾瑞克话里的意思，低下头想想："卡尔，他和我们素不相识，却在最危难的时候给了我们莫大的帮助。当初要不是卡尔请求他的父亲，恐怕我们还在警察局苦于救不出你而干着急。卡尔一家是我们的救命恩人，我们要永远记得别人对我们的好。将来等我们有出息了，要回报曾经帮助过我们的人。"

艾瑞克点点头："这个是必须的，我们必须学会感恩。卡尔确实很好心，这我不得不承认。在我们最落魄的时候，他无私地帮助我们。我们没有理由去排斥一个真情真意的好兄弟，他已经是我们的朋友了，很好的朋友。"艾瑞克欲言又止，我知道他还想说点什么。可面对我，他又无从开口。

我笑着点点头："这样就好，生命中有了你们这些特殊的朋友，若拉一辈子都不会觉得无助和孤单。谢谢你，艾瑞克。"他温柔地用手捋捋我的头发："若拉，谢谢你这样看待我们。"

恍如隔世

我和我的礼物们

也许在梦里，若拉看见了光明、看见了希望。所以，她不愿这么快醒来，去做回她现实中的珍妮芙。

那天餐馆打烊后，艾瑞克抱着一个圆形透明玻璃缸进来："若拉，你看，我给你带了什么？"他把玻璃缸轻轻地放在桌上，我定睛一看，原来是两条金鱼，一条黑色、一条红色。它们的样子和我之前养的那条小鱼儿一模一样！

我惊喜地问："艾瑞克，这是从哪儿来的？"他笑笑，望着鱼缸说："我从集市上买的，你看，是不是和你之前养的小鱼儿一样啊？""是的，是的！太让人感动了！""喜欢吗？""非常喜欢！""一条金鱼太孤单了，我给它找了个伴。你看，它们多开心啊！"

望着缸里来去自如的金鱼，再看看艾瑞克，我的眼眶湿润了。他在对我示好，我不是没有感觉。他和班森对我的感情有着不一样的定义，班森直接、大胆；艾瑞克温柔、细密。我看出了他眼里和班森不同的眼神，从我第一次见到他们时就感觉到了。

从此，我的生命里有了那么多贵重的礼物：班森送的新皮鞋、艾瑞克的新书包和金鱼、卡尔的随身听。每天休息前，我会把皮鞋从床底下拿出来好好地欣赏一番。我怕厨房的油腻和灰尘弄脏了心爱的鞋子，只有在休息的那一天，我才会将它拿出来穿在脚上。到了晚上，我又会将鞋子好好地擦拭一番，然后放回盒子里等待下一次与它的亲密接触。

我会把安东尼太太送的书本放进艾瑞克送的新书包里，并安置在床头。每天餐馆打烊后，我从书包里拿出课本自学和阅读。我还在里面放上铅笔和白纸，需要用什么的时候可以很快地从那里找到。

休息日，我会背着书包和班森、艾瑞克、卡尔还有约翰一起上街。这让我觉得，我是个正常的孩子。我有书读、有饭吃、有地方住、有朋友爱护，和那些在学校上课的孩子没什么区别。每当看见街上的孩子和父母在一起，我就扭头对伙伴们自豪地说："我也很幸福呢！"

每天起床的第一件事，就是看看我的两条小金鱼，并给它们喂食和换水。我不觉得从前的小鱼儿死了，现在的小鱼就是它的重生，它又换得了新生！没了过去，可是还有将来！每当看见活泼的小鱼儿在清水里自如地浮游，我的信心就会倍增。它们带着我过去和现在的梦想，延续着渺小而又强大的生命，并坚强地仰望这个多彩的世界！

而那个精美的随身听，它像是我的心脏，是我生命的一部分。白天做工时，我不能将它带在身上，就把它小心翼翼地放在枕头下。只要一有空余时间，我就会洗干净带有油烟和洋葱味的双手，然后在枕头下取出随身听，来到餐馆后门的巷子里，坐在石阶上，独自静静地聆听音乐。

每当这时，疲劳就会神奇地瞬间消失了。我会跟着轻轻哼唱，略带嘶哑的声音回荡在整条巷子里。你能想象在那扇门前满是嘈杂的声音和来往的客人，而在那扇门后，却有着一份独特的宁静与祥和。哪怕陪伴我的只有一丝夕阳下的余晖，或是灯火辉煌后的那一抹月色。

哪怕只有短暂的五分钟，我也会好好享受这独处的时光。哪怕只有几个简单的音符，却可以勾勒出一幅幅美妙传奇的画面。它带着我到处遨游，去任何地方旅行，无论天涯海角。我可以在乐声中，细细地体会卡尔的温柔和用心。

幸福和满足有时不需要别人的证实，自己内心的肯定与感悟，也可以让它享有一份归属感。比如一段音乐，一份心情。

我想我会一直带着这些特殊的礼物在身边，哪怕漂泊一辈子，我也不会将它们丢失。

突击检查

我总以为，用自己勤劳的双手加上埋头苦干的精神，就能过上安稳的日子，能在里奇老板的餐馆里一直做下去。可没料到过了没多久，残酷的现实便一掌击碎了我那天真的想法。

劳动监察部门收到群众举报，说里奇老板的餐馆非法雇佣童工。那天，我拿着盘子正想走出厨房，一眼看见办案人员到餐馆内四处张望着。我的双手和双腿在微微颤抖着，心跳到了嗓子眼。老板还没来，只有员工们在各自忙碌着。我想如果就这样被他们逮走，也许就再也看不见天日了。

经理看见办案人员来了，立即凑上去打圆场。我被厨房里的阿姨拉到一边："若拉，放下盘子，快跟我走！"她拉着我的手快速来到餐馆的后门，再往前面的巷子里跑去。我害怕地问："我是不是要被他们带走？我犯法了是不是？""犯法的不是你，要带走的也不是你，是我们的老板。他非法雇佣了你，可却是为了帮你才迫不得已这么做的。如果你不躲起来，会害死老板的！"

我哭着说："我明白了，明白了！我不想害老板，我不想！""不想就乖乖地躲在这里别出声，等他们离开后再回去！""他们会经常来吗？""我猜想，他们是听到了风声才来检查的，不会天天来。""谢谢您救了我。"

阿姨瞥了瞥我："我只是奉老板的命而已，为了救我们老板，和我们的餐馆。如果你正好被他们逮着，那老板和餐馆就全遭殃了，明白吗？"我使劲点点头："明白，明白了！""好了，我得先回厨房干活去！你过十五分钟左右，看到我的手势后再回去，明白了吗？""嗯，明白！"

我颤抖着躲在巷子深处的角落里，生怕自己连累到老板。他是个好人，我不想给他增添任何麻烦。十五分钟，像过了一个世纪那么漫长！

等阿姨做过手势后，我才慢慢地从巷子里回到餐馆的厨房内。她没好脸色地说："幸好，经理把他们应付走了。要是你慢一拍，说不定就会露馅了。""对不起，实在是对不起，下次我一定注意。""你是对不起老板，你应该和他去道歉。"

当夜晚打烊后，里奇老板拉着我的手说："若拉，今天他们来检查了，幸好你躲过去了。"我的眼泪啪啪地掉下来："对不起，老板，让您碰到麻烦了，实在是对不起！""没关系，现在已经没事了，他们也不可能天天来突击检查，以后我们注意点就是了。""老板，我是不是不能继续在您的餐馆里干活了？"

他低下头，搀扶着我的胳膊，叹口气："没事，若拉，你就安安心心地待在我这里干活。别想太多，我会处理好一切的。你是个好孩子，我不会亏待你的。"

这一晚，我睡得很不踏实，不停地颤抖身子，默默地流泪。尽管老板不断地宽慰我，可我还是觉得十分焦虑和紧张。我害怕半夜有人来餐馆把我带走，然后将我关在黑漆漆的房间里审问不休。我害怕再一次和友人们分开，害怕再一次当街流浪。

我害怕极了！

我祈求上天能宽容我一些，如果这时妈妈在身边，就不用担心害怕这一切了。

对　峙

又过了一阵子，监察部门的人相继来了餐馆两三次。每一次都是经理在大厅应付，我被服务员拉着逃向后门那条深渊的巷子里。每一次都是胆战心惊，每一次都像犯了罪的人在潜逃，每一次都像同伴在偷偷地窝藏我！

他们最后一次来餐馆，里奇老板也在场，大厨事后告诉我当天发生的事。不论老板说尽多少好话，那些不抓住把柄就誓不罢休的人毫不领情。他们在餐馆的各个角落仔细地搜查着，面色严肃，没有一丝平和。

当他们看见餐馆后面的工作间时，问老板："这间屋子是做什么用的？"老板赶紧解释："这是员工休息的地方。""里面住了多少人？""两三个。""打开看看。""员工都跑出去送外卖了，我没有房门钥匙。""没有？那么把它撬开！"

里奇老板愣在那里，久久不动弹。监察人员看了看他："怎么？难道要我们动手吗？"老板握紧拳头，无奈地低下头，对一旁的服务生说："去把钥匙拿来！"在场所有员工都屏住呼吸，目不转睛地盯着房门口。老板将钥匙拽在手里，却不开门。他们又加大嗓门："怎么，还不赶紧打开，是要我们动手吗？"

老板颤抖着双手将钥匙慢慢地伸进锁孔，闭上眼，咬咬嘴唇，往下一转动，门开了。监察人员走进去，四处环顾一番。他们一眼瞥见窗台上的金鱼缸，轻笑一声："你的员工很有雅兴，还养金鱼！"然后他走到床边，拿起放在枕边的衣服抖了抖，转头看老板，讽刺地说了句："你的员工身材倒是很娇小嘛。"

老板低头不语。他们又四处看了看，其中一人蹲下身将手伸进床底下，从里面拖出那个鞋盒。他把皮鞋拿出来，笑着说："呵，很漂亮的皮鞋，像是孩子穿的，还是崭新的呢！"

里奇老板喘着气，不发话。他的眼眶红了，压抑在心底的情绪蠢蠢欲动。监察人员又从柜子里搜出了我的书包，从里面找出那些中学课本。他翻着课本问："莫非，你员工的小孩也住在这儿？"他们转了一圈，手舞足蹈地指着周围大声说："看看，这里、这里、还有这里，全是未成年人用的物品。请问里奇老板，您的工作间到底住着什么人？我确实不想相信他们和我说的话，说您这间餐馆非法雇佣童工。可是这里的一切，又怎么能让我相信，您没有呢？请给我们一个合理的解释！"

里奇老板喘了一口气，亮大嗓门说："够了！不要再胡乱猜测了！实话告诉你们吧，这间屋子里，确实住着三个未成年人。可我要说的是，我并没有非法雇佣童工！他们都是孤儿，都是无家可归的孩子。我在大街上遇见他们，每天以捡垃圾为生，吃着人们吃剩的东西，睡在冰冷的地铁站里。我可怜他们、同情他们，所以将这三个孩子带回了餐馆。给他们一口热饭吃、一个地方住。虽然这里的环境相对简陋，但至少这样，他们不用再去沦落街头！"

监察人员步步逼近，扯着嗓子问："所以，你就用这个来压制他们，让他们为你的餐馆干活，以此来报答你对他们的恩情，是不是？""不！不！不是这样的！"里奇老板眼里泛着红光，激动地说，"我没有让他们为我干活，我只是好心地收养他们在这儿住下！如果你们不相信，可以去问我店里的任何一个员工，看看他们有没有说谎！"

"呵呵，你的员工，他们的血汗钱都是你给的，难道他们还会胆大到出卖你吗？不不不！""您要是还不相信，可以去问我店里的客人，去问问他们，我的餐馆有没有唆使三个未成年的孩子在这里干活！""呵呵，你的理由听上去似乎很靠谱，可凭什么让我们相信你？

您还真把自己说成救世主了？纽约有多少无家可归的人，难道你都要帮助他们吗？"

里奇老板红着眼正义地说："只要您有心，每天在马路上都可以看见那些伸手向你要饭的孩子。当他们被坏人欺负，身上仅有的几毛钱被抢得一干二净，饿得面黄肌瘦的样子，还要依靠自己最后一点力气用劳动去养活自己，难道您不会为之动容，不会想办法帮助他们一把吗？也许不是所有人都会发出怜悯之心、伸出援助之手的，但是我会！只要发生在我的眼皮底下，我就要管！"

监察人员仰着头看着老板，一言不发。

里奇老板颤抖地，嘶哑地说："您能想象一个可怜的孩子，在大街上使劲抓住你的裤腿苦苦地哀求，求你给她一口饭吃。她把你当救命稻草，当最后的一线希望。您说，我能甩开她的胳膊扬长而去吗？我有能力，我为什么不能帮助他们？几百平方米偌大的餐馆里，难道就容不下他们几个待的地方吗？我想，先生您遇到这种情况也不会如此狠心吧？"

当老板说完这段话，在场所有的员工都纷纷鼓起了掌："说得好！说得太棒了！老板万岁，万岁！"一旁的监察人员在热烈的掌声下，反倒变得尴尬起来。他们立马换了个面孔，轻轻地问："三个孩子是吗？男孩还是女孩？"老板抹了抹自己的眼睛，说："两个男孩，一个女孩。""多大了？""男孩一个十六岁，一个十四岁，女孩十二岁。""你收养他们多久了？""快一年了。"

监察人员走向窗台，往鱼缸里撒了几粒饲料，拍拍手问："那么平时，他们都在干些什么？""平时，他们去街上唱歌、画画卖艺。晚上，就住在这间屋子里。""你真的没有让他们在店里干活？"里奇老板铁定地回答："没有！"他们转过身，看看周围的员工，眉头扬起表示提问。所有员工一致地摇摇头，回答："没有！"

监察人员拍了下手，走出房门，对老板郑重地说："你说的话确实感动了我们，我也很愿意相信你。可是，美国的法律是死的，用工制度不会因为人情而有所改变。哪怕您是人道主义的拥护者，也不能改变它条条框框的硬性规定。雇佣童工是违法行为，这也是为了保护未成年人的合法权益，请您理解。"

里奇老板点点头："我明白，谢谢您的谅解。"他们走之前又转过头说了句："如果你将来不能继续承担义务，就把他们送去救济所或是孤儿院，政府会替你照顾他们的。如果你因为餐馆人手不够，也请等到他们十六周岁后，用合法的权益来雇佣他们。我们也是按法办事，请谅解。"

里奇老板对着他们深深地鞠了一躬："您说的话我都记在心里了。请放心，我是个良好公民，不会违反法律来达到自己的目的的。请慢走！"

听大厨说，老板送走了监察人员后，坐在工作间的椅子上，望着窗台上的金鱼缸沉思了很久。

分别后的挽留

事发后的第二天晚上，里奇老板找我谈了一次话。

他坐在工作间的椅子上，郑重地说："若拉，你也都看见了。监察人员已经觉察到了，他们隔三差五地就会来店里突击检查。我本想着让你躲一躲，应该会没事。可没想到这一次，他们会搜查得这么彻底。"

我流着泪问："里奇老板，我们给您和餐馆带来了很大的麻烦，我深表歉意。我知道，我不能在餐馆待下去了。"他看看我，欲言又止。我继续说："我知道您是好心，这一年来，您帮了我们那么多，也许这辈子我都还不清您对我的恩情。"

老板摇摇头，苦笑一声："呵呵，若拉言重了。""不，我要说！

如果当初不是因为您的救助，也许我们现在还住在地铁站里。您给了我们第二次生命，您是我们的大恩人。您宽容、大度，像长辈一样关心、爱护我们。所以您要我们做什么，我们都会去做。我真的不想因为我的原因而让您和餐馆有麻烦。所以，我们必须离开。"

老板挽着我的胳膊，说："若拉，真的非常抱歉。我不能再让你在餐馆干活了，我感到很遗憾。但同时，我也觉得非常内疚。表面上看起来我是在帮助你，可实际上，我已经触犯了法律，非法雇佣童工罪。你才十二岁，就承担起了这么大的压力。你这个年龄，本应该在学校读书，快乐地生活。可是我……我怎么能让你……去干大人干的活……"老板低下头嘤嘤地抽泣着。

我挽住老板的手，解释道："不，不！这不是您的错！不是！是我自己主动要求干活的，和老板没关系！如果您一味地帮助我，而我却不劳而获，我想我不会在这间餐馆里待上一天，我还是会和原来一样生活！我有手有脚，为什么不能通过自己的劳动来换取所得呢？即使我是未成年，也不能心安理得地一直接受别人的帮助。这是做人最起码的原则！"

老板抹了抹眼睛："若拉，你真是个好孩子，你很棒！我敢保证，你将来一定会是个非常有出息的人，上天会回报你所有付出的努力，它会看见的。""里奇老板，您放心，我们今晚会整理好东西，明天一早就离开餐馆。""不，我不想看见那一幕，不想……"

我和老板紧紧地相拥，彼此流泪说了最后的离别感言。

第二天，我们整理完物品，在餐馆的工作间吃过最后一顿午餐，准备和所有的人告别。老板红着眼对大伙说："若拉和她的同伴要离开餐馆、离开大家了。大伙最后和这三个可爱的孩子告个别吧！"

大厨、服务生和我们一一拥抱告别。老板最后抱住我，不舍地说："若拉，你先和伙伴去外边避避风头。等这段时间过了，他们就不会对这里感兴趣了。然后我再接你们过来，好吗？"

我摇摇头，感激地说："我们已经麻烦老板这么久了，不能再麻烦您了。""什么叫麻烦？我是真心想帮助你们。只是，你们现在又能去哪里呢？"我低下头想了想："我们有地方去，我们还有个朋友叫约翰，他会帮我们想办法的。""希望他能帮你们一把。"其实我也不知道下一步要去哪里，只是觉得不能再让老板操心了。除了说去找约翰，我们实在想不出还能找谁了。

老板不舍地把我们送到餐馆门口："你们放心，等事情平息后，我就接你们回来。"我们向他示以微笑，慢慢地转身朝前走去。我忽然想到什么，转头说："里奇先生。""怎么了？""我想请问一下，您的太太……""我的太太？"

我想问，您的太太右手背上是否有一个伤痕？可话到了嘴边就是说不出口。我想在这种情况下，这个问题对他来说实在是太唐突和荒谬了。我笑了笑说："祝您和太太家庭幸福。保重，再见！""谢谢你，若拉。保重！"

再见了，美丽的意大利餐馆；再见了，可爱的大厨和伙伴们；再见了，善良的里奇老板，再见了！下一秒，我们又将变成无家可归的流浪儿。我转身抬头望了眼餐馆，拖着行李往前走。我想，应该还是去原来的地铁站吧。那里至少不用日晒雨淋，冬暖夏凉。

当我们走到街口，身后一个响亮的声音喊道："嗨！若拉！班森！艾瑞克！"我回头一看，是里奇先生！他快速跑过来，脸上带着微笑。我问："里奇先生，您还有什么吩咐吗？"他摆摆手、摇摇头，气喘吁吁地说："我想告诉你们，你们不用去别的地方，就住在我的餐馆里，和从前一样！"

我们三人互相看看，不解地望着他。里奇先生继续说："若拉、班森、艾瑞克，你们三个给我听好了。从现在开始，你们哪儿也不许去，不管别人说什么、做什么，你们就住在我的餐馆里！"

我睁大眼睛问："里奇先生，我不明白您的意思……"他抓住我的胳膊，大声地说："我的意思很简单，想要告诉你们，餐馆就是你们的家！餐馆在哪里，你们的家就在哪里！听明白了吗？"我的眼眶立马红了，颤抖着声音问："里奇先生，真的可以这样吗？您确定这么做不会再出什么麻烦吗？"

他得意地一笑："我才不怕他们呢，我这是在做善事，他们凭什么来阻止？只是，若拉的工作环境要改变一下，只要你白天不出现在餐馆，晚上再和班森、艾瑞克一起回来睡觉，他们根本就抓不住什么把柄。"

我颤抖着双唇问："如果我们执意要走呢？""那你们走到哪里，我就跟到哪里！"我再也忍不住了，上前紧紧抱住先生，嘴里却说不出任何话。也许此时的拥抱比语言更能证明我激动和感恩的心。

我们又回到了餐馆，还是住在后面的那间屋子里。仅仅几分钟的离别，却让人感怀一生！

餐馆打烊后，里奇先生把我叫到了工作间："若拉，我想和你商量点事。既然，你想通过自己的劳动来养活自己，我想到一个地方，不知你答不答应？""老板，您请说。""去我的家里，你看怎么样？""去您的家里？"

老板笑笑："没错，如果你执意要劳动，那么去我家里干活，总没有人再来检查了吧。""您真的希望我去您的家里工作？""嗯，去我家里做些简单的家务，譬如帮忙打扫卫生、洗洗衣服什么的。活不会太累，比在餐馆工作轻松很多。如果你愿意的话，还可以学习一下家庭烹饪技术。至于就餐问题，早餐，你可以在店里吃完再去我家。午餐，就在我的家里吃。晚餐，你可以和我的家人一起吃。到了餐馆打烊时，你再回去。至于待遇方面，我不会少给你一分钱。怎么样？"

我想了想说："老板，您家的佣人辞职了是吗？"他笑笑："我家有两个佣人，一个负责家务；一个负责小孩的生活，她们都在我的家里做工。"我慢慢地低下头去，明白了一切。里奇老板又是为了帮助我，把我安排在他的家里避风头。面对善良的老板，我又能拿什么话去拒绝他呢？

老板站起身，摸摸我的头："就这么定了，明天你就来我家里。我会让佣人来店里接你回去。还有，你到家里不用急着做事，她们会安排好一切的，你只要在一旁看着或是搭把手就行。如果你要抢她们的活，她们会不高兴的。听懂了吗？"

我点点头，抬起头想了想，问："老板，您都有哪些家人？""我有位太太，还有两个儿子。小的才刚满八岁，大的已经十八岁了。""谢谢里奇老板，我很愿意为您和您的家人效劳。""今晚好好休息。到了明天，你就再也不用担心监察人员会来突击检查了。晚安。"

我躺下后，对着天花板默默地发呆。我几度怀疑自己是不是在做梦，世上怎会有如此好心的人。如果真是在做梦，就让它更长久些吧。明天，我就可以去里奇老板的家里干活了；明天，就可以知道那位穿风衣的太太是不是妈妈了。也许，是我太想念她了吧。也许，只有上帝才知道我妈妈在哪儿！

巧　合

第二天下午，我穿戴整齐地和佣人来到里奇老板的花园别墅里。

一进客厅大门，便看见墙上摆着一副放大的女士头像。她长得很美，很有韵味。我立即明白了，她就是里奇先生的太太。她不是我的母亲！

女佣耶达向我介绍了家里的格局和摆设，并把她们每天干活的内容和程序复述一遍。每天早晨六点，女佣会准时开始做早餐。七点喊醒两个孩子起床吃饭，七点半耶达送小儿子上学读书，另一个女佣玛丽在家收拾屋子。白天，太太会去自己的缝纫店里，偶尔回来吃午餐。周末，她还会去教会做些事情。下午五点，玛丽负责在家做晚餐，耶达负责接小儿子回家。晚上七点，是老板一家人的用餐时间。

她们告诉我，里奇先生还有个习惯，只要当天打扫过他和太太的卧室，最好就不要再进去了。今天已经把卧室打扫干净了，所以我们就不能再进入了。

当黄昏来临，玛丽开始做晚餐，耶达就去收晒在花园里的衣服。她说："嗨，若拉，如果你的手干净的话，帮我一起收衣服吧。""好的，没问题。"

我们将所有衣服一一收下来叠整齐，当太太的那件衣服落入我手里时，我呆住了。白色绣花的衬衫，我记得妈妈也有一件一模一样的。耶达问我："若拉，你怎么了？""没什么，太太的这件衣服真好看。对了，太太叫什么名字？""贾思琳·罗伯逊。"我点点头，将衣服叠好交给女佣。

今天的晚餐准备得相对少些，因为太太和她的小儿子去学校开家长会了。里奇先生和他的大儿子回来后，我将拖鞋摆在他们面前："里奇老板，大少爷，晚上好！"老板摸摸我的头介绍："若拉，这是我的大儿子汤姆。怎么样，今天在家里还习惯吗？""习惯，谢谢老板关心。马上就可以用餐了。"

大少爷笑笑问："爸爸，你又请了一个小妹妹？""嗯，若拉是我餐馆的员工，在那儿待不下去，我让她先回家来。""哦，爸爸，您触犯了美国的法律，这样做可不太好。"老板为难地皱着眉头："这个……我到时候再和你解释，先吃饭吧。"我低头不说话，老板揽着我的胳膊说："来，一起用餐。""不了，我还是在厨房里吃吧。""你要搞特殊化吗？在我家里，佣人都是和主人一起用餐的。"

里奇老板把我安排在他旁边坐下："这是若拉，以后她就是我们家的新成员了。我的太太和小儿子去学校了，要晚些回来。来，我们举杯！"

有多久，没有感受到家庭的温暖了。虽然我不是在自己的家中，我和老板是雇佣关系，但他就像我的长辈一样，一边吃饭，一边笑着和我们聊天。在他眼里，没有贵贱和等级之分，所有人都是平等的。

饭后，等我和女佣收拾完厨房，太太他们还没有回来。我看了看时间，走到门口："谢谢老板丰盛的晚宴。时间不早了，我先回餐馆了，明天上午再过来。""好，今天辛苦若拉了，明天见。""老板，瞧您说的，这本来就是我该干的活。再说了，我今天几乎没动什么手。晚安，老板。"老板摸摸我的头："好，路上小心，明天见。汤姆，你送送若拉。""不用了，我自己回去就可以。""要送的，送到路口吧。"

我边走边说："大少爷，老板的太太长得好漂亮啊。"他愣了愣问："你说的是大厅里的那幅相片吧？""对啊。"他低下头，叹了口气："哦，她已经去世了。""什么？很抱歉，我不是故意的。""呵呵，没关系。那是我的母亲，四年前出车祸去世了。""对不起！"

"我父亲为了纪念我的母亲，一直把她的相片放在大厅内，从未拿掉过。""看得出，您父亲很爱您的母亲。""是的，非常爱。""那这么说，您的父亲又再婚了？""嗯，刚结的。"迫于尊重与礼貌，我没有再问下去。

回去的路上，我的心越来越感到不安。回想起里奇老板的家，太太的那件衣服，多么像妈妈曾经穿过的。老板有两个儿子，小的八岁，大的十八岁。凯文离家时才六岁，今年正好八岁。相片上的那位太太，是老板的前妻，他又再婚了。种种情形结合在一起，越来越让我觉得凑巧。世上没有这么多巧合的事吧？如果刚才汤姆少爷不和我说这些，也许我不会这么想。可结果告诉我，我不是在瞎想。

在明天到来时，一切疑问都会真相大白的。

真相大白

第二日上午，我又来到了里奇老板的家。

　　我跟着耶达和玛丽上超市购物、买菜，很快，半天过去了。下午，我帮忙一起打扫花园和房间。五点一到，我站在厨房里，看着玛丽准备晚餐，顺便也帮她搭把手。她边做菜边说："老爷和太太啊，最喜欢我做的咖喱鸡了。还有大少爷和小少爷，最喜欢吃我做的蛋糕和披萨。"我问："大少爷叫汤姆，那小少爷呢？""小少爷叫杰克，长得可讨人喜欢了。"

　　我在心里默默地想：太太叫贾思琳，小少爷叫杰克。这么看来，他们不是维达和凯文，他们不是我的母亲和弟弟！

　　快七点了，晚餐马上开始。耶达开心地跑进厨房："今天是周五，下课后小少爷说要去公园玩。我就一路跟着他，到现在才回来。今天，让若拉辛苦了。""没关系，这本来就是我的工作。""哇，意大利面看起来很好吃。"

　　玛丽说："想不到吧，这是若拉做的。"耶达："是吗，这真的是若拉做的？太了不起了！"我低头回答："随便做的，不知道味道好不好。"耶达拿着碟子出门："嗯，好香啊，味道一定很棒，我想老爷他们会喜欢的。"玛丽："若拉，你把海鲜汤拿出去，一块吃饭。"

　　我端起大碗，慢慢地向前走去。只要走出厨房，我就可以看见真相了。我的脑子很乱，不断浮现着一个个细微的片段。当我走到厨房门口，只听里奇老板在外面喊了句："若拉，一起来用餐！"我低头端着大碗走过去，不敢抬头。大家都坐在位置上，等待我的最后一道菜。我鼓足勇气，把头慢慢地抬起来，将目光放在老板身上、汤姆少爷身上……然后……我看到了……

　　我的眼眶顿时红了，心跳加速，手里的汤碗在微微颤抖着。我告诉自己要稳住，千万不能出错。是的，在离我三米远的大餐桌上，在老板和大少爷的身旁，坐着老板的太太和小少爷。

　　他们不是别人，正是我的母亲和弟弟！

　　我的心跳到了嗓子眼，不敢相信自己的眼睛，以为那是在做梦。

脑袋一阵眩晕，呼吸困难，视觉变得模糊起来，眼前所有的人变成了一个幻影。这其乐融融的一家，他们的谈笑声，不断在我耳边嗡嗡地环绕着。母亲看见了我，立马愣住了，眼眶微红。她站起身，咬紧颤抖的嘴唇。弟弟睁大眼睛，刚想喊我时，被母亲捂住了嘴巴。

我低头慢慢走过去，将汤碗轻轻放在餐桌上。老板笑着说："这是我们家的新成员，叫若拉。贾思琳，这就是我和你提过的那个住在餐馆里的小女孩。因为被人查得紧，所以，我就先把她安排在家里。"我低头轻声说了句："老爷、太太、少爷，海鲜汤来了，菜齐了，请慢用。"老板说："若拉，坐下和我们一起吃。"我的眼泪就快掉下来了，赶紧说道："老爷，我去拿个汤勺。"

我跑进厨房，关上门趴在水池边，打开水龙头呜呜地哭起来。我捂住嘴巴，不让自己哭得太大声。我没法若无其事地在这间屋子里多待一分钟！我日思夜想的家人，我真的见到了，真的见到了！

他们就住在这里，住在宽敞、舒适的花园洋房里。想起母亲走时的落魄，而现在，她完全换了一个人。看来，他们离开家后过得很好，过起了和从前有着天壤之别的富裕生活，过得比我想象中的好很多倍！他们有豪宅住、有佣人伺候、有美味的食物吃、有钱花，还有一个善良和蔼的好丈夫和好继父！他们还改了名字，他们不再是维达和凯文，而叫贾思琳和杰克！刚才我亲口听到凯文亲切地喊老爷："爸爸！"

我捂住自己的头，使劲摇晃着。这句简短的话一遍遍地在我耳边掠过，像一根针刺在我的胸口。我的心很痛，从未有过的疼痛。曾经多么希望母亲带着弟弟离开家，离开父亲后能过得好，过得比从前好。虽然她没带走我，但至少可以摆脱父亲的折磨，可以摆脱痛苦。我每天都为母亲和弟弟祈祷，希望在纽约这座城市中有一个他们的栖身之所。可没想到今天当我在老板家看见这一切，我的心却无法平静下来。我不能说服自己的心，不能！

我算什么呢？我只是老板家的一个童工，而我的母亲却是他的现任太太！我的弟弟是他的新儿子！天哪！母亲看到我后会是什么感受？从她的眼神中可以看出，应该和我同样诧异和心痛吧。我知道她坐在餐桌前，比我承受的压力更大。她要对着大家微笑，若无其事地微笑！

在这种特殊的情形下，他们不认我是对的！

里奇老板敲门进来了，我立刻关掉水龙头，抹干眼泪。老板问："若拉，那么久在干吗呢？大家都等你一块用餐呢！""很抱歉，老板，我……我想拿个汤勺……它有些脏……想把它洗干净再拿出来……""来吧，大家都在等你呢。"

我被老板拉着来到餐厅："来，若拉，坐下。"我低头不敢看大家，用手在围裙上擦了擦。我轻轻地说了句："老爷，我忽然想起来，今晚要去地铁站和他们集合卖唱。今天是周五，会有很多人来听我们唱歌的。谢谢您的好意，我先走一步，请慢用。"我低头卸下围裙，朝门口走去。老板走过来，一把抓住我："若拉，有事也要吃完饭再去。来！"

我被迫坐在餐桌上，硬是把眼泪憋了回去。玛丽说："老爷、太太、少爷，尝尝我做的咖喱鸡吧，这可是你们的最爱啊！"耶达说："老爷、太太、少爷，尝尝意大利面和海鲜汤吧，这可是若拉的杰作哦。"汤姆少爷说："哇，是吗？这真的是若拉做的？我最喜欢吃意大利面了，我要先吃这个。"杰克弱弱地说了句："我也要吃。"

我鼓足勇气说："我给每人都做了一份意大利面，做得不好，请大家见谅。"大伙尝了我做的食物，不住地点头。老板满意地点头说："嗯，真棒！若拉，你的厨艺又有长进了！加油啊！"汤姆咧着嘴说："若拉，你做的面真好吃。下次我还要吃你做的食物。"耶达说："太好吃了，都快赶上我的手艺了。若拉，是谁教你的？"我轻轻地说："是在老爷的餐馆里，我偷偷和大厨学的。"

只有贾思琳太太和杰克小少爷没有发话，他们一定想不到，他们的女儿和姐姐会在这里以下人的身份给他们做晚餐。这是讽刺的晚餐，荒唐的晚餐！我想全纽约的家庭，再也找不出像我们这样的关系了。

用餐时，我低头默默地往嘴里塞食物，心里不断地呐喊着：妈妈，您离开家后，想过这世上还有一个我吗？这么久以来，您是否找过我，是否也像我这样发疯地想你一样想我？您就这样丢下我，不留一句话，只给我一封冷冰冰的信，就这么不辞而别了吗？我无法想象您在获得美好生活的同时，有没有想过我过的是什么生活？但愿您有吧，那样我会在心里感激您的。如果没有，也罢了。那么就当今晚是我们在一起吃的最后一顿晚餐。从今往后，您做您的贾思琳太太，继续过您的幸福生活。我做我的若拉，继续过我的流浪日子。我们再也不相识，再也不往来。

就这样悄悄地离开，总好过痛苦地相认！

任凭餐桌上的气氛多么活跃，我始终没有抬起头，没有说过一句话。太太和小少爷也是如此，只是简单地应付着他们的问话。用完餐后，我开始收拾餐碟。抬头的一刹那，看见太太站在一旁含泪注视我。大少爷和小少爷的嘴角，还留有一抹番茄酱。我把目光从她身上移开，心痛地快速逃进厨房……

贾思琳太太和杰克少爷

努力收拾完家务后，我卸下围裙，低头走到门口："老爷、太太、少爷，时间不早了，我先回去了。祝你们周末愉快，晚安。"老板送我到门口："今天辛苦你了，若拉。你做的意大利番茄面和海鲜汤很好吃，看我的两个儿子都快把餐盘舔个底朝天了。看来以后，你要经常做这两道食物给他们吃了。"我朝他勉强地笑了笑，不说话。

我和大家告别，轻轻地关上门。只听太太在屋里说了句："那个……我去送送小若拉……给她带些点心回去……"听到此声，我立马加快脚步，快速地跑出花园。后面有动静，清爽的柏油马路上发出熟悉的脚步声，那个熟悉得不能再熟悉的声音向我传来。"若拉！若拉！请等等！请等等！"我慢慢地停住脚步，没有转身，眼泪不断地流过脸颊。

太太站在身后，抽泣地说："若拉，对不起……妈妈对不起你……现在才见到你……是妈妈的错……是妈妈不好……妈妈不该丢下你不管的……我应该带着你一起走……一起走……呜呜呜呜……"

听到太太那惨烈的哭声，我的心被刺痛了。

我咬住嘴唇，背着她冷冷地说："贾思琳太太，您认错人了。我不是您的女儿，您没有我这个孩子。您的孩子在那所大房子里，他们是汤姆和杰克。""不……不……别这样……若拉……妈妈知道你恨我……你恨我是应该的……回来吧……回到妈妈的身边来……现在我们的生活变好了……我有能力照顾你们了……相信妈妈……相信妈妈……"

我冷冷地笑了声，绝望地说："呵呵，贾思琳太太，我想您搞错了。很抱歉，我的出现让您有了错觉。我要告诉您的是，您的女儿已经死了，在您离开家的那一天。请不要把我再当做您的女儿，对不起！""不，不……孩子……别这样……别这样折磨我……求你了……若拉……"

太太那撕心裂肺的哭声，还有那哀求的语调，让人崩溃。我倒真希望我是她的女儿，可惜太晚了，她已经没有女儿了。

我回过半个头："请快回去吧，贾思琳太太。您出来时间长了，老爷和少爷们会担心的。再见！"说完，我头也不回地离开了。只听后面传来一片凄凉的哭喊声，传向了街道的上空。

我一路流泪向前奔跑，天下起大雨，浇灌在我的身上和心上。如果可以，我宁愿今晚发生的一切只是个梦。清醒的疼痛，比任何一种伤害都残忍。

我冒雨跑到地铁站里，看见约翰正抱着吉他和班森、艾瑞克在一角唱歌，周围有许多路人在观看。我站在离他们不远的地方，泪流满面地听着。又是那首熟悉的 *Goodbye My Lover*（《再见了，我的爱人》）："Did I disappoint you or let you down……" 悲切的歌词和语调，刺入我的心里。我全身湿透地站在原地，伴着歌声，狠狠地哭泣，将心痛宣泄一地。

深夜回到餐馆，我开始快速地收拾东西。班森和艾瑞克问："若拉，怎么了，这么着急是要干什么？""我们必须离开这里了。""现在吗？""对，马上！""为什么？""没有为什么，就是要离开！"

班森皱着眉问："出什么事了吗？告诉我们！"艾瑞克担心地问："今天上午去老板家之前还好好的，为什么回来就变得这么伤心？""没什么。""是他们对你不好吗？欺负你了吗？""没有！""若拉，你一定有事，快告诉我们！"

面对班森和艾瑞克的盘问，我蹲在地上捂住头痛哭起来。我使劲摇着头，咬紧嘴唇不说任何一个字。无论他们劝说什么，我就是要马上离开。我再也不想在这间屋子里多待一分钟了！我浑身不自在，每一寸肌肤像被钉上了无数的钉子，疼痛难忍。我没有脸在里奇老板的手下做事，更没有脸让他来施舍我们三个流浪儿。这样复杂离奇的关系，让我如何是好？这对我来说是一种莫大的伤害，更是一种荒唐、讽刺的耻辱！

班森和艾瑞克安抚了我很久，我还是没有理由将实情说出口。里奇老板是我的大恩人，是我要用一辈子去报答的好人。我不想出卖他，更不想背叛他！可我无论怎么做，结局只有一种，还是会赤裸裸地伤害到他。

这一夜，我痛苦地失眠了。

第二日，当天还没有完全亮时，我便悄悄地起床了。班森和艾瑞克睡得正香，我轻轻整理好自己的物品。忽然，屋外有了动静。我出了房间，见里奇老板正在门口！我颤抖着声音问："老板，这么早您就来了？"他站在那里，一动不动地看着我："若拉，你不是比我更早吗？""我是想早点起来收拾收拾。""是想快点收拾好，离开这儿对吗？"

一句问话，让我顿时热泪盈眶。我咬着嘴唇，喃喃地说了句："老板……我……"他慢慢地走向我："孩子……难为你了……"我想我再会伪装，眼泪终归逃不出真相。老板温柔地摸我的头，轻声说道："若拉，你的事我都知道了……你妈妈……把前因后果都告诉我了……"

我使劲摇头："不，老板，她不是我的妈妈！她是贾思琳女士，是您的太太！"他握住我的双手："不！若拉，别这样！贾思琳就是你的母亲，是你的亲生母亲！"我大声地哭喊着："不……不……不是……我没有母亲……没有母亲……"

老板扶住我躁动的两只胳膊："若拉，若拉！你冷静点！听我说！你的母亲，贾思琳，哦不，应该是维达。她昨晚一夜没睡，流泪和我诉说了所有的事。对不起，若拉，我到现在才知道，你就是我太太的女儿，对不起！"

"老板，您千万别对我说抱歉，应该是我向您说对不起。您帮了我们那么多，我这辈子都还不起！现在，我无法再面对您了，请让我离开吧，求您了！""不，若拉。你不能走！你对你母亲有很多的误会，我知道你在怨她。可事实你不了解，其实你母亲并不是你想象中的那么无情。""那事实是什么？事实就是妈妈只留给我一封信，然后带着弟弟不辞而别了。我只相信我看到的，我看到的！"

里奇老板也哭了，他轻轻地擦去我眼角的泪痕。在这个周末的清晨，老板流泪向我讲述了母亲和弟弟离开我后的生活……

永　别

母亲因为长期遭受父亲的责骂和殴打，身与心都受到了极大的创伤。她不断地赚钱干活，为的就是能还上父亲的赌债和每月的酒钱。

母亲一边辛苦地帮父亲补漏洞，父亲还一而再再而三地继续挥霍放任。她仅有的一点收入要维持整个家庭的生活开支，常常是有了上顿不知道下顿吃什么。母亲绝望透了，她太累了。

她曾动过杀人的念头，想趁半夜父亲熟睡时放煤气毒死他，然后带着我们两个远走高飞。母亲知道杀人终究逃不过法律的严惩，如果真这么做了，那自己就会判刑，两个儿女从此失去双亲成了孤儿。没有一个亲人在身边，我们将无法独立成长。她觉得暗无天日，看不到头。最后母亲打消了他杀的念头，她终于决定离开家、离开父亲、离开我们。

此时，她想了结自己的生命，却又舍不得两个年幼的孩子。母亲就这么离开我们，就算还有父亲，可是一个赌徒、一个只会拿钱出去败家的男人，能有什么能力去抚养两个未成年的孩子？她一想到如果自己走了，两个孩子还是照样活不下去，我们就会和孤儿没任何区别！母亲甚至害怕父亲因为还不起高额的赌债，将我们拿去卖了换钱。一想到这里，母亲就会心痛得哭死过去。

母亲挣扎了好几晚，终于下定决心，宁可带着我们一起死、一起去见上帝，也不愿意我们被生父祸害。深夜，当我和弟弟熟睡时，母亲流泪不断亲吻我们的脸，她舍不得将我们的童年葬送在自己冰冷的双手中。母亲很矛盾，寻死的想法几乎将她逼疯了。

最后她终于决定，带走其中一个上路，一个留在人间。其实母亲舍弃哪一个都万分不舍，两个孩子都是她的心头肉。原本她想带着我一起走，留弟弟这个男丁在父亲身边。可一想到凯文才六岁，我们走后他根本没有生存的能力。就算父亲还残存些良知，对他来说凯文也只是身外之物。母亲只要一想到父亲去外面赌博、喝酒，留一个孩子在阴暗、潮湿、寒冷的地下室里哇哇大哭、自生自灭的景象，就会不寒而栗。这样活着，生不如死。

母亲想到我虽然只有十岁，也是个需要关爱的孩子。但我起码比凯文好很多，已经懂事，会照顾自己，还读过几年书、认识几个字。在我和凯文之间，还是我这个姐姐具备一些生活能力。如果妈妈和弟弟走了，兴许我还能活得久一些。更何况，我已经开始记事，走或者留我都很清楚。但是弟弟不一样，如果在他还没有完全记住所有的事情前，就将他的记忆尘封，总好过留在世上，将来记恨母亲和埋怨残酷的生活。

母亲思前想后，考虑了一整晚，终于决定，带着弟弟上路，留下我在人间。

深夜，她在灯下流泪写了那封绝笔信。边写边哭，哭到不能自已。母亲把一个莫大的谎言留给了我，说是带着弟弟离开了家。她不告诉我他们要离开人间，只是说忍痛割爱丢下了我。母亲说等她将来安顿好了，就会回来找我，将我带出万恶的深渊。到那个时候，母亲、弟弟和我，就可以一家团聚了。

天亮之前，她喊醒了凯文，说是要带他去对街的早餐铺吃早餐。走之前，母亲为弟弟换上了新衣服、新裤子和新鞋，为他背上了小书包。母亲穿上那件心爱的白色绣花衬衫，再穿上毛衣和外套。出门前，妈妈哭着抚摸我的脸，吻了又吻。在我生日到来的这天，母亲选择这样的方式离开我！

走出地下室，凯文不解地问："妈妈，你为什么要哭？""妈妈不是哭，是开心。因为凯文明年就可以上学了！""妈妈为什么不叫醒姐姐？我们一起去吃早餐，然后去上学！""凯文，姐姐昨晚温习功课到很晚，现在让她多睡会。""妈妈，那一会我们吃早餐的时候多买一些给姐姐带回来，然后再一起去上学！"

母亲摸着弟弟的头，感慨地说："乖孩子，你懂得心疼姐姐了，真棒！""妈妈，爸爸好几天都没有回家了，他到哪里去了，是不是真的不要我们了？"母亲蹲下身，摸着他的小脸说："凯文，你记住，不管爸爸要不要你们，妈妈是永远不会离开你的，妈妈会永远和你们在一起！""好，妈妈会永远和我们在一起，我、姐姐、妈妈，我们永远不分开！"母亲猛地抱住凯文拥在怀里，感动地流出泪来。

母亲牵着弟弟的手来到对街的早餐铺，铺子正在开门，两人就站在一旁等。母亲望着眼前忙碌的景象，沉思着：吃完最后一顿早餐，我就要带着凯文永远地离开这个世界了。走之前，我还想带凯文最后再看一眼纽约的布朗士。在你还没有完全记住这座城市之前，我带你上天堂，你应该不会恨妈妈吧？最爱的凯文，对不起，如果还有来世，妈妈再带着你，好好看看这个世界！

母亲又回头看看对街的地下室，在心里说：最爱的若拉，我的好女儿。相信妈妈离开后你能活下去，并且活得很好。本来我想嘱咐安东尼太太照顾你，可是那样，我就走得不彻底了。原谅妈妈的自私和无助，妈妈也是到了无路可走的地步。假如你父亲真的从此不归家了，希望有好心人来带走你，让你过上正常人的生活。妈妈在天上会保佑你们的。若拉，妈妈最爱你，希望你幸福。妈妈在心里吻你，希望，你别记恨我！

母亲和凯文在早餐铺吃完了最后一顿早餐，又帮我带了一份。母亲对凯文说："凯文，我带你去附近的公园玩一玩，再上学去，好不好？""妈妈，那姐姐的早餐怎么办？""我一会给她送回去。"凯文开心地在公园里玩耍起来，母亲站在一边捂着嘴掉泪。

半个钟头后，母亲牵着凯文的手走向大街。这时，正值早高峰来临，行人和车辆川流不息。母亲眼里含泪，鼓起勇气，看准一辆汽车经过，拽着凯文就跑上去。司机猛地踩下刹车，母亲和凯文双双地摔倒在地上，车子与他们只仅仅隔了十公分。

司机跑下车，询问母亲："这位太太，您没事吧？你的小孩怎么样？有没有撞到？如果哪里痛，我这就带你们上医院检查！"

母亲大口喘着粗气，惶恐地望着司机。凯文吓得大哭起来："妈妈，妈妈，你这是要干什么呀？我好怕，我好怕呀！"母亲看着凯文惨白的脸孔，心疼地一把抱住他。她摸着他的头哭着说："凯文，是妈妈不好，妈妈对不起你！妈妈不该这么做的，妈妈再也不吓凯文了，妈妈会保护好你！"

司机扶起母亲和凯文，关切地问："太太，您是不是遇到了什么事？"母亲使劲摇头，边哭边说："对不起，先生，吓到您了，真抱歉！"母亲拉起凯文头也不回地离开，剩下司机一人在路边喊道："嗨，太太，您没事吧？没事吧？要小心过马路！千万要小心呐！"

司机呆呆地站在路边，望着母子远去的背影。

先生的故事

两个月后，这位司机在一间咖啡馆里和人谈事情，正巧遇到了一个服务员。

"嗨，您好！还记得我吗？两个月前，在那条集市的路口，我开车经过。如果没看错的话，应该就是您吧？"服务员低头端着盘子，小声地回答："您好，先生。上一次实在是抱歉。""没关系，是我开得太快了，不然，一定不会有闪失的。那个小孩，是您的儿子？""是。先生，您想喝点什么？""咖啡吧，再来一份点心。""好的，先生请稍等。"

这位服务员不是别人，正是我的母亲。自从那天母亲想带着弟弟自杀，却在先生的保护下逃过了一劫。她忽然清醒了，她不能就这么走了，这是对两个孩子的不负责。她要工作，要养活凯文，要立足下来，要重新过一种生活！她要换一种身份过日子！

这位先生临走的时候，给了母亲不少小费，还给了她一张名片。"这是我的电话，如果您有什么需要帮忙的，就打电话给我。"母亲接过名片，轻轻地说了句："谢谢您，先生。""请问，您怎么称呼？""我……叫贾思琳。""哦，很好听的名字。"母亲隐姓埋名，开始用另一种身份过日子。

就这样，母亲白天在咖啡馆里干活，凯文在幼儿园上课。晚上，母亲和弟弟住在合租的地下室里。母亲无时无刻不在想念我，在那间阴暗潮湿的地下室里，还有我的存在。其实在母亲找到咖啡馆的工作前，她就偷偷跑回原来的住处。没想到，那里已住了其他的租客。从地下室出来，邻居看见了母亲，告诉她我的父亲因为盗窃罪被拘留了。母亲问我到哪儿去了，邻居摇摇头说不知道。母亲又来到安东尼太太家，希望从她那获取一丝我的线索。没想到，太太一家没有人。母亲等到天黑都没人回来，没有办法，她只有先回去照看凯文。

晚上，凯文哭着问母亲："妈妈，我们什么时候能回家，什么时候能见到姐姐和爸爸？"母亲忍着心痛对他说："凯文，那里已经不是我们的家了。你的父亲因为一些私人原因暂时不能和我们见面，你的姐姐，总有一天我们会再相见的。""妈妈，我想姐姐，也想爸爸……"母亲抱住凯文，在心里默默地说：若拉，你到哪儿去了？到哪儿去了？快告诉妈妈！

之后，母亲又去了安东尼太太家。太太告诉母亲，在她离家出走的那天清晨，我的父亲就因盗窃罪被警方抓走了。然后，母亲流泪听着太太讲述了她所知道的我的一切事情。可就算安东尼太太见过我，她也不知道我身在何处，只知道我有地方住，有活干。母亲留下了咖啡馆的电话，说如果我再打电话过去，就让安东尼太太把母亲的号码告知我。

母亲和太太分别后，去了我曾经住过的天桥下，看望了那位不知名的老伯，询问了我的一些事。之后，母亲天天守在咖啡馆的电话机旁，盼望着有一天安东尼太太能告诉她我的下落。只是，我再也没有打电话给太太。我不想牵连她、麻烦她，我只想静静地离开。母亲隔三岔五地就打电话给太太，询问我的消息。而太太只是一味地摇头，说再也没有等到我的消息。

之后，那位先生经常来光顾母亲工作的这家咖啡馆，每次结账时，也总会多给她一些小费。有时候，先生还会等咖啡馆打烊后，邀请母亲一起下班。母亲先是拒绝，之后，她开始不那么排斥了。

先生时常来接母亲下班，餐馆的同事都笑着称呼他为母亲的"男朋友"。母亲不反驳，也不说话，只是静静地坐上他的车，然后再静静地下车，回自己的住处。只是，她永远低着头，不笑，听先生一人讲话。

先生是个幽默的人，会经常从嘴里蹦出一些小笑话，来逗母亲开心。慢慢的，母亲由一开始的低沉和忧郁变得会笑了，只是那笑容，在她脸上永远超不过两秒钟。再后来，两人之间的话题逐渐多了起来。终于有一天，先生问起了那天他们相遇的事，母亲没有再作隐瞒，流泪向他诉说了实情。只是，她将我这个女儿隐瞒了起来，谎称她的丈夫出车祸去世了。

先生红着眼听完母亲的诉说，不由地对她产生了怜爱之心。先生说，从他们第一次相遇，从母亲主动向自己的车前撞上去，从她跌倒在自己的车轮下，那个仰望他的惊恐表情，先生就知道，她有故事。先生说如果他不及时刹车，只要再晚一秒，那么后果将不堪设想，也许自己就真的成了一起交通事件的罪魁祸首。而就是母亲含泪的这个眼神和表情，让先生为之心痛也心动了，也注定了他们之间会有交集。

再后来，只要每逢母亲休息，先生都会开车来接她和杰克一起去逛公园、看电影、吃饭。母亲说，自己不否认对先生有好感，也很感谢他的悉心照顾。三人在一起，让母亲感受到了家的温暖。可即便如此，母亲也从未想过两人之间会真正发生些什么。

直到有一天，当咖啡馆打烊后，母亲还没有等到先生的出现。她在咖啡馆里又坐等了一小时，他还是没有来。母亲拨打先生的电话，竟然关机了。母亲开始紧张和担心起来，猜想先生是不是出了什么事。她又连续拨打了几个，依旧是关机。反常的行为让母亲坐立不安，这一晚，她失眠了。

直到第二天下午，母亲终于忍不住，主动给先生去了电。电话开机了，那头传来他沙哑的声音。母亲问："先生，您还好吗？昨天，我打了您一天的电话。""谢谢你，贾思琳，我没事，让你担心了。今天下班后，我来接你。"

这天晚上，天下起瓢泼大雨。先生接上母亲，在车里，他对她吐露了自己真实的心声。原来，昨天是先生前妻的祭日。四年前由于一场车祸，先生的妻子永远地离开了她深爱的丈夫和儿子。先生很爱他的妻子，两人的感情非常深厚。这场浩劫让先生的内心遭受了巨大的重创，他天天抱着妻子的遗像痛哭流涕。先生把妻子最美的一张相片放大后挂在客厅的墙上，他要每天看着她，和她说话。四年来，这幅相片就挂在这面墙上，从未拿掉过。

先生之后谈了两个女朋友，都因为接受不了他忘不了前妻而相继分手。先生对她们很好，但决不会因为这个原因而改变自己的意愿。每到前妻祭日的这一天，先生都会关机，不和外界联系。这一天，是属于先生和他的妻子的，他不想任何人来打扰。他在妻子的坟墓前，给她送花、谈心，直到天黑才离开。而这一天夜晚，先生总会独自跑到小酒馆里，将自己灌个酩酊大醉。因为只有这样，他才能在幻觉中和最爱的人相见！

先生和任何人都是这么说，包括他当时的女友或者未来再婚的妻子：没有一个人可以取代前妻在我心里的位置，她就住在我的身体里，一辈子都无法消失。即使是将来的妻子，她再爱我，或者我再爱她，都无法和我的前妻相比。我始终在心里为她保留一个最重要的位置，一个任何人都无法走进和挪走的位置。我会拼了命地保护她、守护她，容不得别人对她有半点的不敬，直到我死去的那一天。如果未来的你可以宽容这一点，那么我会爱你，会用生命去保护你，并且做到永远在一起。

母亲听了先生的故事后，很是感动。她说他这样做是对的，说明他是一个重情重义的好男人。如果轻易就能忘掉和抹杀自己的过去，那他对任何事物都不会有长久性，包括对他将来的妻子。其实在母亲的内心深处，早已对先生动了情。可她知道自己配不上他，因为他们完全是两个世界的人。

好男人

当零点到来时，先生将自己最后的底牌亮了出来：在布朗士最繁华的街头，有一间属于他的意大利餐馆，在其他几个区还有四家分店，手下有上百位做事的员工。他还有一套花园别墅，一个管家，两个女佣，还有一个和前妻留下的儿子。

当先生说完这些，母亲只是低头不语。先生说，我母亲是一位善良、品格高尚的女人，他很欣赏她。他说，他们两人有着相同的感情遭遇，同是天涯沦落人。

母亲红着眼说，也许我并没有您想象中的那么好。她心里深知，自己骗了先生，说丈夫出车祸死了。她不愿告诉先生自己有一个好赌成性、有犯罪记录的犯人丈夫，她不愿将这灰暗的一面告诉他，也不愿他去猜测什么。以死来结束和丈夫过去的一切，开始一种全新的生活，即使内心痛苦，也好过让外人看出自己的破绽。母亲还隐去了我，她说在那一刻，不能当着先生的面承认还有一个女儿的事实，觉得生不如死。

先生温柔地握住母亲的手说，如果你愿意，我们可以生活在一起，做我的太太。你可以带着杰克住到我家里，从此成为一家人。如果你不介意我的过去，不介意我对前妻的情谊，那么这个家欢迎你。

母亲低头不语，面对先生直接又真诚的表白，她沉默了。在母亲的心里，她确实需要一个好男人来疼她、爱她。过去的这十几年来，母亲从未得到过父亲的关心和照顾，她默默地付出了所有，得到的却是无止境的眼泪和痛苦。本想以死结束生命，但是老天不让她死，让她遇到了好心的先生。她曾经想拒绝，想和先生保持距离，她努力过，也坚持过。可是先生一再的关心和呵护，让母亲为之心痛。她多么想靠在男人的肩上放声大哭啊，如果哪个男人能接住她的眼泪，这个虔诚的女人会把自己的一生献给他。

现在，这个男人真的出现了。母亲和先生在一起的时候，感到温暖、安全、轻松，同时也感到卑微与沉重。自己与先生的身份、境遇有着天壤之别。母亲时常觉得这像在做梦，自己怎么会遇到先生这么好的男人呢？要怎么面对和自己是两个世界的好男人？

面对先生的表白，母亲流泪了，她鼓起勇气说："先生，您是我见过的天底下最善良的人，我知道您对我和杰克很好，是真的好。可我配不上您，真的配不上您。您应该找一个好女人，但那绝对不是我。对不起，先生，让您失望了。"

母亲说完，匆匆地下车。外面下着大雨，母亲流着泪走在雨地中。她在心底默默地说：先生，我想，我是爱上您了。但是，我们没法在一起。如果来世有缘，我们再相见吧！

先生下了车，对着母亲的背影大声喊道："二十多年前，在布朗士的街头，有一个年轻小伙曾经捡过垃圾、卖过废品、运过砖头、送过报纸、帮别人拎包，干过最苦最累最脏的活。那时他发誓，要通过努力改变自己的生活和命运。二十多年后，他变成了另一个人，变成了一个你现在看到的人！可他从没忘记，自己曾经是一个捡过垃圾的流浪汉！从一无所有一步步走到今天，他永远都不能忘掉过去！他告诉他的员工，只有记住最原始的自己，不忘记历史，才能拥有真正的果实！否则，即使你有再多的财富，它终究有一天还是会离你而去的。这么多年过去了，他每天都告诫自己，他是一个生活在最底层的人，他只是一个普通人。过去是，现在是，将来依旧是！只有保持这种信念，尊重过去、尊重历史，这样晚上才能睡得安稳，才能不做噩梦，才能对得起自己的良心！才会觉得人生活得有价值、有意义！"

母亲转过头，深情地望着雨中的先生。先生流着泪喊道："现在，您还认为我们之间有差异吗？现在所拥有的一切只不过是个符号。重要的是内心，是心灵上的相通。只要我们内心高尚，崇尚自由与平等，那我们就没有差异！人和人之间本没有距离。贾思琳，来我的怀抱吧！我不希望你的眼泪如同今夜的大雨一样，你的眼泪不能白流。你应该微笑，更应该享有幸福的权利！"

母亲颤抖着身体，慢慢地挪移着脚下的步子。先生张开臂膀，大声喊道："贾思琳，来吧！到我的怀里来，这是你享有的！"两个有情人终于紧紧地相拥。母亲和先生说，这是她有史以来受到过最温暖、最柔软、最安定的拥抱，她感谢他。

从这天起，母亲住进了先生的家里，也带来了杰克。先生的大儿子汤姆对他们很好，遗传了父亲的宽容和厚爱。母亲终于感受到家的温暖，当晚，她抱着先生痛哭了一夜。母亲辞去了咖啡馆的工作，先生为她购置了一间缝纫店。母亲说想自己做点活，用自己赚的钱来补贴家用。先生当然不缺这些钱，他只希望母亲能有自己的空间，过一种全新的快乐生活。

可即便如此，母亲还是显得低落和忧郁。她常在半夜惊恐地醒来，然后哭到天明。先生就这样陪在她身边，摸着她的头说："我知道，你做噩梦了，你想起了过世的丈夫，对吗？"母亲使劲摇头，哭着咬住自己的嘴唇。她确实是做噩梦了，不过不是想念丈夫，而是梦见他在抽打自己的身体。她害怕极了。

母亲不能告诉先生，她的内心隐藏着另一个秘密，她还有一个不知去向的女儿。她每时每刻都在担心，觉得愧疚孩子太多。她无从将秘密说出来，虽然它就在自己的喉咙口。很多次，她想坦白，想把这一切告诉他。可母亲内心仍然自卑，仍然觉得先生是因为同情她、怜悯她才接受自己的。她何德何能要让先生再接受有一个女儿的事实？

她真的说不出口。

直到昨天，直到我走进这所大房子里，一切真相都不攻自破了。

深夜来临，母亲流泪向先生下跪，请求他的宽恕。她说先生可以不原谅他，可以马上赶她出门，可以马上终止婚姻关系。可是她再也做不到不认自己的亲生女儿，否则，她就是下地狱也会死不瞑目的。先生想要扶起母亲，母亲坚持跪在地上，说要向他忏悔这一切。先生流泪听完了母亲的叙述，他不但没有责怪她，还说早在我向先生求救的那一刻，他已经把我当做自己的家人看待了。不仅这样，先生还宽容了母亲那正在监狱里服刑的丈夫，他说他能理解。

最后，先生把母亲抱在怀里，温柔地说了句："今晚，你好好睡一觉。明天一早，我就接我们的女儿回家。"母亲抓住先生的衣角，哭到失声为止。母亲说她此时除了哭，再也找不出能感谢先生的做法了。

这位好心的男人不是别人，正是里奇先生！

我的新爸爸

听完了这个漫长的故事，我的泪水流满脸颊。里奇先生摸着我的脸说："若拉，不管你对母亲有什么看法，你们还是要相认。你们曾经受过的苦和委屈，我都会弥补你们的。走吧，女儿，跟我回家，看看你那可怜的母亲，她正在家里等你！"这一刻，我再也说不出什么拒绝的话了，泪流满面地和班森、艾瑞克告别。

里奇先生牵着我的手回到家，我终于见到了我的母亲。她跪在地上抱住我，狠狠地痛哭，身体不住地颤抖。这让我想到了从前，母亲悲痛欲绝时的那个情景，也是这样的颤抖，这样的哽咽。这一刻，我对母亲的怨恨和偏见瞬间消失了。我想我是爱她的，非常的爱！我抱住她，一遍遍地喊着："妈妈，妈妈！"

杰克来到我的身旁，哭着抱住我不断地喊："姐姐，姐姐！"这一刻，我们一家三口终于相认了。母亲终于做到了她说的那句话，这一刻，我们真的团圆了！

里奇先生抱着我们："若拉，如果你不介意的话，让我做你的新爸爸，好吗？当然，你永远不能忘记自己的亲生父亲。"我使劲点点头，不断地喊着："爸爸，爸爸，爸爸……"

从这时起，我不再流浪了，我有家了。里奇爸爸，妈妈，弟弟，汤姆，我们一家五口相处得非常融洽。从今往后，我的母亲不再是维达·史密斯，她就是贾思琳·罗伯逊。我的弟弟也不再是凯文，他就是杰克。从前的维达、凯文和若拉已经不在了，如今的我们，会过得很幸福。

我感谢里奇爸爸，感谢他带我们脱离了万恶的深渊，感谢他给了我们新的生活。我又可以牵着杰克的小手去上学了，又可以看书和写字了。我要用优异的成绩来报答我的新爸爸，感谢他一直以来对我们一家的照顾和帮助。我爱他！

让我更感动的是，里奇先生还资助了班森和艾瑞克，让他们进了寄宿学校，让他们又重返校园，过起了正常人的生活。从此，我们三个都不用再流浪，再害怕了！开学的前一天，我们和里奇爸爸一起，抱头痛哭了很久。

周末，里奇爸爸开着车，载着母亲、弟弟和我，去监狱看望我的父亲。到了那儿，他在门外等着，我们三人走进去。当母亲看见父亲时，这一刻，她不再害怕。泪水滑落父亲的脸颊，他摇头对母亲不断地说对不起。父亲说，是自己亲手摧毁这个家的，现在，让母亲带着我和弟弟永远地离开他，离开悲伤！

母亲不说话，只是一味地流泪。她告诉父亲，自己改嫁了，并将两个孩子带在身边。母亲说要弥补我的损失，说这一辈子再也不会丢下我一走了之了。父亲点点头，嘱咐我们要幸福，要忘了他，忘了这个伤害我们的混蛋。希望我们离开他后过得快乐，以后也不需要来监狱探望他了。他说一个犯了大错的人，是不配得到同情和悲悯的，更得不到谅解和宽恕。就让他在狱中深深地忏悔和祷告吧，祈祷我们一生平安、健康、幸福。

出了监狱，母亲趴在里奇爸爸的身上哭了好久。虽然母亲痛恨过去的父亲，可她还是坚持定期去监狱看望他。母亲说，父亲虽然是罪有应得，但她看不得自己过上好生活，而父亲却在牢里过着没有天日的刑期。她不安心，睡觉的时候，觉得父亲那一双幽怨的眼睛在死死地注视着自己。

母亲是个善良如初的人，哪怕面对敌人，她还是会给他留有申诉的余地。她祈祷上天，希望父亲能在狱中好好悔过，出狱后重新做人。

这个被全世界爱戴和拥护的公主，是真如自己心里所想象的那个善良、纯真的女孩吗？她高傲、她不可一世、她骨子里的那种桀骜不驯……那盛气凌人的眼神和表情想要将这个世界都置之脚底。

希望与绝望

我的心声

时间过得飞快，一转眼，我十六岁了。

珍妮芙长大了，变成大公主了。班森和艾瑞克考上了名牌大学，铁三角终于到了分离的这一天。

当秋季来临，我和卡尔还有铁三角，准备去野外露营。出发前，母亲望着镜中的我，抚摸我的胳膊和腰身："我的宝贝，你真的长大了。看着你隆起的胸部和突翘的臀部，我感到越来越幸福。"我责怪道："妈妈，您能矜持点吗？我现在可是大人了，别再对我说这些肉麻的话。"母亲笑着吻我的颈项："哦，不，我要说。小时候给你洗澡，看着你的身体我就在想，总有一天你会发育成熟，变成大姑娘。时间真快，一眨眼，你都到了恋爱的年纪了。"

我望着镜中苗条的自己，骄傲地说："可不是吗？我已经可以恋爱了，对不对？""呵呵，是的，我的宝贝。"我对着身后的朱蒂和玛莎说："把我的裙带再系得紧一些，我要看见自己苗条的腰身。"朱蒂问："公主，这样够了吗？""朱蒂，你大概昨晚没吃饱饭吧，再用点力。"玛莎快速地帮我抽紧裙带:"公主,这下怎么样?"我吸了口气:"哦,这下够紧了。我想,卡尔会喜欢我的瘦。"

母亲吻着我的脸:"宝贝儿,你是全世界最美的公主,所有男士都会甘愿为你倾倒的。""我不要别人,我只要卡尔!""是的,他一定会是你的。去吧,亲爱的,去寻找你的真爱,祝你们过得开心!"

我们四人如约来到野外,男生们生火、烧烤,我坐在一边观望。我注视着卡尔,在心里默默地想着:今年的 12 月 18 日,将是我人生中最幸福的一天。到了那天,我要把自己最纯洁的初吻献给卡尔,他一定会欣然接受的。

班森喊我:"快来啊,珍妮芙,鸡翅烤好了!"我一看,鸡翅被他烤焦了。我摇摇头:"天哪,翅膀发黑了。"班森无奈地说:"哦,为了欣赏你动人的身姿,我把翅膀都烤焦了。真抱歉。我再重新烤一个给你。"我一扭头,看见卡尔也将一串鸡翅烤好了。我忙上前:"卡尔,还是你的本事好。这是给我的吗?"

卡尔将鸡翅递给我:"这个献给我们最敬爱的珍妮芙公主!""谢谢。"我尝了起来:"嗯,味道真棒!"班森皱着眉,失落地拿着那个发黑的鸡翅尝了口,又吐掉。他对着一旁烤玉米的艾瑞克说:"哎,我们的公主,已经不再喜欢吃我们烤的东西了。"艾瑞克笑着摇摇头,继续烤他的玉米。

我拉着卡尔的手说:"我们去走走,这里太闷了。"班森急忙说:"嗨,鸡翅还没烤熟呢,怎么就走了?""呵呵,留着你自己吃吧。小心,别苦到你的舌头了。"

我们顺着小河边的石子路往前走,旁边是两排浓郁的大树。卡尔问道:"巨星公主,今年冬天,您还有什么打算?""马丁和亚历山大又约我了,我们会再度合作,演绎你母亲的经典小说《我的告白》。"卡尔兴奋地跳了起来:"真的吗?《我的告白》要拍成电影了?""我先和你通个气,你可别往外说,这是行业规矩。等剧本改编好,开拍前才会透露风声，估计你母亲也不会这么早和你说的。"

卡尔兴奋地说："的确，我母亲还没有提过，她做事向来是特立独行，不会和我们透露半点风声。电影预计什么时候开拍？""如果进度顺利的话，年底吧，我的生日之后。""真不错，公主的十六岁生日，是个值得纪念的时刻，也是一个质的飞跃。"

我对着卡尔，跳跃起来："我想，到了生日那天，我一定是全世界最幸福的人。""那是肯定的，公主永远都是最幸福的。""说真的，演了几年戏，还是最喜欢你母亲的作品。真开心，我们又可以再度合作了。"

卡尔捂住自己的嘴，兴奋地说："哇哦，我母亲的旷世之作终于要出山了！这是她本人最喜爱，也是倾注心血最多的一部作品。美丽的珍妮芙公主要演活剧中的海伦了！她深爱的布莱恩将是这个世界上最幸福的男人！"看着卡尔那一脸幸福的表情，我的心里别提多高兴了。我要演安娜女士的《我的告白》了！我要演海伦了！我要把戏中的经典告白念给深爱的卡尔听！

当夕阳的余晖洒在身上时，卡尔牵着我的手说："公主，太阳快下山了，我们去和他们会合吧。"我拿着卡尔在路边捡的白色野花往回走："夕阳真美，我好喜欢。对了，今年我的生日宴会，你还会来吗？""当然了，公主十六周岁的生日，我怎么能错过呢？"我闻着手上的野花，抿嘴笑了。

夜色降临，我们在山顶搭起帐篷，升起火炉。

"嗨，公主，天凉了，快把衣服披上。"我回头看，班森从帐篷里拿着一件外套向这边走来。卡尔赶紧脱下自己的外套披在我身上："穿我的吧，我这件比你那件暖和。"我感动地说："你把衣服给我了，你怎么办？现在深秋了，山顶很冷的。""我是男子汉，冻不着。"

班森拿着衣服在我们身后无奈地耸耸肩。卡尔围着火炉，用两手互相搓着："这儿暖和着呢，一点都不冷。但可不能把我们的公主冻坏了，你是最重要的。"我笑着，和卡尔并肩望向远方。班森没趣地将衣服放回帐篷，冲我喊了句："珍妮芙，要是觉得冷，就进帐篷待会儿吧。"我转头回了句："我一点也不冷，暖和着呢！"此刻，我的眼里容不下别人，只有卡尔。

我看着远方的夜色感慨："好快啊，一眨眼，我们都长大了。我十六岁了，你都二十一了。""真的好快，我如愿考上了航天大学。将来，我一定要做一名最优秀的美国航天员。""那么，你会带我去天上翱翔吗？""会的。"

我转头对着卡尔："能告诉我，飞上天空是什么感觉？"卡尔站起身："公主请起身吧。"他站在我身后，抱住我的腰："看看您面前的风景，很美吧？""的确很美。"卡尔深情地低吟："想象一下，闭上眼，您站在高空，脚下变得越来越轻盈，全身变得轻松柔软。感觉到了吗？如同一束羽毛般轻盈，越来越轻，越来越轻……山顶的风吹在身上，很舒服、很惬意。从未有过的美好感觉，无法用语言形容。用您的肢体、您的心境、您的意念，去体会和感受……"

我闭上眼，用心感受卡尔的话。他问："公主，感觉到了什么？"我兴奋地说："卡尔，我感觉自己飞起来了，真的飞起来了！""告诉我，飞是什么感觉？""我飞得很高、很远、很轻松。""那么，您看到了什么？""山林、海洋、天空、陆地……漫无边际……""我带着公主飞上高空、穿越海洋，我的胳膊就是您坚实的翅膀。如果可以，我要带着公主一直飞，一直飞……"

卡尔，你知道我此时的感受吗？从没有一个人能让我如此心动，除了你。我爱你，爱和你在一起的每分每秒，爱你的表情和眼神，爱你的语言和肢体，爱你的一切！不论你带我去何处，我都会义无反顾地跟随你。不论是平原还是山峦，只要有你做伴，万物都变得美好无暇。

深夜，当班森和艾瑞克都睡下后，我和卡尔坐在草坪上数天上的星星、看脚下的风景、看城市的灯火辉煌。我靠在他肩上，仰望寂静的夜空："卡尔，你说，天上的星星能听懂人类的语言吗？""应该能听懂，虽然它们渺小，但力量是无穷的。只要我们有心，虔诚地去祈祷和祝福，那么星星，就一定能听见我们的心声。"

瞬间，我感觉万物静止了，只听到彼此的心跳声。天上的星星正看着我们，看我们是如何真诚地许愿的。我深吸一口气，小声地慢慢地念着："我生长在和平的年代，在和平的季节遇到了和平的你。从没觉得生命里什么是不可舍去和取代的，直到遇见你……"

我念起了安娜著名的小说《我的告白》中的经典台词，对于它，我已是倒背如流。它是台词，更是我一直以来的心声。今夜，在无数星星的见证下，我要将它告诉你。

你让我知道，这世上还有这样一种不可抗拒的魔力，让我深深为你吸引。再没有什么能比你的笑容更让人心动和眷顾的了，看着你的眼睛，我就仿佛看见了自己清晰的灵魂，与你一样，纯洁、真诚。你是天使，是上帝的恩宠。假如你哭泣，这世界仿佛一片灰暗，万物萎缩；假如你微笑，这个世界会变得更加美好，一片灿烂。这一生让我遇见了你，从此，我的生命又有了新的含义。感谢上帝！现在我决定，我要把我毕生的热情和爱，献给世界上，唯一的你。不论生命过去多少时间，不论我们变得多么苍老，不论世事如何改变，我都会像十七岁时一样那么爱你，永远爱你。自此，至终。如果一定要让我说些什么，这就是我最想对你说的，我的告白。

卡尔不做声，默默地细心地倾听着。如果他爱我，他应该听得懂我的心声。

今夜，我最爱这一时刻，只属于我和卡尔独有的时刻！在山顶，感受夜色的独特浪漫。我希望时间静止，永远停留。哪怕身后站着忽然醒来的班森，哪怕他一直在帐篷口默默地注视我们的背影。我绝对不会因为谁失落而改变自己的做法，从小就是，何况是遇见自己爱的人。

六年了，该到了向他表白的时刻了。快了，就快到了！

记忆中的那些人

当然，我的白天是美妙和风光的，我夜晚的梦境还在继续上演着。六年了，它紧紧跟随着我，从未离开过我的生命！

我是若拉，我现在过得很幸福，我今年十六岁了。

白天上课，傍晚回家后帮弟弟复习功课。有时，还会和女佣一起做食物。然后我们一家五口人一块吃晚饭、看电视、聊天。周末，我还会到里奇爸爸的意大利餐馆去帮忙。现在，我们再也不怕监察人员来检查了，我已经十六岁了，我还是里奇老板的女儿！他们没法再像抓小偷一样来抓走我！

当然，我来餐馆不仅是帮里奇爸爸做生意，还在厨房里偷师学艺。烹饪对我来说太具有魅力了，我爱这种感觉。爱把亲手制作的食物，送到人们嘴里的感觉。我将来的梦想，就是像里奇爸爸那样，开一间属于自己的特色餐馆，把美味的食物献给我的客人们。

还有，我的生命里有很多需要感恩的人。我和卡尔成了无话不说的好朋友，每逢周末，我会去他家做客，或者他来我家做客，要不就是和三五好友一起去郊外游玩。正在念航天大学的卡尔，家里摆着许多大大小小的航天模型。他说，希望有一天能带我去空中翱翔。而当年他送我的那块白色绣花手帕，至今还留在我的身边。

我经常抽空去安东尼太太家，给她带去我做的点心和水果，帮助她收缴客人的房租，帮助她做家务……只要在我的能力范围之内，我都愿意去做。安东尼太太像小时候一样摸着我的脸，感动地说："若拉，你真是个重情重义的好孩子。能定期来看我，我已经很感动了，说明你心里没忘记我。你还能帮助我减轻生活中的负担，这非常难得，比我那两个儿子强多了。所以说上天是有眼的，看到你现在过得很好，我也放心了。希望你能一直幸福，快乐地成长。"

我靠在安东尼太太的怀里，幸福地点点头。在我的生命里，我已把她当做我的亲人。不论何时何地，我都要记着她，记着她的每一点好。

我还定期去看望曾经帮助过我的雷纳德老板。老板的生意越做越大，这几年，已由当初一间小小的水果铺发展成了连锁水果超市。每次去那里，我都会帮老板一起进货、收银、卖水果。他怎么也想不到，就是当初自己扔进垃圾箱的那些烂水果，却成了我们三个流浪儿垫饥的盆中餐。而就是这些烂水果，让我一辈子记住了雷纳德老板。要不是他的好心，也许我们早就饿死在纽约的街头了。所以，我必须记得他的好。

老板看着我，感慨地对他太太说："我从没见过像若拉这么懂事的孩子，只是几个烂水果，她却可以记在心里一辈子。这样善良的孩子，一定会有美好的明天。"太太红着眼说："我真没想到，当年我们什么也没做，若拉现在还能对我们这么好，还记着我们。我真后悔，当初真不该嫌弃他们的。""若拉懂得感恩，懂得知恩图报，哪怕你只给她一口水，她也会一辈子记得你的好。"

除此之外，我还去曾经住过的天桥下，给那些无家可归的流浪儿送去食物和零钱。很遗憾，当年那位不知名的老伯已经去世了。听周围的流浪儿说，老伯是在去年冬天的一个清晨走的。那天下着很大的雪花，他就这样闭着眼没有再醒来，静静地离去了。他没有亲人、没有朋友、没有钱，只有一个烟斗陪着他走完了最后的时光。在他闭眼的那刻，也许不知道从此会去天国。其实那里的生活比从前要好，那是一种没有饥饿，没有灾难，没有痛苦和伤害的日子。

老伯，若拉来看您了。很感谢曾经的那些日子，您帮我们看家，和我们聊天，和我们团结一心赶走那些捣乱的坏人。那些在天桥底下裹着被褥看星星、看月色的日子啊，落魄却又如此美妙，就这么一去不复返了。

我还记得，您的嘴里不断地嘟囔着那句："浮华的纽约，绚烂的都市，挫败的人生，狗血的人性！"您要我们记住，生活在诱惑的当下，永远不要让眼睛迷惑我们原本纯净的心灵。否则，我们终有一天会下十八层地狱。虽然这句话很刺耳，却字字在理，我会永远铭记在心的！

现在，我找到了我的家人，和他们团聚了。我长大了，懂事了，而您却永生了！老伯，我站在我们曾经生活过的地方，就在这个街口的天桥下，双手合十为您祈祷。希望您在天堂过得幸福，过得比我们活着的人都幸福。若拉想念您！

还有一件最重要的大事，我的父亲刑满释放了。里奇爸爸开着车带我们去接父亲，当我们见到他时，父亲什么话都不说，深深地朝我们跪下了。在监狱里度过了五年的灰暗生活，残酷的岁月已将他彻底改头换面了。如今的父亲，再也不是当年那个残暴、狂妄的人。那密密麻麻的胡子布满在嘴角周围，见证了父亲悲凉的五年！他流泪对里奇爸爸和我们说着谢谢、谢谢、谢谢……

里奇爸爸是善良的，他帮父亲谋了一份酒店保安的差事，还帮他找了住处。父亲保证要好好做人，发誓这辈子做牛做马，也要用实际行动来报答里奇爸爸对自己以及对前妻和孩子们的恩情。里奇爸爸说："你只要过好自己将来的日子，不再为生活所迫，不再为不良嗜好所诱惑，我们就安心了。"

父亲离开之前，抱着里奇爸爸感慨地说："谢谢您，谢谢您给了我前妻和孩子们全新的生活。感谢您将她脱离苦海，感谢您如此关爱她、善待她。感谢您像对待自己的孩子一样呵护我的儿女，感谢您对他们的照顾和养育。我不配做一个丈夫和父亲，我所能给予他们的，就是走得远远的，再也不打搅他们平静的生活，然后默默地祝福他们。

如果有来世，再让我弥补对妻儿的损失吧！"

当父亲那卑微的轮廓快要消失在眼前时，我猛地放开母亲和弟弟的手，快速朝前方跑去。我边哭边喊道："爸爸！爸爸！爸爸！"父亲转过身，用力地抱住我，哭喊着："若拉，我的女儿，爸爸对不起你，对不起你们……""爸爸，若拉爱您，若拉爱爸爸，若拉永远都爱爸爸！"父亲在我的额头上深深地吻了吻："去吧，到你的母亲身边去，永远别再来理我。忘掉我，忘掉我……""不，爸爸，我不要，我不要……"

父亲缓缓地推开我，转身离去了，他觉得自己没有脸在我们面前多待一分钟。厚重的恩情和宽容是父亲无法想象和偿还的，他除了默默地离开和祝福之外，再也没有能力去表达他的心意了。

看着父亲迈着沉重的步伐，我和母亲还有弟弟，只能站在原地以泪相送。只是如今的眼泪，再也不是害怕和痛苦的代表了，而是深深的感悟！也许我们都没想到，一家人会有如今的这一天，会用这种特殊的方式来道别，然后再去过离别后全新的生活。

爸爸，不论您曾经怎样对待我们，在我心里，您仍然是我的父亲。我爱您！

班森的未来

还有，我生命中的两个挚友。那年几番周折后，班森终于通过别人找到了在曼哈顿做妓女为生的母亲。

当班森看见浓妆艳抹、穿着性感的母亲时，他抱住她不住地痛哭："我要带你离开这儿，离开这个万恶、混乱的地方，带你去一个没有黑暗的地方！妈妈，我们走，我们离开这儿！"

母亲心疼地摸着班森的脸，泪流满面地说："我的孩子，我可怜的孩子。妈妈也想带着你离开这儿，走得远远的。可是太晚了，一切都来不及了。""谁说的，一切都还来得及！来得及！妈妈，我们现在就离开！我们走！"

班森母亲无奈地摇了摇头："只要踏进这个泥潭，想要再跳出去，怕是没有可能了。""您明明知道它有多肮脏和低劣，它像个无底洞一样不断地侵蚀您的灵魂。妈妈，难道您要一直这么过下去吗？"

班森母亲缓缓地说："我承认，它的确很肮脏，可却还有这么多人愿意往里跳。为什么？因为要生存，所以别无选择。能在曼哈顿生存下来的人，不容易。这儿不仅仅只有那些上层人，我们也有权利生活，生活在美国，生活在纽约最繁华的地方！可我们过的是什么日子？看不见光明，永远也只能在黑暗中过活。我们除了用身体赚钱，还能怎么样呢？大家都是用劳力换钱，我们付出的难道就不是劳动吗？真可笑！当我们在街口苦苦叫卖的时候，说不定来买我生意的那个男人，刚为他的女人买了名牌化妆品和皮包呢。别人都能活得好好的，我们通过交换，为什么就不能？"

班森摇着头，痛苦地说："妈妈，我不想您这样生活，我不想您这样！"班森母亲轻叹一口气："如果你那个吸毒老爸不这么混蛋的话，或许我不会来这儿！如果不靠我出来做，他哪有这么多钱去吸粉？早就死在那个野人堆里了！我真后悔，当初应该狠狠心，就让他这么死过去，说不定我们就不会过得那么苦了。你不会选择去布朗士当流浪儿，妈妈也不会来曼哈顿当妓女！"说完，她捂住脸呜呜地痛哭着。

最后，班森的母亲没有离开那片灯红酒绿的地方。她嘱咐儿子要把高中念完，将来一定要活得比自己幸福，然后她会拼命地赚钱来偿还里奇爸爸对班森的资助。班森含泪离开了，转身的时候，母亲抹抹脸上的泪痕，然后拿出一支烟点上，继续在街口拉生意。

班森的父亲，最后在戒毒所戒毒成功。大家都以为他从此能过上正常人的生活，可是好景不长，他又被那些不怀好意的人盯上了。他们总是在考验班森父亲的意志，几次之后，最终还是没能抵过这致命的诱惑。他又复吸了。

班森的父亲付不起高额的毒品费用，就到处去偷、去抢、去骗，还跑去曼哈顿，到班森母亲工作的场所去讨钱。为此，他常常被人追债，那些要钱不要命的人常把他打到鼻青脸肿，不省人事为止。

意想不到的是，那一次，班森的父亲为了躲避追债人，从皇后区一路跑到了曼哈顿，他们也一路追了过来。他来到班森的母亲工作的场所附近，大声呼喊她的名字。

追债人将班森的父亲拖到墙角，对准他就是一顿拳打脚踢。忽然，他躺在地上全身抽搐起来，脸色苍白，两眼直直地瞪着前方。追债人连忙收起拳头，倒退两步。他紧紧抓住其中一人的裤腿，像抓救命稻草一样，嘴里吐着白沫。班森的父亲苦苦地哀求道："救我……救我……请救救我……"追债人一看情形不对，立刻甩开他，逃之夭夭了。

班森的母亲闻讯赶来，发现自己的丈夫正蜷缩在街角。毒瘾发作的他像个可怕的魔鬼，全身猛烈地抽搐着。路人经过他身边，都吓得躲得远远的。班森的父亲痛苦地趴在地上，朝班森母亲的方向一步步艰难地往前挪移。她就这么远远地站在原地，默默地看着自己的丈夫。

班森母亲的眼眶红了，可泪水却始终没掉下来。班森的父亲颤抖着双唇，不断呼唤着妻子的名字。围观的人拨打了急救电话，没有一个人胆敢上前一步。班森父亲的眼里流着泪，鼻孔流着鼻涕，嘴里冒着白泡泡，大口喘着粗气。他活像一个面临死亡边缘的人，还在苦苦挣扎着。

他向她发出最后的呼救，寻求一丝生的希望。

最后，等救护车赶到时，班森父亲的心脏已经骤停，猝死了。班森母亲捂着嘴，红着眼目送丈夫离去。只是，从头至尾，她都没有流下一滴泪。班森说，父亲在闭眼之前，对母亲说了三个字："对不起。"

当人们在送班森父亲最后一程时，班森母亲抱住班森，缓缓地说了句："我终于解脱了。"这时，班森看见母亲的脸上，流下了一行泪。

班森父亲死后，班森母亲终于离开了那个混乱的圈子，她在一家超市找到了一份工作，和班森生活在一起。班森今年十八岁，高中毕业了，他放弃了考大学的机会，准备打工赚钱养活自己并报答里奇爸爸。正巧，里奇爸爸有位朋友在经营一间音乐酒廊，他推荐班森去那儿驻唱，给的薪酬很优厚。从此，热爱音乐的班森终于能在一个正规的场所唱歌了，他再也不用去地铁站卖唱了，他的梦想终于可以得到伸展了。

每逢周末，我们都会相约去酒廊给班森助兴。看见他自信地在台上深情地演唱，我们都深深地为之感动。有时，班森唱着唱着就会红了眼眶，流下泪来。而台下的我们，也会跟着他流出眼泪。

回想这些年来一起走过的路，满是坎坷与挫折。幸好，痛苦的日子都过去了，迎接我们的，是崭新的未来。

艾瑞克的未来

而艾瑞克，十八岁高中毕业那年，一个机会改变了他一生的命运。

里奇爸爸有位朋友是画廊的老板，当时正急需找一名助理，他立马推荐了艾瑞克过去。画廊老板看过艾瑞克的画后很是赞许，说他很有发展前途。艾瑞克来到画廊后，努力工作，细心地经营画廊。他刻苦学习和钻研业务，用业余时间创作了许多素描和油画。当然，画中的模特绝大多数都是由我扮演的。

一天晚上，艾瑞克在床上怎么也睡不着，干脆就起来作画。他凭着以往的记忆，熬通宵创作了一幅油画，名字叫《记忆中的若拉》。

艾瑞克将最初看见我的印象描绘下来，画中的我只有十岁。那天，天空飘着漫漫的小雪花，我落魄地坐在石椅上，眼眶湿润，放出忧郁、委屈的光芒。地上放着破旧的行李箱，透明的金鱼缸里，小鱼儿在水中自如地游来游去。我的头发被大风吹散了，手里还拿着一块干瘪的面包。

当艾瑞克将这幅画交到我手里时，我的眼泪掉了下来。画中的景象让我想起当年的自己，失意、悲切、绝望。那个无家可归的流浪儿，在失去家人后被迫流落到了街头。她无处可去，也不知道能去哪儿。

艾瑞克将它画下，是为了纪念过去。在他的笔下，我的童年再一次被激活了！

他说他永远忘不了初见我时的那个表情，让人心疼和怜惜。艾瑞克清楚地记得，当那些乞丐来抢我手中唯一的食物时，他和班森拼了命地上前阻止他们，并帮我保留下了那块面包。我将面包掰成三块，分别给了班森和艾瑞克。就是这一口面包和他们的及时相救，将我们三个人紧密地联系在一起，从此相依为命。

当画廊老板看了这幅画后，当即感动得红了眼眶。他称赞艾瑞克是个天才，称他的画鲜明、感人、一针见血。不仅对画有敏锐的感知力，最重要的，是懂人心。艾瑞克可以用画笔和水彩勾勒出人类内心最深处的渴望，这并非人人都能做到。他能看懂别人的眼睛，看着那双眼睛，就知道对方在想什么。他用手中的画笔，让人看见心底那不能言说的渴望。

画廊老板决定栽培他，并收养他为自己的义子。

艾瑞克的人生从此有了翻天覆地的改变，他虽然没了双亲，但却有好心人的欣赏和提携。他这一生都要感谢里奇爸爸和他的义父。不久，艾瑞克凭借油画《记忆中的若拉》，获得了本市青少年油画比赛的二等奖。艾瑞克为了报答二位，也为了纪念过去，决定将之前流浪的生活用一幅幅的连环油画来表达情感。

从初见我的那一幅开始，然后我们三人流落街头睡在马路边，三人结伴捡垃圾卖废品，去水果摊捡烂水果，好心人卡尔对我们的救助，平安夜在教堂前双手合十虔诚地祈祷……班森和艾瑞克在酒馆门口被混混殴打，安东尼太太站在天桥下和我们遥遥相望，我们和约翰在地铁站抱着吉他唱歌，金发女孩深情地看着他……我在路边当擦鞋匠，被其他擦鞋匠欺负，混混将艾瑞克的手狠狠地踩在脚下，我们去曼哈顿红灯区找班森的母亲……

一幅油画就是我们的一个故事，一段心声。艾瑞克用了一年时间默默地精心创作它们，每一幅、每一笔都是他的心血和眼泪。当这些画一一展开在我们面前时，三人再一次抱头痛哭了。这是我们的过去，我们的历史，我们的记忆！艾瑞克将这些片段记录下来，每一幅画都有一个名字。他希望有一天，能将这些连环画展现在所有人面前，然后微笑着去谈论我们的从前！

艾瑞克的义父看着这些画，搭着他的肩，红着眼感动地说："孩子，这就是你的事业，这就是你将来要走的路，祝贺你！用不了多久，我一定会满足你的心愿。现在的你，不要有任何负担，你就大胆地去创作、去奋斗、去感受生活吧，爸爸永远支持你！"

还有约翰，他努力赚钱打工，攒齐了学费，终于如愿以偿地上了音乐学院。同时，也用自己的实际行动获得了天天到地铁站听他唱歌的金发女孩的芳心。原来那个女孩就是音乐学院的学生，她每次到地铁站，就是想给他鼓励和动力。他们在一起后，约翰还是每天唱歌给女孩听，还是唱那首 *You're Beautiful*。他说，将来如果有一天踏进婚姻的殿堂，他还会给女孩唱这首歌，并且唱一辈子。

四手联弹

时间过得飞快，一眨眼，我的生日到了。这个冬天的夜晚，会是我珍妮芙一生中最美丽的时刻。

晚上，还是在那座神秘、美丽的庄园里举行我的生日宴会。朱蒂和玛莎正忙着帮我打扮行头，母亲还是在一旁喋喋不休："哦，上帝啊，我美丽的女儿，今天可是你十六岁的生日，为什么我感觉像是你出嫁的日子？"

"妈妈，你的女儿再过没多久，就真的可以出嫁了。""是吗？那我会幸福地晕过去的。""妈妈，今天是我生日，不许你说不吉利的话。""好的，宝贝。对不起，是妈妈太激动了。来吧，我的女神，大家都在楼下等你呢。"

我拉了拉衣角："哦，算了吧。我可不想走路打滑，要是在宴会上出丑，那他们就不会再爱我了。""呵呵，我的女儿真幽默，可爱极了。""妈妈，今晚，是我人生中的一大转折，你就等着看好戏吧！"

母亲搂住我的腰，在耳边小声地说："我知道，你要把自己的第一次献给卡尔对不对？"我转身大叫一声："妈妈！您怎么会这么说？哦，我们果然没有共同语言。我下楼了。""去吧，宝贝，祝你成功。"

我拖着礼服裙摆下楼，只听耳边响起阵阵热烈的鼓掌声，还有那熟悉的钢琴声。我往前方看去，坐在钢琴前的不是别人，正是卡尔！我激动地走下楼梯，站在离他远远的地方。卡尔深情地望着我，边弹琴边唱起了那首柔美的 One Of The Brightest Stars（《你是我心中最亮的星星》）。

一曲完毕，他对着话筒深情地说："我要把这首 One Of The Brightest Stars 送给今天的寿星，珍妮芙公主。愿您永远像今夜一样美丽迷人，生日快乐！"我微笑地点点头。

卡尔继续说："You're Beautiful（《你很美》），您最爱的歌。My life is brilliant，My love is pure……You're beautiful，You're beautiful，You're beautiful，it's true……"

亲爱的卡尔，今夜的你是如此令人心醉。我所有的努力和付出都是为了迎接你，迎接这美好的一刻。在所有人的见证下，见证爱情的诞生！

两曲完毕，在场的宾客随着音乐的起伏快乐地旋转着，整个大厅变成了一个五光十色的海洋。女士们争奇斗艳的裙摆，在飞舞中显得格外耀眼。

卡尔走下台，将一大束白色玫瑰递给我："愿珍妮芙公主永远年轻、美丽！""谢谢。"卡尔牵着我的手，站在大厅中央，随着现场伴奏乐，默契地共舞。卡尔贴近我的脸庞，轻声问："公主，喜欢我送您的礼物吗？""什么礼物？"他将视线放在舞台上的那架白色钢琴上："近在眼前。"

我望着卡尔："钢琴？你送我的生日礼物？""喜欢吗？"我点点头，兴奋地说："喜欢，当然喜欢。德国的斯坦伯格，世界十大顶级品牌，价格可是相当不菲哦！""公主真是好眼力。价格不重要，重要的是公主喜欢。"

"我喜欢，非常喜欢。哪怕你送我一块不值钱的手表，我也非常开心。更何况，是一百万美金的钢琴！""如果没有点像样的礼物，怎么配得上您高贵、优雅的气质呢。更何况，今年的生日不一样，我们的珍妮芙已经十六岁了。希望这架钢琴，能陪伴公主走过五年、十年……无数个年头。"我用力地点点头："一定会的，它会陪伴在我身边一辈子的。"

一曲完毕，我凑近卡尔悄悄说："亲爱的，让我来看看被称为世界顶级的钢琴究竟能弹出怎样神奇的旋律。""哇，我非常期待。用公主灵巧的双手，弹奏出世界上最美妙的声音。"

我走到钢琴前坐下，拨动了几个音旋。宾客们默契地安静下来。我深吸一口气，演奏起拿手的《少女的祈祷》。果然不愧为世界顶级的名牌钢琴，优质、透亮的音色瞬间传遍在辽阔的大厅内，发出阵阵幽幽的回音。手指在黑白琴弦上自如地来回跳跃，像是抚摸珍珠般的滑爽。给喜爱的人弹奏乐曲，那是一种无法形容的感觉。多么美妙和神奇！

一曲完毕，宾客热烈鼓掌叫好："珍妮芙，再来一个，再来一个！"盛情难却，我笑着说："下面，我再演奏一曲欢快的《土耳其进行曲》。"正当我的手指快要落向键盘时，卡尔上前一步："等一下！"他在我的左手边坐下，笑着说："美妙的旋律，怎么能少了我的加入？好戏开始了！"

我心领神会地点点头，他要和我演绎精彩的四手连弹！头一次，我们在完全没有排练过的情况下，熟练、自如地演奏起来。不知道的人，还以为我们是精心彩排送给宾客的礼物呢。我和卡尔微笑地对视，享受奇妙和独特的时刻。台下一定积满了羡慕、嫉妒的眼光。没错，我要的就是这种感觉！

一曲完毕，现场出现了经久不息的掌声。

卡尔，属于我们的一刻到来了！六年了，终于迎来我最期待的时刻！卡尔牵起我的手，向宾客深深地一鞠躬。我凑近他耳根，悄悄地说："亲爱的，等我应付完这里的宾客就去找你，我们去后院骑马怎么样？你很久没见亚当了，它很想你。""好的，我等您。"

再见乔治亚

下台后，所有人簇拥到我身边。父母抱住我，兴奋地说："我的公主，你和卡尔配合得天衣无缝，太完美了！""谢谢爸爸妈妈，我爱你们。"母亲激动地凑在我耳根说："宝贝儿，我敢肯定卡尔今夜就是你的！你们是郎才女貌，灿烂的明天是属于你们的！加油，亲爱的！"我吻了吻母亲："谢谢妈妈。我会努力的，等着看好戏吧！"

班森围住我，嫉妒地问："亲爱的，能告诉我，你和卡尔是怎么做到的？你们私下练习过吗？太不可思议了！"艾瑞克笑着说："你们表现得太默契了，简直就是天生的一对！"班森撅起嘴："才不是！珍妮芙永远都是我们的！"艾瑞克搭着他的肩："你算了吧，今天珍妮芙最大，你得听她的，我们都得听她的！"班森瞪着我问："宝贝，告诉艾瑞克，你是属于我们的！"

我搭着班森和艾瑞克的肩，眯着眼说："我不属于任何人，我只属于我自己！"班森有些生气地喊了声："珍妮芙，你……""今天我是寿星，你们都得听我的！不和你们贫了，玩得开心点，我去招呼客人了！"说完，我摆动裙尾，高傲地离开。

好不容易和宾客打完招呼，正想去找卡尔，却在人群中看见了罗丝。她拿着酒杯朝我这边走来，跟在她身后的，竟然是……是……乔治亚！哦，我的上帝啊！我大好的心情瞬间变得阴郁起来，胸口被一股怨气牢牢地堵住了。我恨自己的眼睛，为什么总要在最关键的时刻让我看见最不想见的人！

"嗨，珍妮芙公主，祝贺你！"罗丝走上来和我碰杯。我挤出笑容，回应她："嗨，谢谢罗丝小姐能来捧场，很高兴见到你。""刚才，珍妮芙公主和我表哥的演奏堪称完美，请问你们是怎么做到的？"

说实话，我不喜欢卡尔的表妹。这个叫罗丝的女孩，说话的时候，头永远抬得高高的，一副自命清高的模样。表面堆着笑容，眼睛里却总是释放出一股不屑，嘴角还藏留着一丝邪笑。从对视的眼神中，还能洞察出掩藏在背后的敌意。我敢保证，她内心不会喜欢我。

我抚摸手中的酒杯，笑笑回答："这说明我和卡尔很有默契，我们在完全没有排练过的情况下，能将曲子演奏出来实属不易。更重要的是，居然没有弹错一个音。连我自己都觉得非常神奇呢！"罗丝盯着我的眼，勉强地笑了笑："是啊，表面上看，你和我哥哥是很搭配。可就是不知道，在私底下，你们是不是也和台面上这么登对，一样心有灵犀呢？"我昂起脖子，定了定说："罗丝小姐请放心，我和你哥哥，那是一定的！"

罗丝斜眼看了看身旁的乔治亚，立即说："哦，忘了给珍妮芙介绍，这是我最好的朋友，乔治亚。"乔治亚低着头，脸涨得绯红，她根本没有勇气抬起头来看我。罗丝推了推她的胳膊："嗨，乔治亚，和这位纽约鼎鼎有名的大明星打个招呼吧！"

她慢慢抬起头，轻轻地说了句："您好，珍妮芙公主，我是乔治亚。"

我装作若无其事的样子微笑："嗨，你好，乔治亚，很高兴你能来参加我的生日宴会。"她不响，低下头："是罗丝邀请我来参加的，给公主添麻烦了。"

"哦，怎么会。你们能来捧场，我高兴来还不及呢！"我从服务生手里端过一杯酒递给乔治亚："来，我们干一杯！"我边喝酒边看她，当年被我亲手赶出学校，没想到今天又出现在我的生日宴会上。乔治亚，你长大了，现在也该学乖、学聪明了吧。假如你识相，应该不会把这件事告诉给你身旁的这个伙伴。

罗丝似乎看出了端倪，转过头问："乔治亚，你的脸怎么那么红？很热吗？"她点点头，堆上笑容："是的，我太激动了。""哦，也难怪。初次见珍妮芙公主，你是会紧张的。想当初我第一次见公主，也是十分激动。"我喝了口酒，不动声响。罗丝朝大厅看了看，转头对我们说："乔治亚，你和珍妮芙聊两句吧，我和朋友打个招呼去。"

我拿着酒杯，微笑地看着罗丝的背影，轻声说了句："乔治亚，我们到一边说两句。"她跟着我，穿过热闹的人群来到一边。我喝了口酒，看着眼前翩翩起舞的众人，轻声问："你怎么会到这儿来的？""对不起公主，我是被罗丝叫来的，她一定要让我来参加您的生日宴会。""看来，你们的关系不错。""还好。"

我回想起，十岁那年，乔治亚穿着我送给她的礼裙在会所和人开心地聊天。我赶紧追问："那天，你们都聊了些什么？""那天我们只是寒暄了几句，并没有多说什么。我离开会所后，晚上罗丝打来电话，问我怎么突然离开了。我说家里有急事，就先回去了。公主的话我谨记在心，我什么都没对罗丝说。"

"罗丝知道你曾经在贵族学校上过学吗？""我没有和她说过，只说在一所普通的学校念书。""那么，她也不知道你转学的事了？""是的，公主。""我想你现在应该学聪明了，知道该怎么做的。""是，公主，我知道，我知道。"

罗丝和人打完招呼，走到我们身旁："嗨，乔治亚，你和珍妮芙公主在聊什么呢？"我忙接上："我们在数今天到场的嘉宾。""哦，是吗，这么有趣？一共有多少？""数到94位了。乔治亚，你和罗丝接着数吧，失陪了。"乔治亚鞠了一躬："公主，请慢走。"

我拿着酒杯往前走，在心里狠狠地骂道：该死的乔治亚！多事的罗丝！我这辈子都不想再见到这两个讨厌的家伙！

我想我该去见卡尔了，他是唯一能改变我心情的人。

我在大厅找了好几圈，始终没有看见他的身影。我开始焦虑，他不会又像上一次十岁生日那样，忽然消失不见了吧？

再度消失

我来到花园里，一片漆黑。

我闭上眼，幻想着卡尔会突然出现在面前，然后带我离开这个闹腾的地方。身后一个声音向我扑来："珍妮芙！"我一回头，是卡尔！我激动地上前："卡尔，你去哪里了，我到处都找不到你？"他低下头，表情显得很凝重，咳嗽两声："我刚才……有点儿不舒服……去室外透了透气。"

我用双手托着他的脸，问："你哪儿不舒服？"卡尔将脸躲开："没有，就是觉得屋里太闷，现在没事了。"第六感告诉我，卡尔的心情和刚才有了一百八十度的大转变，对我忽然变得冷淡起来。为了调节气氛，我笑着说："走吧，我们去骑马，去领略黑夜中的寒风，这样就不会觉得憋闷了。还有，亚当想你了。"

如同六年前那样，卡尔扶着我上了马鞍。我在前，他在后，驾着亚当在草地上奔跑起来。披着寂静的月色，马蹄声在耳边"得得"作响。只是，卡尔不再像往常那样和我惬意地聊天、逗笑。整个过程，始终没有开口说一句话。是因为我刚刚一直忙着应付宾客没有理会他吗？如果真是因为这样而生气，我应该感到高兴才对。说明卡尔在乎我，他爱我。又或许，卡尔是因为即将进入正题而变得紧张起来。

卡尔下马后，我假装没站稳，从马背上滑落下来。他赶紧抱住我："怎么样，摔到了吗？"我捂住自己的脚："卡尔，我的脚好痛。""是吗？一定是崴到脚踝了。来，坐下，我帮你看看。"卡尔摸着我的脚，轻声地问："是这儿吗？痛不痛？""对对，就是这儿，好痛！""我帮你揉一揉，说不定晚上还会肿起来。""真的吗？那样我就不能走路了。""别担心，会好起来的。"

借着微弱的月光，我端详卡尔的脸。那浓郁的长睫毛，正是当初俘虏我芳心的武器。我握住他的手，将身子前倾，把自己的脸贴过去。六年了，我无时无刻不在期待这一刻的到来。

就当我的唇快要触碰到卡尔的嘴唇时，他却将脸挪开了。我惊讶地望着他："卡尔，为什么？"他不看我，侧过头去："公主，不能这样。"我命令他："卡尔，我要你吻我！"他颤抖着声音："不，不可以！"

我诧异地大声问道："为什么？我已经十六岁了，我已经有了例假，我是个大姑娘了！为什么不能吻我？"卡尔慌张地从地上跳起来："不可以这样，公主，您还没有成年！""呵呵，笑话，十六岁都可以和别人生孩子了！"

"请公主别这么说！请注意您的说话方式！"我吃惊地望着他，红着眼问："卡尔，你这是怎么了？你怎么突然变成了另一个人，变成了一个……我完全不认识的人？"

他摇着头，红着眼哽咽道："珍妮芙公主，我一直很敬重您，从小时候到现在。此刻，我也希望你能尊重你自己，也尊重我！"我气得一屁股跳了起来，甩着胳膊嚷道："卡尔，你是怎么回事？我完全听不懂你在说什么？"卡尔慢慢地低头看我的脚，沉默。我猛地向下一看，糟糕，露馅了！

卡尔红着眼盯着我的眼睛，像要看穿我一般。他摇头恍然大悟："原来，珍妮芙公主的脚没事了？那么，我可以退下了。公主，您自便吧。"
说完，他向我鞠了一躬，转身离去。我使劲呐喊着："卡尔！卡尔！
卡尔！你别走，你别走！"无论我怎么恳求，他始终没有回头看一眼，
就这样无情地消失在夜色中，剩下我独自站在空旷无边的草坪上。

我抬起头，对着天空愤愤地大声怒吼："啊——啊——"

我回到大厅里，木讷、恍惚地慢慢往前走。现场气氛似乎达到了
顶峰，宾客们都在举杯、聊天、共舞，欢快的舞曲在我耳边不停地回
荡着。面前的一切变得模糊不堪，所有人依次簇拥而来。我的脸上没
有表情，眼神中失去了光芒。

像六年前一样，当午夜的钟声敲响时，我又失去了心爱的人。

等所有人离去后，我走下楼梯："客人都走了吗？"朱蒂低着头："都
走了，公主。"父母仰着头问："宝贝儿，你怎么了？哪里不舒服？""我
没事，只是有点累。"母亲摸摸我的头说："早点休息吧，你的脸色看
起来可不太好。"父亲望着一旁的那架钢琴："亲爱的，这回卡尔送了
你这么贵重的礼物，你应该很满意吧？""爸爸，我想在这儿静一静，
你们上楼吧。"大家看我阴沉着脸，知道气氛不对，没有人再敢多问
一句，都乖乖地上楼了。

我穿着晚礼服，独自站在空旷的大厅内。我的身边，伫立着这架
被誉为世界顶级品牌的斯坦伯格钢琴。此刻，象牙白的琴身散发出一
股惨烈、苍凉的威力，它不再是温柔和高贵的象征。惨白的光芒深深
刺痛了我的双眼，更刺痛了我的心脏。我用手缓缓抚摸黑白的琴键，
仿佛又触到了卡尔的体温。在两小时前，他还在这有力的键盘上留下
痕迹。为什么一转眼，就不见踪影了呢？

我坐在琴椅上，将手指放在键盘上，弹奏起肖邦的 C 小调练习曲。
这是肖邦离开祖国后，波兰的华沙革命失败、沦陷时，写下的内心感
受。他给朋友的信中写道："为什么我不能和你们在一起？为什么我
不能当鼓手？"不幸的消息敲打着他的神经，他悲痛、他愤怒、他不甘。

肖邦想着硝烟弥漫的祖国和那些牺牲了的起义者，放下纸笔，用双手在键盘上奋力地敲打着。他把悲痛欲绝的感情通过音符来表达，旋律激扬、奋起、哀婉、忧思，充满了呐喊和抗争的韵味。

这是肖邦最完美的作品，是一首心灵的悲歌，也是我心灵的悲歌！

我的眼睛湿润了，泪水滚滚闪动着。此刻的我，如同肖邦大师一样，绝望、悲痛、无奈。只有通过敲打键盘来表达内心的感受："为什么，为什么我不能和卡尔在一起？为什么你不肯接受我？为什么要拒绝我？为什么？为什么？为什么？"

回想起十岁生日那天，卡尔初见我时的情景，那种温柔和含情脉脉的眼神，看了多么让人心醉！几年来，他对我的关心和照顾，对我的尊重和厚爱，对我示好的言行和举止，难道都是假的吗？我不信，我不相信！我怎么也想不到，他会以那种冷漠的态度对待我！

我的指尖快速地在键盘上游走，滚动的音符像流水般回荡在空旷的大厅里。我在呐喊、在咆哮、在狂奔！我的心在滴血、在撕裂、在融化！我的美梦，就这样在卡尔无情的一句"不可以"下，化为了灰烬。我用他送我的昂贵钢琴，独自弹奏着悲哀与愤怒，多么荒唐可笑！

我心爱的人儿啊，我心心念念等着这美好的一刻，就这样被你一掌击碎了！你甚至没有一句解释和道歉，就这样冷酷地消失在我的视线中。从没有人敢违抗我珍妮芙，唯独你！从没有像现在这么失败过，从没有！你像个无情的刽子手，剥夺了我所有的尊严与骄傲，将我赤裸裸地展现在世人面前，等着我被他们取笑！

当手指结束最后一个音符时，我的眼泪无声地掉落在雪白的琴键上。

卡尔，这就是你送给我十六岁最好的生日礼物！我感谢你！

扼 杀

探 病

次日醒来，我感到全身难受。我的心，为何会感觉如此疼痛？

朱蒂和玛莎搀扶住我："公主，公主，您没事吧？""卡尔呢，我的卡尔呢？他去哪儿了？为什么我找不到他，为什么？""公主，您做噩梦了。""我的头好痛。""昨夜您受凉了。"

我捂着额头，红着眼说："卡尔，他不要我了，他离开我了！他走了，他走了！""公主，卡尔王子是不会离开您的。"我痛哭起来，想起昨夜的一幕，心情跌到了谷底。我鼓起勇气给卡尔去电，终于又听到他的声音了。只是语气里，再也没有往日的温柔："很抱歉，昨天我不太舒服，所以先离开了。"

听到他的声音，我顿时感觉窝心，哪怕没有热情我也不会反驳一句。我多么害怕说错一个字，他会立马挂断电话。我甚至没有勇气去问他，为什么昨夜会拒绝我，为什么会再一次从我面前临阵脱逃？我不会去责问他、逼迫他，只等着他来主动见我。现在的珍妮芙不如往常了，所有的骄傲与光芒已经褪去。在卡尔面前，我是懦弱的。

好几天过去了，卡尔始终没有来一个电话。我所能做的，只有静静地待在房间里，边看剧本边等他的消息。直到和安娜女士、马丁还有亚历山大讨论电影剧本时，卡尔还是没有来电话。

空余时，我问安娜女士："太太，这几天，卡尔还好吗？"她摇摇头，皱皱眉："哦，卡尔不太好，他病了。"我紧张地握住太太的手问："卡尔怎么了？怎么好好的突然会生病了呢？"她红着眼说："可能是得了风寒，发烧了，在床上躺了两天。不吃也不喝，精神特别差。珍妮芙，看来还是得请你出马了。平时你们最谈得来，去开导开导他，让他好歹也吃点东西。看着卡尔那惨白的脸，我的心都碎了。"我安慰道："太太您放心，一会我就和您回去看卡尔。"

会议结束后，我挽着卡尔母亲的手准备离去。马丁在身后叫住我："嗨，公主，请稍等。"我对卡尔母亲说："太太，您在门口等我一下。"我转身问马丁："还有别的事吗？"他摸了摸油亮的大红鼻子，为难地问："嗯……公主，我们定的男一号演员，您真的不喜欢？""不喜欢，我看见他就浑身不舒服。我保证，和他一起演戏我完全进入不了状态。如果你想搞砸这部戏，那么就找他来演吧。"

"是，我会再找合适的男演员给公主看的。您慢走。"马丁弯着身子，目送我的离去。他心里就是再有千个万个不愿意，也不能和出巨资的史密斯家庭对着干。只要稍不慎，他的新电影就会流产。他就是再看不惯我的作风，还是得像条哈巴狗似的伺候好我。

我买了一篮上好的点心礼盒和水果，来到卡尔家。推开房门，他在床上睡着。安娜女士轻轻地叫唤一声："孩子，珍妮芙来看你了。"卡尔忽地从被窝里探出头："公主，您怎么来了？"我走上前，温柔地说："太太说你病了。"安娜女士笑了笑："你们慢慢聊，我去厨房看看，公主就在家里用晚餐吧。""好，谢谢太太。"

看着卡尔那虚弱的模样，我的猜疑和顾虑全都消失了。我心疼地摸着他的脸："怎么好好的，突然就生病了呢？"卡尔害羞地转过脸去：“抱歉公主，我受了点风寒，原谅我这几天没和您联系。”我摇摇头，笑笑：“没事，你不舒服，应该好好休息。”对于生日那天卡尔的拒绝和临阵脱逃，我也不再问起。我担心的是卡尔的身体，他要快快好起来，继续做一个健康的小伙子。

卡尔梳理了一下头发，摸了摸脸：“我这个样子，让公主看笑话了吧？”“怎么会，谁生病的时候还是精神饱满的。听太太说，你好几天不吃东西了？”“我没有胃口，吃不下。”“没有胃口也要吃一点，这样身体怎么吃得消呢？”“别操心，我躺两天就没事了。”卡尔捂住被子，猛烈地咳嗽起来。我拍着他的背，想帮助他减轻一点痛苦。

太太敲门，端来了一碗热粥：“孩子，你好歹也吃几口。”我走上前：“太太，交给我吧。”“珍妮芙，这……”“没事，我来就行了。”“谢谢，亲爱的。”我拿着碗，用勺子舀了一口粥，用嘴轻轻地吹了吹，递到卡尔嘴边：“来，亲爱的，吃一口。”

卡尔望着我，犹豫了一下，张开嘴巴。看着心爱的人吃下我喂的粥，欣慰的感觉油然而生。这是我第一次喂别人吃东西，也许，只有卡尔才能让我做此举动。

喂了几口，卡尔不好意思地撇过头去：“谢谢，我自己来吧。您请下楼用餐吧。”“看着你吃完碗里的粥，我再下去。”“好。”他拿起碗，快速地将汤水往嘴里送。喝完后，卡尔抹抹嘴巴：“完成任务了。”“真棒，我就知道卡尔最听话了。”“您下楼用餐吧，我想再睡会。”

我帮他捂了捂被子：“那你好好休息，我下楼了。”他点点头：“放心，我会很快好起来的。”我低下身，在卡尔的额头上轻轻一吻。

卡尔的父母在餐厅等我，他们问：“公主，怎么样？”“卡尔很棒，喝完了我喂的粥。”安娜女士开心地说：“太感谢了，只有公主才能拯救我们的卡尔。”我边往嘴里送食物，心里边美味地思索着。卡尔的父母已经完全信任和接纳我了，对我来说这是个最大的筹码。

用完餐后，我悄悄进了卡尔的房间。他还在熟睡，鼻尖传来阵阵细密的鼾声。我轻轻抚摸他的脸颊、眉毛和眼睛。我自言自语道："这是我爱的人，是我要的人。卡尔，你是我的，谁也别想把你从我身边抢走！"我低下头，吻了吻他的脸，轻声说："睡吧，宝贝。等你病好了，就要来找我，我等你。"

我将自己的右耳环摘下，悄悄放在卡尔的枕边。站起身走到门口，又回头看了眼，悄悄地关上门。

离开卡尔家，走在清爽的柏油小路上，我笑了。我拿出手机给马丁去电："我已经看好男一号的人选了，明天上午你来我家，我告诉你。"

男一号人选

第二天，马丁和经纪人保罗来到我家，当他们得知我看中的人选时，都瞪着眼睛惊讶地问："什么？公主看好的原来是卡尔王子？""正是。"马丁又摸摸自己的大鼻子："这个……我要和安娜女士商量下，关键还得看卡尔本人的意思。""你知道该怎么做了，如果卡尔不担任剧中的男一号，那我也不出演女一号了。除了他之外，我不想和任何男演员合作。"

马丁皱着眉头，为难地说："我尽量争取下吧，公主。"我凑上前，捋了捋他的衬衣领子："不是尽量，是全力以赴。""是，公主，我会全力说服安娜女士和卡尔的，请放心。""你办事，我放心。记住，不到万不得已的时候，不要说是我的意思，你明白的。""嗯，明白。""我现在出门，要送你们一程吗？""不了，公主，谢谢您的好意。请慢走。""那好，我就不多留你们了，三天之内给我回音。"

这一次，我确实是给马丁出了难题。没办法，谁让我那么爱卡尔呢。我要借助这部电影，亲口向卡尔表明自己的爱意。马丁是个精明的人，只要决定了的事情，他一定会想尽一切办法达到目的的。不然，《我的告白》就会无疾而终了。

下午，我在第五大道逛街，接到卡尔电话："嗨，下午好。""卡尔，你身体好点了吗？""好多了，刚睡醒。对了，我在枕头旁边看到一只银色的耳环，是您掉下的吧？"

我停下脚步，装作怀疑："是吗？原来在你的枕边？怪不得呢，我找了一晚上都找不到，这是我最喜欢的一对耳环。""要不，晚上我把耳环送到您府上？""不用麻烦了，你在家好好休息吧。我正逛街呢，已经新买了一模一样的。那只耳环，你先替我收着。""那好，我先收着。""你好好休息，我想尽快看见一个健康活泼的卡尔王子。"

挂掉电话，我立马来到当初买耳环的那家店，又购置了一对一模一样的耳环。卡尔，那只耳环是我故意放在你枕边的，我要让你每时每刻感到我的存在。除了我，你将看不见任何人的光芒！

三天还没到，马丁便来我家拜访了。他告诉我，安娜女士没有意见，只是卡尔本人，他直截了当地拒绝了马丁的邀请。他说只喜欢航天专业，对演戏毫无兴趣，希望别人不要来打搅他的大学生活。马丁请安娜女士去做卡尔的工作，很遗憾，还是没能成功。

马丁失落地耷拉着脑袋，不敢抬头看我。我走过去，他瞬间屏住呼吸，挺直腰板，等待我向他开火。我拍拍马丁的肩膀，笑着说："你的黑外套很沾灰尘。""哦，是吗？""我帮你弹掉了一粒头皮屑。""谢谢公主，我自己来就可以了。"我凑上前，轻轻地吻了马丁的脸，在他耳根小声说："亲爱的，你做得很好。下面的工作，就交给我吧。"

马丁往后倒退两步，睁大眼睛，大口地喘着粗气："公主，真想不到……这太荣幸了……我太激动了！"我摸着他的脸："你不是一直都想得到我的恩宠吗？"马丁使劲点头："但是……我不奢求。""你不用奢求，这是最起码的礼仪，也是一个演员感谢制片人辛劳工作的最佳方式。不是吗？"

马丁摸着脸："感谢上帝，感谢主！我会好好收藏它的。"他微笑一下，"没其他事，我先退下了，公主。""好，下周的新闻发布会，我一定会和布莱恩的扮演者一起参加的。""是，很期待，公主。"

劝 说

傍晚，我提着礼盒再一次叩开卡尔家的房门。

卡尔母亲拉着我的手说道："我劝过卡尔了，他还是不喜欢演戏。看来，得由您出面说服这个顽固的小伙子。"我拍拍她的手背："放心，交给我吧。""卡尔在楼上温习功课呢，你上去吧。"

门虚掩着，卡尔正背对着坐在书桌前温习功课。我悄悄走进去，站在身后，用双手捂住他的眼。卡尔放下手中的钢笔，问："哦，是谁？"我不作声响，继续蒙着卡尔的眼睛。他摸摸我的手背："是妈妈吗？哦，不像。你的手冰凉，妈妈的手永远都是温热的。而且，你的手很细腻，妈妈的手已经有了纹路。噢，我知道了，一定是罗丝？你来了对吗？"我不出声，继续让他猜测。

卡尔笑笑："难道不是吗？那是谁？"我屏住笑声，还是没松开双手。卡尔急坏了："呵呵，快告诉我，到底是谁？"我凑到他耳根，轻轻地用气声说了句："我是你的海伦。"卡尔顿了顿，问："是……是公主吗？"我松开双手："没错，是我。"他回头站起来，不可思议地望着我："公主来了？应该我下楼去迎接的。您不事先通知一声，也好让我有个准备。""我想给你一个惊喜。"

佣人送来了水果和果汁，卡尔拿起水杯递到我面前："给，海伦。""谢谢，布莱恩。"他双手合十，思考了一下："很抱歉，您是美丽的海伦，可惜，我并不是布莱恩。"我放下水杯，郑重地对他说："不，你就是布莱恩。我要让你成为布莱恩，成为海伦心中最爱的男人。"

卡尔叹口气说："我知道您今天是来当马丁先生的说客的。""不，我不是代表他来的，我是以个人的身份，诚心地邀请你的加入。""谢谢制片方那么看重我，你们对我的高度期望我心领了。可是……我对演戏真的不感兴趣，况且，我也没有进军演艺圈的想法。"卡尔拿起桌上的一架飞机模型，"我喜欢航天，这是我的事业。"

我站起身，劝说道："卡尔，演戏和事业并不冲突。拍电影只需要一个月的时间，况且现在正好是放长假，不会耽误你太多时间。"卡尔皱着眉头回答："可我压根不会演戏，我只喜欢做真实的自己。""不会我可以教你，演戏只是体验不同的人生，这并不是虚假。"

他背着身："可……可我还有很多功课和实验要做，我不想分心。""我想，摄制组最后决定邀请你担任男主角，一定有他们的理由。你看，剧本是由你母亲的畅销小说改编的，如果你能担任主演，那这部电影将会成为好莱坞今年最有影响力的作品。母子联手，一定会博得高票房的。"

卡尔无奈地笑笑："我可不想成为一部赚钱的机器。""拍电影不仅仅是为了利益。就像你热爱航天，你希望有一天学有所成，能做一名优秀的飞行员，带着你的梦想展翅飞翔，因为你喜欢在天上飞行的感觉。难道你会说，你是为了一个好职业才选择当飞行员的吗？你为了这一天，要经过多年的刻苦努力奋斗。你能在天上自由地飞翔，身上却承载着如此繁重的压力和责任。"

卡尔目不转睛地看着我，一言不发。

我像个演说家一样，激动地表达观点和看法："你母亲也一样，难道你不想看见她的作品获奖吗？荣誉对于一个人来说有多么重要，尤其是像你母亲这样的女性。我想，安娜女士一定很渴望再度站在领奖台上，对着观众欣喜地说：'感谢我的孩子，感谢他成了我笔下的英雄。没有他的精彩演绎，就不可能会有如此完美的布莱恩。感谢卡尔，我爱他！'怎么样，如果真有那一天的话，你坐在台下看着母亲，在众人面前那么骄傲地夸着自己的孩子，你还会认为，当初的选择只是为了赚钱吗？"

卡尔低下头，默默地思索着："这我不否认，艺术创作带来的价值与认可确实比商业价值要可贵的多。可是……我不想自己的私生活曝光在银幕和众人面前。""难道,你母亲就喜欢高调吗? 她为了创作,自我牺牲了很多。这些年来,她都是在银幕前高调地展示自己的作品,却一直低调地保护着这个家庭。现在,连她的初恋都可以拿出来跟所有人分享,你能说,她付出的还不够多吗? "

卡尔张大眼睛望着我:"您是说,《我的告白》是母亲真实的故事? ""嗯。""我简直不敢相信,这样动人的爱情故事就发生在我母亲身上,太不可思议了! 她从没对我和父亲说过。""她当然不会和你们说了,这是她内心最隐秘的事。她不能说,并不代表她不能表达。她完全可以用文字的形式表现出来,再让别人来演活它。你不觉得,初恋是件非常美妙的事吗? 谁都不得不承认,初恋带给人们的意义,会影响我们的一生。"

卡尔用双手捂住自己的脸:"我真的不敢相信,这是母亲的故事? ""是的,你母亲没有和任何人说,只跟我说了。她让我保密,不能告诉任何人,包括你和威廉先生。""我明白,妈妈不和我们说是对的。等一下,我有点儿乱,让我想一想。"卡尔靠在书桌前,两手捂住头,用力地思索着。

我凑上去,贴近卡尔的脸,咄咄逼人地说:"你的内心现在一定很激动吧? 你没有想到,你的母亲会把自己的初恋公布于众,更没有想到她会将故事搬上荧幕,这的确很让人震惊。如果由儿子参演自己的作品,那是一种怎样的感受? 你母亲有了寄托,她的作品可以获得新生了。怎么样? 你不想帮助母亲完成这个隐藏在她内心三十四年的心愿吗? "

卡尔一屁股坐在椅子上,抱住头,大口喘着粗气。我蹲下身子,将手搭在卡尔的腿上,红着眼轻声恳求道:"亲爱的卡尔,为了完成你母亲的意愿,答应参演吧! 这是她几十年来的心血,她等这一天等了很久了。只有你,只有你卡尔才能完成她的这个心愿。这一次,算我求你,好吗?"他红着眼望着我,欲言又止。我继续逼近:"我知道,你不会让我失望的,对不对?"卡尔没有摇头,也没有说话。我将自己的脸轻轻地贴在他的腿上,空气变得异常宁静。

这一刻,我在心里笑了。

晴天霹雳

卡尔最终答应出演电影《我的告白》的男一号,但是他亲口告诉马丁:"这是我第一次拍电影,也是我最后一次涉入影坛。在我的生命里,只有航天事业和这一部电影。"

新闻发布会上,演员和剧组原创统一站在媒体前亮相。面对刺眼闪烁的灯光,卡尔时不时地瞥过脸,用手遮住眼睛,显得极不自然。他凑近我耳根,悄悄地说:"我实在不习惯有这么多相机对着我不停地拍,我的头都晕了,感觉自己像是光着身子任人评判一样。"

我笑着说:"没错,我第一次面对媒体,也和你有同样的感觉。你就把他们全当做傻子,这样你就不会紧张了。""我也希望是这样。可惜,他们太热情了,就差没拍清楚我有几根睫毛了,呵呵。""别紧张,放轻松,一会就好。你只要对着他们微笑,回答他们和电影有关的问题就可以了。其他的,你可以保持沉默。""他们以为我有多么热爱表演,多么想通过我母亲的作品一炮而红。其实根本就不是这样,珍妮芙,你懂的。""哦,我明白,别担心,你就按照马丁教你的那套说,没问题。"

提问时间一到,各路媒体蜂拥而至:"请问珍妮芙公主,这一次您和安娜女士再度合作,出演她的新电影《我的告白》,您最想说点什么?""我觉得,这是我和安娜女士的缘分。六年前,我首次触电,出演了《莎莉的秘密人生》中的小莎莉。如今,我又要出演《我的告白》中的海伦。你们说,这不是缘分是什么?况且,我们的私交非常好。安娜女士是我十分尊敬的长辈，她的身上，有着许多值得我学习的地方。"

另一记者凑到卡尔面前问："卡尔先生，这是您首次触电，请问，这是不是您进军演艺界开的头炮战略呢？""其实，马丁先生当初找到我，是觉得我各方面的条件和剧中的人物比较吻合。这一次，完全是在马丁先生的友情邀请下，答应出演男一号的。"

"制片人是不是想以母子齐上阵的策略来打响他的这部电影？""电影的好坏直接关乎到票房和效益。我想，任何一个有头脑的制片人都不会因为电影效应而忽略了电影的质量。所有人都是为了一部好电影、好作品而出发的。所以，我也很感谢制片人和导演，给了我一个千载难逢的好机会，让我这个新人能在母亲的作品中发挥一把。我很期待。"

卡尔的回答没让大家失望，面对记者辛辣的提问能应对自如。发布会结束后，我揽着他的胳膊，微笑地说："卡尔，你很智慧，表现非常完美。"他松了松脖上的领结："谢谢，我演得有点累，现在终于可以做回自己了。""哈哈，这么一会你就受不了了，真正的好戏还在后头呢。"

我以为，自己下的每一步棋都能在掌控下顺利进行。可万万没想到，就在开拍的前两天，一个突如其来的消息打破了我所有精心的布局。我的卡尔不幸得了急性阑尾炎住院了，这个噩耗如同晴天霹雳一样，重重地砸在了我的心上。

当我赶到医院时，卡尔刚动完手术。他虚弱地躺在病床上，脸色苍白，没有一点血色。我倚在床边，默默地握住卡尔的手，心疼得落泪了。看见他那病弱的模样，我的心碎了。卡尔为难地说："真的很抱歉，在最关键的时候，我却拖了大家的后腿。一切经济损失与责任，全由我个人来承担。"

此时，我根本没有心思考虑摄制组的损失问题，我只担心卡尔的身体。我抚摸他的脸颊,温柔地说:"剧组的事不用担心,你只管好好养病,早日恢复身体。"

卡尔点点头:"我会的,谢谢珍妮芙。那么,布莱恩的角色怎么办?""你放心,马丁会找其他演员来代替的。你的任务就是养好身体,下一次,我要见到一个健康活泼的你。""好。""那你好好休息,我要去摄制组了。有空再来看你。"

"您赶紧去忙吧,不用管我。对不起,我不能扮演布莱恩了。不过我相信,一定会有更优秀更适合的人来诠释这个角色的。""在我心里,你就是布莱恩,没有人可以和你相比。""真的对不起,这一次,我让您失望了。"

我摇摇头,在卡尔的额头上轻轻地给了一吻,起身离去。走到门口,我回过头,在心里默默地说:卡尔,你就是我心中的布莱恩,谁也不能取代你在我心里的位置。总有一天,我会成为你心中的海伦。我,爱你。

出了病房,我快步走在空旷寂静的走廊上。高跟鞋重重地踩在地上,发出阵阵刺耳的响声。这一刻,眼泪终于止不住地往下落。所有的骄傲与自信在一瞬间化为了乌有,从没有像现在这么痛心和绝望过。我紧紧握住双拳,压抑内心快要爆破的情绪。

上帝啊!为什么你会如此捉弄人?眼看着我和心爱的人就要同台共戏了,可你却和我们开了一个大玩笑。告诉我,这不是真的,不是真的!我的全盘计划就这样被打破了,我不甘心,我不甘心呐!卡尔,若你真的不爱演戏,不爱踏入娱乐圈,你也不必用如此伤身的手段来报复我。你知道,我爱你,我爱你!

悠长的走廊里,充满了刺鼻的消毒水味。它像无止境的深渊,无论我用多快速的脚步,似乎永远走不到头。我的脸上挂满泪痕,模糊一片。人生中,没有比这个样子更糟糕的了。

推开大门的一刹那,刺眼的光亮猛地照在我的脸上,一阵晕眩。

银幕初吻

电影《我的告白》正式开机了，布莱恩的扮演者最后选定好莱坞的一线明星查理担当。

本应该是兴奋的开场，而我却完全没了该有的热情。摄制组的成员积极地布景，不论他们多么带劲，我始终坐在一角沉默少语。亚历山大导演让我和男一号熟络一下感情，对对台词，以便开拍时能顺利进行。查理想方设法地和我套近乎，我保持一贯的作风，抱着胳膊仰着头，摆出一副高傲的样子。我从心底不喜欢这个男人，他和我的卡尔根本没法比。

开拍时，我多次走神，台词频频出错。无论导演怎么调动我的情绪，我总是不能进入状态。我双手叉腰，摇摇头说："对不起，我还是进入不了规定情景。"所有人沉默了，大家低着头不敢发话。

马丁站在一边轻轻地跺脚，咬着牙干着急。亚历山大搓搓脸，叹一口气，压着心中的气："不急，珍妮芙，我们慢慢来。你把全身放轻松，我们并不是在演戏。现在，你置身在美丽的大花园里，惬意地看书写字，旁边还有小鸟的鸣叫声。很好。"

我闭上眼，深吸一口气，照着亚历山大的话，想象着那个画面。

导演问我："现在，你感受到了什么？""我闻到了青草的味道，玫瑰花瓣的香味，还有鸟鸣。""非常好。现在，有人来花园里找你。你把面前的查理想象成自己心中爱慕的人。看着他，你就像看到了深爱的那个他。他不是查理，也不是布莱恩，他就是你朝思暮想、时时刻刻都想见到的那个人。你喜欢他、你爱他，你想把那句真心话告诉他。你看着他，心里的小鹿乱撞，即使内心澎湃，却还是羞于将它说出口。因为这是你的初恋，是你第一个爱的人，你不知该如何表达。你想等他对你先表白，你为了等那句话已经很久了。你等了十六年，现在，你等着十七岁的他，向十六岁的你告白。"

我把眼前的查理当做是心爱的卡尔，为了等那一句话，已经等了整整十六年了。他向我缓缓地走来，我放下书，站起身，默默地注视着他。

我们聊了一些话，继而两人开始深情地对望彼此，空气顿时凝结住了。我定住，不顾正在开机，将自己的一段台词加了进去："你是不是觉得，只有经历过爱情的人才能讲出大道理来？告诉你，一个人在出生的时候就已经被注定，这辈子，她会经历何种爱情。从她有血有肉有灵魂那一刻起，爱情就已经驻足在她的体内。她只是在等她的爱情，到了成熟的时候，爱情就来了。"

这是我在十岁时，曾经对卡尔说过的话。在场所有的工作人员都瞪大眼睛诧异地望向我。马丁刚想喊停，被亚历山大拦住了："没关系，让她自由发挥。"我借用场地、借用胶片、借用工作人员的注目，说出了想对卡尔说的话。

导演喊停后，走到我面前小心翼翼地问："珍妮芙，我知道这段台词并不在剧本中，是你加进去的？"我点点头："没错，是我加的。"亚历山大无奈地点点头："不错，很棒的台词！"我笑着转身："如果你们想要删掉这段台词，那么下一分钟站在这里的人，绝对不会是我！"说完，我扬长而去。只听身后的摄影师问亚历山大："导演，怎么办？"导演叹口气："不删，就按珍妮芙说的，继续拍！"

为了配合我那多出来的一段话，导演又在现场临时增改了台词。

接下来的一场戏，我们继续在花园里聊天，聊一切可以聊的话题。蓝天、白云、鸟儿、花草……我们开心地嬉笑，对望着彼此的脸庞，空气中到处弥漫着初恋的味道。忽然，布莱恩定住，用手捋捋我的头发，温柔地说："海伦，你真美，你让我看到了天使的微笑。"我低下头，有些害羞地抿抿嘴。布莱恩将一枝白色玫瑰递到我手里："送给你，我最美丽的女孩。"我接过花，低下头去。

布莱恩深情地注视我，温柔地说："海伦，我生长在和平的年代，在和平的季节遇到了和平的你。从没觉得生命里什么是不可舍去和取代的，直到遇见你。你让我知道，这世上还有这样一种不可抗拒的魔力，让我深深为你吸引。再没有什么能比你的笑容更让人心动和眷顾的了，看着你的眼睛，我就仿佛看见了自己清晰的灵魂，与你一样，纯洁、真诚。你是天使，是上帝的恩宠。假如你哭泣，这世界仿佛一片灰暗，万物萎缩。假如你微笑，这个世界会变得更加美好，一片灿烂。这一生让我遇见了你，从此，我的生命又有了新的含义。感谢上帝！现在我决定，我要把我毕生的热情和爱，献给世界上，唯一的你。不论生命过去多少时间，不论我们变得多么苍老，不论世事如何改变，我都会像十七岁时一样那么爱你，永远爱你。自此，至终。如果一定要让我说些什么，这就是我最想对你说的，我的告白。"

我害羞地低头，抿嘴微笑。我把眼前的查理当作了卡尔，就当成是他在向我表白。这一刻，我终于投入进角色中。在这片美丽的草坪上，在众目睽睽下，我将自己的银幕初吻献给了查理。我原本是想将它献给卡尔，也把生命中珍贵的初吻献给他。可是命运捉弄人，我等待已久的吻却给不了我最爱的人。表面上，我享受着剧中布莱恩那浓浓爱意的亲吻，可内心，却在不住地滴血。

在导演一声响亮的"咔"之下，在工作人员热烈的鼓掌中，这段戏结束了。短短几分钟，像过了一个世纪。

查理上前微笑着握我的手："感谢上帝，感谢珍妮芙，这真的是完美的一场戏！"我冷笑一声，转身而去。

我摘下耳环，愤愤地心里直嘀咕：差劲的导演！亚历山大的草草之作，怎么配得上我精湛的演技？查理那自以为是的表情，怎么配得起我那完美的表白！顶级导演和一线明星也不过如此，都只是假装高贵的模仿者！真正的精髓和信念，也许他们永远都领悟不到！

冷如冰窖

下了片场，我立马赶去医院探望卡尔。正在恢复中的卡尔，气色比先前好了许多。我倚在他床头，骄傲地说："亲爱的，知道吗，今天在片场，我们的那场戏演得非常完美，想听听台词吗？"卡尔勉强地笑笑。

我站起身，深情地看着他，然后转身凝望窗外，缓缓地说起布莱恩和海伦的对话。我侧转头，瞥一眼卡尔，又继续："你是不是觉得，只有经历过爱情的人才能讲出大道理来？告诉你，一个人在出生的时候就已经被注定，这辈子，她会经历何种爱情。从她有血有肉有灵魂那一刻起，爱情就已经驻足在她的体内。她只是在等她的爱情，到了成熟的时候，爱情就来了。"

我的眼睛湿润了，这一刻，我是真心的。

我转过身，走到卡尔床边蹲下："怎么样，是不是很完美？"卡尔痴痴地望着我，点点头："我记得，母亲的小说里，并没有那段台词。""没错，是后来加上的。""你加的？"我迟疑地看看他，又起身走到窗边，缓缓地说："是海伦加的，她为了深爱的布莱恩，说出了心中珍藏已久的话。他们从小青梅竹马，爱情早在那时就已经萌芽了。十六岁的海伦长大了，她有权让布莱恩知道真相。哪怕，布莱恩的心里，也深深地爱着海伦。"

我转过身，默默地望着卡尔。亲爱的，你该知道我说这段话的含义了吧？没错，我就是说给你听的。我凑过去，将自己的脸慢慢贴过去。他撇过头，冷冷地来了句："我想休息会，公主请回吧！"我愣住，无奈地起身："改天再来看你，好好休息吧。"

卡尔勉强地对我笑笑，闭上眼睛。自从那次生日之后，卡尔开始变得冷漠和逃避。他离我，越来越远了。

经过半个月的漫长等待后，卡尔康复出院了。可是在片场，我仍然没有等到他熟悉的身影，他总是以课业繁忙为由而一次次来婉拒我的邀请。整整两个月，卡尔只是象征性地来片场探班过两次，还是在他母亲极力的要求之下。每次，也总是待不了多久便匆匆离场。我一次次地感到失望和失落，也终因拍戏太忙而没有时间单独去见他。

电影杀青前，我花了一天时间，特地在家盛宴款待卡尔。当我们两人坐在宽大的餐桌前，整个房间似乎只有我一个人的声音。卡尔的言不由衷越来越明显，无论我说什么，他总是礼貌性地应付着。我极力控制着内心压抑的情绪，这种感觉简直快让我发疯了！

用完晚餐，我们来到花园散步。头顶月光，脚踩草坪，呼吸着有氧的空气。这个时候，该轮到我主动出击了。我随意地聊了些话题，然后假装绊了一跤。卡尔本能地搀扶住我，只是眼里，已不再有昨日的关切。他快速地松开双手："没事了吧？"

我赶紧抓住卡尔的手臂："有事！"我指着自己的胸口，"我这儿有事！我的心很痛！"谁知他冷冷地来了句："身体有事就去看医生，心理有事就去看心理医生。"我的手慢慢落下，心里呐喊着：卡尔，你就是我的心理医生啊！除了你，谁也治不好我的心病！

他叹一口气："时间不早了，我该回去了！""别走，卡尔！"我一把拽住他的胳膊，从身后抱住他。卡尔定定，转过身，慢慢拿掉我的手："真的不早了，我该回家了！"我一把托住他的脸，将自己的双唇送上去。卡尔本能地将我推开："公主，请尊重我，也请尊重你自己！"

我的泪水在眼眶中闪动，大声质问："为什么？为什么？"卡尔低头不语。我拉着他的胳膊："告诉我，为什么不吻我？"卡尔依旧不言不语，面对我的呵斥，他丝毫没有反应。我气急地问："你是不是觉得，我把银幕初吻给了查理，所以你觉得我不纯洁了？"

卡尔摇摇头："不！不是这样的！请不要这么说自己！""那为什么不肯吻我？难道，你不喜欢我？"他低头，紧紧地皱眉，陷入了矛盾的思考中。我的心在下沉、滴血，轻轻地问："这个问题，需要你想这么久吗？"卡尔抬起头，喃喃地说："我……"

我上前又一把吻住卡尔，将自己的舌尖伸入他的口中。卡尔狠狠推开我，大声地说："不！请别这样！抱歉，我先告辞了！"他甚至没有多看我一眼，鞠了一躬，便快速地消失在夜色中。如同生日那回一样，十二点一到，王子又离开了深爱他的公主。我的全身开始颤抖，心像掉进了冰窖。

我走进大厅，看见那架曾经被喻为爱的名义的钢琴，那刺眼的惨白色让人感到痛裂。我用手指轻轻抚摸它的外形和键盘，如同触摸卡尔那迷人的皮肤。我再一次弹奏起肖邦那首令人振奋的 C 小调革命歌曲，在激烈的弹奏下发泄悲伤的情绪。感觉手指再重一点，就会将键盘分裂。眼泪像泉涌一般流满我的脸颊、我的嘴角、我的心里，也滴在我最心爱的白色键盘上。

整个大厅空旷又凄凉，除了支离破碎的我，还有，这架讽刺的钢琴。这一晚，我彻夜未眠。

计

第二天，我全身疲惫地来到客厅，面对家人和佣人的问候，我丝毫不予理会。我走到钢琴前，默默地注视它。忽然，身后玛莎的喊声刺进我的耳中："波比，快给我回来！快回来！"只见我那只顽皮如疯的狗挣脱牢笼快速地冲向客厅，玛莎在身后死命地追赶着。

波比一头躲在钢琴底下，玛莎蹲下身子喊着："你这个小淘气，敢和我捉迷藏，看我不抓住你！"谁知波比做着怪相，抬起自己的后腿对着钢琴脚就是一通放肆。我眼睁睁地看着那黄色的便液洒在爱之如命的钢琴上，而那小混球竟然还斜着脑袋看我们，摆出一副很得意的表情。

玛莎捂住嘴，小声呢喃："波比，你闯大祸了！"我不由分说地一把抓起它的头颈，径直将它拽出了客厅。波比悬空着身子，四只脚不断地乱抓乱动，龇牙咧嘴地发出呜呜的惨叫声。它的前掌划过我的手背，一条长长的红印立刻出现了。我狠狠地将波比向窗外的大草坪上扔过去："你这只惹人厌的狗！混球！"我关上落地窗，它发出重重的叫声，尖利的爪子猛烈地刮着透明玻璃。我指着它说："我早就看你不顺眼了，杂种！"

我转身冲着玛莎大嚷道："你是猪吗？竟然不看好它？我养它，不是让你偷懒，让它长着长指甲来报复我的！"玛莎连连道歉："对不起公主，让我看看您的手？"我一把甩开她："这不是你要关心的！"玛莎立刻反应过来，拿着抹布擦起了钢琴。朱蒂带我去冲水，再用创可贴替我贴上。

我边上楼边大声呵斥着："把那杂种的指甲全给我剪了，一个也不许留！今天不准给它喂食，把它关起来！要是再乱叫，就把它扔到车库里去！"朱蒂和玛莎低头："是，公主！"

我一头扎在大床上，感到前所未有的疲惫。手背伤了，心也伤了。是不是全世界的人都要和我作对，连狗也不肯放过我？电话铃响，我连忙接起，以为是卡尔打来的。那头传来班森的声音："嗨，我们的大明星，这几天过得如何？电影快杀青了，一定很兴奋吧？"

我叹口气，摸摸手背："我不好，一点都不好。""怎么了，发生什么事了？""没什么事，最近拍戏太累了，很疲惫。""你要好好休息，不能累病了。你知道，我们爱你。""我知道。""告诉你一个不太好的消息，艾瑞克家陪伴他们十几年的那条大狗托托，今天凌晨去世了。""怎么会这样？托托可是艾瑞克最爱的宝贝。""据说是中毒死的。""中毒？"

我马上致电艾瑞克："亲爱的，托托怎么就突然走了？"艾瑞克伤心地说："托托是我们全家的爱宠，他陪伴了我们十几年，也算是条老狗了。本想让它安乐死，让它在没有病痛中离去。可没想到，它误食了洋葱，中毒死了。"

我瞪大眼睛："吃洋葱中毒？""没错，洋葱对我们来说是好东西，可对狗来说，就是毒物。""我知道很多东西宠物是不能吃的，但没想到洋葱却有如此大的毒性。""前两天我们出门度假，佣人就把自己吃剩的洋葱和牛肉全给了托托。昨天回来，它开始尿血。没想到，我今天起床一看，托托已经闭上眼睛了。它永远地离开了我们，永远……"电话那头传来艾瑞克伤心的哭声。

我劝慰道："对于托托的离去，我和班森都感到十分难过。节哀吧！毕竟，它是条老狗了。""托托的确是老了，各个器官已经开始衰竭。我想多陪陪它，陪它走完最后的日子。可没想到，托托却提前离开了我们。"

我的眼睛湿润了："也许托托走了，会比在人世过得更快乐。""可是我忘不了，托托是带着病痛走的。它闭眼前，眯着眼苦苦地看了我最后一眼……""艾瑞克，我要是托托的主人，我会立马开除下人，并让她补偿应有的损失。""算了，她也是因为无知才会这么做的，况且，她已经深深地认识到错了。""无知就可以逃避责任了吗？无知的人，最可怕！"

我挂了电话，心中的气愤依然未消。可是突然，我又笑了。

洋葱牛肉饭

下午，我仔细地上网查了资料，发现洋葱含有正丙基二硫化物。给狗投喂洋葱会引起急性中毒，出现红尿，从浅红色、深红色至黑红色。严重中毒者，尿液呈咖啡色或酱油色，出现食欲下降、精神沉郁、心悸亢进、呕吐、腹泻。治疗不及时，可导致死亡。

看了资料，我心里有了盘算。有人敲门，我快速关上电脑。朱蒂问："公主，晚上想吃些什么？"我想了想，笑着说："我今天特别想吃……洋葱炖牛肉。""好，我和玛莎这就去准备。""去吧，多准备一些，爸爸妈妈也爱吃。""是，公主。"

我站在窗口，向下俯瞰。波比正被绳子拴在一角，趴在草坪上有气无力地叫唤。我笑笑，用手指摸摸玻璃："小东西，其实，我还是很爱你的。"

晚上，大家坐在餐桌前，我边进食，边听着波比在室外用利爪抓着玻璃。玛莎站在一旁："公主，我已将波比的指甲全都剪掉了。""很好。"它看着大厅里的我们，嘴里不断发出"嗯嗯啊啊"颤抖的声音。我知道，它在求饶。我不理会，继续用餐。

玛莎说："公主，如果您觉得吵，我把它带到车库去吧？"我边往嘴里塞牛肉，边慢条斯理地说："没关系，就让它再撒撒娇。""是，公主。""哦对了，晚上，记得给波比洗个澡，看它的小脸脏的。"

玛莎一听笑了："那这么说，公主不再惩罚波比了？"我笑笑不语。玛莎问："那晚上，要给它喂食吗？"我放下刀叉，用餐布擦嘴，镇定地说："不，这是对它的惩罚，狗也是需要做规矩的。""是。"

凌晨一点，当所有人沉浸在睡梦中，我静静地睁开眼睛。天开始打雷、闪电，白色的拖地窗帘随风飘曳着。我穿着睡衣赤着双脚轻轻走下楼梯，来到厨房，打开冰箱拿出晚上未吃完的洋葱牛肉和米饭，用微波炉加热后，又在里面加了些香油，最后拿勺子搅拌一番。我闻着喷香的饭菜，拿起勺子尝了一口，自言自语道："真香！这么丰盛的晚餐，你一定会喜欢吧？"

我拿着餐盘走进大花园，双脚踩在清脆的草地上，发出轻微的沙沙声。此时，波比正趴在自己的窝里迷糊。听见动静，它立刻直起身子凑过来。到底是条狗，一嗅到香味便舔着舌头、摇着尾巴来求饶。我蹲下身，摸摸它："波比，你虽然很可爱，但却不是一条好狗。做错事的孩子都要受到惩罚，何况，你只是条狗。"

　　我将餐盘里的食物倒在盘子里，它立马凑了上来，快速地舔舐着美味的盆中餐。我感慨地望着它说："一天没进食了，一定很饿吧？吃吧，这也许是你的最后一顿晚餐了，多吃点！"一整天未进食的小家伙，此时只顾埋头苦干。

　　我慢慢站起身，默默注视着波比。它曾经是我心头的最爱，给我的生活带来了很多乐趣。可是现在，一切都变了，变得让人生厌。它一次次给我捣乱，拖我的后腿，成了我和卡尔之间的障碍，给我的生活增添了无数麻烦。以前的爱怜，现在全变成了愤怒和记恨。原来，宠物带给人的不仅仅是快乐，还有，悲哀。

　　我转过身，慢慢地离开。脚步，从未像现在这般沉重过。我知道波比不会跟来，此时的食物比主人更能吸引它。吃吧，吃吧，人生中最后的美餐，你有权享用它。幸好，走过这一段路后，我会变得轻松，你也能得到解脱。

　　我的眼睛湿润了，但却流不出泪来。

永　生

　　第二天中午，朱蒂跑进房间着急地说："不好了，公主，波比好像生病了，腹泻得厉害，趴在那儿一动不动！"我皱着眉问："是么，我去看看！"我来到花园，只见波比虚弱地躺在窝里，眼睛半张着。看见我过去，也不动声色。朱蒂发出哭腔："早晨我给它们喂食就发现波比不对劲，不像以往那么活泼了，变得死气沉沉的。盆里的狗粮也没有吃，它可从来没有这样过。"

　　我从窝里拿出那盆狗粮："也许是肠胃混乱吧，生病就不要给它进食了，补充水就可以了，让它清肠一天。""是。"我站起身拍拍手："我有事出去了，你们注意观察就是了。"朱蒂问："公主，需要看兽医吗？"我定住，转过头："它只是条狗，需要这么兴师动众吗？又不是什么大问题！""可我觉得，波比看起来不太好。""再观察一天吧，要是明天还这样，我会叫兽医的。"我瞥了眼衰弱的波比，它正趴在那里可怜巴巴地望着我。眼里，有一些湿润。

深夜回到家，所有人都睡了。我悄悄来到花园，只见波比神情萎靡不振，无力地趴在窝里，全身不断哆嗦着。它的状况比白天更差了，像是一具没有灵魂的躯壳。我轻轻抚摸它："宝贝，我知道你现在很痛苦。放心，我会早一点让你解脱的。"

我来到厨房，从冰箱拿出装满洋葱汤的碗，像昨夜那样加热。我尝了一口："好鲜美的汤，玛莎的手艺真不错。"我来到花园，将汤倒在餐盘里。又一天没进食的波比，挪动着沉重的身子，将舌头伸过去。我抚摸它，眼睛湿润着："亲爱的宝贝，喝完这碗汤后，你就能解脱了，所有的痛苦都会离你而去。你会永生，会得到上帝的恩宠，你会比我们活着的人都幸福。"

我的眼里流出一滴泪，滴在波比的脸上。我弯下身子，在它头上吻了吻，转身快速离去。我边走边哭，眼泪止不住地掉下来。宝贝，我没有勇气回头看你，希望你不要恨我。只怪我太爱卡尔，原谅我！阿门！

回到客厅刚想进厨房，碰到了玛莎，我警觉地后退一步，将汤碗藏在身后。玛莎揉揉眼睛："公主，您这么晚才回来？""你怎么还不睡？""我口渴，起来喝点水。""我先上楼了。""晚安，公主。"我快速回房间关上门，靠在门背后气喘吁吁地看着手里的那口碗。最后，我将它塞进了床底下。

第三天早晨，我还沉浸在睡梦中，急促的喊声将我吵醒。朱蒂哭着摇动我的胳膊："公主，不好了，不好了！波比好像不行了，您快去看看吧！"我穿着睡衣赤着双脚来到大花园，朱蒂和玛莎蹲在狗窝前，哭喊着抚摸它。我慢慢走过去，短短的几步路，像行走了一个世纪。

我蹲下身，看见波比趴在地上，全身不停地颤抖着，嘴里吐着白沫，周围满满一片黑红色。我问："怎么会这样？"朱蒂哭着说："早晨我来收拾的时候，看见波比吐了一地，尿出的液体全是黑红色的。我帮它清理了一下，喂了点水，可是它越来越不对劲，是不是……快不行了？"

我摸着波比的身体，有些冰冷。它的眼里已然没了光，却还在垂死挣扎着一条缝隙。它斜眼望向我，像在苦苦地求饶："救我，救我，救我！主人！我再也不捣乱了，再也不给你添麻烦了！我会做一只听话的狗，给你带来快乐，只求你救我一命！"

玛莎急着喊道："朱蒂，还愣着干吗，快去请兽医！"朱蒂站起身，抹着眼泪："公主，我去请兽医来，说不定还有一丝希望！"当她转身离去的那一霎，波比最后眨了眨眼睛，身体猛烈地抽搐一阵，慢慢地闭上眼睛。眼角，流出一滴泪来。

我起身，缓缓地说："来不及了，波比已经，死了。"朱蒂跑回来，"啪"地跪在地上呜呜地哭起来。空旷的大花园里，只听见朱蒂和玛莎撕心裂肺的痛哭声。我无声地流着眼泪，默默地注视着死去的波比，脸上却没有任何表情。天开始下雨，淅淅沥沥地浇灌在身上。

波比，你看，你还是幸福的。至少，有我们哭着送你，连老天也在为你祈祷。

朱蒂心疼地抱起波比，我颤抖双手用指尖摸摸它，又反射性地缩了回来。它的身体已由之前的僵硬变得柔软，波比真的死了。

我叹了口气，静静地说："将它埋葬在后院吧，立个碑，做个纪念。"朱蒂悲伤地点点头。玛莎看着我，疑惑地问："公主，不需要请兽医再来诊断一下吗？"我在雨中冲着她喊："可笑，狗都已经死了，还有必要让兽医来？他来了难道波比就能复活了？"玛莎摇摇头："至少，可以知道波比是因为什么病而死的。""这都看不出吗？不是瘟疫就是肠胃炎，还要我说几遍！"玛莎不发话了："是，公主，我们会按您说的去办。"

　　我双手合十，闭眼祈祷:"亲爱的，你永生了，愿你在天堂快乐！"我转身走在草地里，雨水和泪水一并流进嘴里。这一刻，我感到心痛。我知道，其实你也不愿离我而去。

　　我站在卧室的窗口，默默地望向后院一角，朱蒂和玛莎正在挖坑埋葬波比。宝贝儿，知道吗，其实我很爱你，但我更爱卡尔。对不起，原谅我的自私。下辈子，我会好好疼爱你，相信我。

　　以后，在这座大房子里，只有米奇自己玩乐了。你的玩伴走了，记得要坚强，别学会孤独。

得到与失去

金童玉女

　　明天是电影的杀青日，今晚我早早地上了床。

　　迷糊中，听见有敲门声。我打开灯："是谁？"门外没有人回应，继续传来一阵阵敲门声。我下了床，将双脚踩在地板上，蹑手蹑脚地挪动步子。窗外的风很大，窗帘被刮得四处飘曳。敲门声越来越急促，像要敲碎我的心脏。我喘着气走过去，快速地打开门。

　　奇怪的是，门口没有任何人。我走到楼道里，三百六十度大旋转，连个鬼影都没有。我快速地进房间锁上门，逃到床上。天空开始电闪雷鸣，那诡异的敲门声像鬼魂一样，一阵接一阵。我躲在被子里，全身哆嗦得厉害，眼里满是惊恐与无助。

　　一夜无眠。

　　第二天，我满脸疲倦地参加了电影《我的告白》的杀青酒会。要不是脸上涂着厚厚的脂粉，我都会被自己深深的黑眼圈给吓倒。主创人员，制片人马丁、导演亚历山大、安娜女士和剧组的主要演员应邀参加了盛大的酒会。可喜的是，卡尔也来了，这让我的情绪一下子高涨起来。

马丁兴奋地拿着酒杯："朋友们，为时两个多月的拍摄，大家终于将电影《我的告白》顺利地完成了。在此，我要感谢安娜女士，感谢她创作了本世纪最经典的爱情小说！没有安娜，就没有《我的告白》，没有《我的告白》，就没有这部电影……"

我们站在舞台上，向台下的嘉宾微笑示意。卡尔坐在那里，他的目光中已不再有我的身影。表面上，我和主创们同台举杯、合影、聊天，实际上都在关注卡尔的一举一动。身体很机械，脸上带着没有灵魂和生命的微笑。

间隙，我拿着酒杯找到卡尔。他笑着回应我："恭喜你，珍妮芙。"卡尔的语气里只剩下礼貌，也再没有公主二字了。

我喝了口酒："谢谢。"卡尔抿了抿嘴，尴尬地笑笑，挤出一句话："你和男主角查理，看上去很登对！"我望着他，无奈地笑笑："只是拍电影而已。""哦不，我说的是，现实中的。""你是说现在吗？我们还是为了电影。"卡尔点点头："很好！那我先失陪了，母亲在那边等我！"

卡尔转身留给我一个背影，我默默地看着他，说了句："波比死了！"卡尔转过身："天哪，怎么会这样？"我眼里含着泪："病死的。""什么时候的事？""昨天，清晨。""哦，上帝啊！这真的是太不幸了！波比是多么天真和可爱，它就这么离开大家了？"我点点头，希望能得到卡尔的一丝垂怜。他低着头，皱眉："请节哀！"

我正想对他说些什么，只见远处安娜女士喊了声："嗨，卡尔，过来一下，我和你介绍一位大师！""抱歉，母亲喊我过去了，失陪！"我拿着酒杯定在那里，心里冲他呐喊着：卡尔，波比是因为你才死的！

正想着，查理揽着我的腰身凑了上来："嗨，亲爱的，你在这儿？"我看看周围，轻声说了句："需要这么亲热吗？小心这里的记者，他们的眼睛可是雪亮的。""难道你不希望是这样吗？这正好说明我们很般配，他们写对人了。今天电影才杀青，说不定明天的《纽约时报》

就会登出我俩的头版消息了。"

我侧过身，笑着摆弄了下查理的领结，凑近他的耳根："我看，你是演戏演过头了吧？电影已经杀青了，你该醒了。"查理深情地看着我，捋了捋我的头发："可是，我已经把你当成海伦了，怎么办？""很遗憾，我可并没有把你当做布莱恩。"我掸了掸查理的肩膀，"看来，你的洗发水不太好用，该换牌子了。"

我高傲地离去，这缠人的查理，从电影开拍的那一天开始，他便不断地暗示我，哪怕费尽心机对我百般殷勤，可我还是无动于衷。只要我的心里有卡尔的存在，其他男人全都是过往云烟。

回到大厅，查理又来到我的身旁。几个记者拿着相机："来，请看这里！"他凑到我身边小声说："亲爱的，做个样子吧。马丁先生让我俩多照些相片，好为影片宣传造势。"我的脑海里，忽然浮现和卡尔出双入对的景象。如果这时身边站着的人是他，我一定会让记者拍个够。

记者问："你们是银幕上的金童玉女，简直是天生的一对。请问二位在镜头后，你们会不会也上演一幕真正的金童玉女呢？"我在心里暗自骂道：狗屎的记者！

我赶紧打住他们的遐想："你们的想象力太丰富了！我和查理都是演员，为了艺术，我们可以牺牲小我。但在生活中，我是珍妮芙，他是查理。电影永远是电影，生活也永远是生活。"

他们尴尬地笑了笑，对这个回答感到大失所望。哪知查理来了句："对！电影永远是电影，生活永远是生活。在电影里，布莱恩能和海伦相恋，是本世纪最浪漫的事。在生活中，我已经找到了我的海伦！"查理深情地望着我，眼里满是爱慕。记者齐声鼓掌，又快速地按下快门，将我们脸部的微妙表情一一"窃取"了。

记者离开后，我快速甩掉查理的手："原来，你台上台下一样会演戏！""不，珍妮芙，我只在摄影机前演戏，在台下，我只做真实的自己！""谢谢你的真实，可和我无关！"说完，我转身离开。

我到处寻找着卡尔，可他确实走了，又一次的不告而别。

回　报

这一夜，我喝醉了。为电影的成功，为卡尔的冷漠，也为悼念，死去的波比。

我醉倒在查理的怀中，这更让他充满了信心。凌晨，他将我送回家。我说了句："别妄想我会爱上你，你没有机会！""珍妮芙，我会证明给你看的！"

我迷迷糊糊地睡在床上，忽然觉得有什么东西在推我。睁眼一看，什么都没有。门忽然开了，我下床赤脚走过去，向楼道口看了看，没有任何动静。身后传来"啪"的一声，门被关上了。无论我用多少力，门始终打不开。我惊恐地捂住嘴，汗从脸上落下来。

接着，我的身后像是有一股强大的力量在推搡着，差点让我摔了一跤。脚步不自觉地跟随它往前挪移，一步又一步。我被迫地走下楼梯，身体像被固定住了，只能前行不能退后。

我用双手死死扶住楼梯把手，脚尖死死地贴住地板。那股力量将我重重地推了下去，客厅的落地玻璃窗被风撞开了，一股刺眼的光扫向我的眼睛。我被推到了大花园，感觉到它要带我去哪里了，没错，就是那里！

我的脸上流着无声的泪，脚步变得越来越快，竟不由自主地跑了起来。一路狂奔到了后院，我惊恐地睁大双眼，只见墓碑后跳出一只狗来，是波比！它的眼里满是仇恨与怨气，伸出利爪向我扑来。我大叫着转身就跑，它在身后一路狂追、狂喊着。

我跑进客厅，走上楼梯，却发现脚上像被胶水黏住了，一动不动。我哭着向后看，波比跑进来了。我用力拔自己的脚，随着一声响亮的撕裂声，脚和地板分开了，地板上残留着一层皮。我忍着钻心的疼痛，一瘸一拐地上了楼。地板上，全是一滴滴的鲜血。我使劲拽房间门把手，一遍又一遍。波比要上来了，快了，快了！

我一扭动，门开了，将门锁住，靠在那儿喘粗气，惊恐地哭喊着。忽然，背后被猛烈地一阵撞击，我摔在地上。门被撞掉，波比龇牙咧嘴地冲进来。我扑在地板上一步步向前挪移："不要，不要害我，不要！"波比眼里流出冤泪："是你害死我的，是你一手把我活活逼死的。你犯了错，就要受到应有的惩罚，哪怕，你是人。"波比终于把这句话原封不动地还给了我！

我爬上床，波比猛地扑上来，将它的利爪使劲抓我的脸，再用它那锋利的牙齿咬向我的脸和眼睛。感觉面部 一阵剧烈的灼热和刺痛，浓浓的液体顺着眼角流下来。波比奸笑一声，嘴边残留一抹鲜血："用你的血肉，来偿还我的命！"

我忍着剧痛，双手颤抖地从床柜里拿出镜子一照。我的脸已不成形，变得坑坑洼洼，血肉模糊。

我颤抖着身体问："这就是你对待主人的方式？"波比眼里流出泪来："主人怎么对待我，我就怎么回报主人！"我流着泪，摇着头："波比，别害我，我知道错了，知道错了……"

它张开大嘴，忽地一下蹦到床边："你知道错了，可惜晚了，你已经将我杀死了！"我使劲摇头："不！我没有杀你！是那该死的洋葱！是洋葱！"波比阴笑一声："哼，洋葱害不死我，是你！想看看你是怎么一步步将我置于死地的吗？"它的爪子一晃，一抹亮光后，眼前出现了一道屏幕，我的身影竟然出现在上面，天哪！它像放电影一样，记录着我的犯罪证据！我无声地流泪，使劲摇晃着头。

看着那一幕幕令人发颤的情景，我无助地哭着。它恶狠狠地盯我："看到了吧，这就是我的主人对待我的方式！她让我从一条好端端的狗，变成了一个没有生命的冤魂！是你活活地害死了我！是你，珍妮芙！"

我哭着，喉咙口却发不出声音。波比一步步逼近我的脸："我知道你为什么要害死我。因为你爱卡尔对不对？你爱他胜过了我！你本来是爱我的，后来发现我太顽固，三番五次地给你惹麻烦添乱。把你精心布置的房间搞得一塌糊涂，让你在卡尔面前下不了台。又把卡尔送你的名贵钢琴搞脏了，让你火冒三丈。你恨不得扒了我的皮，抽了我的筋，以解你的心头之恨。我知道你再也不会爱我了，你要我彻底地消失，来换取你内心的平静。你是个狠毒的女人，为了你的目的，可以不择手段，甚至可以牺牲陪伴了你八年的宠物！你的内心不会难受吗？不会愧疚吗？看着我就这样闭上眼睛，你于心何忍？我闭眼前的那一瞬，还在苦苦地哀求你，祈求你救我一命，我会用自己将来的后半生陪伴你、补偿你！可见你的心有多么歹毒，你的冷酷无情让我感到绝望。所以即使我死了，也不能让你过得安心。我要看看，你的心到底是不是黑色的！"

波比说完，猛烈地扒开我的睡衣，用它那锋利的爪子抓向我的胸前。我感到一阵撕心裂肺的疼痛，呐喊着："啊！不！不！救命！救命啊……"我低下头一看，我的胸口裂开了，鲜红的心脏正在有力地一跳一跳。

波比流着泪："感受到了吗，知道什么叫撕心裂肺的疼痛了吧？你伤害我的那一刻，我也是如此！"我虚弱地哀求着："求你，求你饶我一命吧！你要什么我都给你！"它摇摇头："太晚了，一切都来不及了。现在，就用你的心脏来还我的魂魄吧！""不——"

波比用爪子一把掏出我的心脏，拿到我面前："看到了吧，这就是你的心脏。它是红色的，可为何你会如此狠毒？你不配拥有一颗血红的心脏！""求求你，求求你把心脏还给我，我快没气了……""还给你？除非，你还我一命！""下辈子，下辈子你做人，我当狗，我来伺候你，我来陪伴你，补偿你所有的损失！"

波比闻着我的心脏，眼里流着血泪，苦苦地说道："不必了，我这辈子是狗，来生也还是条狗。只是，我再也不会选择像你这样的主人！我相信，任何一个主人都会比你有良心，都会比你仁慈和善良！这辈子，我选错主人了。希望下辈子，会有个好人好好疼爱我！"

我哭着，哽咽地说："对不起，对不起，对不起……"波比看了眼我的心脏，张开大嘴，一口将它吞了下去，我感到剧烈的窒息。忽然眼前变出了两只波比、三只、四只、五只……几秒钟时间，整个房间里全是它的身影。它们瞪着凶狠的双眼和锋利的爪子，一齐向我扑上来。

我大喊一声，猛地从床上跳起来，心脏一阵剧烈的疼痛。我做噩梦了！我摸我的脸和眼睛，从床柜里拿出镜子。幸好，完整无损。我的脸还在，脚底也完整无损，摸摸心脏，它正在有力地跳动着。

朱蒂和玛莎忙着给我擦汗、倒水。直到天亮，我裹着被角，惶恐不安地喘着气，嘴里喃喃着："不要过来，不要过来，不要过来……别恨我，别恨我……"

告白后的失真

第二天，我开始浑身难受，四肢变得沉重不堪，头痛欲裂。我病了，发高烧。

我躺在大床上，眼前挤满了人：父母、艾瑞克、班森、马丁、亚历山大，还有查理！他送来了《纽约时报》，上面的头版刊登了电影《我的告白》的杀青酒会的新闻，还放上了我和查理的合影，题为:《银幕前的金童玉女，银幕下的郎才女貌》。文章中不乏描写了我与查理在剧中的默契对手戏，私下，查理还频频向我表露爱意。结尾就是，看来这一对璧人，将要在现实中上演一幕真实的"我的告白"了。

看到如此渲染的新闻，我只是撇过头去置之一笑。我没有多余的力气与查理辩证事实的真伪，这已经不那么重要了。若是能对电影有所帮助，我能接受所谓的绯闻势态。这也正好能看出卡尔是不是真的在乎我，若是他心里真的有我，他会介意的。

在我昏睡的那两天里，查理在身边陪伴我。尽管他对我百般温柔和照顾，可我还是失落，因为没有卡尔。我的心在滴血，为什么面前的不是卡尔？讽刺的现实，真实得可怕。如果能让我爱上查理，那倒是件好事，至少，可以让我不这么痛苦。

从这时起，我的精神时常恍惚不安。我害怕犬类、害怕一个人睡觉、害怕去后院、害怕一切异常的声音。有时候，嘴里还会念叨着别人听不懂的词语。我知道，这是死去的波比在向我报复。我后悔了，后悔当初的决定。如果时间可以倒退，我情愿将它送给别人。这一刻，我想念梦中的若拉了，我宁愿再次回到她的世界中，总好过夜夜做着离奇可怕的噩梦。

半年后，电影《我的告白》公映了。首映式上，卡尔作为嘉宾也前来观看电影。查理坐在我的左边，卡尔坐在我的右边。漆黑一片的影院里，我流泪看着银幕上的自己。完美优质的布莱恩，这原本是属于卡尔你的。我有那么多想要对你说的话，有那么多感情想要对你表达，如今却只能暗自回味。能在大银幕前和你相恋，是我多年来的宿愿啊！

电影放到剧中海伦表白的那一段："你是不是觉得，只有经历过爱情的人才能讲出大道理来？告诉你，一个人在出生的时候就已经被注定，这辈子，她会经历何种爱情。从她有血有肉有灵魂那一刻起，爱情就已经驻足在她的体内。她只是在等她的爱情，到了成熟的时候，爱情就来了。"

我偷偷回过头看卡尔，他的眼里闪过一丝震惊，然后低下头去。亲爱的，我多么想把十岁那年的那段话，再次说给你听。现在明白了吧，这段银幕前的表白，就是说给你听的！

回想起当年与卡尔在一起的情景，当他听我说完这段话，兴奋地鼓起掌来，赞叹不已："哇！公主，您太令人敬佩了！我真的无法想象，你只有十岁，却能说出成年人乃至思想者才能说的话。我敢说，如果您长大不当作家，那真是美国文坛的一大损失，太可惜了！"我笑笑："是吗？如果真是那样，你母亲可是我的前辈了。可有些人，还想让我当电影明星呢！""不论您长大做什么，都会很出众、很优秀。""真的？""的确如此。"

当电影放到查理向海伦表白后，两人接吻的镜头，我偷偷看卡尔，他撇过头去，咳嗽一声。这是我的银幕初吻，也是我的初吻，原本是打算献给你的。你该知道我有多爱你，我可以奉献我的所有，只求你也爱我。

我闭眼，泪水再一次落下，心痛不已。卡尔，我长大了，并没有成为你口中，像你母亲那样杰出的作家。我没有进军美国文坛，我成了一名演员，并且有了好莱坞的一席之地。你为我高兴吗？你不是说过，不论我做什么，都会很出众、很优秀。既然我在你眼里如此完美，为何你还不能爱上我？爱上这个如此深爱你的我？

电影结束了，所有嘉宾纷纷鼓掌表示对影片的喜爱。《我的告白》成功了，而我的告白，却失败了。

首映会结束后，卡尔绅士地离开了。我追赶出去，在金色的大厅里叫住了他："卡尔，等一下！"他定住，慢慢地转过身，礼貌地问："珍妮芙，还有事吗？"我尴尬地笑笑："你就不想对我说点儿祝贺之类的话？""祝贺你，珍妮芙，你演得很完美，电影拍得非常好，你成功了！""谢谢。""我还有事，先告辞了！""卡尔！你……真的就不能再对我说别的？"

卡尔皱皱眉，想了想，盯着我说："你是可爱的小莎莉，更是迷人的海伦。在戏里，你真的很完美。再见！"他转过身，径直往前走去。

我红着眼冲他喊道："卡尔，不论我是十岁的小莎莉，还是十六岁的海伦，在银幕下，我就是珍妮芙，就是那个渴望得到爱的珍妮芙！"

卡尔定住，侧转头说："你已经得到了全天下所有的爱，应该满足了。""不！不一样！它和普通的爱不一样！我说的是，爱情！我至今还没有得到它！"卡尔沉默了几秒："全纽约的报纸都在纷纷报道查理王子和珍妮芙公主的新闻，我想，这会是个美好的结局。""不！不！不是这样的！我和查理之间没有爱情！""大家都看得出，查理非常爱慕你，你们真的很般配！""可我不爱他！我爱的是你！是你，卡尔！"

这一刻，我不顾大庭广众之下，大声表白了我对卡尔的心意。六年来，这句话如鲠在喉，无数个日日夜夜，我都想把"我爱你"三个字告诉卡尔。现在终于说出来了，如释重负。卡尔背对着我，默默地站在原地。我的眼泪流过脸颊，等待他的回答。

卡尔转过身，红着眼说："珍妮芙，你是全天下最幸福的公主。你应该知足，不要再奢求别的了。保重，再见！"说完，他匆匆出了大门。我跑上前，喊道："卡尔，卡尔，你听我说！你别走！"

经纪人保罗在身后喊我："珍妮芙，我们要进去合影了！"他搀扶我往里走，我回过头，不舍地看着消失的卡尔，心痛欲绝。

庆功酒会上，我一杯接一杯地喝酒，以此来抒发内心的痛苦和对卡尔深深的想念。当十二点的钟声响起时，查理向我表白了爱意。所有人都认为我们是天生的一对，觉得我们没有理由不相爱。我靠在查理的肩头，和他碰杯，流着心痛的泪。我不爱查理，更不爱那些仰慕我的人，对于他们，我清高依旧。表面骄傲不屑，只是为了掩埋内心那一抹孤独的自卑。

我醉了，看不清眼前的一切。查理搀扶我来到客房，我半推半就地应和他。迷糊中，我好像看到了卡尔，他正深情地抚摸我的脸："珍妮芙，我爱你，从见到你的第一面起，我就深深地爱上了你，无法自拔。你是上帝赐予我最好的礼物，我会好好珍惜你的。相信我！"我点点头："我相信你，我也爱你，很爱很爱……"

我抱住查理，深情地拥吻起来。在酒醉不清的状况下，我将自己的第一次献给了对方。

第二天醒来，发现躺在身边的竟是查理，我愤怒地拽过被子裹在身上："怎么是你？""珍妮芙，是我，我是查理。昨晚，我们在一起很开心！"我一巴掌打过去："混蛋！你这个伪君子！趁我喝醉就敢侵犯我？""不，不！昨晚你是自愿的，我没有半点强迫你的意思。你自己也说，你爱我，很爱很爱。"

我裹着被子下地："够了！给我闭嘴！我警告你，要是把昨晚的事说出去，我会要了你的命！""珍妮芙，我发誓，我绝不会把这件事告诉任何人，我会对你负责，一生一世都对你好。""你少给我来这套，从这刻起，就当什么事都没发生过。"我愤怒地穿好衣服，甩门而去。

我带着墨镜，匆匆穿过酒店的长廊。我宝贵的第一次，我的贞洁，我的一切都想献给卡尔的，居然让那个混蛋占了便宜。我恨透了酒醉，恨透了现实的残忍！

班森的告白

《我的告白》电影公映后，受到了业界和观众的一致好评。如我所愿，取得了非常不错的票房效益。看见安娜女士欣慰的表情，我十分开心。纽约的报纸杂志纷纷报道电影的相关内容，当然也少不了我和查理的绯闻。大街小巷的报刊亭，随处可见有关我俩的新闻。甚至还爆出了我与安娜的私人关系很紧密和特殊，安娜女士认我为她的义女。她的每一部作品，都会请我来担当女一号。看到这个消息，我只有一笑而过。

当然，我也因此而变得大红大紫，走到哪里都有影迷的追随。每每给他们签名、合影，我总是将最美的一面展现在人面前。可一旦上了房车，关上那扇门后，我便感到前所未有的疲惫和失落。司机问我："公主，还想去哪里？"我对着窗外，轻轻地说："回家！"晚上，班森来家中看望我。在房间里，我抱住他，像小时候那样，没有任何顾忌。我累了，只有在他和艾瑞克面前，我才能卸下所有防备。

班森紧紧地抱住我问："珍妮芙，你觉得男女之间有真正的友情吗？"我笑了："当然有，就像我们这样。""可你要知道，男女之间，其实并没有百分之百的友情。那是因为不能变为爱情，所以，只能用友情来代替。"我大致听懂了他的意思，挣脱他的怀抱，背对着："你在说什么？我不是很懂。"

班森挽住我的胳膊："你懂的，珍妮芙，你懂的！"我猛地转过身，大声地说："不，我不懂！"班森盯住我的眼："你非常清楚！"我火了，喊道："我就是不懂，我一点也不懂你和艾瑞克之间的心思！"班森扶住我的胳膊，镇定地说："珍妮芙，不要自己骗自己了。我们一起长大，一起生活了这么多年，你应该比任何一个人都懂我们三个人之间的感情。"

我忍住内心的焦躁情绪："我说过，我们是铁三角，是兄妹，友谊要到我们死去的那一天！"班森红着眼："可是，我爱你！"我走向窗边，调侃道："你当然得爱我，全世界每个人都爱我，怎么能少了你班森？"

班森走上前，挽过我的身子："不，我和他们的爱都不一样！我说的，是爱情！"我愣住了，不知如何回答他的话。从班森的眼神里，我看到了另一个自己，那个向卡尔痴痴表白的自己。我甩掉班森的手，转过身去："可笑，你怎么能和我谈爱情？"班森从背后挽住我的腰，深情地说："为什么不可以？你知道，我有多么爱你！从我们认识那一天开始，你三岁，我五岁。"

我甩掉他的手："笑话！当时我们还那么小，谈何爱情？"班森又凑上来，将嘴唇贴近我的颈项，说："为什么不可以？我已经爱了你足足十三年，你心里最清楚！"我将头扭开，躲开他的脸："我一点都不清楚！""你清楚的，你非常清楚！"

我从床头拿过一本书，放在班森面前："《我的告白》这部电影看过了吧？""看了。""小说没看过，拿去看看吧，会对你有所帮助。它会让你懂得，什么叫做真正的爱情。"

班森再次揽过我的腰，将自己的脸贴在我脸上，温柔地喘着气："珍妮芙，我懂！我知道什么是爱情。我爱你，我想要你！这么多年了，我一直渴望这一天的到来！"说着，他将自己的唇吻在我的脸上，脖子上，双手从背后伸过来，不停地在我的胸上揉搓着。

我猛地转过身，狠狠地推开，在他的脸上重重地打了个耳光："班森，你疯了？"他愣住，捂住右脸："不，珍妮芙，我爱你，我爱你！"我用手指着他大叫道："闭嘴！你要是再胡闹，别怪我不客气！""不，我没有胡闹。""你再敢不尊重我，我们的友谊就到此为止！"

班森红着眼："就算和你绝交，我依然还是那么爱你！"我凑近他："你以为你是谁？别以为你十八岁成年了就可以对我为所欲为！如果你再敢侵犯我，我可以告你，强奸未成年少女！"

班森皱着眉："不！没有你说的那么严重！我只是想表达我多年来对你的爱意！""闭嘴，闭嘴！""你宁可喜欢卡尔，一次次地去找他，也不愿意投入我的怀抱？"我转过身，又一个耳光打过去，指着他的鼻子大喊："够了！我不允许你说他任何的不是！如果你还想和我继续做朋友，就闭上你的臭嘴！也许这样，我们的友情还会长久些！"

我用力地打开门，恶狠狠地瞪着班森："现在，请你离开我的家，我不想看到一个疯子在我的房间里为所欲为！"班森忍着呼之欲出的眼泪，点点头，走到门口，定住："你以为我不知道？你已经没有我们想象中的那么纯洁了，你的第一次早就没有了。"我愣住，上前狠狠抓住他的衣领："什么？有种你再说一次？""我说，我们心目中的珍妮芙公主，已经没有第一次了，已经不是处女了！"

我瞪大眼喊道："你怎么可能知道，你怎么会知道？""我就是知道，从小到大，珍妮芙公主的事，我班森有哪一件会不知道？"我发疯地敲打他："快说，你怎么知道的？你是怎么知道的？"班森忍住泪水，狠狠地说："还不是那个查理，那天聚会，他喝醉酒亲口告诉我的，估计他也不知道会把这个秘密泄露出去了。"

我愣住，放开班森的衣领，手慢慢地向下滑落。他冷冷地说："所以，你不清白了。珍妮芙公主，您也就不必在我面前假装清纯了。"我的眼泪流下来，整个房间，寂静得让人可怕。

我盯住班森："我警告你，这件事你要是敢告诉任何一个人，尤其是卡尔，那我们之间的友情，就真的完蛋了。你要是想失去我，那就去说吧。""不，我不愿意失去你，不愿意！""不愿意，就紧闭你的嘴巴，当什么事都没有发生过。我还是原来的那个我，那个清纯可人的珍妮芙公主。""我可以做到保守秘密，但是我不能保证，别人也一样会保守秘密。"

我将那本小说塞到班森手里，冷冷地说："拿去看看吧，在黎明到来之前，你会忘记所有的悲伤。"班森接过书，无奈地离开了。我愣在原地，泪下滑。

如愿以偿

之后，我一次次地去找卡尔，不论我说什么，他总是礼貌地迎合我。每次走出他的家门，我便感觉一片天昏地暗。

我夜夜泡在娱乐场所里，喝酒喝到不省人事。和娱乐圈的那些狗男人混在一起，卿卿我我，暧昧不清，以此来麻痹自己的神经，麻痹对卡尔的想念之情。很快，我和那些男人的暧昧故事在圈外不胫而走，相信也会很快传到卡尔的耳朵里。

可是过了很久，卡尔依然没有半点动静。我开始编造各种理由，从生病、吃坏肚子、出意外甚至自杀，把卡尔骗来家中，想以此来博取他对我的同情。可是每每，卡尔都不会为此惊讶，只是保持一贯的风度劝说我，开导我。他的举动快让我发疯了，我感到窒息。

我躺在床上，对即将要出门的卡尔发疯地问："为什么你就是不肯接受我，为什么不肯和我在一起？为什么不肯和我上床？为什么？我的身体难道还不够吸引你吗？全纽约的男人看见我都会眼红，难道你看到我一点都不会心动吗？"

卡尔拉着门把手愣住了，回过头红着眼说："珍妮芙公主，我一直都很尊重你。请你不要拿我对你的敬重，来这样糟蹋自己。如果你都不爱自己，那么又有谁会来爱你？"说完，卡尔头也不回地离开了。我狠狠地敲打床沿，将枕头、被子全部扔到地上。我趴在床上，绝望地痛哭着。

那些看到我就直流口水的男人，巴不得倾其所有来得到我那珍贵的一夜。唯独卡尔，他永远站在情感的大门之外，理智得让人可怕。

之后，我找到班森，我确定此刻很清醒。在酒店房间，班森问："你想好了吗？愿意和我上床吗？只要能得到你，我可以一辈子替你保守秘密。"我流下眼泪，冷冷地说："好啊，有本事你就往外说，说珍妮芙的第一次被查理拿走了。然后，又被你给践踏了，有种你就往外说啊。说啊！"班森什么也不反驳，只是紧紧地抱住我。

我慢慢地脱去衣服，和班森发生了关系。我知道他是爱我的，虽然爱得自私和彻底，但至少肯付出自己的感情。这一刻，我觉得自己很悲哀。我的身体给了一个从小一起长大的男人，心里却想着另一个男人。

班森如愿以偿了，他不断轻抚我的每一寸肌肤，赞美我的身体，发誓会一辈子替我保守那个秘密，并且愿意为我做任何事情。我闭眼流泪："如果你真的愿意帮我，就帮助我追回他的心吧。"班森抱紧我，一言不发。趁着他进屋洗澡，我穿好衣服走出门去。

这一刻，我已经毫不畏惧了，什么绯闻、秘密、把柄……都他妈不重要了，一切都看透了。

十八岁的时候，我身边的男人围了一堆又一堆，娱乐界、商界、政界……那些风流韵事，足以打败好莱坞的一线女星，足以让我天天上《纽约时报》的头版头条新闻。事实上，我对男女情事根本不屑，在某种意义上，它倒是很好地掩盖了我那深藏于心底的脆弱。

在这些优质股里，我也在不断地更新换代中。包括对我馋涎三尺的亚历山大导演，最终也在我酒醉不清的状况下得到了我。

他抚摸我的脸庞，在我耳边喃喃自语："珍妮芙，这个名字在纽约有多么的响当当。无数男人想取悦你的芳心，只为了博得你的一颦一笑。宝贝儿，知道吗？你十岁那年，当见到你的第一面起，我就发誓，总有一天，我要完完整整地得到你。我无时无刻不在想象着与你欢愉的时光，这一定是世界上最美妙的事，也会成为我亚历山大一生的荣耀。我努力拍出好电影，一次次地极力推荐你为影片的女一号，让你在银幕前得到最大的满足。所有的努力，都是为了博得你对我的好感。我想当你长大成人后，终会明白我的心意的。这一天，我终于等到了，等了足足八年……"

当亚历山大恬不知耻地说出这些话时，我只是哈哈地大笑。他不断吻我的颈项，却没有看见我在笑的时候，眼角还流出了泪。

每次和他们欢愉之后，我总要问眼前的男人一句："你是爱我，还是爱我的钱，爱我的家族，爱我的地位和名声？"答案都很一致，他们说爱我，只爱我。我轻笑，天知道有几个是真心爱我，而不为一切目的的？对我来说都无所谓了，珍妮芙的风流韵事，早已成了大家心知肚明的事实。没必要去探究真相，没必要去解释误会，像我这样的巨星，就应该事事不惧。

在我事业到达最辉煌、最顶峰的时候，卡尔也如愿以偿地成为一名优秀的飞行员。每当我在机场去下一个目的地前，我总会站在空地上，痴痴地看着从地面起飞的飞机。亲爱的，你终于可以带着梦想展翅高飞了，只是你的梦，和我再无关联了，对吗？不论你飞向哪里，不论飞得多高多远，我的心，从未离你而去。

我始终站在这里，默默地等着你回来的一天，等你回来牵我的手，对我说："我爱你。"

悲情三角恋

尽管班森对我百般顺从和照顾，可我们之间仍然没有爱情。他一次次醉倒在我面前，哭着抱住我，一遍遍地对我表示爱意。从一开始的厌烦，久而久之，我变得麻木了。面对我的冷漠和无情，班森快要抓狂了。终于……

那天晚上，我在大酒店参加一个舞会，烂醉如泥的班森忽然冲进了会场。保安将他拦住，我上前："这是我朋友，我来处理吧。"我拽着班森来到酒店外的大花园，小声质问："你到底想干什么？你这样纠缠不休，别指望我会同情你！"

班森趴在地上，失望地说："那么你想不想知道，为什么卡尔不会爱上你？"我愣住了，蹲下身拽起他："你说什么？你再给我说一遍！"班森瞪着我大声喊道："我说，卡尔再也不会爱你了，再也不会了！"班森流着泪，向我诉说了之前的一幕……

那次班森酒醉后找到卡尔，将我的秘事全都抖落了出来。我的第一次给了查理，自己又占有了我，还有和那些娱乐圈的男人纠缠不清的事……

班森流泪向卡尔喊道："卡尔，我爱珍妮芙，我爱她！这么多年我对她的爱，绝不亚于你！"卡尔摇着头大喊道："够了，别再说了，别再说了！从现在开始，珍妮芙的一切，都和我无关！"班森看着卡尔离去的背影，伤心透顶。他没有得到预期的效果，卡尔并没有和自己来个生死对决。他心痛，明白卡尔是真的不爱珍妮芙了……

我趴在地上，绝望地哭了起来。他抱住我，喃喃地说："珍妮芙，别再幻想了。这个世界上，只有我班森最爱你，最在乎你！卡尔他根本就没有爱过你，从头到尾都是你在一厢情愿！"

我猛地推开班森，起身愤愤地说："不会的，卡尔不会这么对我的，不会！""珍妮芙，别再傻了，别再无休止地期盼奇迹会出现。他是不会爱你的，回到我的身边吧，回来吧！"我推开班森，跌跌撞撞地跑开了。

我横冲直撞跑进大厅，撞倒了服务生手上的托盘和酒杯，现场变得一片狼藉。班森紧追不舍地追过来，从身后紧紧揽住我的腰："珍妮芙，珍妮芙，你别走，别走……"我挣脱不开他，使劲扭动着身子："别让我在这么多人面前下不了台，放开我！快放开我！""我不放，说什么我都不会再放开你了！""你这个疯子，疯子！"

所有嘉宾都把视线落向我这里，闪亮的焦点再一次被放大。我急得从台子前拿过一把水果刀冲着班森的脸："信不信我拿这把刀杀了你？""我信！如果今天你杀了我，能让你忘记卡尔，忘记他带给你的痛苦，那么我愿意死在你的手里！"我咬着嘴唇，痛喊一声，将水果刀重重地划向班森的左胳膊。他的手臂上立马裂开一个大口子，鲜血顺着伤口快速地涌出来。身边的围观者发出阵阵尖叫声："天哪，他受伤了！"

班森倒在地上，还是没有放开他的手，胳膊上的鲜血滴在我的身上和地上。他忍着痛，在我耳边喃喃道："为什么不将我一刀捅死？这样，我在你的心里就会永远存在了！"我流着泪，绝望地说："就算杀死你，在我珍妮芙心里，只有一个卡尔，永远只有他的存在！所以，你的死照样换不回我的心。"

班森苦苦地追问："为什么？难道你的心真的是如此冷漠无情？"

我伤感地回答："我的心，早在十岁那年，就已经被他带走了。"班森慢慢地松开手，冷冷地说："珍妮芙，枉费我这么多年来对你的爱！原本以为，只要我们一如既往地对你好，你的心总会回来的，你总有一天会醒悟。没想到到头来，你还是这么执迷不悟！你就算再爱卡尔，他也不会回来了。总有一天，你会伤了所有人的心！"

班森捂着受伤的胳膊，踉跄地走出了大厅。我呆呆地愣在那里，满面泪痕地松开手，水果刀落在冰凉的大理石地上，发出清脆的响声。任凭周遭的人如何议论，我已麻木。我的世界末日了。

第二天，《纽约时报》的头版立即登出了我的新闻，那刺眼的题目和文章，字字戳在我的心上："《悲情三角恋》，昨晚，好莱坞当红女星珍妮芙·史密斯在某高档酒店参加舞会，期间遭遇一黑人的纠缠。据悉，该男子名叫班森·伍德，是珍妮芙的铁三角成员之一，从小青梅竹马一起长大。多年来，班森一直爱慕着珍妮芙。为了博得珍妮芙的芳心，班森不惜上演了一幕苦肉计。殊不知，其实珍妮芙早已心有所属，现实版的布莱恩叫卡尔·威廉，是一名航天飞行员。昨夜在现场，酒醉后的班森对珍妮芙不依不饶，希望她能重回自己的怀抱。情急之下，珍妮芙拿起水果刀划向班森的胳膊。整个会场立刻陷入了紧张和恐慌的气氛中，大家亲眼目睹了珍妮芙与班森之间的情感对簿。最终，班森捂着鲜血淋漓的胳膊，伤心地离开了会场。珍妮芙的神经接近崩溃，被友人搀扶着离开了酒店。本是热闹的舞会现场，却真实地上演了一幕悲情的三角恋。这么看来，现实版的《我的告白》，又多了一位竞争的男主角。"

我当即将报纸撕成碎片，散向空中。这一刻，我感到绝望，没有人可以相信，没有人可以依靠。我，到底是谁？我致电给艾瑞克，半小时后，他赶到了我的住处。面对从小一起长大的挚友，我上前一步，靠在他的肩头默默地流泪。

如梦初醒

哀　求

　　从这时起，我开始失眠，常常惊恐地从梦中惊醒，然后哭到天明。

　　我去看了心理医生，告诉他我的痛苦。我流着泪诉说："从小到大，我一直认为全世界都是我的。可是现在，我却感到自卑和害怕。我甚至开始怀疑自己，怀疑自己到底是谁？从我十岁那年，我便开始了白天与黑夜的两种生活。白天，我是高贵的珍妮芙；夜晚，我又变成了贫穷的若拉。我一直独自忍受着两种不同的生活状态，整整八年了。我本以为，卡尔一定会非常爱我。没想到，他居然变得这么冷漠无情。为什么我爱的人却不爱我？我为他做了那么多事，除去绊脚石，甚至还毒死了我最心爱的狗，为什么依然感动不了他的心？他在我十六岁生日那夜开始，就完全变成了另外一个人。在这之前，我确定，他是爱我的。"

　　我每周会去看一次心理医生，把自己内心的秘密和痛苦像倒垃圾一样一股脑儿地倒给他。医生告诉我，心理辅导只是一部分，更多的还是要靠自己，任何人都不能真正帮助你走出阴霾和困境。那这么说，我真的要给自己判死刑了？每每走出他的办公室，我总在联想，会不会在不久的将来，他变成了病人，而我却成了心理医生？

终于，在等待了长久的时间后，卡尔终于肯见我了。这天，我把自己打扮得漂漂亮亮，把房间重新布置了一番，在每个角落放满了鲜花，吩咐佣人准备餐点……所有的忙碌，都是为了迎接卡尔的到来。

卡尔进门，照旧很绅士地鞠了躬。我上前，压抑住心中的激动："卡尔，你终于来了！我为你准备了丰盛的午餐，请吧！"卡尔沉重地说了句："谢谢，用餐就不必了。珍妮芙，我想与你单独去楼上谈一会儿。"

卡尔进了房间，看见满屋子的鲜花，愣住了。我站在他身后，问："好看吗？""嗯，很漂亮。""都是为你准备的，这回，再也没有谁能搅乱这里的一切了。""什么？""哦，我是说在这里，没有人会打扰我们。"

卡尔转过身，郑重地说："珍妮芙，我想和你说的是……我们以后不要再见面了。"我走上前，握住卡尔的手："亲爱的，你说什么？我听不懂。"他低下头："你懂我的意思。"我欲哭无泪："我不懂，我一点也不懂！""你懂的，珍妮芙，你是个聪明的人，你心里最清楚。"我使劲摇头："我不要听这句话！卡尔，你是不是最近飞行得太累了，所以想多休息休息？没问题，我给你时间。但是你不能不见我，不可以！"

卡尔皱着眉，大声地说道："珍妮芙，我们必须分开了！"我的泪水在眼眶中涌动："什么叫分开？你是说，分手？"卡尔定了定，轻轻地说了句："我们本来就没有在一起过。"我抚摸着卡尔的脸，央求道："亲爱的，我们从小就是青梅竹马，所有人都知道我们是天生的一对。我们一起过生日、一起跳舞、一起骑马、一起溜冰、一起爬山看日出、一起读你母亲的小说……我们做过那么多有意义的事，你怎么能说没有在一起过呢？"

卡尔红着眼眶，冷冷地说了句："那是小时候，并不代表现在。""那么后来呢？你来学校接我放学，来片场探我的班，送我的公主裙，送我如此昂贵的钢琴，还有你替我擦汗的那块白手帕，还有，那个安慰的额吻……这些，难道都不代表什么吗？"卡尔仰起脸，想了想说："那只是代表了我们之间的友情，不过现在，都过去了。"

我的眼泪无声地掉下来，伤心地质问："你对我不单单只是友谊！我知道，你是爱我的，对不对？"我上前想吻卡尔，他将头撇过去。我又说："在我心里，你一直都是我的男朋友，不管你承不承认！""你的男朋友应该是班森，或者是那个查理，再或者是那些……"

"不！卡尔，那些都是炒作的绯闻！班森是我的挚友，查理是演戏的对手，还有那些你看到的新闻，全是为了炒作！只有你，才是我最为关心的。我爱你，卡尔，我爱你，爱了八年了，也将会爱一辈子。"

卡尔冷笑一声，叹了口气："算了，别再自欺欺人了。你的爱，我真的承受不起。""为什么？"我拉住他的手，"如果你觉得是家庭的原因，我可以放弃现在所拥有的一切财产。如果你不喜欢我在演艺圈，我可以立马息影。如果你不喜欢我身边的那些狐朋狗友，我可以和他们划清界限，甚至是班森和艾瑞克也可以！为了你，我愿意放弃所有的荣华富贵，只要让我和你在一起，到天涯海角我也愿意！"

为了卡尔，我是真心愿意放弃一切的！

卡尔慢慢放开我的手，痛苦地说："珍妮芙，别再执迷不悟了，好吗？我是不会和你交往的！"我拉着他的衣襟问道："为什么？为什么？从前的你不是这样的，为什么现在你变了，从十六岁我生日那夜开始，变得如此冷酷无情？那个热情洋溢、充满亲和力的卡尔去哪儿了？去哪儿了？"

卡尔冷冷地盯着我："不是我变了，是这个世界变了，我们无力去改变。""什么狗屁世界，那都和我无关。我只要你，只要你卡尔！"卡尔狠狠甩开我的手："够了！珍妮芙，你醒醒吧，求您了！我说过的话是不会改变的，你自重吧！"卡尔转身想离开，我随手拿起桌上的水果刀对着他，睁大眼睛吼道："卡尔！你必须爱我！"

卡尔回过头，看着我那疯癫的模样，冷静地说："爱情，一旦受到威胁和强迫，便不能称之为爱。那只是可怕和自私的占有！"我害怕地扔掉了刀，扑到卡尔面前，紧紧抱住他的腰："亲爱的，别离开我，别丢下我，求你了！只要你爱我，我可以变成你想要的那种女孩！"卡尔冷冷地说："人的天性是改不了的，你是珍妮芙公主，这是永远改变不了的事实。"

我点点头："没错，我是公主，我拥有全天下女人都想得到的东西。所以，你应该爱我啊！""你确实拥有了天底下所有的东西，但是，你也少了很多东西。"我惶恐地看着他："什么？还有什么是我珍妮芙没有拥有的？"卡尔的眼里闪过从未有过的失望："这种东西与生俱来，靠后天是弥补不了的。如果本身没有，那她一辈子也不会拥有。"

我不解地质问："你到底想说明什么？有什么话不如说出来，不要放在心里。卡尔，你什么都好，就是不爱说心里话。你老是让人琢磨不透，这也是你的弱点。""你真的要我说实话，要听我的心里话是吗？""没错！""只怕珍妮芙公主从小听惯了好话，应该接受不了坏话吧？""你有本事说，我就有本事接受，说吧！"

揭 穿

卡尔站在门边，默默地说："好，那我就告诉珍妮芙公主。你还记得，乔治亚吗？"乔治亚，这个敏感的名字，竟然从卡尔的嘴里说了出来！他怎么会知道乔治亚的？怎么会！

我感到震惊，全身哆嗦起来。卡尔从口袋里掏出一颗珍珠："还记得这个吗，你应该很眼熟吧？"没错，它是我那件限量版公主裙上的装饰！我惊呆了！

卡尔拿着那颗珍珠，继续说道："十岁那年，你在私人会所的舞会上，遇到了同班的乔治亚。你震惊她的出席，你讨厌她的寒酸样，更是因为她身上穿了那件你送给她的限量版公主裙！"

我惊讶地摇着头，眼泪流过脸颊："卡尔，你，你在说什么？""为了不让我看到乔治亚身上穿着我送给你的那件限量版公主裙，你就威胁她、警告她，让她马上离开会所，是不是？"我使劲甩头："不，不是这样的，不是！""这颗珍珠，就是我在进会所的时候捡到的，那个和我擦肩而过，神色慌张黯然离去的女孩，就是乔治亚！"

我的眼前一片黑暗，卡尔怎么会知道这件事？太可怕了！

卡尔步步逼近："你想尽一切办法栽赃陷害乔治亚，最后还将她赶出了学校！你的目的，都是为了一件白色限量版公主裙！为了不让我知道你将公主裙转送给乔治亚，所以你就费尽心机地做了这一切？对不对？"

我惊恐地倒在地上，摇着头为自己辩解："卡尔，不是你想的那样，不是的！你听我解释！""珍妮芙，想不到你是如此的蛮横，如此的有心计，为了自己的利益竟然可以不择手段地伤害别人。乔治亚有什么错，你为了一件礼服要这样伤害一个无辜的女孩？倘若你不喜欢礼服，你可以送给他人，我不会介意。可你为什么要做出这种事？你实在太可怕了，太可怕了！"

我跪在地上抱着卡尔的大腿，哭着求饶道："不！不是这样的！真的不是这样的！你误会了！公主裙其实有两件，父亲之前就送给我了一件，之后你又送了我同样的一件。为了不让你失望，为了你卡尔，所以我才想出办法将父亲的那一件送给了乔治亚！""珍妮芙，都到这个地步了，你还要编出谎话把责任推到你父亲身上？"

"不！我没有撒谎，我说的都是真的！不信，你可以去问我的父母，他们会替我作证的！"我拉着卡尔出门，他站在楼梯口。我来到楼下跪在地上，对着沙发上的父亲说："爸爸，还记得我十岁那年，你送给我的那件限量版公主裙吗？请说实话！"父亲皱起眉，想了想，又看了看楼上的卡尔，说："没有，我只记得卡尔送过你一件。"

我震惊了，使劲摇头，摇着父亲的大腿，期盼他能说出真相。当年，我说过不要让卡尔知道有两件，从此以后只有卡尔送的一件。父亲很好地帮我隐瞒了真相，而现在，却也因此让我百口莫辩。我又问妈妈，她也是笑着摇摇头。我又跑去问朱蒂和玛莎，她们更是不会开口说实话了。我崩溃了，发疯地叫喊着："为什么你们要这样对我？你们真的害死我了！"

我抬起头，看见卡尔默默地站在楼梯口。我跑上去，跪在他面前："卡尔，卡尔！我之所以这么做，那都是因为我爱你啊，我爱你才会这么做的！请相信我，相信我！对了，你跟我来！"我将他带到衣橱前，打开门，那件白色的限量版公主裙赫然地展现在面前。我气喘吁吁地说："看到了吧？这下你总该相信，礼服真的有两件！"

谁知卡尔来了句："珍妮芙，你就别再费尽心机地制造这些假象了。""我没有！这是真的！我没有动过任何手脚，这件真的是你送我的！你可以仔细看看衣服上的珍珠，一颗不少地都在上面。为什么你就是不肯相信我？为什么？我从来没有骗过你任何事！"

卡尔猛地回头，盯着我质问道："你从来没有骗过我？是这样吗？《我的告白》，写的真的是我母亲的初恋故事吗？"我心虚地点点头。卡尔轻笑一声："珍妮芙公主，别再自欺欺人了好吗？那明明就不是我母亲的故事，你为什么要捏造那样的事实？""你说什么？"

真实的告白

自从拍摄了电影《我的告白》后，卡尔一直对那个秘密尤为好奇。他虽然答应过我决不会去问他母亲，但在内心深处，还是想从侧面了解剧中的故事是不是母亲的初恋。终于有一次，卡尔父母在家中宴请宾客。聊天时，客人说起了卡尔父母的恋爱故事。

他笑笑，回忆着："卡尔，你父母的爱情故事，可是成了那个年代的一段佳话啊。"卡尔看看父母："叔叔，爸爸妈妈到现在一直很恩爱，看得我都眼红呢！""何止是你眼红，当时惹得我们更眼红呢！也许你不知道吧，你爸爸妈妈可是彼此的初恋哦！"

卡尔放下刀叉，诧异地问："真的？爸爸和妈妈都是彼此的初恋？""可不是！他们从上学起就是青梅竹马了，恩恩爱爱一直到如今。我可从没见过他俩当面吵过架，是吧，威廉夫妇？"

卡尔父母相互微笑，握着彼此的手。

卡尔疑惑地说："我虽然知道爸爸妈妈相爱很多年，可没听说他们是彼此的初恋。"客人笑笑："那是自然，你爸妈想在你成婚那天把他们的初恋故事告诉你，当做你的新婚大礼，是不是这样，威廉夫妇？"卡尔父母默契地一笑。

卡尔的脊背一阵凉意，如坐针毡。他想起我说的那个秘密，《我的告白》是他母亲的初恋故事。如果真像客人所说，父母是初恋的话，那么可以肯定的是，《我的告白》一定不是母亲的初恋。

剧中的布莱恩在和海伦告白的第二年就去远方参军了，两人被迫分隔两地。布莱恩二十岁那年，在一次救火行动中，意外地双目失明。布莱恩为了不拖累苦苦等待的海伦，痛心地让人代笔写了一封信。谎称自己已与一女子确定恋爱关系，让她不要再等自己。

海伦心痛地夜夜哭泣，她不相信布莱恩会如此绝情。她跑去布莱恩家，问他的父母，父母只有忍着心痛瞒着海伦。海伦沿路坐火车找到了当地的部队，却不见布莱恩的身影。那儿的人告诉她，布莱恩已经离开部队转入其他地市。事实上，布莱恩为了不让海伦找到自己，隐姓埋名去了一个偏远的乡村生活。海伦绝望地站在山顶上，大声地呐喊："布莱恩——"

她没有离开部队，天天在那儿等待。海伦说："布莱恩是从这里离开的，我要在这儿等他回来。要他亲口告诉我，不再爱我了。否则，我不相信他会这么狠心地离开我，离开我们的爱情。"她累病了，躺在医务室挂点滴。布莱恩的好友看不下去，实话如鲠在喉。

海伦的父母赶到部队接走了她，并为她介绍了相亲对象。他们反对女儿为了一个狠心远去的人再痛苦，希望她能尽早完婚。海伦说除非她死。苦等一年后，布莱恩的好友回到家乡探亲，见到了日益憔悴的海伦。她已由一个活泼开朗的女孩变成了抑郁失落的相思女。面对两个苦苦相爱却无法在一起的恋人，好友感到异常难过。终于，他在临走前留给海伦一封信，里面没有内容，只有一行字。

海伦看过后，感动得热烈盈眶。她拿着信封一路坐火车、汽车，千里迢迢地找到了那个偏僻的乡村。来到一所屋子前，只见一对夫妇正在做农活，旁边的石椅上坐着一位男子，戴着墨镜，手上正摸索着编织芦苇。

海伦喘着粗气，眼泪无声地掉下来。男子问："大婶，好像有人来了，是谁呀？"大婶直起身，愣在那里。男子又问："是谁来串门了？隔壁屋的杰姆吗？"海伦轻声地步步向前，走到他面前蹲下身，默默地握住他的手。男子的手敏感地一收："请问，你是谁？"海伦的泪掉在他的手背上，颤抖地说："我是你的……海伦。"

布莱恩愣住，迅速背过身去。海伦捧住他的脸："让我看看你的眼睛。"她拿掉眼镜，心痛得再一次落泪："回来吧，回到我的身边，回来，回来……"布莱恩紧紧握拳，眼角流出泪来。两人死死地拥抱在一起。海伦决定和布莱恩私奔，就住在这偏远的村子里，不让任何人找到自己。她悉心地照顾他的饮食起居，做他的眼睛和拐杖，两人过着纯粹、朴素的乡村生活。

直到有一天，布莱恩拄着拐杖上山给海伦采野花，一不小心踏空摔下了悬崖。当海伦赶到山脚下的时候，布莱恩已经奄奄一息了。他拿着一大束花，虚弱地说："献给你，我今生最爱的女孩。"海伦流着泪抱住布莱恩："你就是为了给我采花？""你平生最喜欢白玫瑰，可惜这儿没有，我只有摸索着上山给你摘点野花什么的。虽没有玫瑰绚丽，但也能绽放点光彩。"

海伦痛哭着："我不要什么花，我只要你，只要你布莱恩！""我这辈子最遗憾的是，不能用明亮的眼睛看你的笑；最痛心的是，不能用余下的人生来陪伴你。若还有来世，我要天天看着你，加倍地呵护你疼爱你。对不起，现在我不能实现诺言了，希望你别怪我。请好好活下去，为了下辈子我们还能在一起。"

海伦绝望地抱着布莱恩，撕心裂肺地大喊："布莱恩——"

海伦在整理布莱恩的遗物中，发现了一封信。大婶说，这是布莱恩反复练习了很多遍后，写得最完美的一次。她打开一看，泪水模糊了纸张："海伦，我生长在和平的年代，在和平的季节遇到了和平的你。从没觉得生命里什么是不可舍去和取代的，直到遇见。你让我知道，这世上还有这样一种不可抗拒的魔力，让我深深为你吸引。再没什么能比你的笑容更让人心动和眷顾的了，看着你的眼睛，我就仿佛看见了自己清晰的灵魂，与你一样，纯洁、真诚。你是天使，是上帝的恩宠。假如你哭泣，这世界仿佛一片灰暗，万物萎缩。假如你微笑，这个世界会变得更加美好，一片灿烂。这一生让我遇见了你，从此，我的生命又有了新的含义。感谢上帝！现在我决定，我要把我毕生的热情和爱，献给世界上，唯一的你。不论生命过去多少时间，不论我们变得多么苍老，不论世事如何改变，我都会像十七岁时一样那么爱你，永远爱你。自此，至终。如果一定要让我说些什么，这就是我最想对你说的，我的告白。"

海伦将自己和布莱恩的这一段初恋埋藏在心底，每一年的那一天，她都会来到那个乡村的山顶上，默默地悼念死去的布莱恩。脚下，是漫山遍野五彩的野花……

秘密后的真相

"嗨，儿子，你在想什么呐？"卡尔父亲将他从思绪中拉了回来。

卡尔回过了神，假装笑笑："哦，我在想《我的告白》，会不会就是父母的初恋缩影呢？"卡尔母亲睁大眼睛："哦，儿子，你开玩笑吗，是在咒自己的父亲吗？""呵呵，我还以为，母亲的小说会有自己的缩影呢！这么看来，那都是虚构的了？"母亲笑笑："当然，小说是小说，现实是现实，要分得清它们之间的关系，宝贝儿！"

卡尔握紧刀叉，沉默了。晚上，他回到房里，想打电话给我，最终还是没有勇气开口。卡尔将我的每一幕在脑子里过了一遍，越来越发觉看不清我的本质。这个被全世界爱戴和拥护的公主，是真如自己心里所想象的那个善良、纯真的女孩吗？她高傲、她不可一世、她骨子里的那种桀骜不驯……那盛气凌人的眼神和表情想要将这个世界都置之脚底。

其实这些，自己一直都看得到。而自己对珍妮芙的好，那些对她的尊称和敬重还有示好，也完全是被这个时代、这个社会、家庭背景和地位所赋予的一种礼仪方式罢了。如果事实真是那样骇人听闻，自己还会一如既往地喜欢她吗？

单纯的卡尔，陷入了前所未有的困惑中……

我听了卡尔的诉说后，整个人瘫软在那儿："你都知道真相了？""为了让我出演布莱恩，你费尽心机地制造了这个假象。如果我不问，也许我这一辈子都会活在你的谎言中！""不，卡尔，我也是因为太想让你出演布莱恩才这么做的。我本想把我的银幕初吻献给你，可是老天作弄人，让查理得了逞。我的初吻没有了，没有了……""我不知道你的嘴里，还有几句是真话。话语的背后，还会有什么阴谋诡计？"

"我对你没有说过谎，我想让你出演布莱恩，想把初吻献给你也是真的，不管你相不相信！"卡尔转身："收起你的解释，好自为之吧！"见谎言都已戳穿，我只有拿起地上的那把水果刀，对着自己的左手腕，绝望地说："是不是非要这样，你才会相信我？"不等他反应过来，我将刀缓缓地划过手腕，鲜血立刻冒了出来，滴在明亮的地板上。

卡尔飞奔过来，捂住我的手腕："珍妮芙，你这是干什么？你疯啦？"我倒在他的怀里，喃喃地说："卡尔，如果能死在你的怀里，那也是一种独特的美。""爱我，难道比你的生命还重要吗？""是的，我的生命就是为你而生的。如果不能爱你，倒不如结束我的生命……"话没说完，我便昏了过去，隐约听见有声音在召唤："珍妮芙，珍妮芙……"

待我醒来后，我正躺在大床上，左手腕绑着厚厚的纱布，右手背上吊着盐水。父母陪在我的左右，卡尔已离我而去。

我激动地喊着："卡尔真的不要我了吗？他真的是不爱我了吗？"母亲坐在床边，痛苦地说："孩子，你怎么那么傻呢？就算卡尔不再爱你，你也不能拿自己的生命开玩笑啊！"父亲叹着气："这下，那些记者可有的做文章了。明天的头版就会登出珍妮芙为情自杀的新闻，哎！"

我哭着说："我被自己的愚蠢给害惨了，这下卡尔真的是不理我了。爸爸，我该怎么办？"父亲红着眼，心疼地望着我："心肝，我说过，爸爸可以满足你的一切愿望。但却不能满足别人来爱上你，这不在我的控制范围内。我什么都能做，却唯独做不到这一点，我左右不了他人的思想。很抱歉。"

我痛苦地闭上眼："我已经拥有了整个天下，可是，却依然得不到我爱的人。""很遗憾，爸爸给不了你心爱的男人，原谅爸爸！"听到父亲的这句话，我心如刀绞，它如同给我上了死刑一样，无药可救了。

夜晚，班森赶到我家。他坐在我身边，手臂上缠着纱布，神情极度冷静地望着我："宝贝儿，你一定很疼吧？你在伤害自己的时候，我的心也在滴血。"我的眼泪无声地滑过："我不需要你的同情。""现实真是可悲，我为你动情受伤，你又为卡尔动情受伤，这难缠的三角恋，何时是个头呢？"

我平静地说："卡尔知道了我的秘密。""你想知道，他是怎么知道的吗？"我迟疑地看着班森，寻找着他眼里的答案。班森红着眼："现在，是时候公布真相了。"

原来，在我十六岁生日聚会那天，喝闷酒的班森，偶然听到了卡尔与罗丝在露台上的对话。罗丝神气活现地说："哥哥，你想知道，珍妮芙到底是个怎么样的人吗？""珍妮芙，她非常美，高贵，聪明，也很骄傲。""也许……她并没有你想象中的那样完美。"

"为什么要这么说？我感觉，你不太喜欢她？""呵呵，我喜不喜欢她并不重要，重要的是，表哥在听了事实真相后，还会一如以往地喜欢珍妮芙吗？"卡尔默不作声，静静地听着。

罗丝继续："还记得那年私人会所的舞会吗？""记得，珍妮芙是全场的焦点。你们就是在那次舞会上认识的。""没错，珍妮芙确实是整场中的主角。那天，她的同班同学乔治亚也前去参加了。珍妮芙很不喜欢这个脸上长着雀斑的女孩，她拉着她进了卫生间。珍妮芙将乔治亚逼到墙角，开始质问她。"

我想起我们那次在卫生间的对话。我捏住乔治亚的脸："告诉你，你只不过是个鞋店小老板的女儿，有什么资格来这种大地方？你应该去时报广场上，穿着迪士尼的衣服在那儿扮小丑，我看那样比较适合你！""对不起，公主……""这里来的不是政府高官就是企业家或者是明星，你们全家到这儿来凑什么热闹？告诉你乔治亚，有钱人不是这么装的，不是靠参加一次舞会就可以变成有钱人的。你要知道自己的身份，不要没事就跑到这里来装阔气。你知不知道你这个样子很讨人厌？"

她几乎要哭了出来："我知道，我知道！我错了，我错了公主！""我告诉你，你错的不仅仅是来错了地方，你还穿错了衣服。"我托起她的脸，凑近说："我送你一件公主裙，你还真把自己当公主了？告诉你，那是我因为看得起你，你是不是想让全世界都知道我送了你一件限量版礼服，是不是？""不，不是！"

"乔治亚，我平日对你怎么样？""公主对我好，对我非常好。""那我的命令，你是不是都要听从？""我听从，听从。""那好，我现在命令你，马上离开会所，立刻消失在我眼前！"乔治亚红着眼猛地抬起头："为什么？""没有为什么，这里不欢迎你。我要你马上离开！""公主，公主……求您别这样……""行啊，你要是不想回去也可以，那么就把你这身高贵的礼服给我脱下来。你是想光着身子被人嘲笑呢，还是乖乖地给我滚回家去？"

我万万没想到，自己与乔治亚在卫生间的这段对话，恰恰被躲在里面的罗丝听到了！多年来想要埋葬的私密，就这样被罗丝一语戳穿了！这个可恶的女人，如此阴险狡猾！她对我的不屑一顾，就是为了在多年后狠狠地报复我一记！真的没想到，天不怕地不怕的珍妮芙，居然会被一个小人败在手里！

班森继续叙述当时的情景……

罗丝得意地笑了笑，对卡尔说："就是这个长相不起眼，身世很普通的乔治亚，我却很喜欢她，因为活得很真实。直到有一次……"

破　解

有一次，罗丝和乔治亚在咖啡厅喝东西，恰好遇见了原先在贵族学校的同班同学凯西。她喊道："嗨，乔治亚，好久不见！"乔治亚抬头害羞地打了招呼："嗨，凯西！""自从当年你离开贵族学校后，我们都很想念你呢。"乔治亚尴尬地低下头。

罗丝问："乔治亚，原来你读过贵族学校？我怎么不知道？你不是说你在一所普通学校读书吗？"乔治亚的脸涨得通红："我，我曾经是读过贵族学校，不过后来转学了。"罗丝问："那可是全纽约最好的学校了，为什么后来转学了？"凯西忙说："嗨，还不是因为……"乔治亚连忙打断："因为那年我父亲的生意状况不是很好，家里要节约开支，所以就转去普通学校了。"

凯西惊讶地说："乔治亚，明明就是……"乔治亚皱着眉："别说了，事情都过去了，别再提了。"凯西欲言又止地望着她，罗丝在一旁看出了端倪。趁罗丝打电话，凯西挽着乔治亚的胳膊，轻声说："乔治亚，我知道当年并不是你的错，你是迫于无奈才……"乔治亚拍拍她的手："都过去了，就当它没有发生过吧。你看我现在不是也很好，不要再追究了。"

结账时，罗丝趁乔治亚去洗手间时，翻看了她的手机，找出凯西的电话号码。

离开咖啡馆，罗丝边走边问："乔治亚，你当初为什么要离开贵族学校？我感觉，你有所隐瞒。""我哪有隐瞒，当年真的是因为父亲生意不景气，付不起昂贵的学费和赞助费，所以就转去普通学校了。""但是看凯西的表情，好像并不是那么回事？""哪有啊，她是遗憾我离开学校离开伙伴了，她当然舍不得了。本来我俩还说好，一起升中学，再一起考大学呢。也许，她有些怨我失言了吧！"

见乔治亚这么说，罗丝便不再追问。晚上，罗丝打电话给凯西："你好，我是乔治亚的朋友罗丝，下午我们在咖啡店见过的。""嗨，你好，罗丝。""我想问问，乔治亚当年为什么要离开贵族学校，真的是因为他父亲的原因吗？""罗丝，实话告诉你吧，其实才不是那样呢，我知道乔治亚心有顾虑。说来话长，其实，她当初是被学校开除的。"

"被学校开除？她犯了什么大错吗？""我想你该听说过珍妮芙这个名字吧？""嗯，我知道。""当初，就是珍妮芙说乔治亚偷了她的钱包和巧克力，还不止一次。所以，乔治亚就被校方开除了。""什么？

乔治亚偷了珍妮芙的东西？"

"很好笑吧？其实我们也不愿相信有这回事，可是证据确凿，乔治亚就是哭死也无济于事了。""那么，作为她的好友，你也相信乔治亚真的偷了珍妮芙的东西？""我……说实话我不太相信。乔治亚是个胆小怕事的人，她怎么会有胆子打珍妮芙的主意？转校前，我问过她到底是怎么回事，可她就是不说，只是一个劲地哭。看她那个委屈的样子，我也能猜到几分了。我想，珍妮芙那么有势力和背景，乔治亚别说是错的，就是对的，也都是错的咯！"

罗丝的嘴角露出一丝笑容，似乎明白了："谢谢你凯西，告诉我这些。""不客气，我想乔治亚是不想多事，她得罪不起珍妮芙的。""照这么说，大家都很怕珍妮芙了？""我们哪敢说错一句话，说不定全都要遭殃呢。即使再不喜欢她，我们也要很小心地为人处世。我可不想自己的一辈子，栽在那个女魔头手里。只可惜，乔治亚太懦弱，她比我们都不幸。"

罗丝挂掉电话后，回想一番，她要将此事弄个水落石出。第二天，她来到乔治亚家，问道："请你告诉我，当年你到底为什么要转校？""罗丝，我都说得很清楚了，是我父亲的生意出了问题，所以我不得不转校。""真的是这样？""真的，没骗你。""你在撒谎，你在掩饰。""罗丝，我拜托你了，不要再逼我了！"

"乔治亚，我知道这其中一定有隐情，你在担心什么？""我没有，我没有！求求你不要再逼问我了，好吗？我不想在这个问题上纠缠不休。""好吧，如果你真的不愿意说，那么我现在就去问你的父亲，到底是不是因为他生意上的原因，才使得你离开贵族学校的。"

罗丝转身要出门，乔治亚拉住她的手："不要去！求求你不要去！求求你了！"罗丝回过头，红着眼生气地说："你看你，老是一副央求人的样子！当初，你也是这样苦苦哀求别人的吧？"一句话，几乎让乔治亚崩溃："啊——为什么？为什么要逼我？为什么要逼我？"

"没有人在逼你，是你在逼你自己。只要你说出来，你就不用再害怕任何事情。"乔治亚哭着抓住自己的头，使劲地摇晃："我拼命地想忘掉它，它却像噩梦一样一直纠缠着我……"

乔治亚坐在床上，流着泪对罗丝说出了实情："十一岁之前，我的确是在贵族学校读书。珍妮芙是我们班最有威信、最有权势的女生。我们大家都怕她三分，都不敢得罪。圣诞节的时候，珍妮芙忽然送给我一件限量版的礼裙。我很意外，也很激动，就收下了。年底的那次私人舞会上，我去参加了。哪知道，珍妮芙看到我很不高兴，特别的反感。我害怕极了！"

罗丝逼近："所以，你就在她的胁迫下离开了，和我们都没有打招呼就消失了？""罗丝，你怎么知道？""那天，你们在卫生间的对话，全被我听到了。"乔治亚呆住了，捂住脸痛哭起来。罗丝问："她威胁你，是不是？"乔治亚点点头："你没有把这件事告诉别人吧？"罗丝狡诈地想了想："没有，我怎么会把这件事告诉别人呢？你是我的朋友。那后来呢？"

"后来，我一直很小心谨慎，生怕哪里做得不好又得罪她。可是没想到，我的包里居然出现了珍妮芙的钱包和巧克力。我……我根本没有偷过她的东西，我就是有天大的胆子也不敢和她作对啊。珍妮芙报告给老师，我就是再清白也无力解释了。再后来，我就被学校给开除了。我知道，学校也要敬珍妮芙三分。她要做的事，没有人能够阻止。"

罗丝眯着眼问："所以，你就这样灰溜溜地离开学校？就这样带着一身的冤枉和委屈离开了大家？"乔治亚流泪诺诺地说："除此之外，我还能怎样呢？我百口莫辩啊！这样也好，走了就走了。我惹不起还躲不起吗？以后，我再也不用看珍妮芙的脸色了，我可以安安心心地上学了。直到昨天看见凯西，我的噩梦又一次被唤醒了。罗丝，我恳求你，别把这件事告诉任何人，我求你了！否则，我都不知道自己会怎么下地狱！"

罗丝摸着乔治亚的头发，狡黠地说："你放心，亲爱的，我不会把这件事告诉任何人的，你不用担心。"

就这样，罗丝将这一切原封不动地告诉了卡尔。卡尔听后，拿酒杯的手不断颤抖着，一松手，酒杯落在地上，发出脆亮的响声。他靠在露台扶手上，大口地喘着气："我不相信，我不相信珍妮芙会变成这样！""她没有变，她的本性就是如此，自私、霸道、蛮横、富有心计。事实上，珍妮芙就是一个为了目的可以不择手段的人。表哥，你在她身边这么久，难道都没看出来吗？也难怪，你是如此的欣赏她、仰慕她，怎么会看得出她身上有缺点？"

卡尔欲哭无泪："我还是不愿相信，我不相信！""表哥，你是不愿面对现实。可你要明白，像珍妮芙这样毒蝎心肠的女人，怎么能进入我们的家庭？哪怕她的家族有多么庞大和显赫，可她终归还是配不上你的。"

"罗丝，别再说了！我不想听，我想单独冷静一会儿！""哥哥！你这样逃避不是办法！我今天把乔治亚带来，就是要当面揭穿珍妮芙的真面目！假如你不信，我现在就可以把乔治亚叫来，当面问她，珍妮芙到底是不是这种人！""够了，罗丝！你不喜欢她，不代表所有的人都会讨厌她。""难道，哥哥还会一如既往地喜欢她、仰慕她吗？""这是我的事，和你无关！"

卡尔准备离开，罗丝在身后叫住他："卡尔，我可没有你这么软弱。你可以当什么事都没发生过，可是我做不到！我要让大家看看，被光环照耀下的珍妮芙，内心有多么黑暗和可怕！"卡尔愤愤地转过身，用手指着罗丝的脸："我警告你，别去搅乱里面美好的气氛！"说完，他转身离去。

罗丝站在身后："怎么，你心疼了？"卡尔定住，静静地说了最后一句话："今天是珍妮芙十六岁的生日，里面有一百多号人在给她庆祝，留点颜面吧！"之后，卡尔便消失在人群中。

听了班森的叙述，我终于知道了，卡尔为什么在我生日的后半场不辞而别了。我也终于明白，消失后的卡尔，真的再也不会回来了。

心　魔

我花了这么多的心血和精力，多年来想埋葬的秘密，被那个该死的女人全盘托出了，她彻彻底底地抓住了我的软肋和把柄。我的心魔，你终于将我降服了。上帝，我该怎么办？

我开始变得一蹶不振，时常不吃饭，不睡觉，精神恍惚不宁，变得越发歇斯底里。看到食物就会感到本能的恶心，觉得就像在吃排泄物。躺在床上会莫名的烦躁和不安，不敢闭眼，总觉得有人和怪物会来害我，会死死掐住我的脖子，带我去见上帝。只要佣人有一点做不好，我便开始大怒不止，狂摔东西，情绪暴躁得无法控制。

我躺在床上终日不肯起来，面色一天比一天惨白无光。

医生来家里替我作了全身检查，最后得出结论，我患了厌食症和抑郁症，需要靠吃药来治疗病情。我拒绝治疗、拒绝吃药，他们想用那白色的小药丸将我置于死地。我哭诉着让父母把卡尔请来。卡尔来到我家，在门外，父母哭着对他说："卡尔，救救我们的女儿吧，她只想见你，现在，也只有你能救她了。"听到父母头一次为了我向一个小辈求饶，我心痛得不断流泪。

卡尔来到床边，我歇斯底里地抱住他，不断地吻他的脸，嘴里喃喃地说："亲爱的，别离开我，别丢下我，别抛弃我。你知道，我什么都没了，只有你！"卡尔轻拍我的背部："珍妮芙，冷静下，冷静下！"我趴在卡尔的怀里，这一刻，我感觉安全。我向他诉说了自己的思念之苦，这些年来，我一直活在痛苦中。卡尔流泪默默地听着我的诉说。

在我的请求之下，卡尔抱着吉他，唱起了我曾经最爱的那首歌：*One Of The Brightest Stars*（《你是我心中最亮的星星》）："One day your story will be told……"（有一天你的故事将被传开，芸芸众生中那个成名的幸运儿。有一天他们会让你灿烂于，属于你的那片光辉下……）

我默默地流泪，痴迷地望着卡尔边弹边唱。亲爱的，还记得吗？就是在这间屋子里，你坐在那里，抱着吉他深情地为我唱这首歌。曾经，我就是你眼中那颗最亮的星星，你尊敬我、仰慕我、爱护我，把我当做掌中之宝。而现在，这颗星星陨落了，她没有了灵魂，她失去了她的爱情。生命，只剩下躯壳。

卡尔，如果你能感受到这一切，你应该明白，我所付出的一切都是为了你。我将白色公主裙送给乔治亚，我威胁乔治亚，使出狠招将她赶出学校，我甚至用洋葱狠心地毒死了我最爱的波比，还破天荒地用刀刺伤了从小一起长大的班森。为了向你表白，我将一个虚假的秘密"嫁祸"在你母亲身上！在伤害你们的同时，我的心难道就不痛吗？如果不是为了你，或许乔治亚还会继续留在贵族学校，波比也不会冤枉地去天堂，我和班森更不会决裂，我们的友谊依然存在。

你送我的那块白手帕还完好无损地在我身边，看到了吧，你现在给我擦眼泪用的，正是当年你送我的那块。我把它当做宝贝一样收藏着，看到手帕就像看到了你。我那么爱你，为什么你一点都不感动？

合着眼泪，在卡尔的轻声细语中，我渐渐地入眠了。这是我近段时间以来，睡得最安稳的一觉。

卡尔之后来探望我了几次，我的病情日渐好转，开始吃饭、睡觉、开口和别人聊天。可是好景不长，当我在床上看见卡尔和玛莎在门外说悄悄话时，我就知道那风骚的女人又会使出自己的特长勾引他了。看，她用丰满的上身不断靠近卡尔的胸膛，两人贴的是如此近，这个贱女人！

我顿时大怒，将杯子、被子、枕头一股脑儿地摔到地上。卡尔和玛莎跑进来，我冲着她大嚷："你是不是喜欢卡尔？为什么总是盯着卡尔出神？你和他贴得那么近干什么？说！"玛莎吓得跪在地上求饶：

"玛莎不敢啊，公主误会了！""你少给我装可怜，你以为我不知道你的小心思？在所有下人里你是最有心计最有手段的，十个朱蒂都不及你玛莎的一个手指头！"

"公主，玛莎冤枉，冤枉呐！""别以为这么多年来我不拆穿你，你就可以为所欲为地在我的房子里大肆调情！你也不睁大眼睛瞧瞧，你动的是哪个男人的主意！现在知道我病了，所以你就想从我身边趁机抢走卡尔是不是？""公主，您真的是冤枉玛莎了，我有天大的胆子也不敢做出那种事啊！冤枉啊，公主！""你现在立刻给我滚出这里，滚！"

玛莎哭哭啼啼地出了卧室，卡尔安慰我后又出去和她说了几句。我贴着门缝偷听，他们分明是在窃窃私语，好像在说要将我处死，然后两人远走高飞。我猛地开门，将玛莎赶了出去，让她再也别进这个家门一步。

之后，罗丝约我在咖啡馆碰面。她坐下的第一句话就是："想知道，我哥哥为什么不爱你吗？"从罗丝的口中，我终于知道了一切真相。在她伶牙俐齿的打压下，我像散了架、得了绝症一样瘫坐在那里。我红着眼轻声质问她："你凭什么这么做？"我已然没了以往的骄傲和蛮横，顽固的疾病将我折磨得没有精气神，自卑让我感到心虚无力。

罗丝得意地盯着我，嘴角流出一丝邪恶的笑，凑上身子说了句："因为，我很讨厌你！从见到你的第一面起我就打心里不喜欢你！你骄傲又狂妄、自私又霸道、狡猾又极具心机，从没把任何人放在眼里。像你这样占有欲强心理又晦暗的女人，凭什么要让所有人处处围着你转，凭什么要让所有人都来爱你？告诉你，你只是你家族里的公主和女皇，但在外人的眼里，你什么都不是！"

听到罗丝的恶意攻击，我气得全身颤抖，甚至拿不稳手里的咖啡杯。

罗丝继续步步逼近："你以为你的所作所为都是天衣无缝，没人知晓了吗？当年你在私人会所洗手间对乔治亚说的话，我都听到了，想不到吧？你以为你将乔治亚赶出学校就能一了百了了吗？你以为懦弱的乔治亚什么都不说，就代表别人不会说出真相吗？只可惜啊，别人是当着面敬重你；背着你，都不知在怎么骂你，巴不得你早一点消失呢！"

我气得握紧双拳："罗丝，你……""怎么，还想当面骂我吗？只可惜，你现在已经没有了锋利的外表，只落下一身的毛病。你看看你，就算抹了再多的粉蜜和胭脂，也抵挡不住你那惨白如尸的脸。忧郁症、厌食症，这两个毛病可大可小啊，说不定，还会要了你的命！"

我拍响桌子，怒斥道："罗丝，你在胡说八道什么？你给我闭嘴，闭嘴！""怎么，害怕了吗？我可不怕你，我可不会像乔治亚那样怕得连大气都不敢出。还有我那个执着的表哥，我怎么能眼睁睁地看着他往火坑里跳呢？我得揭开你的真面目，让他知道，你是这个世界上最碰不得的女人！"

"哼，我知道你是嫉妒我，你也喜欢表哥，你怕我把他从你身边抢走，所以你就千方百计地阻碍我们，用你这张烂嘴巴来诋毁我对不对？""珍妮芙，你都死到临头了还敢和我争？你现在已经不是什么吃香的明星了，你的那些风流韵事加上你现在的病，估计再也没有投资人和制片人会来找你拍戏了。请问，一个没了事业，又得不到爱情的女人，她的生命里还剩下什么？除了一个游走的躯壳，还会有什么呢？"

我气得站起身，抬起手想朝她的脸上挥过去。哪知，罗丝比我先一步，她死死抓住我的手腕："怎么，还想动手吗？你已经没有任何理由来和我抗争了，留口气回家吃药去吧！我真担心，你每天不吃饭、不睡觉，这样的日子还能撑多久？我知道，其实你每天晚上都很害怕对不对？放心，我们一定会为你祈祷的，祈祷你能有一天睡个安稳觉，不再被内心的恐惧所折磨。我知道，你有心魔！上帝保佑你吧，珍妮芙！"

罗丝将钱放在桌上，踩着高跟鞋大摇大摆地离去了。我呆坐在椅子上，全身冰冷。

最可怕的是，之后我竟然被查出得了性病，这让我彻底崩溃了。那些该死的男人把我害惨了，我恨不得把他们一个个全杀了。我的精神开始变得分裂，总是一会儿哭一会儿笑，然后不停地摔东西。父亲大声地命令下人："从现在起，封锁所有的消息，任何人一律拒绝接待！谁走漏半点风声，他将受到重罚！"

父亲坐在床边，痛苦地摸着我的脸："宝贝儿，你太累了，很久没有好好休息了，要好好睡一觉。"这一刻，我感到精疲力竭。

这一夜，我终于又梦到了久违的若拉。

真正的快乐

成年后的若拉，变得越来越美丽，也更吸引周围人的主意了。

高中毕业后，我顺利地考进了大学，主修金融，选修音乐。我的梦想，是在大学毕业后开一家属于自己的餐馆，让所有的亲人和朋友都亲口尝到我的手艺。在大学校园内，我结识了很多好朋友，却也不忘我的老朋友班森和艾瑞克。

班森经过几年的努力和摸爬滚打，在那家音乐酒廊已树立了自己的地位，也笼络了众多粉丝的心。正巧，酒廊的老板要出门远行，准备将店面转租出去。班森将这个消息告诉了我和艾瑞克，他想凑钱将店面盘下来，听取我们的意见。大家一致拍手称赞，并愿意拿出自己的积蓄加上向家里借的钱来赞助班森。

班森兴奋地说："那我们三人就这么说定了，这些钱不算你们赞助的，算本钱。艾瑞克和若拉都是酒廊的股东，将来盈利的钱我们三人平分。"还有约翰，他终于和那位曾经在地铁站默默听自己唱歌的金发女孩喜结连理了。每到周末，约翰总会带着自己美丽的娇妻来酒廊驻唱几曲。当然，一定会有那首经典传唱的 *You're Beautiful*（《你很美》）。

站在这家温馨的音乐酒廊里，我们都流下了激动的泪水。想当年，我们是无家可归的流浪儿，在最恶劣的环境下生存，甚至连温饱都成难题。那时我们什么都没有，可即便如此，我们还有音乐，还有活下去的勇气和信心，还有，泪水和微笑。

想起那些蹉跎的岁月，再看看今天的变化，我们万分感触，始终怀着一颗感恩的心面对生活。我又将亲生父亲安排在音乐酒廊做管家，解决他的工作和生活。我所能做的，就是让身边的人都能得到快乐和保障。

艾瑞克的个人油画作品展在他义父的大力支持下呈现在观众面前，他终于实现了多年来的梦想。从初见我的那幅《记忆中的若拉》，三人流落街头睡在马路边，三人结伴去捡垃圾卖废品，去水果摊捡烂水果，好心人卡尔对我们的救助，平安夜我们站在教堂前双手合十虔诚地祈祷，班森和艾瑞克在酒馆门口被混混殴打，安东尼太太站在天桥底下和我们三人遥遥相望，我们排着长队在救济站领取食物，在地铁站我们和约翰一起抱吉他唱歌，金发女孩深情地看着约翰唱歌，我在路边当擦鞋匠，我被其他鞋匠狠狠地欺负，我在路边追赶酷似妈妈和弟弟的身影，混混将艾瑞克的手狠狠地踩在脚下，我们去曼哈顿的红灯区找班森的母亲……总共四十五幅精美油画，每一幅都有一个名字，它们就像鲜活的生命，一一展现在世人面前。

当我们手牵手站在展厅看着自己以往的影子，有的只是无尽的感悟。记得当艾瑞克停笔的那刻，我们三人抱头痛哭的景象。这是我们的过去，我们的历史，我们的记忆！艾瑞克曾经说过，他希望有一天，能将这些连环画展现在所有人面前，然后微笑地去谈论我们的过去！而现在，我们真的做到了！

艾瑞克，从一个失去双亲的流浪儿，到成功的年轻画家，这巨大的转折和其中的艰辛，只有他自己深知。期间，有一位大老板想出高价买走《记忆中的若拉》这幅画。艾瑞克斩钉截铁地告诉他："很抱歉先生，这幅画我们不卖。""追求境界是好事，但艺术也需要包装和宣传，过度执着得不到赢利。毕竟，艺术也要生存，也要靠经济支撑。否则，再好的作品也会变苍白的。"

艾瑞克笑笑，温和地说："先生，您错了。画廊里所有的画，对我们来说都有着重大非凡的意义，它们和普通的画不一样。它代表了我们的过去，代表了我们至死不渝的友情，这是忘不掉的历史，没有任何东西能够代替！在我心里，它是无价的。这些画不仅仅属于我们，它也属于这个时代，属于这个社会。所以，我希望您能谅解，画虽有价，情谊无价！"我们站在艾瑞克身后，眼里，含着滚烫的热泪。

只要我有空都会去看望安东尼太太，帮助她收缴房租，帮助她的小儿子辅导功课，做些力所能及的家务事。太太因为身体过度肥胖患上了高血压与糖尿病，常年需要服药。太太的丈夫因为企业倒闭失去了工作，我请求里奇爸爸帮忙，为他在朋友的公司里谋了一份经理的差事，薪水还比原先多两成。

太太一家万分感激，说我是他们的大恩人，我的鼎力相助，救了他们一家人的生活。我笑笑说，你们也是我的大恩人，在我最落魄的时候，太太无私地照顾我，我会记在心里一辈子。太太的丈夫摇摇头，万分惭愧，当初还嫌弃家里多了一个拖油瓶。他为自己曾经的行为感到懊悔，也从来没想到在事隔多年后，一家的温饱问题全要靠若拉帮忙解决。他说一定会努力做好本职工作，担起全家的重任，也要用自己的行动来回报他的恩人。每每听到太太一家感谢我时，我总是害羞地笑笑说，这都是我应该做的，帮助别人让我得到了真正的快乐。

我有空还会去雷纳德老板那儿，帮他做些力所能及的事。当夜晚来临，我会与老板坐在水果超市门前休息，喝着可乐，看天上的星星聊天。雷纳德感叹道："哎呀，我们善良可爱的小若拉，真的长大了。一转眼，都十年了。""是啊，时间过得真快，我都念大学了。""这些年来，你对店里的帮助我们都看在眼里。说实话，我活了大半辈子，还从没看到像你这样能为没有任何血缘关系的人付出自己的爱心。我和太太，从心底里感激你，一辈子。""不管怎样，我都没有权力选择我的出身和家庭。我所能做的，就是付出我的爱和帮助。只有这样，才能让我获得真正的快乐。"

雷纳德摸摸我的脑袋，感叹着："你从小就是个懂事的孩子，明事理、辨真伪。所以我当时没看错，即使你承受了痛苦和磨难，但你将来一定会幸福的，上帝会看见你的努力。"

我低下头笑笑："当初，您怎么就知道我们是真的流浪儿呢，您那么相信我们？"雷纳德抽着烟，笑笑："做生意这么久，每天看着这么多来来往往的人，我能分辨出是真穷还是假穷。有些人为了不劳而获，每天把自己打扮得无比落魄，想以此博得路人的同情，到处骗吃骗喝骗钱财。晚上，却在屋子里跷着二郎腿数着白天乞讨来的钱。他只要开口和我说第一句话，我就能辨别出他的真伪。"

我佩服地赞叹："老板，您真厉害！"雷纳德边抽烟边回想："我曾经帮助过一个穷乞丐，他每天都在我的水果摊前坐着乞讨。我看他的腿瘸了，不能直立行走，怪可怜的。时间长了，我就干脆让他在我的水果店里吃饭、睡觉，晚上，也好帮我看个门。可是有一天晚上，当我再次回到店里时，却看见他正在房间里来回踱步，一边美味地吃着大芒果，嘴里一边哼着歌。第二天一大早，他拿走了我抽屉里的钱，再也没有回来过。"

我点点头，沉默了。雷纳德笑着看我："你知道，当初我为什么没有排斥你吗？""为什么？""因为若拉长着一双清澈的眼睛，你的眼睛是不会撒谎的。我至今还清楚地记得，初见你时，那张布满尘土的小脸上，藏着一双清澈透明的大眼睛，它深深打动了我的心。"

艾瑞克的表白

我想我是幸运的，很感谢大家对我的肯定和鼓励，我爱你们。最令我感动的是，我找到了人生中的挚友，班森和艾瑞克。当然，多年来的相处和陪伴我也看得出，艾瑞克对我的好是出乎友人的那一种。

在那个寂静的夜晚，我和艾瑞克漫步在河边，说出了彼此的心里话。

艾瑞克微笑地看着我，用一贯的温和对我说："若拉，算算我们认识的时间，已经十年了。当我第一眼看到你的时候，我就有一种想要保护你的冲动。我很感谢上帝，把你带到了我的身边，让我们成为一辈子不离不弃的好朋友。现在我想告诉你，十年前你就住进了我心里，现在我更加确定，你就是那个让我想用一生时间去保护的女孩。若拉，你愿意吗？"

对于艾瑞克的表白，我并不感到意外。我明白他的心意，并会感谢他如此地爱我。从最初我被流浪儿抢走食物，艾瑞克将自己宽大的肩膀挡在我的前面，拼了命地抱住我、保护我。那一刻，我感到前所未有的安定。当我们睡在冰冷的马路边，艾瑞克用他身上仅有的体温给我传递着热量，我能感觉到，他和班森有着对我不一样的情感。这么多年来，艾瑞克一直用他特有的心细和体贴照顾我、保护我。如果可以的话，我也愿意将自己的幸福交到他的手中。有哪个女孩不想嫁给这么一位有才气，又温柔体贴懂人心的男人呢？可是现在，我却没法答应他的表白。

我紧紧抱住艾瑞克，红着眼眶激动地说："亲爱的，认识你，是若拉这辈子最幸运的事。我从没想过，自己的生命里会有一位如此爱我的哥哥。如果失去你，我会比失去自己的生命还要痛苦。你和班森，是我的患难之交，这是一辈子都不会改变的事实。我们之间的感情，超越了亲情和友情。我想，任何人都无法理解和体会我们之间那无法割舍的情谊。"

"那么除了亲情和友情之外，你对我还有别的情感吗？哪怕，只是那么一点点？"当问到我内心的意愿时，我想，是时候告诉对方我的心意了。我慢慢放开艾瑞克的怀抱，望着他那深情的双眸，郑重地说："艾瑞克，我现在可以很明确地告诉你，我爱你，非常的爱你！"我慢慢低下头，喃喃地说，"但是，在我的内心深处，还有一个人，他已经住在我的心里，十年了。"

艾瑞克抿了抿嘴："你说的，是卡尔吧？"我沉默不响。艾瑞克勉强地笑了笑，点点头："卡尔的确很优秀，富有爱心，也很善良。在我们最落魄的时候，他帮助过我们，救过我们。虽然出身名门，却从不嫌贫爱富。我想，这和他良好的家教是分不开的。卡尔现在成了一名优秀的飞行员，可以带着自己的梦想到处翱翔。我的确很羡慕他，也很佩服他。不仅佩服他的才华和睿智，更佩服的是，这么多年来，他一直把我们当做最好的朋友。只要我们一有难处，他都会毫不犹豫地伸出双手给予帮助。这不是所有人都能做到的，卡尔，他真的很棒。所以，你喜欢他是正确的。"

听了艾瑞克的话，我的眼泪不自觉地掉下来，感动地说："艾瑞克，你知道我最佩服你的是什么吗？是你的宽容和善良。在我看来，这也不是所有人都能做到的。能有像大海一样的胸襟和怀抱，纵使生活让你失去了所有，纵使别人不断地伤害你、报复你，你依然可以坚强地面对，依然能像海上的岩礁那样宠辱不惊。"

艾瑞克看着我，眼眶湿润了。看着他含泪的双眼，我的心碎了。

我哽咽地继续说："艾瑞克，我要告诉你，在我心里，你的位置比任何人都重要。看到你，我就看到了希望。虽然你不会像班森那样拿出拳头和别人大打出手，可你的内心依然在呐喊，在反击！只要你的一个拥抱，我就能感受到它强大的力量。即使风浪再大，只要你抱住我，我什么都不畏惧了。对我来说，你的怀抱比武力更勇敢。谢谢你！"

　　艾瑞克激动地抱住我，彼此流下了最真实的眼泪。我想，我们都是爱对方的。时间会记住一切，会记住我们每一个拥抱的瞬间！

　　我的眼泪像泉涌般流在艾瑞克的衣襟上："在我们流浪的那些日子里，我就已经深深地爱上了你。你为我所做的点点滴滴，我都用心在接受和感受着。你是我生命中的一部分，没有你，也就没有我。当我看见酒吧门口那些混混将你们打趴在地上的时候，你远远地看着我，用无助的眼神在朝我呐喊'若拉，别管我们，快跑，快跑！跑得越远越好！'那个时候，我真的很想跑到你们身边，陪着你们一起死。但是你的眼神告诉我，只要坚持，我们都不会死。当我跑向你们的那一瞬，我心里只有一个想法，你们能活着，胜过了一切！"

　　艾瑞克紧紧抱住我，激动地说："若拉，我说过，只要我艾瑞克还有一口气，就不会死掉！我们会活下去，并且会活很久！现在，我们做到了，我们不仅活着，而且还活得很好，活出了自己！我们要感谢上帝的眷顾，感谢那些帮助过我们的人，永远地感谢！"

　　我慢慢放开他的怀抱："所以，我要感谢他。现在，我必须拿自己的一生去感谢。我们三个人的命，是靠好心人的帮助换来的，我们不得不感恩。""用自己一生的幸福，去回报恩人？""我愿意！你也希望我幸福吧？其实，我和卡尔有个契约，我从没告诉过你们。"

　　我选择在这一刻将我和卡尔小时候的约定说出来，是觉得，时候到了。

　　那天半夜，在里奇爸爸的餐馆里，我们躲在餐桌下，彼此拉过勾。卡尔对我说："不管将来我怎么帮助你们，你都不能拒绝。不管将来发生什么，我们永远都不要分离！"我答应了他的请求。从卡尔的眼里，我看到了他的渴望。卡尔就像一个天使，降临到我们身边，给我们带来光明和希望。

　　"从那时起，我在心里认定了，他就是我的真命天子。只是基于身份的悬殊和内心的自卑，让我一直没有勇气向他坦白。直到昨天……"

卡尔的表白

我坦诚地向艾瑞克讲述起发生在昨夜的那一幕。

昨晚，卡尔照旧来到里奇爸爸的餐馆接我回家。一路上，我们在昏黄路灯的照射下，边走边聊天。卡尔将双手插在口袋里："现在，我们的小若拉可是里奇老板的得力助手了。餐馆的里里外外，都少不了你的帮忙。要是没有你在呀，估计里奇爸爸天天要奔波于纽约大街小巷的几家餐馆,忙都忙不过来。有你在,他真的可以放一万个心了。"

"这都是我应该做的。以前，作为他的非法童工，是因为我要生存。现在，作为他的家人，这是我的责任和义务。用自己的双手为家人分担责任，这是我的快乐。""若拉，你真是个善良的孩子。所以，你理应得到的更多。""我从没想过要得到什么，能够为身边的人带去快乐，这是我的心愿。其实，我得到的够多了，感谢上帝！"

卡尔停住脚步，借着温柔的路灯与皎洁的月光，挽住我的胳膊，郑重地说："现在，你应该得到的更多。"卡尔一手托起我的下巴，一手捋了捋我的刘海，深情地望着："若拉，还记得我们曾经的那个约定吗？"我点点头，想起儿时卡尔对我说过的话："不管将来我怎么帮助你们,你都不能拒绝。不管将来发生什么,我们永远都不要分离！"

卡尔温柔地说："我想，现在我该将这句诺言变成现实了。"我疑惑地望着他："卡尔，你是我最好的朋友。我答应过你，永远都不会拒绝你，永远都不会离开你。""现在，我请求你，我们之间，能换一种关系称呼吗？""啊？""在我心里，一直住着一位天使。她善良、可爱、坚强、宽容，她具备了所有的优点和美德。她是我心中的女神，我以她为荣。而我一直想成为那个保护天使的人，给予她所有的温暖和爱。现在，能给我一个机会吗？"

我的眼睛湿润了，这个住在我心底十年的男孩，原来也和我有着同样的情谊。我一时心跳加快，呼吸急促，乱了方寸。我忙甩开卡尔的手：“太晚了，我要回家了！再见！”我匆匆转身离去，想逃离这尴尬的“一劫”。

卡尔在身后喊了声：“嗨，若拉，你掉了东西！”我回头一看，白手帕掉在地上了！天哪，被卡尔发现了！他笑着弯下身拿起手帕掸了掸，走到我面前：“原来，你一直把它留在身边？”

我害羞地点点头：“把它还给我吧。”卡尔调皮地说了句：“要是，我不还给你呢？”“手帕本来就是属于你的，现在，物归原主了！”卡尔嬉笑地看着它：“嗯，失散了十年的手帕，现在终于又回到了我手里。”“那，手帕还给你了，我回去了！”我刚想掉头走，谁知卡尔闻了闻手帕，皱着眉感叹地说道：“哎，我怎么闻到了一股很特殊的味道？”

我忙走上前，拿过手帕左思右看，竟着急地脱口而出：“不可能啊，我每天都会清洗手帕，也都会在阳光下将它晒干。我把它当做宝贝一样精心对待，绝对不可能会有异味！”话一出口，我便知自己有些失措了。卡尔笑着说：“若拉小姐，我刚才可没有说是异味噢。我说的是，特殊的味道。”“特殊的味道？”“对，特殊的味道。难道你没有闻到吗？”

我怯怯地拿起手帕，仔细地闻了又闻：“就是有股清香味，没有闻到什么特殊的味道啊。”“当然有啦，还没闻到吗？”卡尔又拿过手帕细细地闻了闻，闭上眼睛说：“我闻到了，那是我喜欢的味道。”“你喜欢的味道？”“爱的味道。”

我怔住了，痴痴地望着卡尔。他深情地凝视我：“你已经没得选择了，你把手帕给了我，就是把爱给了我。若拉，你是个诚实善良的姑娘，说话可要算话啊。”我的眼泪不由自主地掉下来。卡尔温柔地抹掉我的泪水：“希望从今以后，我的天使不会再有伤心的眼泪。我希望带给她的，只有快乐与幸福。若拉，你愿意吗？”

面对卡尔的表白，我感动得说不出话来。卡尔的眼眶也红了：“如果你愿意，请拾起这块爱的手帕。如果你不愿意，可以转身离去。当然，不管你做出何种选择，我都会尊重你的决定。我们永远都是最好的朋友。"

我哽咽地说："卡尔，谢谢你。这么多年来，其实我一直都清楚自己的位置。虽然我现在生活得很好，很幸福，可我毕竟是个有过去的人。我的出生贫寒，我的家境不好，我曾经是个无家可归的流浪儿，我还有个坐过牢的父亲。我觉得自己根本配不上你，不配得到你的宠爱。"

卡尔温柔地抚摸我的脸颊："若拉，你怎么会这么想呢？爱情，是两个人的事，和其他无关。我关心的并不是你的出生和家庭，我只在乎你的现在和将来。忘掉自己的过去，你会得到更多的快乐。""卡尔，你真的不在乎这些吗？真的不在乎？那你的父母呢，他们一定会在乎！"

他捋捋我的头发："傻瓜，你认为我的父母是那种只看表面不看实质的人吗？在他们眼里，早已认定了你。""认定了我？瞎说什么呢！"我害羞地转过身去。

卡尔做无奈状："那好吧，既然你不愿意，那我回去就告诉父母，让他们再帮我安排其他女孩。""真的？""嗯。""的确，你如此完美，是应该找一个优秀的女孩。那，我先回去了，再见！"我低头转身便走，只听卡尔在身后喊着："对，我是应该找一个优秀的女孩！在我眼里，没有人比若拉更优秀！难道你没发觉吗？"

我定住，缓缓地转过身。卡尔跑到我面前，借着月色深情地吻住了我。此刻，世界万物都停止了，只觉得天旋地转。当然，那块白手帕又在我手里了，我将它紧紧地握住，再也不会弄丢了……

我将昨夜发生的一切一字不落地告诉了艾瑞克，我还告诉他，你是世界上最善良的人，一定会找到合适你的女孩，相信我。最后，艾瑞克只对我说了一句话："不管怎么样，我只希望，若拉能快乐。只要你幸福，那这个世界也会变得幸福。亲爱的，我祝福你！"

生日惊喜

转眼，我大学毕业了，也迎来了我的二十岁生日。这天，母亲和里奇爸爸在别墅里为我举办了隆重的生日聚会。我的好友、班森、艾瑞克、约翰和他的妻子、安东尼太太全家、雷纳德老板一家……他们都来为我庆祝生日。当然，还有卡尔全家，还有我的父亲。

当我在大蛋糕前双手许愿时，我希望所有的家人和朋友都能健康、平安、幸福。吹灭蜡烛后，大家送上了自己的礼物。艾瑞克将一个包裹着牛皮纸的相框递到我面前："若拉，打开看看吧！"撕开牛皮纸后，我惊呆了，展现在大家面前的是那幅经典的油画《记忆中的若拉》。

我感动地对艾瑞克说："这幅画，你答应过不会卖，也绝不会送给别人的。"他笑笑，看着画说："是，我是说过不会卖，也不会送给任何人，因为它是无价的。但是，你是别人吗？""可是，每一幅画对你来说都是宝贝，少了这一幅，我们的故事就不完整了，不是吗？"

"呵呵，我怎么会轻易放过你呢？我已经照着这张原画又临摹了一幅。当然，送给你的这幅是原画，临摹的那幅摆在画廊里。""真的？太好了！谢谢你艾瑞克，我真的非常非常感动，这比任何礼物都要来得珍贵。"

艾瑞克看着相框，不舍地说："这幅画，最初就是想送给你的。画中的主人公本来就是你，我现在只是物归原主而已。记忆中的小若拉，我们永远都不会忘记。"我激动地上前抱住艾瑞克："谢谢你，它让我们永远在一起，谢谢你！"所有人都鼓起了掌。

母亲笑着搂过我，将一个牛皮大信封递到我手里："女儿，来，再看看里奇爸爸送你的礼物吧！"我打开信封一看，是一把钥匙和一份合同书。我诧异地看着他们："这是什么？"他们神秘地笑笑："自己看吧！"我打开合同一看，震惊了，居然是意大利餐馆的转让合同书！我睁大眼睛问："这，这是什么意思？"

母亲兴奋地说："孩子，你不是一直希望能有一间属于自己的餐馆吗？现在，你的愿望实现了，你爸爸准备将这间意大利餐馆的法人转到你的名下。"我吃惊地看着里奇爸爸，他笑着将钢笔递到我面前："若拉，你只要在上面签个字，这间意大利餐馆就是你的了！"

我摇着头，尴尬地说："这，这怎么可以呢？绝对不行。"他们两人齐说："若拉，难道你不想开餐馆，不想做美味的食物给我们吃了？""不是，爸爸妈妈，我当然希望将来能有一间属于自己的餐馆。能用双手做出人间最美味的食物给大家吃，是我一直以来的心愿。但前提是，那必须通过我自己的努力，用我个人的积攒来换得这一切。只要我认真工作、努力赚钱，我相信总有一天，我会拥有属于自己的餐馆的。但那一定不是现在。"

里奇爸爸将钢笔放在桌上，叹一口气笑着说："嗨，若拉，你是想累坏你老爸吗？""啊？""我在纽约有这么多家餐馆，全靠我一个人来打理，那我和你妈妈究竟要到什么时候才能退休？""爸爸，您放心，等我工作以后，我还是会天天来餐馆帮忙的，一定不会让您和妈妈受累。"

里奇爸爸望着我，郑重地说："我不需要你的帮忙，帮忙的人手有的是。我现在需要的，是你用独立人的身份来经营这家餐馆。我要你做老板，做掌权人，这可比你之前的端盘子、招呼客人、打扫卫生、结账这些打下手的活来得难得多了。怎么，你就不想挑战一下吗？""爸爸妈妈，谢谢你们对我的厚爱，我真的非常感动。可是，我不能因为这层关系就不劳而获。"

里奇爸爸咯咯地笑着，指指我说："什么叫不劳而获？若拉，别忘了，你可是在我这家餐馆打了整整十年工啊，算是不折不扣的老员工了。你看看，除了老厨师和经理，有谁能像你一样坚持不懈到现在的？算一算时间，你在餐馆用的心血和精力，完全可以让你独立拥有一家餐馆了。人家企业做了十年都能当总经理了，何况，你是若拉。"

我扭扭嘴笑笑："可是我，我没有任何特殊性啊，我应该和所有人一样。""谁说的，你就是有特殊性，你和所有人都不一样。因为，你是我的女儿！""爸爸，我知道您非常爱我，您的宽容和大爱让我成为天底下最幸福的孩子。可我还是觉得，我没有资格，也没有足够的理由来接受您的好意。"

里奇爸爸拉着我的手，感慨地说："在我看来，再也没有一个人能比你更有资格、更有理由来拥有这一切了。能取得今天的收获，都是靠你自己一点一滴争取来的，绝不是什么不劳而获。若拉，你用自己的行动向我们证明了，你之前所有做的努力和付出的辛酸，都是值得的！上帝是公平的，暂时的苦难终究会过去。现在等待你的，是灿烂美好的明天。亲爱的孩子，接受祝福吧，你理应享有这一切！"

听着里奇爸爸的一番话，我感动得热泪盈眶，咬着嘴唇点了点头。他将钢笔递到我手中，我颤抖着手接过笔，看看他们，在白纸上签下了自己的名字。在场所有人鼓起了热烈的掌声，用欢笑来纪念这丰收的一刻。

里奇爸爸将合同书递给我："好了，孩子，从现在开始，这间意大利餐馆就是你的了。我相信，通过若拉智慧的头脑和勤劳的双手，再加上拥有十年之久的实战经验，一定能将餐馆打理得红红火火，爸爸妈妈相信你！""谢谢爸爸妈妈，我一定不辜负你们对我的期望，一定会尽自己的全力打理好这家餐馆！"

里奇爸爸兴奋地鼓着掌："爸爸相信你有这个能力！其实，想想最初创业的时候，从一间只有 50 平方米的小饭店扩展到拥有十几家连锁餐馆。其中的辛酸，只有自己知道。那些和我一起打江山的人，他们总有一天会离去，去寻求自己的人生目标。而爸爸，也总有一天会老去，总有一天会从那个岗位上退下来。我和你妈妈操劳了大半辈子了，将来退休后，我们想彻底放下工作，去世界各地周游旅行。那这个重任，就一定要交给身边最信任的人。"

　　我想了想说："哥哥作为您的直接继承人，可以接手管理公司，他是最合适不过的人选了。""嗨，你也知道你那个哥哥，和班森、艾瑞克一样，都喜欢艺术。他现在只对雕塑有兴趣，对餐饮那是一点没有概念。他宁可对着一尊死气沉沉的雕塑发呆，也不愿意来我的公司学习业务。没办法，就由着他去了。看着他在那个领域已经做出了名堂，也挺为他高兴的。可是你不一样啊，你从小就开始接触餐饮这一行了。按照你的资历，将来完全可以胜任这个角色。若拉，你就不要辜负爸爸对你的期望了，好吗？"

　　听到里奇爸爸的真实想法，我从心底感激他对我的信任和抬爱，红着眼喃喃地说："爸爸，我……""不要拒绝我，宝贝儿！如果你真的心疼我和你妈妈，那就赶紧挑起重任，让我们两人早点退休吧。将来的天地，是属于你们年轻人的！加油，爸爸妈妈永远支持你！"

　　看到爸爸妈妈对我的期望，我感动得什么话都说不出了，只是给予他们久久的拥抱，来表示我的谢意和诚意。

　　正当我沉浸在祝福声中，背后忽然传来一阵清脆的吉他声，是卡尔！他正抱着吉他深情地唱着那首脍炙人口的 *You're Beautiful*（《你很美》）。他走到我面前，单膝下跪，从口袋里取出一个小盒打开，一枚闪闪发亮的钻戒展现在我面前。我惊呆了。

　　卡尔深情地望着我："我要把这枚珍贵的钻戒，献给全世界最善良的姑娘。若拉，请嫁给我！"

　　全场发出一阵响亮的欢叫声，我捂住嘴巴热泪盈眶。今天只是我的生日，我却接受了一个比一个庞大的惊喜，这是在做梦吗？我的耳边回旋着阵阵响声："嫁给他，嫁给他！"我回头看看大家，他们正微笑地使劲点头。

　　这一刻，我想我没有理由再迟疑和逃避下去了。我伸出右手，卡尔将戒指套在了我的无名指上。在所有亲朋好友的祝福声中，我答应了卡尔的求婚。我回头看看班森，他正咧着一张大嘴哈哈欢笑着，黝黑的脸上只看见那一口白净的牙齿。再看看艾瑞克，他抿着嘴深情地望着我。我知道，他一定会从心底祝福我的。还有我的父亲，在一旁一把眼泪一把鼻涕地抽泣着，不住地握着里奇爸爸和妈妈的手。

我想，我的人生新篇章真的要到来了。我要感谢大家，我会努力经营好餐馆，我会做个称职的妻子，我会做个孝顺的女儿，我会做个能为他人带去帮助和快乐的朋友，我会尽我一切所能爱所有的人，爱生活，爱自己！

最后的噩梦

这一觉醒来，像过了一个世纪那么漫长。

梦中的若拉是幸运的，短短十年间，她通过自身的努力，从一个底层的流浪儿变成了拥有独立资产的商界新秀。她获得了所有人的喜爱和认可，获得了尊重和敬佩。亲情、友情和爱情，她全部拥有了。

可悲的是，我居然只能在梦中得到卡尔的亲吻和拥抱，只有在梦中得到他的宠爱和求婚！对我来说，还有比这更讽刺的吗？

我也终于明白一个道理，梦都是相互的，有噩梦也总会有好梦。对若拉来说，她的噩梦彻底过去了，迎接她的，是未来的好梦。

而对我来说，噩梦，才刚刚开始。

从这一刻我终于明白，珍妮芙的白天与黑夜，都将在噩梦中度过。二十岁生日的前一晚，我没有再梦到若拉，而是梦到了现实生活中的人。我躺在大床上，每个人都面目狰狞地逼近我。

卡尔托着我的脸，悲伤地说："珍妮芙，我曾经认为你是这个世界上最完美无瑕的女人，其实我错了，你也是有缺陷的。你最大的弱点，就是没有一颗善良的内心。你永远都在霸道地索取，索取全世界对你的爱。可你要知道，爱也是有限制的，它不可能永远地一味奉献。你不付出，凭什么要让别人一如既往地爱你？

我哽咽地哭着解释："卡尔，我付出了，我付出了！我付出了我的所有，几乎包括了我的生命！可是到头来，我什么都没得到，我得不到你的心，得不到你的爱，我也永远地失去了你！""你并不是真的爱我，你爱的，只是占有我的那股欲望。"

"你错了，错了！我爱你爱到了骨子里，甚至还亲手杀死了我最爱的波比！我这么爱你，难道，还换不回你的一点怜悯和同情？""你这个狠毒的女人，最爱的永远只有自己，自己！所有人都看到了你的真面目，从此以后，没有人会爱你了，包括你自己……"卡尔说完，转身消失不见了。

接着，又出现了班森的脸。他拖着自己的左胳膊，黝黑的皮肤上挂着一个深深的疤痕。班森狠狠地望着我："珍妮芙，看到了吧，这就是你留给我最好的礼物，我会一辈子珍藏的。我早劝过你不要对卡尔执迷不悟了，你宁愿爱一个不爱你的人，也不肯接受爱了你那么多年的我。我所做的一切，并不比卡尔的少半点！他不爱你，就可以转身消失不见。可是我还会一如既往地爱你，爱你直到死！"

我哭着抓住背角，狠狠地痛哭："即使你做再多的事，我也不会被你打动。你就算死在我的面前，我也依然不会爱你。没有你，我和卡尔早就在一起了，就是你一直在从中破坏，才使得卡尔离我而去的！你是个罪魁祸首，你是凶手！"

"珍妮芙，别再执迷不悟了。哪怕没有我的出现，卡尔也不会爱你的。只有我才能包容你的坏脾气和残缺的人格，只有我！既然换不回你的心，那么结束我的生命，如果能换回你的一抹良知，那么我愿意！"

班森走到窗台边，流着泪对我说："珍妮芙，永别了！请记得在你的生命里，曾有一个叫班森的男人，这样深深地爱过你……"他说完，一跃而下。我跑到窗台一看，班森趴在草地上，一动不动地翻着白眼。鲜血从他的脑子里、鼻孔里流出来，慢慢地染红了草地。我发疯地大叫道："班森——"再一看我的掌心里，满是鲜血。我崩溃地嘶喊道：

"啊——啊——啊——"

接着，爸爸妈妈走进我房里，哭着说："孩子，你杀人了，杀人了！""我没有，我没有！是他自己跳下去的，我没有杀他！""你杀了他的心，杀了他的心！孩子，我们对你也无能为力了。我们的大半生，都在为你而服务。可是现在，就算我们赚了再多的钱，也买不回你的纯真和善良。你太霸道了，你要了全世界都不够，你到底还要什么？要什么？"

我哭着说："爸爸妈妈，我什么都不要，什么都不要了！我只要卡尔，只要卡尔！""他是人，不是你的玩偶。你既然得不到他的心，要他一个人有什么用？""哪怕得不到他的心，我只要他的躯壳也行！""你真的没救了，没救了，爸爸妈妈也折腾不起了。你好好保重吧！"他们说完，也消失不见了。

我大喊大叫道："爸爸、妈妈，别这样，别丢下我，别不要我！朱蒂、玛莎，快给我滚出来！"她们两人来到我身边，再也不会下跪了，而是神气活现地叉着腰面对我。玛莎说："珍妮芙公主，请允许我最后再这么叫你一次吧。我受够了你的坏脾气，受够了你对我们的侮辱。我们虽然是下人，但我们也有尊严。我觉得，我们的境遇还不如你的狗好。不，你害死了波比。只要在你身边，大家都不会有好下场。"朱蒂说："我们要离开你，离开你这个魔鬼，离开这个纠缠我们十多年的噩梦！我们宁可去乡下放羊做乡巴佬，也不愿伺候你这个女魔头！"两人齐说："再见了，珍妮芙，再也没有人会伺候你这个难缠的魔鬼了！哈哈哈！"她们说完，向窗口纵身一跃。只见两人放肆地手拉手奔跑在草地上，从未有过的欢快。

我疯狂地大喊大叫，整幢屋子里，没有一个人会来管我。我走到镜子前，只见一张惨惨白如尸的脸，眼里泛着红光。我看着如此变态的自己，一拳砸向镜中的玻璃。

我猛地从床上跳起来，原来我做噩梦了！

如梦初醒

今天是我珍妮芙二十岁生日，大家在庄园内举办了一个盛大的聚会。如同十年前一样，家人、朋友，各界嘉宾一一到场，只是有一点变了，十年前这一天我认识了卡尔，十年后的今天，我失去了他。

也就是在昨天，我哭着给卡尔打了最后一通电话。我请求他来庄园陪我过完最后一个生日，从此以后再也不会去纠缠他。我和他说，希望最后再陪自己跳一支舞，最后再演绎一首四手联弹，最后再骑一次马，最后再溜一次冰，最后再陪我吃一次蛋糕，最后再抱抱我，吻我一次，最后……

此时此刻，所有的嘉宾都在楼下大厅等待我的出席。我穿好白色的礼服，化好妆，在屋子里坐等了很久，卡尔依旧没有到来。他说，如果过了正午十二点还没有到的话，就让我不必再等待了。时钟正走在十二点上，卡尔，真的没有来。

我呆呆地坐在梳妆台前流泪，感到莫名地绝望。泪水模糊我的双眼，流出的泪是黑色的。我痴痴地对着镜子发呆，好像又看见了曾经那个骄傲的珍妮芙。我看到卡尔又来了，又和我在花园里漫步、骑马、溜冰、看书……

我兴奋地跳到大床上，又跳又笑。我高手举着卡尔送我的那块白手帕，左右摇曳着。我将枕头撕开，漫天的粉屑飘洒下来。我又看见天空下雪了，好美好美。看着这洁白无瑕的雪花，我自言自语地说起了今生最喜欢的一段话，那是《我的告白》小说中的经典台词，也是我这辈子想要对卡尔亲口说的。

直到今日，我都没有将它说出口："我生长在和平的年代，在和平的季节遇到了和平的你。从没觉得生命里什么是不可舍去和取代的，直到遇见你。你让我知道，这世上还有这样一种不可抗拒的魔力，让我深深为你吸引。再没有什么能比你的笑容更让人心动和眷顾的了，看着你的眼睛，我就仿佛看见了自己清晰的灵魂，与你一样，纯洁、真诚。你是天使，是上帝的恩宠。假如你哭泣，这世界仿佛一片灰暗，万物萎缩了。假如你微笑，这个世界会变得更加美好，一片灿烂。这一生让我遇见了你，从此，我的生命又有了新的含义。感谢上帝！现在我决定，我要把我毕生的热情和爱，献给世界上，唯一的你。不论生命过去多少时间，不论我们变得多么苍老，不论世事如何改变，我都会像十七岁时一样那么爱你，永远爱你。自此，至终。如果一定要让我说些什么，这就是我最想对你说的，我的告白。"

我走到阳台上，赤着脚爬上台阶，看着蔚蓝的天空，温和的阳光，青葱的草地，波光闪闪的泳池……最后说了一句："你是不是觉得，只有经历过爱情的人才能讲出大道理来？告诉你，一个人在出生的时候就已经被注定，这辈子，她会经历何种爱情。从她有血有肉有灵魂那一刻起，爱情就已经驻足在她的体内。她只是在等她的爱情，到了成熟的时候，爱情就来了。"

我流泪唱起了那首 Goodbye My Lover（《再见了，我的爱人》），这首歌，曾经是我最不愿意从卡尔嘴里听到的。现在，我要把它唱给你听，作为我今生的收尾曲，每一句歌词，也正是我想对你说的："Did I disappoint you or let you down…"（我是否让你失望让你悲伤，我是否该背负罪恶感，接受审判？因为我们开始时我就看到了结局，是的，我看到了你的盲目，我知道我是赢家。因此我坚持我自己是永恒的真理，把你的灵魂丢进黑夜，也许会有结束，但永不会停止。有你的关怀，我会为你守候。你抚慰我的心灵我的灵魂，你改变我的生活我的追逐。爱是盲目的，我知道。当我的心灵也因为你而盲目。我吻过你的唇，拥你在怀中。一起做梦，一起安睡。太了解你，熟悉你的味道，我已醉心于你。再见我的爱，再见我的朋友。你是唯一，你是我今生的唯一。我爱做梦，但总有醒来的时候。你摧毁不了我的精神，你带走我的梦。当你再次上路时，请记住我，记住我们在一起的时光。我难忘你的哭泣你的笑颜，难忘你安静的睡脸。我爱你，我发誓。我的生活不能没有你。我仍然将你的手紧握我手中，即使在我熟睡的时候。我将及时承上我的灵魂，我的心已被你完全地掏空。）

我闭上眼，张开双臂，从未感觉像现在这般自由。我呼吸着新鲜的空气，喃喃地说道："亲爱的卡尔，我来了！我在梦中与你相见、相爱、相守！等我！"说完，我一跃而下，跳进了草地边的泳池里。我像一条美人鱼在水中游来游去，自由地呼吸着。我享受着此刻的梦幻与唯美，我爱这样的一个我……

忽然，我的脚抽筋了，传来一阵剧烈的疼痛。我拼命在水里挣扎，咕噜咕噜地喝了好多水。我慢慢沉下去，越沉越深。这水似乎永远见不着底，像要带我进入万丈的深渊。

这时，一阵急促、刺耳的铃声将我吵醒。我使劲睁眼一看，现在是早晨七点半。父亲走到我床边，温和地摸摸我的脸："琳达，起床了！今天，是你十周岁的生日！"

我震惊。原来，我不是珍妮芙，也不是若拉。我叫琳达，我是一个牧师的女儿！

"爸爸，我昨晚做了个很奇怪的梦。""哦？是好梦还是噩梦？""说不清是好梦还是噩梦。""什么梦？""一个很长很长的梦，做了整整十年。""是吗？那一定非常有趣，梦里都有些什么？"

"我梦到自己变成了另外的两个人，有了两种完全不同的人生。而就是这两个不同的人，她们竟然改变了我一生的命运！""呵呵，很好。这也许会成为你十年来最好的生日礼物。琳达，你现在想好了，自己将来要走什么路了吗？"

我望着父亲，点点头："爸爸，我想好了。"闹铃声再一次清脆地响起，我用手重重地一按，坐起身，微笑地开始迎接新一天的到来。

图书在版编目（CIP）数据

美利坚的白昼与黑夜 / 伊玲著 . —杭州：浙江大学出版社，2013.6

（伊玲文集）

ISBN 978-7-308-11068-6

Ⅰ. ①美⋯ Ⅱ. ①伊⋯ Ⅲ. ①长篇小说－中国－当代 Ⅳ. ① I247.5

中国版本图书馆 CIP 数据核字（2013）第 014399 号

美利坚的白昼与黑夜

伊 玲 著

责任编辑	胡　畔（llpp_lp@163.com）	
封面设计	项梦怡	
出版发行	浙江大学出版社	
	（杭州市天目山路 148 号　邮政编码 310007）	
	（网址：http://www.zjupress.com）	
排　　版	杭州立飞图文制作有限公司	
印　　刷	浙江印刷集团有限公司	
开　　本	889mm×1194mm　1/32	
印　　张	10.875	
插　　页	4	
字　　数	282 千	
版 印 次	2013 年 6 月第 1 版　2013 年 6 月第 1 次印刷	
书　　号	ISBN 978-7-308-11068-6	
定　　价	28.00 元	